日食之后

After The Eclipse

[美]萨拉·佩里——著
熊依旆 韩阳——译

Sarah Perry

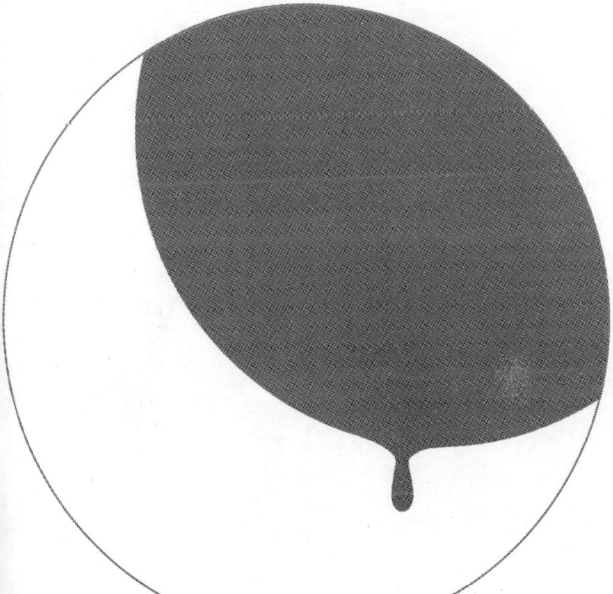

北京时代华文书局

自　序

就在几年前，一个冰冷的三月，我租了一辆纤尘不染的银色轿车，从布鲁克林的家驶向缅因州。刚抵达波士顿北部，周围的树木便开始逼近、靠拢。随着纵横交错的路面汇聚于 I-95 号大道，我开始了黑夜里数小时的漫长驾驶，沿着这条路伸向无尽的北方。我的左手平稳地握在方向盘六点钟的位置，右手拨弄着电台，转换于流行歌曲和广告之间。我想念二十岁出头的日子，那时我仍然拥有自己的车，嘴里还抽着烟，在每半年一次往返于东海岸的旅途中，满怀惆怅地将烟雾吐向黑夜，从学校开往家里，然后再回来。一进入缅因州，我便调到 WBLM[(1)] 的经典摇滚电台，穿行于此起彼伏的山间，这是为数不多能一直清晰接收的电台信号。WBLM 曾是我们的电台，我和妈妈的电台，在过去无数个周日，阳光照耀着路旁的树木，我们在这个电台的陪伴下行驶于树木拢成的隧道中。我听了大卫·鲍伊、空中铁匠乐队、佛利伍麦克乐队和红心乐团的歌，妈妈因而再次变得鲜活，随后再次归于死亡，接着一去不返，渐行渐远。那些歌词，我仍未忘失

（1） 服务于缅因州大部分地区的主流摇滚广播电台。

一句。

进入缅因州大约一小时，我终于下了高速，继续蜿蜒着向北行驶，直到抵达我的姨妈卡萝尔家。当时已是午夜，下车的时候我打了个寒战，对久候的彻骨冰冷毫无防备。卡萝尔和丈夫早已入睡多时，但透过屋前的一扇窗户，我能看到通向我旧时房间的那段楼梯上方，他们为我亮着黄色的灯盏。车门在我关上的时候发出了尖锐的声响，周围的树木报以柔和的回音。我在屋外驻足了片刻，抬头望向拥挤的繁星，直到路边的水沟里传来一阵沙沙声，让我想起了自己身处何处。恐惧又一次趁虚而入，在我的血脉中奔流，在我的四肢里蹿跳，让我变得兴奋，弥漫我的全身。

那种恐惧依旧等待着我，天黑或寒冷的时候情况总会更糟。但最艰难的时刻，是白天转入黑夜的那半个小时，白昼的余光携着令人感到安全的错觉渗透在眼前的景致中。冬天，我在这里的时日寥寥无几，那些屈指可数的日子里，每当暮色在午后四点甚至更早开始笼罩这片山谷时，我不得不与内心的恐慌作斗争。我会远离窗户，帮姨妈搅拌汤羹，和一言不发的姨父坐在一起，观看赛车在椭圆赛道上如同中了魔咒般没完没了地绕圈。一旦屋外彻底被黑夜浸透，我会感觉好一些：也许眼前有数小时的紧张不安要去煎熬，但我现在已经身处其中。这并非是我第一次置身此境，而且无论情况变得多么糟糕，总有部分意识让我记得，会有云开日出的时候。

所以，伴着黑暗的降临，听着旧时的唱片行驶在路上，谁说不是好事呢？这一切自有其意义。与其期望这趟旅程轻松舒适，不如就让它真实。

二

次日清晨我早早起床，和卡萝尔一起喝了杯咖啡，吃了些麦片粥。她很高兴，我也很开心。我们没有提及我到访的原因。我并不常来这里。

上车后我准备前往位于格雷镇的缅因州立警察局。车程有两个小时，很多时候都在沿着昨晚的路线逆向而行，不过这次是在令人愉悦的白天。我在唐恩都乐[1]前停车吃了点东西，所有的味道都一如高中时代。

二十分钟后，我转入警局的停车场，沙粒和盐在轮胎的压迫下吱吱作响，我把车停在了一栋又长又矮的建筑前，上面覆盖着天蓝色的护墙板。这与我想象中有所不同，不似那种由水泥和玻璃构建而成的高大堡垒。入口上方是数根蓝色细柱支起的一片柱厅。建筑的窗户都很小，看上去像一家疗养院，又好似一间汽车旅馆，遗落在人迹寥寥的海边小镇上。停车场大约有十个停车位，但只有两辆警车停在那里。

冬日的草坪毫无生机，被修剪得光秃秃的。草坪上立着一根旗杆，一名警察正在升旗。这里只能看到他一个人：深灰色寸头，高大的身躯和健硕的肌肉藏在整洁的蓝色警服下，双手交替拉动着不太结实的链条。他转身面向我，我没有立刻下车。那是沃尔特，我最熟悉的警探。我知道是他，但同时又不太确定；从这个距离看过去，所有的警察都是一个模样。我下车向他走近的时候，他给了我一个大大的微笑。

（1） 美国著名的连锁咖啡店。

沃尔特慈父般地向我打招呼，我为自己的犹豫感到内疚。他是个好人，目睹过人类最为恶劣的行径，有着谨慎而克制的幽默感和浓重的口音，是北部林区的典型警探。如今他是缅因州立警察局位于南缅因州野战部队单位的指挥官，但他许多年都在部门中致力于重大案件的调查。多年来，有几位警探负责过妈妈的案件，但沃尔特是掌管时间最长的一位。他对我早年的人生知之甚多，比任何人都清楚。不但我的姨妈们和舅舅们不及他，事实上，我对自己孩提时代的了解也没有他知道得详尽。

沃尔特把我带到一间会议室，未来几天这里都做了预留。来自司法部长办公室的证人辩护律师苏茜在会议室等待着，她用温暖的拥抱迎接了我。自四年前的审判后，我便没有再见过她或者沃尔特，这次的重聚令我感到安慰——对于他们，有太多事是我不需要费心解释的。

我适应着新环境，在房间里四下环顾的时候，苏茜一直在说话。这里更像我预期中的样子：粘合型木制会议桌，大大的投影仪屏幕，美国国旗耷拉在墙角。苏茜不停地对我嘘寒问暖：公寓如何，工作好不好，城市的生活怎么样。我一边回答她的问题，一边回想自己对她有哪些了解。我问了问她的未婚夫以及她年少的侄女。

不久，沃尔特告辞回到自己的办公室，表示如果我需要他，他一整天都会在。苏茜和我转向会议桌上的一个个箱子和活页夹。活页夹大约有十个，每个都有四英寸厚，里面塞满了纸张，外加三个硬纸板档案盒。苏茜把它们一一揭开——里面也一样，都塞满了纸张。

“呃……东西很多，”她说道，“我不确定你要找什么，但你想要什么都行。”

我们达成一致，我坐下来一一浏览所有资料，把确认想要获取的内容交给她，然后她帮我复印。我为她的慷慨相助感到不好意思，我原本打算独自完成所有工作，可她向我保证她很乐意帮忙，而且已经为此腾出了整整三天的时间。我开始细阅手书的警察笔录、各种采访的誊抄本，以及法庭的文件，很显然我几乎什么都想要。我还不清楚哪些资料会有用，我得把它们全部带回家，细致入微地翻阅。已经有许多人看过这些材料，而现在，我自己也是时候拥有一份了。诉讼不可避免地将故事简单化：是这个男人杀害了她，他的作案过程是这样的。然而，暴力行为就像地震的震源，它震撼着波及范围内的每一个人，同时制造着其他故事，大地随之断裂，埋藏的秘密被揭露。我想要那些故事，还有那些秘密。

杀害妈妈的凶手在被确认之前逍遥法外了十二年。那些年里，州立警方以及我家乡的警察从未停止过调查走访，这一大摞文件也随之与日俱增。当被问到为什么他和同事们一直如此积极地参与这桩个案时，沃尔特表示原因有二。首要原因显而易见，他们有着大量的证据，案件的侦破势在必得。但还有一个更为私人的原因。他们为这桩案件带来的后果感到愤怒而难过：一位单身母亲唯一的孩子，被孤独地遗留了下来。

苏茜立刻提醒了我关于照片的事。她觉得自己已经把所有照片都拿出来了。但这些文件多年来经手无数，早已杂乱无章。我答应把找到的所有照片不过目就交给她，如果可能的话。四年前的庭审中我看过这些照片，无需再看第二遍。

大约一小时后，我从一摞文件中抽出了一张纸。纸下压着一张面朝下的照片，相纸光滑而厚实，其背面倾斜地印着幽蓝色的相纸品牌名称。苏茜在大厅的另一边，因为她不在跟前，于是我的手还没来得及停住就把照片翻了过来。我看着这只手径自行动，随着照片的翻开，我心想："我能承受。没事的。"然而它却是最糟糕的那一张，母亲的身体呈现在可怕的照片上，还是一个特写镜头。我立刻对自己怒火中烧。我厌倦了这种自我伤害的冲动，仿佛它能证明我的伤痛会好起来似的。

苏茜回来的时候，我只是说："我找到了一张照片。"然后递给了她。她"啧"的一声叹了口气，并向我道歉。我表现出满脸的镇定自若。如果令她有所担心，她可能不会让我继续下去。但假如还有更多档案盒没有被拿出来，我不希望她对我隐瞒。

在四个小时的时间里，我竭力快速地翻阅这些文件，对它们进行评估，以决定每一份资料的去留。但要做到不沉浸其中并非易事，而且有些查问极具吸引力。苏茜在房间的时候，我的脸上尽量不带表情。但当我挤出笑容时，我能感觉嘴唇奇怪的扭曲。我感到自己的动作快速突兀而不自然。每当发现特别奇怪的细节，我会大声地分享出来，而我的笑声中也透露着难以隐藏的歇斯底里。苏茜总是从容地参与进来，让我感觉不那么失态。她会说："哦，是的。我记得那个人。他简直就是个疯子。"她表现出的专业有种人情味，像是与生俱来的天赋。

我和苏茜说笑的时候，刚刚结束执勤任务的克里斯·哈里曼走了进来。我对克里斯的了解并不多。他是在我离开缅因州去上大学后开始着手调查这桩案件的。他比沃尔特年轻，没有沃尔特高大，圆圆的脸庞平易近人。他说他和我妈妈上的是同一所高中，不过他们并非好友。他曾是学校的田径运动员，所以他们在不同团体中练过跑步。但他记得她那一头耀眼的红发。

他扫了一眼会议桌后说："你想要证据吗？"

苏茜插进话来。“证据？”她说道，突然之间严肃起来，“什么证据？”

“呃，比如案发时房子里的东西。我们都放在下面的地下室了。法律规定所有证据必须保存五十年。”

我对这个证据很好奇。我一直感觉自己少了童年时期的一些相册。说不定这一次它们会出现。我对克里斯说：“嗯，当然，那好啊。”就好像有人刚刚问我想不想来杯咖啡一样。然而接着我开始想象我们脚下有一个巨大的地下室，水泥墙壁周围堆满了数百个硬纸板储物箱。在我的脑海中，那是一个阴暗的地方，潮气沿着墙壁的裂缝渗透进来。这个地下迷宫仿若一位管家，为那些不同家族的时间囊作为期五十年的看守，保存所有最令人心痛的记忆。

大约二十分钟后，克里斯抱着一个箱子上来了。他把它放在桌子上的那堆纸箱旁，然后回到自己的办公室。苏茜又带着一摞资料去大厅的另一边复印了。那摞资料不少，我知道她一时半会儿回不来。

我走到那个新纸箱旁，打开盖子。里面是一张折叠的塑料储物袋，皱巴巴的，其中真空密封着什么东西。我把它拿出来摊开，大约是一张报纸的大小。我看着它，脑海中的念头此起彼伏，记忆的齿轮不断滑落，直到最后终于吻合，我明白了摆在眼前的是何物。夹在塑料层之间的是一条白色碎花棉内裤。上面有一点尿斑。这内裤看上去太大，直到我记起，妈妈买的尺码总是比她实际所需更大。这种谦虚有点儿滑稽。而且我记得有关这一尿渍的细节，一小时前我在尸检报告中浏览过。

我把储物袋重新折好放在纸箱旁。我感到额头有些刺痛，会议室的空气也突然稀薄起来。我把双手平放在桌子上撑了一会儿，手掌下的桌面凉爽而坚实。

箱子里的第二件物品是一张加框照片，那是妈妈和小她十岁的未婚夫丹尼斯。西尔斯的摄影师为他俩摆出了母子的拍照姿势，我们都感到过于尴尬而没有纠正他。照片下面是曾经挂在我们厨房墙壁上的日历。这日历感觉遭到了污染，因为它悬挂的房间就是她被害的地方。但看到妈妈整洁的环状字迹令我开心不已，和记忆中妈妈给我的午餐盒纸条以及生日卡片上的半连笔字迹一个样。1 月 15 日，她写下了供房的费用：271 美元。我想着如今我能给予她的帮助，挣到这笔钱是多么容易的一件事。我一个月一个月地浏览，看着我们一起做过的趣事，不禁难过地笑起来，有些日子我们会看电影，有时则会沿着附近的山径徒步。妈妈的笔记满满当当，每周有四五条，读来令我兴奋不已。我很感激能重拾这些回忆，让我再次记得我们的生活曾是多么丰富而充实。我太过沉浸于其中，以至于翻到六月骤然发现它一片空白时，我花了许久才记起，这是为什么。

那天晚上就寝后，我既紧张又亢奋。我不得不清理思绪，好让自己充分放松入睡。但一闭上双眼，那条内裤便占据了我的脑海。我看到那些小碎花，那一点黄色的尿渍，还有那层厚塑料下的褶皱。我短路的脑海中不断重演着那一刻——“你想要证据吗？”我想是的。

只是不知道要证据来做什么。

第一部：分裂

1

之前

我想跟你讲讲我的妈妈。

让我试着详细而准确地描述她。最主要的事实有哪些呢？凡母亲般的慈爱之举，她没有落下的。通常情况下，她既温柔又充满关怀，而且我一直都知道她爱我。她的朋友和亲人告诉我，我是她生命中最重要的人，她常常将此挂在嘴边，而且毫不吝惜地表现出来。我们在一起生活的十二年中，她几乎每天晚上都为我掖被子。她会坐在我的床边为我唱歌，用手温柔地抚摸我的头发。

当我生病或哭泣时，她会拿来一块凉爽的毛巾为我敷额头。很长一段时间她都叫我“小甜心”，久到我不希望朋友们知道。大多数周六的早晨她会为我做薄饼和培根，还让我一边蘸着浓厚的糖浆吃饼干，一边看我最喜爱的动画片《加菲猫》，而且她会陪我一起看。她总是务必让我把作业做完，确保我上学的时候带着午餐，穿着打扮整洁得体。

但这些都没有什么新意，和其他所有疼爱孩子的女人并无两样。

让我再试一试。

我的妈妈是一个充满活力、热情洋溢的女人。她相信家猫有灵性，而且雨天蕴藏着令人忧愁的特质。她认定人要辛勤地劳动，而且她在工作中——在工厂里手工缝制皮鞋——投入的精力似乎无穷无尽。她觉得人要活得随性自然，有一次还怂恿我借着她男朋友的普通调频民用波段电台唱歌，我们俩扯着嗓子唱道："我们坏，坏，坏，坏，坏到骨子里！"直到他从比萨屋买完吃的回来，两只手满满当当，不住地摇头，我们则在那儿傻笑。

她有着一头优雅夺目的红发，那种金红的色调我只见过为数不多的几次。小时候，我从未在杂货店买东西时错牵别人的手，也从未和妈妈走散或迷失过。我就盯着那头亮发，不让它离开我的视线。如今，每当我难得一遇地看到拥有那种红发的女人时，嘴里便开始发干。我会目不转睛地一直盯着看，双手感觉空落落的，同时希望对方没有注意到我。

缅因州短暂的夏天到来时，她会晒好几个小时的日光浴，懒洋洋地躺在湖边狭窄的沙滩地带，躲在一副超大的白色塑料太阳镜后看小说。她非常瘦，一对锁骨出落得很精致，星罗棋布的雀斑洒满了全身，而且会随着每次日光浴的进行加深颜色，越来越多。我会和她一起做烘焙，随着夏天急匆匆地迈向甜苦参半的秋日，我那金黄的头发色调也愈发浓烈了。此时的树木会变成红色，接着由红转黄，又由黄变橙，仿佛一团火焰，燃尽所有那些周末慵懒的午后时光。

每年我们都会开车去几次波特兰南部的海边。她最喜欢在海滩上收集海胆，我也很爱踩着黄色的沙粒帮她四处搜寻。在我很小的时候，海胆的数量还很充裕，但随着年月的推移，情况发生了变化。也许是因为水温的升降，又或许是猎食者多于以往。

对于那些将头发染红的女性，她总是毫不掩饰地表现出自己坚定的优越感。她把她们指出来，告诉我问题所在——这个发色染得太过均匀，那个眉毛颜色太深，肤色不够红润。如今我也成了这些女性中的一员，但她的基因帮我缓和了伪装。我的驾驶证上，“头发”一栏旁甚至有一个小小的“红”字。

不过，那些天生的红发女郎，则是妈妈心中秘密的姐妹淘。她喜欢英国王室的菲姬、维诺娜·贾德、邦妮·瑞特，甚至还有长袜子皮皮。

大概在我八岁的时候，我们第一次一起去美发厅烫了卷发。我喜欢那种被关注的感受，一连数小时坐在那里，任由别人打理头发。但我讨厌那令人窒息的药水味，还有头皮被紧紧拉扯的感觉。这次经历让我开始明白，痛苦可以换来美丽。

妈妈害怕鸟儿离得很近，而对于飞蛾，不论距离是近是远都令她恐惧不已——它们模糊不清的翅膀在空中扑腾，飞行轨迹捉摸不定。她四岁的时候就看了希区柯克的《群鸟》。然而，这非但没有让她对恐怖电影望而却步，反而还让我看了许多不该看的惊悚片，包括我十一岁时看的《双面女郎》，还有同一年看的《阶梯下的恶魔》，影片《继父》也在其列。

自我记事起，她几乎每天都画着牛仔蓝色的眼线，令她淡蓝色的眼神更显专注。在小镇的百货商店和破旧的乡村商场里，她为自己淘到了满衣柜炫丽的奇装异服。几乎每个月她会出去放松一次。每次出门时，她的装扮都让人以为她要去的不是一间昏暗的酒吧或者市政厅的舞会，而是一个迷人得多的地方。她偏爱有着大衣领和法式袖口的白色薄纱衬衫，合身的背心裙上绽放着明快大朵的花卉图案，黑色的缎纹裙摆褶裥垂至膝盖。她的首饰盒里装满了各式各样的服装配饰——猫型的仿金耳环，琢面玻璃心形挂在银色的弯钩上，细小的贝壳用钓鱼线连成一串，那是我们一起在海滩上买到的。她略微收藏了一些镶嵌着半贵重宝石的细金戒指——紫水晶是她的最爱——都是从凯马特百货商店和埃姆斯连锁店买到的。她的梳妆台上立着一排高低错落的香水——Exclamation，Baby Soft，Xia Xlang，Tabu。这些味道柔和而清新的香水，都是她在药店所卖的节日贺卡旁找到的。

她的高跟鞋落在厨房地板上发出的咔嗒声，对我而言意味着快乐，我能从那声音里体会到其中的兴奋。她只会在一切准备就绪的最后一刻把它们穿上。我们会开车到她最要好的朋友琳达家，只需要往镇上的方向开两英里，下车后穿过木制的门廊就到了她家的纱门前。妈妈会喊一声："嘿！"琳达便让我们进门。她忙着一会儿从卫生间到卧室，又从卧室转到厨房，还不忘在换衣服、抹口红和涂睫毛膏的空当抿一口咖啡。她说话的音调盖过了收音机的声音，腕上的手镯叮当作响。我喜欢琳达，她的皮肤是始终如一的棕褐色，脸上常挂着笑容。她是个身材娇小的女人，给人的拥抱却舒适有力，亮眼的金色卷发拂过我的脸颊，我能感觉到她的头发因为发胶而定型，还能闻到她身上的香水味。她一向都会稍微有些拖延，而我总是乐意于此。晚上的这段时间是我能够参与其中的，之后我们三人便会回到车里，开车穿过小镇到外婆家。我将在这里过夜，而她们则会出去跳舞。

跳舞是妈妈最大的乐趣之一，她可以融入到任何一首歌的节奏中，四肢如一位可靠的泳者般优雅自如地舞动。直到今天，她的朋友们还对此念念不忘：她在舞池中是那么投入，带着他们一起沉浸其中。

就连坐在车里的时候她也喜欢动起来，一边跟着音乐唱歌，一边摇摆身体，她称之为“车之舞”。她经常会考我，让我在副歌部分开始之前听辨乐队的名称或歌名。她会大声而略微走调地唱出歌词，我则忸怩害羞地咕哝着。她会用胳膊肘轻轻地推我一下：“小可爱，大点儿声唱啊！”

有一次，我看着她压在驾驶座上被短裤半遮的大腿，以一个十岁孩子稚气的直率对她坦诚相告：你的大腿跟你身体的其他部分比起来太粗了。她变得异常严肃，并用我从未听过的尖锐且一本正经的口气说道：“我告诉你，这双大腿可是多少男人梦寐以求的。”

这让我想起了一个相似的场景：五年级的一天，我穿了一双艳粉色的高跟鞋去上学。我记得我们买这双鞋时她脸上露出的坏笑——它们正在大减价，这是一次既好玩又奇怪的大手笔花销。那天我搭配了一条紧身裤和一件艳粉色针织衫。尽管那时的我还有些胖，但我感觉棒极了。那天早上，当我十分醒目地站在学校前面的冰上等待校门打开的时候，一个高年级女生嘲笑了我的高跟鞋，而这一回，就这么一次，我没有因为受到奚落而影响心情。我告诉她这是她在嫉妒我。我告诉她我看起来美极了。而且我相信自己说的话，瞪着眼睛回应这个无趣的穿雪地靴的小贱人。

有一天，妈妈的男朋友突然离开了她，那天是7月4号。他在我们的住处醒来，说好先回家拿些东西，然后在一个朋友的烧烤聚会上和她碰面，结果却再也没有出现。几个星期后，我们开车去他家。她一个人进去，我则留在车内。大约半小时后她回来了，一下子坐进车里，右手用纸巾包裹着。纸巾上印有小碎花，浸透着迅速漫延的深色鲜血。许多年后我了解到，那天她一怒之下用拳头击碎了一扇窗户。但我并不记得那天她情绪失控过。相反，我记得她嘴唇紧闭，左手平掌在方向盘上，划出一道流畅的弧线，将我们倒出了陡峭的私人车道回到公路上，动作完美，一气呵成。

当用新洗好的床单铺床时，她会先在床上撒上婴儿爽身粉，让床单下面变得柔软清新且干爽。她总是先把鸭绒被缩拢在枕头下方一两英寸处，然后一顺溜把被子拉上去。她还喜欢给床罩上床幔。

她有腕管综合征的前期症状，还有严重的偏头痛。由于这些缘故，她最终不得不戒掉口香糖，后来还得停掉咖啡因饮品。

我人生中经历过一次偏头痛，那是我十一岁的时候。尽管她让房子里的光线暗了下来，也关小了音响，但我确信她并不相信我，而是认为我在假装她头痛时的症状，好借此获得关注。其实并没有；我鲜明地记得当时可怕的疼痛——更糟糕的是，那疼痛是伴随恐惧开始的。我原本一直在看书，突然之间那些字句对我失去了意义，它们变成了我无法辨识的黑色符号。我害怕它们将永远停留在这种状态。

她会在晚上锁好家里的每一扇门，镇上没有人像她这样小心谨慎了。她总是一再检查，把铜制插销拉进拉出。如果外面很热，她会把几扇窗户开个缝隙，但这会让她有些提心吊胆。

她喜欢吃腌制的罐装希腊青椒，坐在沙发上捏住干瘪的茎柄把它们拎出来。她还喜欢冰淇淋，一口气可以吃掉一品脱的量。

如果学校有毛孩子叫我“小母牛”，她会教我听而不闻，好像这能做到一样。

六年级的时候，有一次我和两个朋友——我们几个都是勤奋好学、通常表现良好的学生——因为传纸条被逮到了。我们在一大张没有线格的纸上来来回回地传写了许多刻薄的话，都是关于怀孕的沙恩老师的坏话。我们每人被迫带一张纸条的复印件回家让父母签字，好让他们看看我们干的好事。这真是最完美、最可怕的惩罚了：

我无法承受妈妈对我的失望。

我把纸条递给她看的时候已经哭了起来，她花了些时间看完，然后只是说了句："下次别被逮到了。"这实在太不像她了，简直就是一次绝无仅有的仁慈的特赦令。

有一次万圣节，几个痞气的青少年把我们雕刻的大南瓜砸烂了，她去信给我们当地报纸的编辑，让他们为此蒙羞。还有一次，她和男朋友开着他的皮卡货车经过了一头被撞的鹿——一息尚存地躺在路边。她坚持把车调头开回去，花了好大的力气把它拉到货车的底层，然后带它去了野生动物救助农场。她也因为这一善举再次登上了报纸。

她的爱情选择，有好也有坏。她给予的爱常常有所缺陷，但这并不是她的死因。

因为她，我过去常常在院子里努力营救被家猫追赶的小鼹鼠。

因为她，我会用我那糟糕的声音跟着电台一起唱歌，也会在开车的时候摇下车窗，让疾风吹打我的手臂。

因为她，我会永远相信爱的可能。

她的名字叫克丽丝特尔。她曾闪耀光芒。

妈妈离世的两天前，太阳藏到了月亮身后。在之后的许多年里，我一直记得这次日食发生在妈妈离世的几周前，那是一场我这个早熟而不善交际的十二岁小孩满怀欢欣期待的美好之事。我的记忆将它包裹在了长达数周的并不存在的真空时间里，试图保护它的清白与纯粹。

那是一个阳光明媚的周二。我记得和班上的同学一起站在校园的草坪上，举着硬纸板做成的孔型观察器，望向贺卡般的天空——蓬松的白云飘浮在纯净的蓝天上。大家都在嬉笑打闹着；我们看不到月亮在靠近。然而当鸣鸟变得沉寂，并且圆盘似的月亮出现时，所有人都安静了下来。那月亮并不似一个洞，而仿佛一片坚硬的美工纸般，从我们的观察器中划过。随着月亮的边缘开始侵蚀太阳，我们禁不住一声喘息。我一动不动地站在那里，看着它以远超于我预期的速度滑入既定位置，暗自希望它能停下来。如果它真的停下来，我们便可以无限期地留在那个完美的时刻，安全地站在白天与黑夜的边缘，童年与青春期的交界线，以及学校与家之间。

那是一次日环食，月亮并未完全遮住整个太阳，而是在其边缘形成了一圈发光带。我移开观察器匆匆直视了一眼天空，发现了一圈竟然比一轮满日更美丽、更耀眼的光环，如同一枚发光的金戒指。我可以用手指穿过它，把它握在手上，带回去给妈妈，换下她因为和其喜怒无常的年轻未婚夫争吵、爱慕、和好而不断取下又戴上的那一枚。我可以用一件永恒的东西去替换她那枚如潮汐般来去的戒指。我想要给她一样永恒燃烧的美丽之物。但天空的那圈光环仅仅持续了片刻。

这场日食向我证明了一些事情。为了亲眼目睹一回，我等待了许多年。而它最终到来了，仿佛是我的希求和愿望让它实现的。那个时候，这场日食似乎代表了一个顶峰，我生活中正发生着许多美好的事情——我已经着手在写自己所想的一部小说，交到了越来越多的朋友，身材的圆胖也在逐渐消失。最重要的是，妈妈看起来是快乐的。那枚金色的小钻戒戴在她手上的时间比摘下的间隙更久。白日里那片刻的黑夜似乎是一个奇迹，这次非凡的事件，仅仅透过它的存在就表明，规律性和恒常的运动统治着这个宇宙。

然而一直以来，日食都被视为不祥之兆，它们是安定与秩序的威胁。愤怒的天神挥霍权力——青蛙、恶龙和魔鬼吞噬太阳。日食预示着战争、饥荒和死亡。日食过后，随之而来的是混乱和失序，破坏与掠夺。那天，当我看向天空的时候，我没有看到任何这些迹象。在那圈被火光围绕的黑暗中，我只看到了美。我不知道那短暂的黑暗预示着一场更大的黑暗，一场将所有光明彻底阻断的黑暗，并且久久盘旋，消散不去。

2

事发之夜

恐惧是悄无声息开始的。那是 1994 年 5 月 11 日到 5 月 12 日之间的午夜时分，前一天已近消逝，第二天即将开始。我已经熟睡了好几个小时，侧身蜷缩着，周身堆满了许多毛绒玩具，环绕在沙发床的白色细丝金属中，一只手平压在枕头下。接着，含混不清的声音穿透迷雾般的睡梦涌入了我的脑海。有人在争吵，声音一高一低，好像由深水中向我传来。这种愤怒的二重奏并不是我第一次听到，我没有因此变得更加清醒，依旧睡意深沉，不一会儿便又不省人事，继续安静无梦地睡了很久。

寂静被妈妈一遍又一遍的尖叫声骤然打破，“不要！不要！不要！”我猛地睁开双眼，身体一下子坐起来，内在的所有警觉突然间被全部唤醒，血脉急速奔流，头脑中开始响起尖锐的嗡嗡声。我能感觉眼睛在继续张开，越睁越大，仿佛单靠警觉就可以充当防卫一般。我整个身子笔挺地一动不动，双手手掌平置在两腿边，随着妈妈不断地尖声叫喊，床单也在我的指尖攥得越来越紧。她的尖叫声如此巨大，渗透了我的每一个细胞，床边的墙也变得犹如纸薄。我的房间和客厅仅有这一墙之隔，客厅向厨房敞开着。我想她就在那正中间，在两个空间宽阔的开放地带。我能听到她的叫声撞击着油毡地毯，撞击着坚固的储藏柜和抽屉。我们之间可能隔着四五米的距离。我和妈妈独自生活着——就我们两个人。

内心的惊恐凝聚成两个字从我口中涌了出来：“妈妈？”接着我猛地喘了口气，试图将这两个字收回，把吐出的那团空气拽回来，因为我突然意识到，她不可能在不暴露我的情况下回应我。我把手攥成拳头猛地俯下身子，仿佛预料有人会在我头上给一拳。有那么一瞬间，我闭上双眼希望自己能够消失。接着，我睁大眼睛仔细聆听，看她旁边的那个人是否发现了我的存在。我希望她恐怖的叫喊盖过了我的声音。即便在此情此景下，这个愿望一样让人感到自私。尖叫仍在继续，我并未听到有脚步声向房间靠近，所以我想我是安全的。可怕的事情正在发生，我依然能试图寻求帮助，设法让我们渡过此劫。妈妈还在嘶喊着：“不要！”

我转身下床走了两步来到门边，通电般的身体在短小粗糙的地毯上留下了脚印。我从挂钩上取下浴衣，屏住呼吸穿在身上，稍感粗糙的厚绒布滑过了我裸露的皮肤。我没有把门完全打开，昏暗的橙色光线从厨房照进来，调光器一定升得很低。然而门的合叶在另一边，我只能看到走廊的状况，离妈妈的尖叫还有距离。我不能冒险继续开门，扭头去窥望正在发生的事情。我不必去看。我得活下来。妈妈还在尖叫着：“不要！”

我用汗湿的手掌紧紧握住门把手慢慢转动。关门的时候我一直把着弹簧锁，尽量不发出任何声响。然而按下按钮锁门的时候不可能毫无动静，那声音听起来就像一声枪响，昭示着我的存在。我退缩了一步，等待着，但情况没有变化。我又坐回床上，双脚平悬在半空，姿势无懈可击，依旧双目圆睁，连耳朵也感觉大大张开了。妈妈的尖叫声仍在持续，我想不出自己能做什么，唯有默默等待，绞尽脑汁地拼凑出这些声音的意义。

接着，靴子轰隆踏过油毡地毯的声响传来。一个抽屉被“砰”的一声一拉到底，随之发出金属相碰的声音，毫无疑问，一把刀被抽了出来。她的尖叫声不可想象地变得更加剧烈。在那尖叫声中，我听到了彻骨的恐惧，我不曾知道竟还有这种恐惧的存在。然而其中也渗透着愤怒。卧室里的我一动不动，极度定格的姿势令我紧锁的关节隐隐作痛。我几乎未敢眨眼，也未敢呼吸。然后，一阵沉重、潮湿而快速的砰击声传来。我狂乱的脑海中呈现出一条巨型鱼的画面，一条湿漉漉的500磅深海鲟鱼陷落在厨房的地板上，为了空气和求生翻滚挣扎着。这是一场绝望的反抗。我知道并没有什么鱼。那是我错乱的臆想。

妈妈持续的叫喊、抗争，现在变得越来越小声，越来越安静，只剩下动物般无意识的呻吟，愤怒已荡然无存，取而代之的是受挫的哀伤。在传来的那最后几次呻吟中，我还听到了一声低沉的“哼”，那是全然的厌恶与反感。结束了。随后，电话听筒离开底座发出的机械般的嘟嘟声传来，在刚恢复的寂静中断断续续。

终于，预录的信号铃音播放完毕，电话停止了叫喊。整栋房子悄无声息，这寂静刺入我的双耳，让我感觉仿佛失聪了一般。我没有听到有人开门，也没有听到有人离开。我知道自己并不安全，但现在一切都安静下来，这正是我一直等待的。如果此刻不行动，我将永远不会行动。暗淡的晨光将从窗户爬进来，我会依然大睁着双眼坐在床边。我终究不得不走出去，在白日的光线下目睹一切，也不会有人叫救护车来。我必须找人来帮忙。

我站起身迈了两步，开始慢慢地把门打开，仍旧轻手轻脚：我握住门把手转动解锁，平稳地把门拉开。锁按钮抵着我的手掌轻声弹了出来。厨房的橙色灯已经被关掉，但夜晚朦胧的亮光仍然从走廊对面的浴室照进来。浴室里有一个挂钟，我盯着它步入过道，时间分毫不差地指向一点整。秒针、时针和分针合而为一，此三者为这个夜抹上了一道污点。有那么可怕的一瞬间，这污点就像一只分节的大昆虫，一只由时间构成的、不停战栗的昆虫。我的眼睛睁得更大了，接着，脑海中的哈哈镜一变再变，墙上的挂钟又恢复了原来的模样，在寂静中滴答作响。我转过身去，面向客厅和厨房。

血迹满眼皆是，眼前的地板上，越过沙发的地板上，入门过道边的椅子上，椅子背后的墙上，还有其他一摊摊以及四处飞溅的血迹，多到令我无法直视。它们呈现出黑色，黑暗中更显黑暗。一丝希望在我心中生起，也许我会看到这样一幅绝望而强烈的景象：妈妈手持一把血淋淋的刀站在一具躯体旁，睁大双目瞠眼望着我，既害怕又羞愧不已。她是为了自卫，就像电视里演的那样。

我缓缓地走过沙发，尽量回避我在其上方的大镜子中反射的映像。我能从眼角瞥见自己映射的轮廓，一个缓慢移动的影子。我知道，如果我转过头去直视自己的脸，看到置身于这恐怖境地中的自己，我的内心将会崩溃瓦解，无法复原。

我向那具躯体走去，扭作一团的人形包裹在熟悉的蓝色浴衣里。是她，正如我所预料中的那样。我惊声喊道："妈咪！"音调很高但声音很小，喉咙因为恐惧而发紧。我听到了自己的声音，并为自己感到担心，因为我从很小的时候就再也没有这样叫过她了。我不能在这个时候六神无主，我必须寻求帮助。现在可不是胆怯的时候。此刻在厨房里，一个新的我诞生了。这个我不会因为害怕或悲伤而浪费时间，她唯一的目标就是找一部电话打出去，把她和我还有妈妈活着救出这场灾难。这个新诞生的第二自我开始毫不犹豫地行动起来，驱使我的身体不断向前、向前、再向前。

当脆弱的我失控时，另一个我会让她平静下来，催促她一起行动。我们不能待在这儿，她说。我们得离开这里，她说。你想要帮她，不是吗？

因此我不再多话，而是在黑暗中更加睁大了双眼。我做了一个小测试：我狠狠地拧着自己手臂上的肉掐了几秒钟。以前我做过一些清晰的噩梦，这是我用来逃脱梦境的一贯做法。我等待着自己猛然从床上挺身坐起来的那一刻，大汗淋漓、气喘吁吁，试图摆脱这个逼真的梦境所遗留的惊怖。痛楚从被掐的地方蔓延开来，但我依然在黑暗之中。

事实已经确认，现在行动的时候到了。她的身体躺在门的前方，这帮了第二自我一个忙，让脆弱的我无法临阵脱逃。我又进行了另一个测试：我们谨慎地伸出一只脚，触碰她苍白裸露的小腿肚，进一步证明我们并没有产生幻觉。她一动也不动，这铁一般的事实令我们退却。她的头在墙角的位置，靠近边门的合叶。夜被关在门外，遥远的街灯透过门上的玻璃嵌板射入了微暗的灯光。我们在那里站得越久，就能看到越多东西。墙角很暗，她的头发更暗。因为离光更近，现在我们能分辨出红色了，但眼前的景象太过繁杂，我们无法明白看到的究竟是什么。她的头被一层黏稠的流质阴影所覆盖，那滩液体是什么完全无法弄清。我们立刻移开视线，转向腿部的安全区域。

电话听筒落在地上，卷曲的电话线已被拉伸到底，她的手离听筒很近，但仍隔着一点距离。听筒的正顶端蜻蜓点水般地挨着油毡地毯。我们之前听到开放的电话线路嗡嗡作响时，一定是电话线的拉力把听筒从她手中扯了过来。

我们跨过她的双腿捡起听筒。我们务必要完成她最后的行动。我们要打个电话，但电话不起作用。我们不断用力拨着911，而且动作迅速。我们聆听着，然而塑料听筒里没有传来任何声音，唯有一片安静。我们继续一遍遍用力拨着911，仍旧毫无反应。我们把电话放回墙上的挂钩，然后转过身去。

现在，一段历程开始了。我们的房子非常小，但另一部电话在房子的那边。我们转向来时所走的过道，再一次跨过她的双腿，没有看妈妈最后一眼。要么，她已不再是以前的那个妈妈；要么，我们今晚能够将她成功拯救，再次看到一个完整的她。

过道很短，但还没走到底，一个清晰的想法便跳了出来。它的出现突然而强烈，仿佛形成了一个声音在我脑海中回响，那是第二自我的声音："上帝不存在。"她把令人安慰的幻想悉数抛开，将所有的专注力聚焦于此——脚下的地毯、两旁的墙壁、面前的过道，以及尽头的电话。一股短暂的凄凉之情陡然升起，这让我感到意外，因为我从未相信过上帝。

她的卧室给我出了一道难题：里面一片漆黑，我必须把灯打开。这令我放任自流的麻木感受中不由得渗漏出一丝恐惧，那是黑暗曝光之前闪过的不安：灯亮以后我会看到什么？我打开开关：房间里空空荡荡，毫无异常。

卧室充满着她的味道，被子整齐地叠好放在一边。我们记下了这些细节，准备稍后向警察反映——我们已经在考虑接受警局的查问，那是位于市区的安全堡垒。然而，床下的电话也不起作用。我们拨了一遍又一遍，什么声音也没有。我们蜷缩在一个盲角处，并未听见有人离开。

我们必须离开这栋房子。

于是我们回到客厅，小心翼翼地不再朝厨房看去，接着从极少用到的前门步入细雨中，雨滴刺痛着我的皮肤。我们赤脚踩在门廊上，水泥地面顿感棱角分明。任何能打通的电话都是我们寻找的目标。现在，我们要在黑夜中摸索向前，恶心的感受骤然涌起，仿佛一阵海浪向我们袭来。

—

我们来到一条穿过茂密森林的双车道公路上。一根木杆支撑的卤素灯，在树丛的顶端附近投射出一片白蓝色的灯光。我们可以看到光中穿透的薄雾，雾珠闪耀的外衣令其清晰可见，随后便又落入黑暗之中。除了这条路上为数不多的几户人家有几盏门灯外，这是一两英里之内唯一的灯光了，看上去稀疏而零落。

德梅里特一家人住在隔壁，他们很友好。大约两年前我们搬进来的时候，他们给我们送来了巧克力蛋糕。和我们一样，他们也有两扇门：一扇经常使用，一扇几乎不用。要走到常用的那扇门那儿，我们必须走下一段黑咕隆咚的泥巴路进入湿淋淋的树丛里。我们考虑了一会儿。另一扇极少用到的门前一片开阔，几乎全部照亮在那盏唯一的柱灯下面，整片区域我们可以一览无余。

我们走到极少使用的那扇门前。我们敲门啊，用拳头使劲捶打啊，大声喊啊，声嘶竭力啊。我们一边敲门一边喊着：“我妈妈被人刺伤了。”“不知道是谁还在我家。”“救救我吧。”然而什么回应也没有。我们听得出雨声在淹没我们的声音。我们用身体去撞门，前臂准备迎接最大冲击，膝盖从长垂的浴衣下伸出，踢向坚不可摧的金属。我们和这栋固若金汤的房子抗争着，同这扇牢不可破的门交战着。我们大声地叫喊，等了又等，依旧没有任何回应。

街对面还有一间白色的大房子，房屋被打理得很美，草坪的修剪也很讲究。我们从没见过住在那里的人。它坐落在那盏街灯下，像黑夜中的灯塔般闪耀着。我们转身离开德梅里特家向那个地方跑去，赤脚踏在柔软平滑的草地上。雨水从我轻轻摆动的浴衣外飘了进来。

这栋房子连接着一道遮蔽门廊。我们先敲了敲外侧的门，按响了小电动门铃，一束暗淡的橘色灯光亮了起来。我们大声地叫喊，等待着。我们又试了试纱门，发现它并没有锁。我们有些犹豫不决，并不想擅自进入。但接着还是闯了进去，走到里面那扇更坚实的门前。这是一扇空心门，在我们敲打的时候发出砰砰的声响。我们可以听到敲门声响彻门后的过道。和之前一样，我们诉出了哀求。

我妈妈被人刺伤了。

求求你们了，救救我吧。

不知道是谁还在我家。

我们等待着，等待着。没有应答。这让我们断定，所有人都死了。

我们决心要到这条路上零星散布的每一户人家去敲门。我们想象着一路敲下去，直到抵达镇中心，那里有更多房子，团抱在邻里街坊共有的安全中。我们会挨家挨户的敲门，直到发现有人活着。琳达的家离镇上更近。我们想象她在熟睡中，还活着，但对正在发生的一切毫不知情。

我们掉转头，路过自己的家向镇上跑去。在到达下一栋房子之前，大概还需要五分钟。我们竭尽全力地跑着。

在那五分钟里，有那么令人感怀的一瞬间，坚强的第二自我开了小差，使得另一个清晰的念头有机会划破黑暗涌现出来。我截然分明地感受到妈妈的灵魂从地球上消逝的那一刻。这种感受如此强烈，令原本沿着双车道快速前进的我停下了脚步。我站在那儿，一只脚踏在光滑灰暗的黄线上，另一只踩在粗糙的车道上。我没有感到任何危险。我想着她的离开，想着她悲伤地放弃了这个夜晚，放弃了未来所有的岁月。我做了无声的道别："再见了。"然而我的心脏突然一阵切实而痛苦的紧缩，试图将其拽回自己的心室。那是一股强烈的感受，令人崩溃。于是第二自我寻至心脏，再次将情感搁置一边，推动身体继续前进。

我们来到第三栋房屋前。这栋房子很棘手，它隐蔽在深处的黑暗中，屋前是一段大坡度的私人车道。要从里面出来可能并非易事。但我们算得上认识这些人，至少在外面见过他们：这家有四口人，还有一条拴着的黄狗。我们走了下去，站在他们的走廊灯下。我们再次不停地敲门，不停地叫喊，不停地等待。为了以防万一，我们试着大声说了一些不那么可怕的话，并且不忘加上"拜托"二字。

然而，仍旧没有任何回应。我们无法判断，他们究竟是死了还是睡着了。

我们转身准备走回公路，忽然看见一辆车打着车灯驶来。我们匆忙往陡峭的车道上爬了几步，接着骤然停住。车上可能坐着任何人。我们是活着的目击证人，并且希望继续活下去。于是我们在黑暗中低下身子，直到车灯消失才跑出来。

接下来，我们面对的是一段长长的树林和公路，在到达威尔逊一家的房子之前，大概还有十分钟的路程。我们沿着路中央向前走，地面光滑的线条缓解了脚底的不适。超车道跳脱的标记线远比平时看上去要长。大约行至一半时，我们因为感觉异样而回头望去，结果清清楚楚地看到，一束手电筒的微光闪烁在树丛间。

我们必须加快步伐，但无疑得在威尔逊家停一下。这一次，我们直接穿过纱门，迅速来到走廊里面的门前。我们叫喊着、捶打着，努力将那个不断靠近的手电筒抛在脑后。

可是，威尔逊家也没有人来应门。

再经过一个建筑，我们就要到达更为宽阔的州际双车道 302 号公路交汇的路口，那是小镇真正开始的地方。这段路程还需走五到十分钟，准确的用时无法判断。我们感激这场雨的降临，它一定在保护我们的双脚免于被路面割伤。我们很担心那个手电筒，它现在看起来更近了。

时间就这样蜿蜒伸展，我们开始确信，余下的人生就要在这条路上不停地冒雨行进了。我们开始思考未来的事情。坚强的第二自我退到了一边，相信我会因为害怕那个不安分的手电筒而不断向前走。我想着自己今后会住在哪里。也许我的朋友玛丽的妈妈会收留我。他们家总是飘着油彩和奶酪蛋糕的味道。

路的尽头是一家名为威尼斯的意大利餐厅。我从来没有进去过，这是个高档的地方。餐厅后面有一盏走廊灯和一扇纱门，旁边的方形窗户透着黄色的灯光。我走下车道，赤脚凉爽地踩在轮胎胎面印出的泥质车辙里，尚未修剪的青草穿插其间。我紧紧地屏住呼吸，用力敲打着纱门的边框。门在雨中发出的声音如潮湿的击鼓声般抑扬顿挫，在与门槛的碰撞中变形、颤动着，那是木头与木头的较量。我大声地呼喊，声音盖过了自己的拳头。

一个黑发男人来到门前，眯着眼睛看着我。他有着浓厚的头发，脸型较小。有那么一瞬间，他让我想起了我的爸爸。我放下拳头向后退了一步。雨现在越下越大，落在我身上的感觉也愈发鲜明。一个年长的女人走到了男人身后，她顶着一头同样浓密的黑发。

女人把男人推到一旁，打开了门闩。有那么一会儿工夫，他们两人都站在门口，低头看着我。

我告诉他们我妈妈被人刺伤了，并说道："能见到你们真是太高兴了！"然而，他们的面孔很奇怪，难以置信的表情显露无遗，仿佛与我相隔着千里之遥。

不过他们让我进屋打了电话。餐厅后面有一个小房间，我坐在房间里印有花卉图案的沙发上。男人拨电话的时候，女人给了我一双拖鞋。他侧身看着我，手里拿着听筒说道："我这儿需要你们立刻派警察过来。"

这句话多么悦耳啊。

他接着说道："有个女孩在我这儿，声称她妈妈被人杀了。这个小女孩不知是从哪个地方一路跑过来的。"

我不喜欢"声称"这个词——而且此刻叫我"小女孩"真是大错特错。不一会儿，电话递到了我手里。我竭尽所能向一位声音柔和的女性解释了事情发生的经过。我努力描述得具体而准确，没有表现出一点儿小女孩的样子。多年以后，我会听到那个 911 的电话录音带。我听上去那么镇定，镇定到不可思议。

电话过后是一阵安静的等待。我试图不去想那个手电筒，也没有向任何人提起这件事。我走到洗手间，发现右脸上有血迹。这不是我的血。我能感受到内心深处的恐惧，但它沉在心底，并没有涌现出来。我既没有哭泣，也没有畏缩。我取来一条毛巾，在上面冲了些温水，然后看着自己在镜中恍惚的映像，不假思索地擦去了血迹——我心里想着，必须这么做。

3

之前

妈妈人生的最后两年中，我和她住在一间整洁的黑白色小房子里——房屋坐落在一条安静的路上，位于缅因州内陆一个有着5000位居民的小镇。这是一个怎样的小镇呢？一座会众教堂顶端耸立着白色的塔尖；无比丰沛的水域平静而凉爽；冬天，厚厚的雪花自灰暗的天空飘落。小镇的水资源集中在两大湖泊里，分别名为高地湖和长湖。冬天覆盖的降雪会在小镇形成一座微型滑雪场。每当夜晚亮起灯的时候，你能看见雪道呈现出“LOVE”（爱）的字样。这个词是地形造就的意外产物，未被树木覆盖的空间刻画出了这个清晰的字母。州际双车道302号公路从山前经过，由南向北延伸至小镇，沿路途经高街，进而贯穿梅因街，那是战争纪念碑的所在地，一名武装的联邦士兵挺立在花岗岩石柱之巅。由此，梅因街顺着陡峭的斜坡一路向下，远远地绕离高地湖湖岸，同时从一家家多年经营的店面前比肩而过——魔力灯笼剧院、瑞尼斯百货折扣店、花之盆花店、美食汇、黑马酒馆——随后再次变回302号公路，没入森林中。在继续穿越两个更小的卫星镇后，向南行驶一小时便可以到达波特兰。在镇上的一个交通灯处，另一条州际公路向北蜿蜒，通往几个更小、更偏僻的城镇。每到夏天，城市的游客总令小镇应接不暇；寒冬到来时，这里便显得封闭而隔绝。我们属于边界地带，是连接内外的大门。我们所属的缅因州具有一种强烈的孤立感，强烈到常常使人感觉幽闭而恐怖。

我们的小镇叫布里奇顿，这里的人们都认识克丽丝特尔·佩里，那个年轻漂亮的红发女人，她的一生几乎都是在这里度过的。那间黑白的小房子对她而言来得并不容易。她是个好妈妈，而且拥有自己的家。她把自己微薄的收入安排得恰到好处：我仍然记得和她在新罕布什尔州边境的杂货店买东西时的情景——那里不用付消费税。她用前臂掌着推车，手上攥着一本便笺、一支圆珠笔和一个小巧的粉色计算器。新衣服和汽车音响算得上奢侈品了，是通过耐心的长期分期预购所得。所有的一切都是她“被囚禁”在工厂的日子里，双手熟练地在高级皮鞋上穿针引线挣来的。这份工作虽然辛苦，但很稳定。在她的六个姐妹中，至少有两人与她相处不错，而她和朋友琳达的关系更加亲密，那是她八岁时就认识的发小。我们常常在周末的下午去她家，一待就是好几个小时。琳达的魅力和傻气总能瓦解妈妈几乎时刻藏在外表下呼之欲出的焦虑。

妈妈一生中的许多时间都用来寻觅并维持一份可靠的爱——为了她自己，而且她觉得，也为了我。她应对过各种各样的男人，爱喝酒的、骗取福利的、脾气暴躁的。男人们许下矢志不渝的爱情誓言，令她铭记在心，却也没有落下对她的操控与辱骂。在我年纪尚幼时，她明智地和我爸爸离了婚。后来她遇见了戴尔，这个男人就像合格的父亲般待我一向很好，对她也一样。然而几年之后，她失去了他。她随后的爱人名叫蒂姆，这是她极度渴望却未能把握的一段感情，如同彗星一样，在循序靠近后终究渐行渐远。她最后交往的对象是丹尼斯，亦是她离世时的未婚夫。这是她所有感情中最为捉摸不透的一段，也是往后相当长的年月里，我在脑海中翻来覆去回想的事情。当然，她还接触过其他男人。她是一位年轻美丽的女性，外界的信息一直都在告诉她——没有男人不行。而他们找到了她，有时一个晚上，有时一个星期，有时是几年。但她终究没有找到她需要的那个人。

——

妈妈是个非常注重隐私的人，遭遇谋杀带给她的是曝光于人前不可挽回的屈辱。她被暴力终结生命的悲剧，在公众如饥似渴的猎奇心态下，被不遗巨细地公之于世。遮蔽的帘幕已被扯下，她的一切再无隐私可言，谁都能凑近双眼一探究竟。而她人生的美好却没有被述说或者保存，电视中也未曾报道或再现过。她的光芒被恐怖的氛围所阻隔。我想将那黑暗驱走，穿越恐惧回到过去，和从前的那个她再次相聚。

妈妈在她十八岁的时候生下了我，而她被害时年仅三十岁。我着手写这个故事时，是她去世后十八年——也就是我自己三十岁的时候。在那一刻，我们都在彼此缺席的情况下，生活了同样长的时间。我内心深处一直有一种怀疑，怀疑自己活不过她的年纪，怀疑肯定会发生什么事情，让我不会比她活得更久。然而日子一天天过去，我发现自己度过了她不曾拥有的岁月，那是一直以来我无法想象的岁月。我努力将她融入那些岁月之中，陪伴我。

4

之后

案发后的第一个上午，我在外婆家昏沉而安静地醒来，感觉距离敲开威尼斯餐厅的门仿佛只过去了几秒钟的时间。我因此得以免于许多人谈论的痛苦经历，即在最初醒来的片刻，大脑对悲剧没有记忆，等随后意识到发生的事情时，内心再度悲痛欲绝。我盖着丝绒被仰面平躺在曾和妈妈一起睡过的房间里，那时我们还没有买下自己的房子。这张原本属于她的床，如今成了我的。我盯着天花板，心想我得花多少力气来挪动身体，又如何不得不日复一日地继续前进。

我永远感激那第一个晚上空白一片的睡眠，那段精神上丝毫未被任何梦境打扰的安宁。因为倘若噩梦出现，我会在今后的每一个夜晚恐惧它们的到来，而那恐惧将是一扇敞开的门，会唤来更多形态各异的黑暗。事实上，用不着梦魇的帮忙，我的恐惧已数不胜数。

雨已经停了，刺眼的阳光穿过板条百叶窗照射进来，耀眼到令人发指——这赤裸裸的烈日携着潮气让人感到窒息，在一场暴风雨后并不受欢迎。房间里就我一个人，我能听到有人在厨房说话，而且辨识出了几个姨妈的声音。黎明时分还下着雨，天阴沉沉的，六点半左右，我们离开了医院。现在还没有到中午。

我在医院度过了漫长的三个小时，穿行在厚重而混沌的恐惧里，一切都那么缓慢而不真实。我记得在一间儿科检查室里，我坐在一张铺有坐垫并且用纸覆盖的桌子上，一个护士帮我量了血压，又照射了一束光来检测我的眼睛。其他的灯光都很暗淡，没有日光灯虎视眈眈地看着我。那位护士做了一些记录，然后让我躺在桌子上安静地呼吸几分钟。我一边呼吸，一边想象着妈妈或者妈妈的身体——我不确定是哪一个——躺在这间医院某个地方的另外一张桌子上，医生和护士们正用哔哔作响的仪器对她或她的身体疯狂地操作着。

接着，我放空思绪，一动不动地坐着，凝视的目光越过了房间里煤渣砖块砌成的墙上色彩鲜艳的壁画。不过我记得那是一幅怎样的壁画：一只兴高采烈的老虎正在丛林间透过波浪般起伏的草叶向外窥望。我以前可能见过这幅壁画，那是某一年的圣诞节，我因为患流感到医院来看病。

没过多久，凯特·伦纳德警官走进了房间，是她陪我坐救护车来的医院。她握住了我的手，我知道这是个糟糕的信号。她眼里含着泪水，简洁地对我说道：

“她走了。”

我点了一下头，接着哭了起来，那是我当晚第一次哭。终于，不会再有任何前进的必要了，痛苦如海浪般向我席卷而来。我身体的所有肌肉开始紧缩，起初是凯特握着的那只手，接着逐渐蔓延到全身，我的手臂、胸膛、脖子、躯干，我的双腿、双脚，乃至脸庞。身体内起伏扩散的痛苦使我在那张褶皱的纸上不停扭动——我未曾意识到自己怀揣的希望，因这三个字汹涌而出。

凯特没有提到的是，妈妈根本没有被送到医院。那辆派去我家的救护车，刚刚到达就开走了。没有闪警报灯，没有载人。因为已经没有必要。

如果说我救了谁，那只有我自己。

记忆在此刻黯淡下来，陷入了医院特有的白色迷雾中，仿佛变化无常的帘幕般，在那数小时中若隐若现，有些时刻因而变得模糊，为其他的画面让路。在下一个清晰的镜头中，我记得一个女人——也许是护士——温柔地把着我的手臂领我走在过道上。我们要去的地方是牧师办公室。这令我稍有不悦，因为妈妈和我并没有宗教信仰。然而似乎没有人明白，那并不是我们在悲剧发生的时候会去的地方。但我不知道我们究竟该去哪儿，于是我让她为我带路。

走廊的天花板很低，地板上涂着厚厚的石蜡，每走一步都稍微有些粘脚。当我们朝几个警察走去的时候，我感觉那名护士的身体紧绷起来。他们正在和一个年轻人谈话，这个年轻人停了下来，看着我。那是我妈妈的未婚夫。但护士并不知道这一点，也不知道这意味着什么。不过她领着我从他面前走过，那些警察也催促他往相反的方向走去。我和丹尼斯擦身而过的时候，目光交汇在了一起。我能看到他双眼通红，布满血丝，他看上去那么痛苦。他似乎比把着他手臂的警察要高大，身体的重心在两腿之间不停地转换。他抬起一只有力的手，捋了捋浅棕色的头发，修长的四肢一刻也不得停歇，整个人充满了同往常一样焦虑不安的能量，那是我再熟悉不过的。我们之间的距离如此接近以至于我突然警觉起来，惊讶不已的同时，试图去解读心中激起的震动：几个小时前他在我家吗？还是在他自己家里睡觉？

他的衣服和裸露的前臂都很干净，不过他是有时间回家洗澡的。时间勉强够。我确信从他脸上看到了难忍的悲伤，但来不及探寻其他迹象。

多年来我一直在想，这是多么奇怪啊——在我还不知是否应该怀疑他，但警察已经对他有所怀疑的时候，他们怎么会这样不称职地让我和他如此靠近？为什么在那一刻，似乎还没有人明白到底发生了什么？究竟有哪些可能？

护士和我从丹尼斯面前走过，接着他便从我的脑海中消失了。我努力保持着对周围环境的警觉，应对接踵而至的每一刻，新升起的感受将过去的每一秒钟取而代之。牧师的房间狭小而简陋，但没有牧师在那儿。房间里的陈设很简单，一张小的硬沙发、几把简易的椅子、一张复合型木桌，以及一个灰色金属档案柜。我被独自留在那里待了一会儿，努力保持安静，什么也不想。随后，有人领着外婆走了进来，把她安顿在椅子上坐下，然后便离开了房间。只留下她和我在这里，就我们两个人。

外婆睁大了眼睛，我能听到她干枯的双手彼此间不断摩挲发出的微弱声响，她的两枚戒指——一枚是结婚戒指，另一枚是从她母亲那儿继承来的——在两手的接触中安静地碰撞着。她的手提包如同一只安抚人心的宠物般坐在她的膝上。她已经七十五岁了。

“克丽丝特尔出事了。我不知道发生了什么事情，他们什么也不告诉我。她受伤了，而且，哦，我们不知道发生了什么！是警察从家里把我带来的，他们什么也没告诉我。八成发生了什么不幸的事情！是不是有人伤害了她？”

她没完没了地说着，而我则不停地发抖。外婆的情绪歇斯底里，嘴里喋喋不休，却要由我来告诉她：

“我不知道，外婆……没错，我确实觉得他们应该告诉我们一些情况。有事情发生了，我——我不确定……”

她用更多的问题打断了我。但我心想，既然警察和护士都没有给她任何回答，我也不应该透露什么。况且他们是派救护车把她接来的，显然对她十分谨慎。

时间一分一秒地过去，我仍然待在这个狭小的房间里，独自面对外婆狂风暴雨般席卷而来的困惑和恐惧。我感到怒不可遏，他们竟然留我在这里收拾这个烂摊子，没有任何人来帮助我。然而我也感到羞愧，因为我对她说的那些安抚的话，那些踌躇不定似是而非的回答，主要是为了努力保持自己的理智。我必须让她平静下来。

我绝对不能朝她大喊：“她被人捅死了！她被人捅死时我还在那儿！没有人能帮我，所以你现在得给我闭嘴！”

我不想这样对我的外婆，真的不想。我不愿看到外婆在得知这件可怕的事情后脸上的表情，我不愿带给她这样的打击。我的愤怒因而再次回转过来，变成了爱。

然后，随着姨妈和舅舅们开始陆续到达，我终于得以从这困境中解围。格温从新罕布什尔州赶来；温道尔和卡萝尔从北部的牛津郡赶来；格兰妮丝从波士顿赶来，她必定一路开得非常非常快。

我已记不清姨妈和舅舅们的表情。当晚在医院剩余的时间，都退居到了那片朦胧的帘幕后。往后的人生中，人们会认为我的年少已不知不觉将妈妈被害的记忆完全抹去。这是他们用来自我安慰的想法，慰藉不了我。那砰砰的声响，骇人的血迹，还有我沿着公路奋力的奔跑，将会永远尖锐而清晰。反而是亲人脸上的震惊与困惑，安抚我的话语和拥抱，以及质询的眼神，几乎没有在我的记忆中留下任何痕迹。

5

之前

我的外婆在十多年前去世了。然而，她所留下的记忆依旧善变而复杂，让人难以确证。你很容易看出，她的人生是多么艰难；也不难看出，她原本可以做到更好，或者至少可以敦促她的女儿们努力争取更好的人生。我的舅舅韦伯斯特一向都叫她格雷西，我从未听到他对她用过别的称呼。有几个年长的子女也会这么叫她。但在这个家里，她更多时候被称作老妈。当人们直言不讳地各抒己见时，便会用格雷丝这个名字。要么称她为外婆，尤其在跟我说话，或是在他们心情爽朗，又或怀念她的时候。外婆听起来很亲切，老妈则招人厌烦；格雷丝显得任性，格雷西既像母亲又像孩子。

那是1954年，格雷西正奔跑着穿过一片深深的草地，她要横穿斜坡努力跑到邻居家，而不是坡下的河边。当时她三十五六岁，已经有七八个月的身孕。她跑得很快——没少练过。她的丈夫霍华德紧随其后，挺起的肚子也让她不堪重负。他一把抓过她的手臂，又扯住她的红头发。她开始被他拉着跌跌撞撞地往斜坡下拽。他抽打

着她的脸庞，让已经青一块紫一块的面部更加鼻青脸肿——他们在家的时候就打起来了。她大声地叫喊，试图把双脚钉在沙沙作响的草地里。她骂他是个混蛋，哀求他住手。他大叫道："我他妈要把你淹死才会罢休！"

然而，当她的裙子下面开始淌血时，他们两人都停住了。卑劣至此的霍华德也害怕起来。他没有把她推到河里，而是带她去了医院。他们已经有两个男孩：温道尔和韦恩。这个孩子原本会是沃尔特。

小产（miscarriage）——意即错误的孕育（miscarry）——是个奇怪的词。它暗指当事的女人做错了什么事情，没有正确地坚持住。但在这件事情中，或许坚持孕育才是问题的本身所在。

家里除了男孩，还有女孩：贝蒂、卡萝尔、格洛丽亚和格兰妮丝。以后还会出生一个男孩韦伯斯特，以及另一个女孩杜丝。最后是两个小女儿：格温德林，以及十个月后出生的克丽丝特尔。

克丽丝特尔是家里的第三个红发人，也是家中的第十个孩子。但她究竟是格雷丝生的第十一、第十二，或是第十三个，那就要看是谁在问，以及谁在回答了。在和霍华德结婚之前，也就是克丽丝特尔还完全不知在哪儿的时候，格雷丝在十八岁的时候嫁给了一个名叫雷·巴特利特的男人。她和雷生下了自己的第一个孩子基思。不久之后，雷加入了海军。在他离开的日子里，有传言说格雷丝背着他和其他男人偷情。这可能是真的，她不知道没有男人该怎么活下去。雷的父母说服他和她离了婚，然后将基思带走独自抚养。他们是有钱人。

基思之后是另一个被错过的孩子，理查德。这是格雷丝的第二个孩子，他的生父是个永远的谜。与雷离婚之后她搬回了娘家，她的母亲让她放弃理查德，交给住在同一地区的陌生人抚养。当格雷丝其他的孩子还年幼时，理查德是给家里送牛奶的人。孩子中有的知道他是他们同母异父的哥哥，有的还蒙在鼓里。而知道的几个孩子，也从没想过告诉不知情的兄弟姐妹。

和雷离婚几年后，格雷丝遇见了霍华德·法纳姆。在之后的许多年里，这个男人常常追着她穿越田野，在公路上狂奔，满屋子追着她打。他和雷一样是个酒鬼，英俊的脸庞下藏着暴躁的脾气。他们很快就结婚了，家里的十个孩子中，大部分都是她在这段足够长的婚姻里和他生下的。不在部队的时候，他经常因为各种劣行而蹲监狱：人身攻击、小偷小摸、入室抢劫。他和他的朋友霍皮和霍尔内特轮流犯案，轮流服刑。但他们还不够称得上一个有组织的“三人帮”。他们做过马匹买卖，蒙骗一个算一个。他们曾企图抢劫殡仪馆，尽管霍华德的叔叔还躺在里面。但保险箱牢不可破，他们又难以偷走，结果被逮到了。

每次霍华德被释放出狱，他都会坐一辆出租车回家，穿着那个时候监狱在犯人刑满释放时分发的西装走下来，口袋里揣着一百美元。崭新的开始一个接着一个。但家里的房子和那西装并不相称。实际上，它就像个集中营，位于一个叫作米尔顿庄园的地方。直到今天，这庄园仍因为太小而称不上是一个镇子。楼上楼下分别有一间房，不管人数多少，所有的孩子都挤在一张床上。格雷丝和霍华德的床只有几步之隔。冬天的时候，房间中央的铁皮炉子负责供暖，破陋的墙壁上映出暗淡的红光。屋外有一个新月形的厕所。你得把一桶水扔下井去才能打破结冰的水面，直到霍华德在井上安装了手摇泵。这算得上一大进步了。

当我出于好奇在奥古斯塔市的缅因州档案馆查阅霍华德的犯罪记录时，我的发现既比预期要少，同时又超出了我的预料。只有一条记录，而且只有一项罪行：1958 年 10 月被判强奸罪；刑期：十到二十年；受害人：他的长女，当时年仅 13 岁。

审判记录中只列有一条有效的证据：受害人用打字机打印的一封信，撤回她原来的指控，表示她之前对邻家的女人所说的都是谎言。我怀疑这是她被迫的举动。既然霍华德最终被定罪，尤其考虑到这封撤诉信，那么在那个年代，他的罪行肯定是毋庸置疑的。后来我得知她被独自送走了一段时间，去了一间专门为调教难管的女孩而开设的学校。当我向另一个姨妈询问原因的时候，她说："我猜人们不想要她在那儿。人们认为她做错事了。"她并没有讲明她说的"人们"究竟是谁。当然，那个小女孩什么也没做错。我很难过她被独自送走了。但我真心希望，远离那个家——有霍华德也好，没有霍华德也罢——对她是一种解脱。

结果，格雷丝隔三差五地到监狱探监，却从来没去那所学校看望过她的女儿。后来，霍华德服刑不到五年便回了家，正好孕育我的妈妈克丽丝特尔。格雷丝那时四十四岁，克丽丝特尔是她的最后一个孩子。倘若霍华德服满判决的最高年限，或者格雷丝没有重新接受他，那么也就不会有我妈妈的出生了。

即便霍华德住在家里的时候，格雷丝也会想方设法往镇上跑。她会等到星期五的晚上，故意找茬跟他大吵一架，好让他跑出去喝个酩酊大醉，直到早上才能回来。有时，她得到的回应超出了她的算盘。他会对她大发雷霆，拽着她摇晃，逮着她殴打。她会大喊：

“霍华德！哦，霍华德！”他喜欢这样。他喜欢她害怕的样子。而她也知道这一点：她可以夸大自己害怕的声音来取悦他，她放肆而夸张的叫喊不停地颤抖着，直到他挥舞的双手变得柔和起来。他在家的时候，晚上的光景就是如此。

不过大多数星期五，霍华德都在外面惹麻烦，或者为自己惹下的麻烦埋单，格雷丝也不用故意挑起战争。她会在格兰妮丝的帮助下给自己的头发打上卷，穿上她最好看的裙子。她的前夫雷会开着蓝绿色的雷鸟轿车，风尘仆仆地出现在门口，来接她出去跳舞，或者不止于此。星期六的时候她不一定总会回来，星期天甚至星期一也不一定。她并不是总跟雷一起出去，有时是和其他人。格雷丝偏爱树林里那家又深又低的大礼帽舞厅，它位于一座陡峭的山脚下。那是一个阴暗的地方，藏着公开的秘密。

只要格雷丝星期一没有回来，十二岁左右的格兰妮丝便不得不逃课在家，照顾更幼小的五个孩子。她的哥哥姐姐们那时已经全部搬了出去。有时家里没有吃的，但她知道妈妈藏着她拒绝承认的巧克力棒和新头的食物。当克丽丝特尔和格温刚刚学会走路的时候，附近的河流是个大问题。她们活跃善动，但因为太小而不懂事。那条河的河水向来冰冷而清澈，在田野的另一边急速流淌，仿佛时刻准备吞没一个小孩。格兰妮丝经常为此担心，但她不可能时时刻刻盯着他们。家里有韦恩和韦伯斯特，还有杜丝，以及更小的格温和克丽丝特尔。不过这两个小的总在一起，可以稍微照看一下她们自己。格兰妮丝的精力常常被分散，要做的事情实在太多了。而他们总是眨眼之间就不见了。

有一天下午，她正在家里用能找到的一丁点儿食物做三明治，突然之间，屋子里安静得出奇。她猛然意识到：那条河！

她奔跑着穿过田野，乱子草锋利的边缘拉扯着她的裤腿，深金色的长发飘散在身后。她从未跑得如此之快，因为她深知刻不容缓。那条河！哦，天哪！

她发现格温正面朝下躺在水中，两臂张开，身边没有任何人。格温大约四岁，总是记不住自己不会游泳，却喜欢玩水。格兰妮丝把妹妹翻过身的时候，她的面色发青。她们无助地在一段狭长的河滩处，没有大人来帮忙。格兰妮丝愤怒至极。这股愤怒支持着她——就像她支持着这个湿淋淋的毫无生机的孩子，她的妹妹——穿过田野往回跑去。

她跑到满是灰尘的路上，不可思议的是，竟然有一辆车在那儿。不仅有车，还有一个大人——能够提供帮助的人。格温得以幸免于难。

这并不是格兰妮丝第一次把妹妹从水里救出来，却是最严重的一回。在随后的几年里，她总会发现格温突然不见了，于是慌张地大声唤她。有时格温会故意躲起来，其他几个孩子因此而发笑——不是笑格兰妮丝，真的，而是嘲笑命运。好在克丽丝特尔还太小，跑不了那么远。而等她能够跑远时，她比姐姐格温更会游泳，而且更加坚强，不那么容易遭受不幸。她是家里最小的孩子，但大家都知道她能照顾好自己。

终于，格兰妮丝决定不再帮妈妈做出门的准备。为格雷丝卷头发和扣裙子的温柔仪式——这也许是她们之间唯一温情的互动——在格兰妮丝的愤怒中消失了。“你必须留在家里照顾所有这些孩子！”她大喊道。那时她自己也还只是个孩子。十四岁的时候，她毅然决然地离开了，出门时给了她妈妈一记耳光。她内疚了许多年——不是为了那记耳光，而是因为自己把弟弟妹妹们抛下了。但她明白，如果不离开，她会因为错过太多课时而最终无法完成学业，到那时她便谁也帮不了了，这样真的不行。

格雷丝并不是个恶毒的人，只不过许多事情令她无法招架。有一天，她和孩子们待在家里的时候，格洛丽亚从楼梯上摔下来，大腿被一颗裸露的钉子割破了。其他几个孩子都跑去为她照料伤口，格雷丝却吓得要命。她把自己锁在卧室里，不肯出来。

格雷丝是什么时候决定离开霍华德，乃至到底最终是谁选择了离开对方，这些并不十分清楚。但在我妈妈四五岁的时候，他们两人离婚了。不久之后，格雷丝第二次嫁给了雷——那个开蓝绿色雷鸟轿车的男人，也是她第一个孩子的父亲。那时他已经离开海军，拿到了一笔优厚的退伍津贴，能够让一家人搬到布里奇顿镇上一间现代化的三居室房子里，位于米尔顿南面，大约一小时车程的距离。这是一个像样的小镇，有邮局和警察局，还有聚光灯照耀的镇中心。

格雷丝必定对雷使尽了浑身解数，因为他讨厌孩子，而她仍然有五个孩子住在家中。雷要求家里时时刻刻保持安静，即使另一个房间悄悄私语的对话都能触动他暴躁的神经。他喝酒的时候耐性尤其差，而喝酒对他来说是家常便饭。这几个孩子——杜丝、格温和克丽丝特尔，还有韦恩和韦伯斯特——基本上不能游戏、玩耍，也不能请朋友到家里来。格兰妮丝和格洛丽亚总会尽可能在周末把他们接走，开车向北回到她们逃离米尔顿后搬去的城镇，有时是格兰妮丝在拉姆福德的住处，有时是格洛丽亚在迪克斯菲尔德的家，位于河下游几个城镇以外的地方。她们甚至试过将格温和克丽丝特尔彻底带离这个家，但格雷丝不让她们这么做。

雷不许孩子们洗淋浴，他们只能在浴缸里洗澡，而且他只允许他们用一点浅浅的水。他说不想在他们身上浪费资源。他们也不能在餐桌上吃饭。格雷丝会单独为雷准备丰盛的晚餐，却让她的孩子们抱着几碗麦片回到各自的房间去。

雷有时会对格雷丝动手，但他通常不会打孩子。然而他会出现在各个角落，对他们咆哮咒骂，把他们贬低得一文不值。“我连看都不想看你。”他会对一个扎着辫子，脸上长了小雀斑的六岁女孩儿说这样的话。他对格雷丝颐指气使，而她则言听计从。她竭尽所能让孩子们保持安静，防止他们给他造成任何不悦。相比于霍华德，格雷丝对雷显得更加逆来顺受，也许是因为雷的过激行为要稍好一些，他们没有那么多大吵大闹的机会。而雷也提供了更多的物质享受。他接受对这些孩子的容忍——极为勉强地——她则答应想方设法让他们安静地闭嘴。他能享用这个绞尽脑汁让他就范的女人，而她住进了一间体面的房子里。这种交换基本能对他们奏效。只不过对其他所有人都行不通。

日子也有好过的时候。有时格雷丝会兴致大发，一边唱着过去电视节目中的旋律，一边在做自制炸面圈的时候围着厨房跳舞，或者抱着他们的棕色玩具贵宾狗可可自娱自乐。那些粗俗的话她张口就来。她并不总是那么没有教养，但当她要用洗手间的时候，却经常说：“我要像赛马一样撒尿！”买完东西回来时，如果她跟别人讨价还价要到了好价钱，便宣称：“他贿赂了我一把！”这些话听起来常常令人感到困惑，比如她会说：“那不就像桥上的水吗？”或者“这又不是火箭手术。”

有时格雷丝会对别人说一些奇怪的话，然后自己过半天才能意识到。她会跟孩子们讲这些事情，并自嘲地笑起来，孩子们也跟着她一起笑。但接着她会突然发怒地哭诉道：“哦，不！你们在嘲笑我吗？”她的情绪总是变化无常，一点儿预兆都没有。一头红发让她看起来像露西尔·鲍尔[1]，这个发型一直是由克莱罗尔为她打理的，一生从未改变过。然而雷丝毫不能容忍她的傻气，唱歌也好跳舞也罢，所以她只能趁他不在家的时候任性一下。

后来，家里的两个男孩儿变得太过顽劣，被送去跟他们居无定所的父亲霍华德一起生活。那时他已经跑到得克萨斯州去了。终于，家里只剩下三个孩子：杜丝、格温和克丽丝特尔。杜丝总是激烈地与雷发生冲突，而且把受到的暴虐与不公发泄在两个妹妹身上，一有机会就狠狠地揍她们。十岁出头的那几年里，她差不多搬去和附近的沃兹一家人住了，这家的孩子非常多，以至于再多一个也几乎觉察不到。她对雷的记忆似乎更加详细，而且她的描述中没有我从其他人那里感受到的小心谨慎。有一次她说，他因为她不守规矩而用电线打了她。当我跟另外几个姨妈提到这件事时，她们没有否认她的话，而是皱着眉头告诉我，问题就在于杜丝从来不懂得闭嘴。

格雷丝两个最小的女儿，格温和克丽丝特尔，继续依靠自己独立成长着，这是常态。她们两人虽然不搭，却是一对可爱的组合，

（1） 露西尔·鲍尔（1911—1989），美国著名喜剧女演员。

因为年龄如此接近而被有的人戏称为“爱尔兰双胞胎”。格温说话时轻声细语，深褐色的头发搭配着小巧的五官，卷起的发梢围成了一圈。她是个谨小慎微的女孩，喜欢用外婆的肯莫尔牌缝纫机缝补东西。克丽丝特尔则不同，高高瘦瘦的她更加任性，顶着一头胡萝卜般的橙色头发，而且拥有很强的主见。如果两人中有谁得到了一样东西，另外一个必须也要有才行。倘若是格温的生日，克丽丝特尔的礼物也不能落下。假如两人的玩具开始是一个模样，这种状态并不会维持太久。克丽丝特尔会把自己的东西拿出来摆弄个够，扯碎它们的边边角角，弄脏它们干净的原貌；而格温则喜欢把自己的所有物放在架子上，这样她就能看着它们，让它们一直都那么崭新漂亮。尽管如此，两个女孩总是形影不离——她们在屋后的树林间建了一座树堡；骑着自行车跑几英里路到镇上去买便士糖果；一起在附近的长湖游泳。她们和许多姐妹一样经常闹别扭，但她们也会在雷施加的掌控与压力下努力为彼此打气。她们的妈妈总会给她们买款式相同、颜色稍异的衣服，尽管她们一再强调：“我们不是双胞胎！”对于雷的刻薄，以及母亲无力保护她们的事实，两人的应对方式是她们之间最大的不同——格温学会了隐藏与等待；克丽丝特尔则学会了逃避。格温是幸运的：十九岁的时候，她遇见了一个名叫戴夫的男人——自那天起到现在，这个男人一直是她安全的港湾，没有让她忍受霍华德和雷加诸在格雷丝身上的重担。克丽丝特尔的路则更为艰难，她一直在寻找一个值得依靠的好男人。而她会渐渐领悟到，她并不需要依靠任何人，只是这领悟来得为时过晚。

6

之后

我一直都记得，在外婆家那个我曾和妈妈共住的小房间里最初醒来的那一刻，阳光是如何照射进来的。但我如今竟发现，那个画面与我现在的记忆大相径庭。天灰蒙蒙的，仍然下着雨，跟我们离开医院的时候一个样。那阳光一定是周围的世界向我逼近所造成的幻觉，所有的感受，所有的噪音，所有的光亮都朝我涌来，令我无法招架。

格温不一会儿就进来了，她鼓励我穿上浴衣出去吃点东西。浴衣是外婆的，紫色涤纶面料装饰着扎人的蕾丝。离开医院的时候，我穿的是护士的工作服，我自己的浴衣已经成了证物。我看到外婆在厨房里，一会儿用手掌擦拭桌台的边缘，一会儿摊平饼干盒上的纹路，一反常态地默不作声。有人放了一个干巴巴的炸面圈在我面前，从塑料包装纸里拿出来的那种。我经常在外婆家吃这个，有时会在微波炉里加热一下。她总是让我想吃多少就吃多少。我把炸面圈拿起来，又放下。一想到要咀嚼，要把一样东西转变成鲜血和肌肉，我就无法忍受。这种想法太离谱了。我低头看着自己裸露的双腿，苍白的皮肤下隐约可见蓝色的静脉，一阵恶心的感受涌遍了我的全身。我把小盘子推到了一边。

不到一小时，一个名叫谢里尔·彼得斯的女人来到外婆家，她是州政府雇用的社会工作者。她带了一台手提电脑，并说我可以在她填表格的时候玩电脑。我还有心思玩耍，或者我以后还会有任何心思娱乐的想法，令我感到荒唐而震惊。我看得出她是出于好意才这么做，但我几乎感觉受到了嘲弄——玩耍只属于幸福的孩子。我没有碰那台机器，而是安静地坐在床上。她让我告诉她发生的事情，于是我为她一一讲述了当晚的经历，尽管我还不太清楚她来这儿是为了什么。后来，她告诉一名警官她见过了我的家人，而根据他的记录，她说："他们全是一群没用的人。"

不久之后来了两名警官，他们穿着深蓝色的涤纶制服，衣料的摩擦发出沙沙的声响，狭小的房间一下就被他们占满了。已经有几名布里奇顿的警官去过威尼斯餐厅，但这两位是州警局新派来的警察。其中一位是迪克·皮克特，调查这桩案件的时任负责人。他身材矮小，看上去有些狡猾，鼻梁上架着一副金丝眼镜，言谈举止间透露着一股优越感。另外一位名叫帕特·利汉，他只给我留下了一个普通警察的印象，点头附和着皮克特说的话。利汉是接下来的十二年中参与调查这桩案件的二十多名警察之一，他们中的许多人我都不会见到，而且至今仍对他们了解甚少。自那以后，我和利汉再也没有交流过。然而皮克特曾在我的人生中逗留一段时间，直到案件被重新指派给其他人负责。但在那第一天，他和我都不知道，我们紧张的关系究竟会持续多久。

我对皮克特和利汉讲述了发生的事情，不断专注在一个个细节上。随后我们又更为细致地回顾了一遍，皮克特反复用问题打断我，试图让我讲得更加具体。我竭尽所能给出了充分详尽的回答。因为我尚未成年，所以回答问题的时候，谢里尔陪在我的身边。我的姨妈们则被挡在了门外。

我惊讶地得知，当晚家里的两部电话没有任何问题，而我们从未完全弄明白它们为什么打不通。现在我有自己的推测，肯定是这些原因了——厨房里的电话听筒掉到了地上，电话线路的嘟嘟声消失后，我忘了把听筒放回电话挂钩上，所以没有激活的电话线路可以打出去。如果你想打电话，一定要先挂断、再拨通。此外，大约在我十五岁时，突然灵光闪现般地记起来，我在妈妈房间里疯狂拨打的号码是991，而不是911。警方在这一点上一直都很通情达理，从未在我没能打通电话的问题上纠缠。

电话未通是整个故事中的逻辑故障，还有一个是记忆的缺憾。尽管我能把那晚听到妈妈尖叫后发生的所有事情告诉皮克特和利汉，可以推进整个过程的每一刻和每一个细节，但对妈妈和我在那天晚上就寝之前的时间毫无记忆。那是一段彻底的空白，后来发生的恐怖事情摧毁了我们生命中共度的最后时光。警方想知道妈妈是否表现过不安的情绪，有没有接到过任何电话，她具体是几点上床休息的。不论他们询问有关案发前那段时间的任何问题，或者任凭我如何想破了脑袋，仍旧无法还原那些细节。他们一定清楚地认识到，我不可能再回忆起那几个小时了，因为他们对我的失忆表现了出乎意料的宽容。

然而，对于其他所有细节，调查者自始至终都穷追不舍。我对皮克特倾出了所有，他却仍不满足。

“我打心底里感觉你知道在你家的那个人是谁。”他说。他的态度带着些许讽刺，仿佛我在跟他玩一个不该玩的游戏。他挑起眉毛，向后歪着头，诱使我缴械投降，说出真相。

当我描述厨房的抽屉被打开，接着一把刀被拿出来的声音时，皮克特好奇我怎么知道那是一把刀。那件凶器当时未被找到，也永远不会被找到。在我多次描述了妈妈被刺的声响以及随之而来的寂静后，他说道："我这么问你吧。你觉得凶手是怎么伤害你妈妈的？"

皮克特觉得很可疑，既然我声称没有目睹妈妈被杀的过程，为什么我确定从厨房抽屉里拿出的是一把刀？他一再问我为什么我如此笃定她是被人用刀杀害的，而当我说就因为这是最合理的解释时，他对此并不满意。当他再次问我："是什么让你觉得那是一把刀？"我回答道："因为我听到的声音。而且，再说了，我不懂你怎么可能用勺子之类的东西杀人。"当我多年以后读到这次盘问的记录时，我感觉这个回答既无礼又精彩。我为当时还是小女孩的自己感到骄傲，尽管她几乎伤心欲绝，却仍然做出了反抗。

皮克特之所以盘问我，因为我是唯一的目击者，是我妈妈最亲近的人，还因为我要提供的信息很重要。但即便如此，他似乎并没有真正在听我说。就在那第一天，他仿佛已经断定发生了什么事情，以及谁应该为这次谋杀负责。他的态度表明，任何与他的推断相违背的回答都是错误而荒谬的。他问了我一长串有关妈妈和丹尼斯吵架的问题。我告诉他丹尼斯脾气暴躁，他们经常大声争吵。结果皮克特毫无逻辑地回复道："听起来你对丹尼斯有很大的想法嘛。"

在后来的查问中，皮克特问的一个问题让我清楚地认识到，我们永远无法理解对方。"有没有可能，当晚在你家的那个人是你很关心，而你又不想让他陷入麻烦的人？"他问，"尽管……尽管你知道发生的事情是不对的。"

"我不知道那人是谁。"我再次说道，声音因为感到挫败而发紧。我对妈妈的爱在皮克特眼里似乎算不上什么。他不认为我对她的在意会超过让杀害她的凶手“陷入麻烦”的担心。我意识到对警方而言——这些拥有巨大权力的人——他们并不指望我做出合乎伦理的表现。我看着他，仍然不能完全肯定他是不是认真的。但他也不停地看着我，等待我的回答。

我明白，警方和我的家人都以为，如果凶手是我认识的人，这对我而言将更加悲剧。他们认为我会感觉遭到了背叛，会困惑，会伤心。但我根本不在乎凶手是不是我认识的人，或者我以前在意的人。妈妈死了。其他一切都失去了意义。无论这个人我认识或不认识，和我再也见不到妈妈的事实比起来，已经无关紧要了。正如其他许多事情一样，它再也没有了任何意义。

我看着皮克特一脸的不耐烦和胸有成竹。“我不知道。”我再次缓慢而清楚地答道，同时埋怨自己的无知。他和利汉说，他们觉得也许我走到客厅，看到了袭击者的面孔。但他们无法解释，如果真的是这样，我怎么可能活着逃出来。只有我确信，如果我走到客厅看见了凶手，肯定难逃一死。而那死亡将使我免受撕裂的悔恨之苦。

7

之前

因为受够了雷和母亲，克丽丝特尔曾试图骑自行车离家出走——目标是相距五十英里左右的格兰妮丝家。她那会儿大概十岁，格兰妮丝那时快二十二岁了。克丽丝特尔事先也许不了解这段路程会有多远，但她知道该怎么去，因为周末被姐姐接走的时候她在路上留了心眼儿。夜幕开始降临之前，她骑到了十五英里外的挪威镇，鲍勃·贝尔警官在那儿认出了这个瘦削的红发女孩，她正一边哭一边吃力地踩着脚踏板骑在路肩上。于是贝尔警官开车把她载回了家。

等到十四岁时，瘦高且难看的克丽丝特尔出落得亭亭玉立，胡萝卜色的头发也变成了落日红色。她早已时常住到别人家里去了，常常睡在朋友的房间，一连几天不回家，而且已经开始约会。一天下午，难得在家的她准备出去和一个男孩儿见面。但雷决定让她待在家里。

多数时候，雷很乐意家里少一个麻烦，但差不多每隔一周他会喝得烂醉如泥，然后不喜欢这些孩子“到处乱跑”，尽管他们待在家时从来不够安静。

克丽丝特尔很可能告诉雷她要去和琳达见面，但雷不为所动，只告诉她哪儿也不准去。他站在门边的位置盯着她，等待她举手投降或者采取行动。男孩儿正在等她，事情发生的真不是时候。终于，她抓起背包大步流星地穿过厨房，撇过脸去避开继父。二十七岁的格洛丽亚那天正好回家探望，她坐在厨房的桌子旁一言不发，脸上露出痛苦的表情，但她知道自己不能插手。

克丽丝特尔对姐姐说道："听我说，我现在要出去，你们不用等我。"她努力让自己听上去随意而勇敢。她见过自己的哥哥姐姐这么做——毅然决然地从老头子面前大步走过，任他在他们猛地关上门后大发雷霆。这样做的后果自然很严重，但她不用去承受，因为她已经自由了。

就在她转动门上凹陷的铜制球形把手时，雷伸出了一条结实有力的胳膊。实际上，他是把胳膊甩出去的。克丽丝特尔以为他终于要打她了。格洛丽亚看到她的身体一阵畏缩。她们都知道，如果他动了手，如果有了第一下，他就会一直打下去。毕竟他已经等这个机会很久了，而且她不再是小孩子了。

但他并没有打她，而是极为用力地将手紧紧抓住克丽丝特尔瘦削的上臂。他把她钉在那儿，大喊她是个荡妇，告诉她如果在这个家不能按他说的来就赶紧滚。他吼了许多话，同时不断恶狠狠地摇着她的手臂强调自己的重点。但她没能听得很清楚。他甩出的胳膊如此迅速，手上的抓力无比巨大，顿时一股热浪般的恐慌向她扑来。极度受惊的她就这样站在厨房里吓得尿了裤子。她听不到他在说什么，羞耻感已经令她丧失了听觉。

最后，雷松开手，一把将她推了出去。她湿着裤子在走廊站了一会儿，然后骑上自行车往镇上去了。

克丽丝特尔回家的次数更少了，格温则继续低调地留在家里，心想，只要再过两年，我就可以离开这里去上大学。她尽可能不去招惹雷——这是克丽丝特尔从未真正学到的能力。

格温想念妹妹，只能偶尔在学校瞥见她的身影。有一天，学生们因为吃饭在食堂里打起了群架，情况很快失控。一个叫拉里的男生扔了把椅子，结果格温还没回过神来，便头部流血倒在了地上。她有些头晕目眩，但她永远不会忘记，还没等自己开始起身，克丽丝特尔已穿过食堂跑到她身边。两姐妹已经好几周没说过话，但那一刻的疼痛将她们紧密地联系在了一起，克丽丝特尔俯身靠近姐姐，毫不在乎鲜血沾染了她漂亮的白裤子。格温说，正是那条裤子上的血迹让这一刻定格在了她的记忆中。

克丽丝特尔帮值班老师用纸巾按住格温头上的伤口，其他人则打电话通知家里，但她不能陪姐姐回家。来接格温的是雷，不知为什么，他把她带到了自己的脊椎按摩师那里。这个按摩师让他们等了好几位病人才帮她缝合伤口。格温讲述这个故事的时候笑着说道："为什么候诊室的人看到这个流血的小孩儿却没有谁说'嘿，你先来吧'？"正如几乎我们家所有糟糕的故事一样，大家是笑着说这件事的。那位脊椎按摩师用的是一根又大又弯的针，而且没有打麻药。那天深夜躺下睡觉的时候，格温把手伸到后脑勺，感觉自己浓密的头发下湿漉漉的——她还在流血。父母终于把她带去了医院，值班医生拆掉了脊椎按摩师业余的缝线并重新缝合。格温要过一段时间才能洗头，于是她在头上围了一条彩色的头巾继续度日。她不肯落下任何课程——自八年级到毕业，她每年的出勤率都是满分。无论发生什么，她都没有中断学习，等待着自己的机会。她会去上大学，也许像格兰妮丝一样接受培训成为一名牙科保健师。她会找一份体面的工作和一个不错的住处，然后克丽丝特尔会搬来和她一起住。

—

格雷丝所有的孩子长大成人后，大多数人都会在每年的感恩节和圣诞节聚会，最后是每个夏天相聚于卡萝尔家的泳池边，那是她 1990 年在家中修建的——一个闪闪发光，家人共享的乐趣之所。错综复杂的爱促使他们让格雷丝也参与到这些聚会中。关于外婆身为人母的疏忽与失职，直到青春期前我才有所耳闻。而雷只是隔壁房间一个性情古怪的人，总是大声嚷嚷着让每个人闭嘴，直到他在八十年代末死于肺气肿。霍华德则仿佛是一个黑暗的幽灵，大家极少提到他。关于他去世的原因也众说纷纭，有人说他死于酗酒，有人说他丧命于一场猎枪导致的意外，还有人说他是自杀身亡——这得看讲故事的人是谁了。他的遗体旁有一份电话号码清单——都是他生前未来得及联系的人。

如今我看了亲人们在一年一度的泳池聚会上拍的家庭录像：外婆卖弄风情地朝摄影机挥手；格兰妮丝在舞台中央讲故事；温道尔炫耀他灵巧雕刻的西瓜——有一年是一头卷尾巴的小猪，有一年是一只百威广告的青蛙。无论谁在答案揭晓前猜中西瓜的图案，都能获得一份奖品。妈妈在镜头前时隐时现，始终那么纤瘦而充满活力，走起路来总是拖着脚，脸上永远挂着笑容。格洛丽亚亲昵地打趣她；卡萝尔的丈夫拿她开玩笑，比手画脚地假装把她扔到泳池里；格兰妮丝和格温站在两侧与她合影，手臂环绕在她纤细的腰间。几乎每个人都有一份好工作，一个稳定的家，一份平静的生活。这些录像蕴藏着许多爱，和一种来之不易的放松感。

回头看到他们如此无忧无虑，如此年轻，真令人激动不已。而这些年的聚会则增添了几分压抑，有一种失落而无法挽回的魔力。我已经记不清上次有人费心摄像是什么时候了。格兰妮丝如今说道："我们都那么艰难地挣扎过，但我们都挺过来了，结果却发生了那件事。我们都挺过来了，除了你妈妈。"

8

之后

在那第一天，继迪克·皮克特后又有更多警察来到外婆家，第二天人数还在增多。给我留下最深印象的不是哪一次对话，而是精疲力竭的感受，每个人都那么疲惫不堪。我记得哭红双眼的姨妈们过来通知我警察到了，她们一副为难的样子，不情愿将我交给陌生人盘查审问。她们不断向我解释我必须竭尽所能帮助任何到访的人，却不知我急切地希望这么做。我心想，只要我不停地提供信息，也许警察就能找到作案凶手。不过我确实留心了自己被查问的频率：仅仅前三天就有十九次。到最后我已经完全被掏空，变成了一个夜晚发生的故事，仅此而已。我感觉人生不会继续向前，而是停留在了那个深夜，停留在这没完没了的复述中。

警方告诉我，除了他们或其他警察外，我不能将目睹的详细情节告知任何人，这一点非常重要，因为有些事情只有凶手和我知道。我们必须确保如此，假如除我以外有人透露了任何这些信息，对方将会成为此案的嫌疑犯。于是，凶手和我被只有警察才能看出的秘密信息联系在了一起。我没有和家里的任何人谈论当晚发生的事，也没有谁问我问题。我不清楚他们是为了避免让我伤心，还是无法承受我要给出的回答。

我还得知，曾经和妈妈相爱的几个男人——汤姆、戴尔、蒂姆、丹尼斯——都被列为可疑对象。所以为了以防万一，我不应该和他们任何一方联系。而我也并不想这么做。

盘问进行到某个阶段时，警察让我写下当晚发生的事情。现在我有了这份资料的复印件，并为自己刚刚学会的连体笔迹感到震惊，我写得那么小心、仔细，生硬而正式的语言透露着我力图准确的渴望。最后一句话的字体稍大一点，用的是大写字母，而且还打上了下划线："我不知道作案的人是谁。"

最近我请格兰妮丝描述了我在案发后第一天的样子和行为。回答的时候，她吞吞吐吐的说话方式与以往我习惯的流利与健谈截然不同。她说道："你看上去就像一个星期没睡过觉……怎么说呢……你就是——好比你的眼睛，呃……你的眼窝陷得很深，而且整个人苍白得要命。还有，你不停地流汗——不仅流汗而且发热。"我听出了她话语中的怜悯，而那些停顿的间歇则隐藏着恐惧。我能想象，靠近我就意味着靠近发生的事情。

案发后第一个完整的夜晚，格温与其未婚夫戴夫把格兰妮丝和我接到了他们的公寓过夜——我们要睡在客房那张黄铜大床上。我记得格兰妮丝因为悲痛而崩溃，进而精疲力竭，最后整个人被掏空。我们到达公寓的时候，她说必须要马上刷牙："我一直在哭，哭得太多了，嘴里就像鸟笼底部的粪渣一样难闻。"那是一个如此奇怪又精准的画面，我从未忘记过。

接下来的几天以及夜幕刚刚降临的时候，我们都是在外婆家度过的，还有我的舅舅温道尔和他的妻子简，他们晚上在外婆家陪她过夜。太阳落山之后，我们尽可能坐在电视机前什么也不想，观看《罗斯安家庭生活》和其他情景喜剧的重播，大家都不怎么说话，试图让大脑自动运转，任这些熟悉的故事情节将思维占据。但我们无法避开六点及十一点的新闻预告，它们会在每个广告时段的最开始一闪而入，根本来不及换台。即便我们逐渐预料到未来几周都会播放的新闻镜头何时会出现，也没有人起身把电视关掉。我们无法坦白承认那些画面对我们产生的影响。不知为什么，这似乎是一件有损尊严的事。

录像中，我们黑白色的房子包围在亮黄色的警戒线后，身穿制服的人从前门推出一张轮床，一个黑色的装尸袋扭曲成了我无法理解的形状，中间有一处奇怪的隆起，还有一边是凹陷的。我试图不去分析那个形状，正如我假装没看见新闻车摄下这个镜头的时候天已经亮了。我努力不去想中间那几个小时发生了什么。那天早上，校车司机减慢车速准备接我上学时，一定很快就开走了，而我的同学们把脸贴在因雾气而模糊的车窗上，疑惑着眼前看到的景象。这些都是我不愿联想的。

后来我才知道，装尸袋上那处隆起的形状是她臀部的弧线，警察是按她趴在地上的样子小心翼翼将她搬动抬走的，好让她的身体讲述所经历的事情。我唯一清楚的是，那绝非一具安息的尸体会呈现的状态，它的异乎寻常令我不愿多想。我感觉她被曝光了；我在新闻中见过的其他所有装尸袋无一例外都是平整的。一想到成千上万电视观众都能窥探到她身体的蛛丝马迹，愤恨的感觉便向我涌来，仿佛那一双双在她活着时热切追随的双眼永远不会停止注视。

不仅如此，那个装尸袋的照片还登上了《布里奇顿报》的头版头条，惨淡而悲伤的图像几乎将对折线以上的空间全部占满。这让我感到怒不可遏，因为只要我们去到镇中心，无论在商店橱窗还是结账台边的货架上，那张照片随处可见。后来我和负责这篇报道的记者莉萨·阿克利交谈过。让我惊讶的是，还没等我问及这张照片，她便先一步提起，告诉我她是如何极力争取刊登这则新闻的。“这是一份家庭报。”她的编辑如是反驳，“我们不刊登这样的事情。”然而莉萨拒绝装作什么也没有发生过，她不愿仅仅为了避免令读者不舒服而隐瞒事实。“人们必须了解这件事。”她说，“大家得知道这个人究竟干了什么。”如今我已和许多人有过交谈，当他们仅仅用“发生的事情”或“那桩事件”，甚至“那场意外”来指代妈妈的谋杀案时，我已经能够理解了。

——

最初的几周里，有一个画面令我十分着迷：我的脑海被黏稠的黑暗填满，那是具象的疯狂，将我的思维逼入角落。我明白必须抑制那团黑暗，否则它将掌控我，令我完全窒息。我是如此害怕自己会精神失常。事发当晚，我看到挂钟的黑色指针变成了一只巨大的昆虫，听到那条鲟鱼在地板上翻滚挣扎的声音，这些是我意识中错乱的臆想，务必要在失控之前将其囚禁。我考虑过压抑自己的情绪，并控制我最好的防御系统。因此我很少哭，在多数时候保持平静。那名社会工作者谢里尔说，她青春期的女儿认为，我在“优雅地”悼念妈妈。我想这是对我最为善意的评价了。但令我不解的是，谢里尔的女儿是如何知道的？

然而，我当时认为的那团黑暗，并不只是精神错乱这么简单。

我能感受到凶手的所作所为已将我入侵。我目睹过一个人能残忍至此，便再也无法将其从脑海中抹去，好似被毒害一般遭到了污染。我盯着自己在镜中映出的瞳孔，那黑暗看起来深不可测。我害怕他对我内心造成的破坏，正如我害怕他仍在某个不为人知的地方威胁着我。

最糟糕的是，我的善良、聪慧和有趣似乎已被毒害的感觉抹杀殆尽，而这些曾全是妈妈喜爱的特质。倘若有一天她能够死而复生，也许早已认不出我来，一想到这儿，我就心痛不已。

尽管我努力地自我克制，但仍有失控的时候。其中一次发生在谋杀后的第一天晚上，也可能是第二天夜里。我们围坐在外婆家的餐桌边——格温、格兰妮丝和我，还有卡萝尔与外婆。我正试图吃些东西，但身体及其消化过程依旧令我感到恶心。我望着自己外形同她一样的小腿，它们看上去就像脂肪和肉，不日便可能因为死亡而失去活力。用牙齿咀嚼磨碎一样东西，再将其糊状的碎渣吞下以补益这副身躯——这件我无法摆脱的沉重而粗劣的庸俗之物——实在令人厌恶至极。就连洗澡也并非易事：面对自己密实赤裸的身体，想到不得不触碰并照料我的四肢、腹部，以及我那没用的双脚——仍未从寻求帮助的奔跑中恢复——我不由得彻底封闭起来，一连好几分钟愣愣地站在那里。我的身体如同一辆有活力的车，温暖地持续着；而她却已变成油布下的覆盖物。静脉中肆意流淌的血液令我感到恐惧，仿佛被侵犯了一般。与其说我栖息的是一具活着的身体，不如说它不过是一具暂赋生机的死尸罢了。

我做出了努力，可姨妈们对我说我需要力气，对此我也认同。那天的晚餐是我的最爱之一，过去和外婆开心地坐在一起时常常吃到，而且我经常在腿上放一个毛绒玩具。那晚是炸鱼条和土豆泥，或许一周前这顿饭会令我高兴，但现在只吃了一口，我便无法继续下咽。

有时，细微之事会在顷刻间传达悲剧的全部影响力。我看着眼前的晚餐，它满载着我童年享受过的所有幸福与快乐，而这些幸福与快乐已一去不返。我开始哭起来，心想怎么会这样，一个人——不是一场龙卷风或飓风，也不是一场车祸或者大火，而是一个人——怎么可以将她从我身边夺走，掠去我拥有的一切。一股巨大的愤怒之情突然向我席卷而来。“我吃不下去！我他妈吃不下去！”我尖叫道，“为什么会有人干这种事？为什么！怎么会发生这种该死的事情？！他怎么不去死！怎么不去死！”

我不停地叫喊，拳头重重地敲击在桌子上。我看得出姨妈们和外婆被吓坏了，但我并未就此停止。我想要其他人变得害怕，尝一尝一切全然失控的滋味。内心的愤恨因为无处安放而变本加厉，我为自己的无助暴怒不已，而身边的人谁也不明白自己在说些什么。姨妈们试图安慰我，却只是在火上浇油。“你们他妈根本就不明白！”我对她们吼道。尽管她们自己也会承认的确如此，但我的言辞对她们有失公允。我近乎要昏厥过去，但在内心的某个地方，我能感觉自己就要撑不住了。随着部分被囚禁的能量在爆发中燃尽，那个更为平静老成的自我在脑海中摄入了一道光亮：我不能让他这样对我，不能任由这件事的阴影将我摆布。

就在这时，外婆拿来一些药片给我。我还在抽泣，但没有再敲桌子。我看到她把药片放在我面前时手不停地颤抖。我拿起水杯把它们喝了下去，没有问是什么药，也没有注意吃了多少。一直以来，我吃药的时候总有一种孩子气的不情愿，但现在我张开嘴把它们一下吞进了喉咙里。之后，我立刻安静下来，所有的暴怒正如匆匆来时一样又匆匆离我而去。药片不可能见效如此之快，只是我已精疲力竭，无法继续。垂头丧气的我无心抬头看任何人，径直起身离开餐桌朝客厅的沙发走去。这时，我看到厨房桌台上外婆所拿药片的包装盒——感冒药。他们真的不懂该做些什么。

9

之前

我从未问过妈妈有关她最初结婚的那段时光。只要提起我的爸爸汤姆，总会令她烦躁不安、沉默寡言。我想，她觉得我对他为数不多的问及，意味着她对我而言并不足够。我有几本薄薄的相册，其塑料页面因为年深日久而变得易碎，除此之外，幼年时期一些朦胧的记忆是我唯一拥有的。他们在我五岁时便离了婚，此后汤姆和我仅有过零星的联系，妈妈去世后则全无联络。因此，我决定在十八年的沉默后联系他，向他了解妈妈年轻时的日子，以及他们七年的婚姻。我努力把她对他的描述搁置一边。其他人常常告诉我，爸爸是个极为讨人喜欢的人，说话的时候十分友好。“汤姆这个人不错，”他们会这么说，“只要他不喝酒。”

我们约好由我去一家药店的停车场接他。见面时他有些腼腆，脸庞憔悴而发红。我们去了他兄弟女友的公寓，一个干净而舒适的房间。他告诉我，为了和我见面，他借了件体面的衬衫。他说话的时候，我发现自己在对他笑，并试图弄清为什么他的声音有一种熟悉的感觉，这让我想起了老电影中的固定角色——遭逢旱灾的慈祥农夫，重情重义代同伴受过的囚犯。但任何我能想到的比拟都不够符合这熟悉的特质。最后我不得不承认，他的声音一定在我刚刚来到这个世界，尚且不谙世事、轻信于人时，便刻入了我的脑海；尽管发生了所有这些事情，但他那分毫不差的音色让我有了更为单纯的回溯。

我们都明白必须由我主动建立联络，正如我们都知道我要探寻的人是她，而不是他。但如今他会在节日以及我生日的时候给我打电话，而且他有我的地址。我们会聊聊天气，谈谈工作前景。我试图不去理会背叛她的感受，因为和他沟通必定有违她的意愿，这也是我第一次如此肯定。我和他之间的互动小心而委婉，两人都思索着，我什么时候会突然给出一拳？

—

据汤姆说，他和妈妈是在一次派对上初遇的。

那是长湖岸边的一处野营地，屋子四四方方，屋顶上覆盖的雪松木瓦在潮气和时间的浸润下已经变黑。没有暖气的房间里挤满了十几岁的青少年，他们抽着大麻，喝着百威和库尔斯啤酒，收音机夹杂着噼啪的声音传来齐柏林飞艇乐队的歌，男孩们脱下上衣从黑夜的码头跃入湖中。

又或许是在镇中心的某户人家里，大人们周末出门去了，年轻人趁机肆意妄为——唱片在转盘上播放着，酒柜被强行打开，米色地毯上满是碾碎的烟灰。参加派对的要么是高中生，要么是已经退学的，还有二十岁出头的巡回乐队成员，可谓一场少儿不宜的狂欢。

还可能是在梅因街的一栋公寓里，那是个周日漫长的白天，午后的阳光穿透团团烟雾，音乐声震耳欲聋，大家靠在门廊晃动的金属栏杆上大声喊着话，许多人打电话让朋友带去更多啤酒提前储备，因为主日买不到酒。莽撞的青少年和小孩子碍事地窜来窜去，游手好闲的大人也待在家里。厨房里放着更易上瘾的毒品。

妈妈穿着褪色的高腰喇叭裤，也可能是深蓝色印花布料的波浪纹太阳裙，又或者是一件吊带衫搭配一条棕色的阔腿裤。汤姆则穿着牛仔裤和一件有口袋的深色T恤，也可能是法兰绒的裤子，脚上套着一双长筒靴。

具体细节他已记不太清楚，所有这些故事都可能在布里奇顿发生。但他知道，那天妈妈和另一个女孩在一起——很可能是琳达。她们两人会构成一道美丽的风景，琳达浅褐色的卷发和妈妈亮红色的头发相得益彰。当时夏天刚刚露头——妈妈身上的雀斑正欲倍增，琳达的皮肤则开始呈现出后来一生未变的棕褐色。

然而汤姆却清楚地记得他见到妈妈第一眼时的情景。他立刻被吸引住了。用他的话说，她“简直美呆了”。他走过去和她攀谈起来，所有的旧事他们无所不聊。她十分幽默，而她的聪慧令他印象尤为深刻，她会准确而充分地表达自己的见解，即便在派对上也丝毫不显低俗。他对她说：“你很特别。”我能想象，当时她一个瘦削的小姑娘装作并未因他的关注而手足无措，但仍被他直率的自信所打动，这在十几岁的男孩身上并不多见。他说，就在当时，在第一次见到她的时候，他便想和她在一起。他对她的家庭略有了解，如果不存在显而易见的虐待，那么至少充斥着麻烦和不安。虽然她已经和别人在约会，但这并不重要。那个男生叫朱尼尔，是众多“骑士”男孩中的一员，他们是镇上众所周知的闹事者。但他并没有把这个障碍放在眼里。

汤姆·佩里有着克丽丝特尔见过的最为浓密、有光泽的一头黑发。十八岁的他比十五岁的她年龄稍长，脸庞宽阔而开放，一双小眼睛在眼角垒起了褶皱，圆圆的面颊让人感觉亲切，健壮结实的肩膀是他整日在引擎盖下挥汗练就的。她能闻到他身上淡淡的机油味，那是一种甜蜜诱人的味道，属于一个能干的男人，证明他可以把坏的东西修好。他说话的时候眼里只有她，任何事物也无法令他分心。

汤姆轻而易举便把她从朱尼尔身边抢走了。他英俊潇洒，有稳定的工作和自己的住所，十四岁起便开始独立生活。他在小学的不远处租了一间活动房，离黑马酒馆很近，那是镇上最好的餐厅之一，店外用精致的链条吊着一块木刻招牌。夏天时，当地人和穿着讲究的波士顿游客都在这里用餐。他是一个出口，让她再也不用屈就于雷的屋檐下生活。他们刚认识没几个星期，她便搬去和他住在了一起。

汤姆有喝酒的爱好，而且喜欢玩乐。不过他在镇上有良好的声誉，大家认为他工作努力，为人正派，不接受别人的施舍，而且待人和善。这些事实弥补了他偶尔的胡作非为——通常是打架。报警的情况极少发生，即便警察来了也只是给尚未解决的事情火上浇油。在这个小镇上，人们很少谈及自己的不同之处，而汤姆——这个在北部林区和四个兄弟一起长大的男孩——恰好融入其中。

当格雷丝报警称她的女儿和这个成年男人私奔了之后，警察对眼前的情况审视了一番：克丽丝特尔并不是法纳姆家第一个寻欢作乐并想方设法逃离雷和这个家的女孩。贝尔——那个当年从挪威镇载回这个瘦削的十岁小女孩的警察，如今已是布里奇顿警局的局长。他和其他警官已经屡次不情愿地将这些女孩儿们送回家去。和汤姆住在一起时，克丽丝特尔的表现不错：她每天都去上学，而且成绩优秀。于是贝尔局长对她母亲说道："她过得挺好，格雷丝。你就由她去吧。”

然而格雷丝仍对汤姆纠缠不休。她一定是意识到，这次自己真的要失去宝贝女儿了。这让她恐慌起来，并紧抓着一个念头不放——他们未婚同居是“有罪的”，而背着丈夫偷欢的周末也被她暂时抛到了脑后。她会不停打电话让汤姆归还她的女儿，于是很快他便独自开车去她家和她理论。

汤姆到达后，格雷丝让他进了屋——现在当面教训他的机会到了。但还没等她说多久，他便开口道：“嘿，听我说。我不想未婚同居，我想和她结婚。”

这是她始料未及的。“想都别想！”她说道，“不可能！你给我滚出去！”如果她继续叫嚷，他就不得不收回刚刚说出的荒唐话了。

汤姆朝前门退去，两手摊开举在空中。“行，行。”他说，然后停顿了一下，“呃，你不妨考虑一下这件事。”

但格雷丝不停地朝他大喊：“滚出去！”

我能想象汤姆轻声笑着，一边摇头一边启动他的车。

然而，雷喜欢汤姆，他会开着暗棕色的奥兹莫比尔轿车去汤姆工作的修车行，就在镇中心自动洗衣店的后面。他们会开诚布公地交谈，偶尔一起抽根烟。在汤姆看来，雷并不完美，但他在尽力而为。毕竟格雷丝是个精神极度紧张的人，而且她有那么多该死的孩子。

有一天，汤姆的活动房响起了电话铃声。是雷打来的，一个工作日没有喝醉的雷：“到我家来吧，让克丽丝特尔一起过来。”

克丽丝特尔一路沉默不语，手指甲紧张地不停相互弹来弹去。这次是雷开的门，格雷丝则不见踪影。他让他们在厨房坐下，事情很快便敲定下来：克丽丝特尔和汤姆将尽快结婚。因为她尚未成年，所以需要准备文件。但雷向他们保证格雷丝会签字的。克丽丝特尔清楚，继父这么做并不是出于善心。

当他们把结婚文件交给格雷丝时，她没有提出任何反对意见。男人们已经安排好了，而且她知道雷多么迫切地想把这些孩子清出家门。毕竟，这会让他的生活少一些冲突。再过两个月克丽丝特尔就满十六岁了，那正是格雷丝第一次嫁给雷时的年纪。对克丽丝特尔来说，怀孕是遥不可及的事，但自由正在向她招手。

1979 年 6 月 20 日，汤姆和克丽丝特尔在附近哈里森镇的一座小教堂里结为夫妻。这个小镇在狭长的长湖北岸。现场只有两位见证人：汤姆的哥哥托尼和他的朋友迈克·麦克唐纳。她那天是怎样一番穿着，我已不得而知。

格温从未彻底原谅母亲在那些文件上签字。就在前一年夏天，她和克丽丝特尔还形影不离：她们为布里奇顿私立学校空出的宿舍刷漆——那是她们家附近一个很小的大学预科学校，由绿色草坪铺展的另一个世界——她们一起赚外快，有时逼得对方抓狂，有时又在废弃的球场上一对一打篮球。然而转眼第二年夏天，十五岁的克丽丝特尔竟然嫁作人妻，并且就要和格温知之甚少的汤姆到加利福尼亚去了。两姐妹不会如格温所愿那般一起生活和工作，彼此帮助。现在只剩她孤身一人，而她并不清楚克丽丝特尔的未来将会如何。七十年代的加利福尼亚意味着阳光和冒险。在格温看来，似乎所有人都在涌向那里，但大多数会在不久之后返回家乡，因为他们

发现，那儿并非他们想象中的淘金之地。

汤姆和克丽丝特尔开着一辆1966年款黑色福特菲尔兰横穿全国，那是一辆汤姆用警车引擎加固过的盒状高速车，如此一来，他的工具便能更好地拖载上路。他们一无所有，无所谓失去，而且他在加州有亲人。他们沿途住在露营区——这种地方比汽车旅馆更便宜，也比休息站更安全。

这辆菲尔兰在五天之内跨越4800多公里后，终于开到了汤姆的父亲和继母家。汤姆和克丽丝特尔就这样不请自来地出现在家门口。汤姆没有打电话通知任何人他们要来。他琢磨着，一旦他来了，而且身无分文，他们不可能对他置之不理。汤姆似乎一直都在提前请示或先斩后奏的处事方式之间做着相同的选择。

家人给他们提供了力所能及的空间：一个巨大的封闭走廊，从那儿可以看到茂密树林覆盖下起伏的群山。晚上睡觉时，他们盖一张电热毯以抵御北加州的寒冷。这是个名叫布朗斯维尔的小镇，位于尤巴郡。时至今日，布朗斯维尔同米尔顿一样仍未取得自治权，镇上的居民大约有一千二百人。

我很好奇妈妈对于加州有着怎样的憧憬，格温认识的所有那些孩子都是在这些幻想的吸引下启程的。她是否在脑海中描绘过一番异域风情的景象呢——那里有遍地沙砾的海滩和伫立于沙漠的悬崖峭壁，男人们蓄着长发，晒黑的女人们佩戴着珍珠。然而到达的时候却发现，大家穿的不过是法兰绒上衣配牛仔裤，这个小镇竟和家乡与世隔绝的社区如出一辙。又或者，她是否愿意接受使她离开缅因州至北美大陆另一端的任何景象呢?

从布里奇顿到布朗斯维尔的路程是一条贯穿全美的直线，几乎是任意两条海岸线间能展开的最长距离。我看过复原的 1966 年款菲尔兰照片，它们停在干净无染的沙漠中，背后的群山爬向天际。倘若是我，这款车正是我会为此次旅程做出的选择——它的确呈现着自由的模样。

汤姆很快找到了工作。他的父亲是一名伐木和电焊工人，有着良好的人脉关系。他最初是一名临时工，在马里斯维尔的一个大型原木加工厂干些零活。这是一座更大的城市，要一路向下开出山外，大约一小时车程的距离。

汤姆工作勤奋努力，良好的表现使他很快得到了晋升，换至晚班在厂里维修卡车。此次晋升意味着他和克丽丝特尔不得不搬到这座有着 12000 个居民的城市，但他们对这里的生活并不太适应。汤姆讨厌上晚班，手头的工作也比他以往习惯的更脏、更累，而且他不喜欢自己闻起来总是一股汽油和润滑油的味道。不过，为了考取 GED[1] 文凭，克丽丝特尔进入了当地高中上学，并在学校担任助教。当她在长达八小时的考试中取得优异成绩后，学校又邀请她做一名全职教师。如今谈到克丽丝特尔做老师这件事时，汤姆脸上仍洋溢着骄傲的神情。

(1) GED: Geheral Educational Development，指普通教育发展证书，是验证个人是否拥有美国或加拿大高中级别学术技能而设立的考试与证书。

学校向她提供这份工作的时候，她才十七岁。但她没有接受，因为她和汤姆从未适应马里斯维尔的生活。他们所住的公寓大楼位于这座城市暗淡的边缘，中心地带有一个布满苔藓的水池，周围充斥着毒品交易和虐童行为。很快他们就搬回了山间，那里的生活更简单。汤姆的父亲给他找了一份汽车修理的工作，于是他们在修车行的正后方租了一间活动房。

克丽丝特尔喜欢拿汤姆的摩托车开玩笑，他经手的破旧摩托车不计其数，都是从其他年轻人那儿不断买进又卖出的交易。一天傍晚，她坐在活动房外的走廊上，浸浴在加州九月黄昏时分温暖的橙色空气中，看着汤姆修理其中一辆摩托车。车身大半因生锈而呈褐色，地面松软的尘土也沾染在车上，但他知道自己在做什么。克丽丝特尔觉得，他说不定真的能修好这辆车，并且已经迫不及待想要坐上车后座，驰骋在蜿蜒的海边公路上，就像电视里看到的那样。她一边浮想联翩，一边安静地坐在那儿慢慢喝啤酒，眼前的汤姆正背对着她，肌肉在 T 恤下舞动着。

最终他后退两步，将扳手扔到了地上的其他工具旁边。他看着她笑了笑，拂去手上的些许污垢。

“嘿，”他边说边朝她一笑，“看我的。”

他从摩托车旁慢慢跑远了几步，接着开始起跑。他把双手撑在车后座上，在空中翻了个筋斗，随后完美落地，跨在了摩托车的两侧。

她不知道他还会这一招。

“等等！”她喊道，“就这样别动！我去拿相机。”

他对她粲然一笑，脸上脏兮兮的，双腿向外张开。外面的光线依然充足，还可以拍张照片。

然而那辆摩托车，以及其他所有摩托车，最终都停在了院子里：汤姆一直没能把它们修到可以载她出去兜风的程度。通常，他会独自开着轿车出去买醉，然后在回家的山路上把车撞坏。他经手过的车一辆又一辆。但即便他们有能用的小车，克丽丝特尔一个人也开不了多远，因为她还没有驾驶证，而且她不喜欢做违法的事，那会令她过于紧张。况且她本来也无处可去，于是很快她就变得百无聊赖，开始想家了。有时她会在修车行的咖啡馆上班，但附近根本找不到令她感兴趣的工作。“她简直要抓狂了。”汤姆这样形容道。

最后汤姆找到了一辆经典雪佛兰羚羊轿车，一款专门为远距离车程设计的舒适车型。他们东拼西凑了一点儿钱，然后开车回到了缅因州的家乡——此次的加州尝试大约持续了一年半。对于加州的生活，汤姆如今说道：“我那时太放荡不羁了——完全没有好好过日子！我相信不管怎样她都会想要回到缅因州。但如果我们回来时不像离开的时候那样身无分文就好了。她值得更好的生活——现在我是知道了，那个时候我可能也清楚这一点。”

我并不怀疑那时的他知道妈妈值得更好的生活，但我不确定她是否明白，至少当时还没有。

汤姆和妈妈回到缅因州后，他们在布里奇顿众多破旧的公寓大楼租了一间寓所。那里的地板凹凸不平，水槽经常漏水，三层的平顶楼房大约有十二间住房。这种公寓在缅因州随处可见，走廊连接着落漆的绿色墙壁，弯弯曲曲的楼梯和平台如蜘蛛网般遍布楼外。妈妈开始在以“鞋厂”闻名的乐山无跟鞋公司工作，它是当年布里奇顿的两家大型企业之一——另一家是莫尔登·米尔斯纺织厂，以“米尔”之名著称。妈妈在鞋厂一直工作至离世：她在工作台边站了十二年，将大大的针头穿过坚硬的皮革鞋帮——平底便鞋、帆船鞋以及无跟鞋；她会在脚趾周围追加厚厚的白色缉面线，质朴的修饰让那些鞋子看上去如此休闲迷人，以至于不爱高跟鞋的人对它们偏爱有加，光脚穿着享受度假的时光。但鞋也正因为这些缝线而得以维系。规则的针脚意味着美，它能使鞋的外形漂亮均匀。这是一份需要技巧、精准和力量的工作。

妈妈每天在鞋厂争分夺秒工作时，汤姆则修着车，做一些建筑的活计。他是一名有经验的机械工和木匠，擅长于自己的工作，却无法长久维持。他一生都在依赖这些活计谋生——修理破旧不堪的车，花一天或一周时间为别人修房子。他的工作都是由朋友和父辈通过私人介绍和推荐找到的。那时，一旦没有工作他就会去“闷吧”，那是一个很小的酒吧，挤在镇中心的狭长地带，从他们的公寓步行可以到达。

妈妈希望组建一个幸福的家庭，比她成长的那个家更幸福。因此，当得知自己怀孕的时候她欣喜若狂，而汤姆同样激动的反应令她更加开心。他知道自己必须振作起来，他认为父亲的身份是绝佳的动力。他会帮忙做些家务，两人的相处也更为融洽，不久就会有一个可爱的小婴儿来到他们身边。他喜欢小孩儿，而且善于和孩子相处。有一阵子他安定下来，待在家的时间更久了，还存了一些钱。随着她的小肚子一天天变圆——朋友们说她看上去像“牙签上的豌豆”——他们两人谈到了未来。然而汤姆很快就故态复萌，再次开始寻欢作乐，把钱挥霍在破旧的摩托车和买醉上。

妈妈的担心在我还未出生时就开始了。她告诉格兰妮丝，她不确定自己能否在即将临盆的时候找到汤姆。“我要怎么去医院啊？”她踌躇道，“我该怎么办，走过去吗？”她觉得自己连坐计程车的钱也不会有。

汤姆说他在我出生的时候赶到了医院，但妈妈的几位朋友对此表示质疑。“他不知藏在什么地方喝醉了，找不到人。”一个女人最近摇着头告诉我。“他把她送去医院就跑了，直到生完才回来。”另一个说道。我不知道事实究竟如何，但我相信每个人都忠于自己的回忆。汤姆也许为了免于后悔而涂改了记忆，正如妈妈的朋友可能为了证明汤姆的失职而编造了另一个故事。

尽管如此，妈妈知道他有潜力做到更好，于是她等待着。她在深夜里走过嘎吱作响的地板，在黑暗中安抚我的哭泣，听着汤姆打鼾的声音。加州的生活已经结束，但他们能在这里走得更远。相比布朗斯维尔，她能在鞋厂投入更多精力去工作。

每天早上，妈妈都在上班前把我送到外婆家，然后等一天结束时接我回去。我们会在沙发上待很久，时而亲昵地抱在一起，时而玩躲猫猫的游戏。有时候她高兴极了，几乎注意不到汤姆的缺席，但随着时间的推移，他的不见踪影终于将她耗尽。他错过了太多事情，她一切都得靠自己。

妈妈厌倦了等待汤姆陪她一起成长，情况变得越来越艰难。他不断花钱买醉，即使有些余钱也很难从他手里拿到。他会在下班后直奔“闷吧”，回到家时她早已睡下，接着他也沉沉睡去。日子就这样周而复始。

有一天，妈妈下班回家时指望在厨房桌台上看到现金，准备买一些基本用品——婴儿奶粉、牛奶，还有鸡蛋——这是汤姆答应过的。毫无疑问，桌台上没有钱，而汤姆也不见人影。她打电话给楼下的邻居露丝请她照看我一会儿，露丝答应了。尽管我们搬离那栋公寓的时候我还年幼，但露丝在我早年的记忆中仍有些模糊的印象：她是个黑发女人，有着洪亮的笑声，她的厨房总是烟雾缭绕，摆满了蜘蛛蕨。

那天，妈妈推开露丝家的纱门匆匆上了街，在大步走向酒吧的路上越来越愤怒，甚至顾不得向迎面走来的熟人点头打招呼。她猛地拉开酒吧沉重的门，等眼睛适应屋内的光线后，她看到汤姆和其他人并排坐着。她尽量克制情绪走了过去。

“真见鬼，汤姆，”她低声问道，“我跟你要的钱呢？”

“克丽丝特尔，听我说……”他开口道，说话已经含糊不清，“听着，等等，我们来聊聊这事。”他边说边从凳子上下来，拉着她的胳膊向外走去。然而为时已晚，所有人的注意力都被他们吸引过来。午后的人群朝门外望去，好奇这次会是怎样一番情景。

妈妈挣脱汤姆的手开始喊道：“混账，汤姆，混账！你没钱对不对？我该怎么办？你现在可是有女儿的人了。真该死！”

也许是为了安抚她，他朝她靠拢过去。然而他已目光呆滞，不可能听懂她的话了。正当他俯身靠近时，她挥起拳头冲他的脸上打了过去。

汤姆是个粗暴的人，如果有人令他难堪或者相形失色，他的脾气会变得尤其火爆。他一直喜欢打架——酒吧里，派对上——事后却几乎忘得一干二净。在青春期的最后几年里，身材略矮的他有着拳击手肌肉结实的体型；妈妈在怀孕时增加的十五斤体重则已全部减掉，一米六五的她大约只有五十公斤重。然而当她一拳打在汤姆脸上，他就这样跪倒在了人行道上没有起来。他垂着头，一句话也没说，所有的朋友都在旁边观望着。如果他当时没有碰她，也许在家的时候也从不会打她，尽管他们总是夜复一夜地大声争吵，搅扰得邻居不得安宁，但很难确定事实究竟如何。

那些争吵持续着。露丝和她的男友斯潘塞经常听到他们在深夜里一连数小时地朝对方大吼大叫，中间还夹杂着扔盘子和椅子的声音，再次失控的克丽丝特尔甚至将汤姆推下了楼梯。几个星期的安静过后，又是一场激烈的碰撞。然后是数周的安宁，继而又是几次轻微的摩擦。这种混乱屡见不鲜，直到最后她再次离开。她比格雷丝幸运，因为她有离开的勇气，而且只有一个孩子需要带在身边。

我确实认为妈妈离开的时候可能仍然爱着汤姆——至少仍有一丝爱意，但他之后几年的行为令她仅存的一点温情也消耗殆尽。他既没有尊重她，也没有帮助她。这使她预见到，也许她——还有我——都会被他拖垮。放弃组建一个幸福家庭的梦想对她而言并非易事，但她最终不得不承认，那并不是她拥有的。

但她实实在在地拥有我。

时光流逝，妈妈在鞋厂工作的工资一直是我们最稳定的生活来源，是我们除了彼此之外唯一真实的依靠。整个童年时期，鞋厂的味道对我而言是她在一天结束之时回家的信号。那是皮革混着胶水和粉尘的刺鼻气味，夹杂在她的头发中，也沾染在为了保护她的手指而缠绕的医用胶带上，胶带已被染料弄脏。我会在她进门的时候

拥抱她——时间再次启动，一天重新开始——那味道会逐渐飘散开来，将我包围。在我很小的时候，这气味让我既开心又紧张，但那时我还不明白为什么。等到我年纪稍长，大约十岁出头的时候，我终于明白，这味道在提醒我，妈妈去的一些地方是我不能去的，而且她不仅仅是我的妈妈，同时还兼顾着许多不同的职责。如今，当我买手工缝制的皮鞋或皮靴时，我会把头埋进鞋子里深深地呼吸，那股味道会顺着我的每一个细胞蔓延至全身。那是她辛勤工作的味道，是她对我的爱与付出。

鞋厂的运转以计件生产为原则，雇员的薪资按照完成的件数来计算。每一件包含十二双鞋，酬劳在二十一美元到二十四美元之间，其中的差别取决于鞋的种类。莫卡辛无跟鞋更简单柔软，所以报酬较少；平底便鞋更坚硬且结构更复杂，因此所得更多；以这个地区最美湖泊命名的仕品高帆船鞋，其报酬则居中。在这种体制下，速度就是酬劳。对于一位意志坚强的年轻母亲而言，没有什么可以阻挡她不辞艰辛地工作。

妈妈用的缝线很长，裁剪的长度恰好能在鞋的外部缝一圈。线的两端各有一根针，她开始会把其中一根推入皮革内，将线拉至两头相等的长度，把两根针再次推入，接着从反方向拉出，最后为了加固针脚向外用力一拽；然后她再次将手向内弯曲刺穿皮革，向外拉线，加固缝合。如此反复，直至完成。如今我坐在自己的桌旁，演示她的工友和朋友们教给我的动作。那些动作如同逆向的蝶泳，努力飞起，好让头不在水中淹没。

妈妈被认为是鞋厂里速度最快的缝纫工之一，她有着天生娴熟的技巧，并决心充分利用这份艰辛的工作。她和朋友彭妮的工作台彼此相邻，有时她们会比赛，附近的其他人在一旁加油鼓劲。彭妮是个健壮结实的女人，但我那瘦削含笑的妈妈总能跟上她的速度，超过她是常有的事。有着相当能力的缝纫工一天大约能完成的工作量是三件，妈妈则经常能完成四件，两者间一年的差距可多达五千美元。

据保守估计，那十二年中，妈妈在鞋厂闷热多尘的空间里穿针引线达三百万次，每一次用力地加固针脚都会使压力在她的颈部和肩膀蔓延，每一个重复的动作都会加重她手腕的红肿。她会在每个工作日的清晨六点到达鞋厂，下午四点半下班回家，她每天工作的开始与结束都比别人早，为的是能在晚上回到家里陪伴我。工作的时候她一直从上班站到下班，虽然鞋厂提供了凳子，但几乎所有人都在站立时缝得更快。

为了进一步提升速度，妈妈会在家里提前穿好针线。每星期她都会把装满一束束白色粗糙长线的袋子提回家。参差不齐的缝线末梢毛茸茸的，每一个散开的线头必须先打蜡才能穿过粗大的银针针眼。坐在沙发上看电视或者坐在门廊照看我的时候，她会拉着一根根长线头划过握在手心的一小盒软蜡，然后将柔顺的线头穿过针眼。接着她将两端线头融入蜡中，使银针得以固定，不会脱线。她不断重复着这个过程，直至完成整束针线，最后一百多根银针抱成一簇相互碰撞着。

妈妈可以一边打蜡一边与人交谈，或者跟随收音机轻声唱歌，双手无须专注也能舞动自如。随着我渐渐长大，她有时会接受我笨拙的帮助。于是我咬着嘴唇坐在地上，试图模仿她优雅流畅的动作打蜡，然而软蜡不是黏在线上妨碍我的进度，就是飞到地毯上。最近，鞋厂另一位缝纫工的女儿对我讲述了她和她的妈妈一起打蜡时的情景，这让我突然感受到了一股汹涌而来的姐妹之情，那感觉令人心痛。

有段时间琳达也在鞋厂工作，她的陪伴一定让妈妈十分高兴。但手工缝纫对琳达而言太难了，不久她便因为过于辛苦和劳累而选择离开。当我认识琳达的时候，她在一家园林绿化公司上班，这让我对手工缝纫的艰辛有了些许了解。她眼看着鞋厂逐渐消磨克丽丝特尔的身体，每一年都会带给她新的伤痛。

有一天，妈妈在一次用力加固针脚后，感到颈部底端猛地折了一下。自此，她便经常到脊椎按摩师那里治疗。那位按摩师是个又高又瘦的男人，头发灰白的他给人一种殡仪服务员的印象。他让她躺在一张高高的桌子上，俯身在她瘦小的骨架上方为她扳动四肢，我则坐在旁边的椅子里，听到噼啪声不时从她的骨头间传来。我不喜欢他身上的味道——闻起来像布满灰尘的墙角和不知名的药水味——而妈妈裸露的皮肤在这个封闭的褐色房间里显得极不相宜，全然不同于夏天晒日光浴的情景。治疗临近结束时，他把两个扁平的塑料垫板贴在她的后背，接着暂时离开房间，留我一个人坐在那儿陪着她，短短的五到十分钟让人感觉度日如年——塑料垫板由电线连接着地上的一个大金属箱，里面传来节奏分明的嗡嗡声。我不敢打扰她昏睡中的寂静，只得不安地默默坐着，暗自希望嗡嗡声早点儿停止。我常常担心医生会忘了回来，这样就不得不由我来拔下垫板，让妈妈不致在睡梦中渐渐触电而死，就像在逐渐加热的温水中被不知不觉煮沸的动物那样。我不确定自己怎么知道该何时介入。每当医生回来的时候，我总有一股如释重负的感觉——他会取下垫板，然后妈妈重新穿上衣服，起身准备离开。

我一直明白妈妈的工作有多么艰辛。但直到现在我才能体会她的决心，懂得如她那般快速而坚持不懈地工作意味着每一天、每小时、每分钟不断地奉献自己，去穿越内心的厌倦和身体的痛苦，乃至不时的绝望。她这么做并非为了自己，而是为了我。那些年她所累积的牺牲是我无法报答的，即便她仍然在世，我也难以偿还。但令我感到失落的是，我连回报她的机会都没有。在她去世之后，鞋厂的利润分配方案意味着她死后我能借此维持多年的生活。鞋厂在她离世后付给我们的钱比她活着时更多。

几年前鞋厂被夷为平地，如今取而代之的是一家连锁超市。我和姨妈们都带着寻访故地的心情去过那里。我们站在摆放谷类食品的货架间，想着她曾经的工作台如今不知安息在何处。小时候，我去鞋厂的次数屈指可数，而且不能向内走得很深。在我的记忆中，那是一个喧闹的洞穴，里面摆满了面目狰狞的机器，到处是神情忧伤的父母。尽管妈妈拥有娴熟的技巧和速度，但她一直都想从那里挣脱出来，换一份可以让她运用头脑，或者至少能坐着上班的工作。然而布里奇顿能提供的机会少之又少，她因此被困在了鞋厂那冗长煎熬的岁月里。到最后，她的健康并无大碍，却一直为背部和颈部的慢性疼痛所折磨，同时还经受着腕管综合征与偏头痛的困扰。她的双手在频繁的工作中日渐枯萎，手指骨瘦如柴，关节的肿胀从未消退过——那是她的身体唯一会衰老的部位。

10

之后

那天早上，谋杀案的消息如同散布在风中的毒药一般迅速传开。妈妈在鞋厂最亲近的朋友之一桑迪，正准备离开她在卡斯科的家去上班。卡斯科位于布里奇顿南面，中间隔着两个小镇。就在此时，她的前夫兰迪从隔壁的活动房走了过来。兰迪是个通情达理的人，他和桑迪离婚后一直保持着朋友关系，而且两人为了孩子的利益住得很近——他们有一个和我年龄相仿的女儿，和一个小一些的儿子。

兰迪那天早上过去后，说了一件令人困惑的事。他说一位警官朋友打来电话，告诉他克丽丝特尔死了，是被人杀害的。

桑迪起初丝毫不以为然，甚至一点儿感觉也没有。“不不不，”她说道，“不会，这怎么可能。一定是哪里弄错了。是我们认识的克丽丝特尔吗？”

兰迪表示没有弄错，但桑迪仍然不相信他的话。“肯定是沟通出了问题。”她说。他不停地告诉她这是真的：克丽丝特尔·佩里死了。

突然之间，桑迪不想去上班了，鞋厂彻底成了她最不想去的地方。因为她知道，一旦自己去上班，这就会变成现实。

她在门廊上坐了一会儿。被风雨吹打过的木板依旧潮湿，她能透过牛仔裤感觉到地上的水汽。也许她今天就应该留在家里。但她当然不能这么做。她必须去看一看，证明所有这些不过是虚惊一场。她会去鞋厂，看到克丽丝特尔在那儿，一切都将和往常一样。

桑迪上车后顺着蜿蜒泥泞的道路向 302 号公路开去，石子在轮胎下嘎吱作响。她忘了打开收音机。

她从卡斯科的边界开到那不勒斯，接着驶过堤道，堤道的一边是锡贝戈湖，另一边是布兰迪水库。她看着灰色的天空在深色的水面上方逐渐变亮，昨晚糟糕的天气似乎还会持续。

每天早上桑迪去上班时，总能看到克丽丝特尔在她正对面的工作台旁——每天如此，无一例外。开车的时候，桑迪不断在脑海中描绘着克丽丝特尔站在那儿的样子，她会抬起头略微上扬嘴角，给她一个美丽的笑容。她想到只要走进鞋厂，克丽丝特尔的红发总是那么引人注目。还有十多分钟桑迪就要到了，她会走进门，看到克丽丝特尔正在那儿忙碌地缝着鞋。只要她能进去看到她，就会知道兰迪弄错了。只要能看到她就好。

那天早上，琳达的男友迈克·道格拉斯大约在五点钟离开了她家，准备驾车两小时去巴斯钢铁造船厂上班，他是那里的一名电焊工，帮助修建大型军舰。他没有叫琳达起床，她还可以再睡一个小时左右。迈克开到布里奇顿和那不勒斯的边界时，蓝色的灯光突然朝他的驾驶室射过来。他困惑地把车停靠在路边，十分确信自己什么也没做错。一名警察向他的车窗走过来，那是他认识的加里·查德伯恩。

“听着，”加里开口道，他把身子向后靠了靠，清理了一下喉咙，“听我说，迈克，克丽丝特尔·佩里……被杀了。是昨晚的事。我们需要你告诉琳达，你们两人都要到克丽丝特尔家接受询问。”

迈克立刻开车返回琳达家，熟睡中的她仿佛听到他的唤醒声从水下传来。“琳达……”接着，他愈发尖锐的声音穿破了睡梦的迷雾，“琳达，快醒醒。”他既大声又急迫。他到底想怎么样？为什么这么快就回来了？

他把消息告诉了她，那些话从他嘴里说出来感觉奇怪而不真实。“什么？！什么？”她愤怒而困惑地喊道，瞬间被击中的感觉令她近乎崩溃。她不断问着迈克无法回答的问题。他对她说他们必须立刻去克丽丝特尔家和警方谈话。他帮她起床穿好衣服，扶她上了货车，然后开车载她过去。

他们把车停在了离克丽丝特尔家不远处的路边。那场景如同噩梦和电影中的情节。一队白色警车连同其他官方车辆排列在铺满沙粒的路肩上。克丽丝特尔的小车背后遮挡着一辆大型警车，车后门上写着“犯罪现场组”几个大字。黄色警戒线在深灰色的晨雾中微弱地闪耀着。

琳达还未来得及下车，一名警察便走过来敲她的车窗，示意她跟他走。他们坐在巡逻车里，他告诉她只需要回答几个问题。她坐在前面副驾驶的位置上，每隔几分钟便不安地朝克丽丝特尔的房子看一眼，就在大约十五米远的地方。

这位警官名叫查尔斯·史蒂文斯，他和其他许多警察一样，在那最初的几天和几周时间里磕磕绊绊地搜寻着所能掌握的一切信息。琳达首先告诉史蒂文斯，她和克丽丝特尔是最好的朋友，她们的生日只差六天。在一次次的谈话中，她总是务必让对方明白她们是最要好的朋友——克丽丝特尔是她唯一最好的朋友。

她马上提到了克丽丝特尔的未婚夫丹尼斯，指出他暴躁易怒的性情。她讲述了几周前接到的一通电话。克丽丝特尔在电话里激动地哭泣着，她听起来有些害怕。她和丹尼斯非常激烈地吵了一架，两人朝彼此大吼大叫，最后他一只手抓住她的胳膊，另一只手在厨房的钢化门上重击了一拳。接着他一把将她甩开，怒气冲冲地离开了，留下她独自一人在黑暗的房子里。

琳达坚持要过去，克丽丝特尔却在这个时候平静下来，告诉琳达自己没事，不用她过来，没有必要这样小题大做。对于琳达的帮助，她掌握着自己的限度。她只是想找人倾诉一下。她说她最担心的事情之一，是自己没有钱替换他在家里砸坏的东西，而且她知道他也没有这个能力。但坐在警车里的时候，琳达告诉史蒂文斯，丹尼斯的拳头究竟能有多重。

“你们得看看那扇门，”她说，“厨房的那扇门——肯定还有指节的印记在上面。”克丽丝特尔安慰琳达说自己没事的时候，一定正看着那些印记。“他并不适合她。”琳达补充道。这句保守而意味深长的话似乎透露了一个绝望的心愿：她希望自己曾在说服克丽丝特尔离开他的时候更加坚决。

史蒂文斯询问琳达最后一次和克丽丝特尔见面的时间，并且需要她告知具体日期。我想象她断断续续地回忆着，声音颤抖地回答：“呃，是一个星期五，就在几周前，我们出去喝了酒。那是月底的时候。可能是周六——不，不，周六我在上班。是周五……”

史蒂文斯翻了翻仪表盘上的纸张，接着打开车内的手套箱，拿出一本小日历，翻回到四月份。“4 月 29 号？”

“是的。没错，就是那天。4 月 29 号。”而这个日子她再也没有忘记过。

那天迈克的背部受了伤，但他告诉琳达尽管好好出去玩儿。于是她和克丽丝特尔去了布里奇顿周围最受欢迎的三个酒吧：她们先去了劳雷尔·利酒店的酒吧，位于小镇的北端；接着换至那不勒斯的“汤米家”潜水酒吧，就在南部的卡斯科镇附近；最后去了同在那不勒斯的里克咖啡馆，坐落于锡贝戈湖的岸边。那晚是劳雷尔酒店每周一次的卡拉OK之夜，但她们不擅长唱歌，于是喝了一杯啤酒便离开了。“汤米家”则太过安静，她们也没有待很久。里克咖啡馆很热闹，所以她们逗留了一会儿。后来有些人告知警方，那次在里克咖啡馆见到她们，是他们在克丽丝特尔生前最后一次看到她。其中，温迪·埃弗里——我的两位好友的妈妈——问她是否还在和丹尼斯交往，她说自己正试图结束这段恋情。克丽丝特尔说，让女儿看着她和丹尼斯如此恶劣地争吵是不公平的。

那一夜结束的时候，两个女人回到了琳达家。琳达告诉史蒂文斯她们主要谈到了我——妈妈告诉琳达，我在学校表现很好，并为我感到骄傲。她说学校想在明年让我升两个年级，所以我将跳过七年级。在她生前的最后一天，她让我带了一份密封的便笺到学校，表示同意他们这么做。我把简易的信封贴着潮湿晃动的车窗，在校车上读完了大部分内容。倘若没有这次小小的逾矩行为，多年之后才到达我手中的这些警方记录将是我第一次得知此事。她知道我会为此激动，只是在等待合适的时机告诉我。

那天清晨早些时候，凯特警官在救护车里不停地和我说话，随意向我提起她想到的任何问题。我的心脏飘忽不定地狂跳着，最近几天如同梦境一般在我千头万绪的脑海中闪过。我最先告诉她的，就有自己将要在学校跳级这件事。多年来，每当我想到这里，总觉得提起此事是一种肤浅而沾沾自喜的行为。但我原谅了自己幼稚的自夸，因为我一直处于震惊之中。现在我明白了，那时我已将学校视作自己前进的方向和逃离的出口。

她们最后一次见到彼此的那个夜晚，妈妈把对温迪说过的话告诉了琳达：她准备和丹尼斯分手，主要因为无法忍受他暴躁的脾气。我想象她们坐在妈妈黑色的小车里，时间已过凌晨一点——那是缅因州的打烊时间——她们不想进屋吵醒迈克。琳达虽然面朝挡风玻璃，却不时转过头去注视克丽丝特尔的表情，车库上方唯一的灯泡发出暗淡的灯光，她刚好能看到好友脸上的雀斑。

琳达和妈妈还谈到了我上大学的计划——这是我们认识的人中很少有人做到的。她知道离开丹尼斯会让这个计划更有可能实现，也明白我们两人都需要平静而稳定的生活。她希望自己能足够坚强地离开他，并改善我们在一起的生活，让我上大学的梦想和其他美好的事情变得更有可能。

妈妈和琳达再也不会见面了。接下来的周五，也就是星期三晚上谋杀发生之前的周末，琳达错过了一通电话。克丽丝特尔在答录机中留了言，只说她想聊一聊。

琳达永远不会知道克丽丝特尔想要聊什么，或者周五那天晚上她是否遇到了什么麻烦，她是不是需要自己。而因为琳达没有在那一周回电话，再也没能和她说上话。我很好奇琳达将答录机中的信息保存了多久，又或者她是否依然还留有那盒录音带。

这次对话只是史蒂文斯警官汇报的一个概况，他在记录中并未

转述琳达说话的语气，也没有说明她是否流泪，是否感到愤怒、恐惧或无助。我只能凭借自己对这个很久以前认识的女人的模糊印象，想象她所说的话，以及她说话的方式。

但你依然能从字里行间或多或少地感受到史蒂文斯让琳达“实事求是”的陈述方式：“只说事实就好，女士。”琳达的情绪也因此遗失在了他的记录中。随着暴力罪行的发生，人们心底最深的期待和渴望都将变成官方关注的问题。隐私从第一天开始便遭到侵蚀。此次谈话的尾声揭露了她们两人心中的秘密：

“她和克丽丝特尔都谈到过自杀的想法，因为她们曾经历过情绪十分低迷的阶段。克丽丝特尔永远不会这么做，因为她会一直陪在萨拉身边。”琳达未曾想到自己会是被抛下的那一个。

此次谈话的总结中并没有写下“结束时间”。但我想象着太阳升起的景象，暗淡的晨光越来越亮，雨也渐渐停了。

琳达不时会看到警察从我们家的前门出入，那是我们极少用到的一扇门。他们仍然没有告诉她，克丽丝特尔究竟是怎么死的。

———

大约五点半的时候，住在卡斯科的彭妮——和妈妈比赛手工缝纫的朋友——刚刚洗完澡就听见有人敲门的声音。她匆忙跑到厨房，却发现屋外的门灯下站着四名警察。他们一进门便立即开始问她是否有人讨厌她的朋友克丽丝特尔。除了贝尔局长，还有两名州级警察和一名县级警察，四个人查问一个人似乎有点儿多。在不知道他们为何提问的情况下，她难以给出清晰的回答。于是在他们又提了几个问题之后，她终于问道：“发生什么事了？”

贝尔局长告诉她：克丽丝特尔被杀了。

彭妮第一时间想到了我。警察告诉她，我跟姨妈和外婆在一起。他们问到了克丽丝特尔的前夫汤姆，而彭妮回答的时候仍然关注在我身上："我清楚克丽丝特尔不会愿意让萨拉和他一起生活。请你们现在保证，她不会去汤姆那儿。"

他们当然不能对她做出这个承诺，而是在表达了一些含糊的意见后继续提问。他们的问题一个接着一个。彭妮快速地转动大脑以给出清晰的回答。最后他们终于离开了。他们刚把车开出私人车道，丹尼斯就出现在了她家门口。彭妮一个人住在这里。她心想，他一定一直坐在街对面等着所有人离开。

彭妮向我讲述当天的情况时，我问道："他出现在你家里的时候，你是怎么想的？"这是在从侧面问她，她是否认为自己的老朋友丹尼斯能够做出谋杀的举动，对此我们两人都心知肚明。她说："我不知道他要对我说什么。但他直接一把抱住我，问我他余下的人生该怎么办。"然而，他如此突然地出现在眼前令她感到紧张不安。"我不知道是不是他让警察来我家的，也不知道这是不是他跟来的原因——我完全无从知晓。但我就是觉得他一直坐在某个地方等待警察离开。"

有段时间，丹尼斯和彭妮与妈妈一起在鞋厂工作。和琳达一样，彭妮对丹尼斯的脾气非常熟悉，每当妈妈令他不悦或者鞋厂的机器出了故障，他总会暴跳如雷。当我问彭妮他多久这样爆发一次的时候，她回答："可能每天一次……或者一周三四次——通常每天一次。"尽管那时我对丹尼斯的脾气已有所了解，但我以为她会说大概每月一次。过了一会儿她补充道："他很爱你妈妈，他们准备要结婚的。"

彭妮估计，那天早上丹尼斯在她家逗留了大约一个半小时。“他完全没办法振作起来，”她说，“他就是不愿离开。”

那天彭妮没有心思去上班，也没有把儿子带给保姆照看。她留在了家里，思索着怎么会发生这种事情。

但第二天她回去上班了，每当她在缝鞋的时候抬起头来，总能看到克丽丝特尔的工作台空荡荡的。那是最奇怪、最可怕的景象。而且它就这样一直空了下去——1998 年的冰暴期间它空着；彭妮的儿子高中毕业的时候它空着；当最后几位缝纫工周围的工作台逐渐空出的时候它依然空着；随着制鞋产业漂洋过海，它一直空到了鞋厂临近关门的时候。

11

之前

妈妈和汤姆离婚前大约分居了一年。很可能就是在这段时期，她遇见了一个名叫戴尔·莫顿的年轻人。他们的相遇并没有什么特别之处——两个富有魅力的年轻人在一间昏暗的酒吧喝了许多酒，之后小心地开车回到了他的住所——但自那天晚上以后，他们的步调开始一致起来。他有着沙质的浅棕色头发，温柔的双眼呈淡蓝色，胡子又粗又硬，皮肤因为常在平静的湖面垂钓或划独木舟而晒黑。他是个放松、爱笑的人，喝酒总是点到为止，在经历过汤姆喜怒无常的性情后，戴尔在妈妈眼里一定是一个安全的港湾。他们之间的相互吸引使得彼此很快情投意合，于是正当我要开始上幼儿园之前，我们和他一起搬进了一间很小的房子里，位于小镇南部边缘附近的302号公路旁。

几年前，戴尔在建筑工作中背部受伤，在等待前雇主清偿赔款期间依靠政府的劳动补助生活。他时常种些花草或外出钓鱼，有时修理停在屋前的两辆破旧的火鸟——一辆是暗棕色，另一辆是蓝绿色的金属高速车。在我很小的时候，他就教给了我汽化器的功能。

戴尔会领着我到树林间远足，告诉我各种树木和鸟儿的名称。他还在我们的房子前清理了一片空地，让我种橙色和黄色的金盏花。这第一间房屋——我真正有记忆的第一个地方——实在破败至极，于是我们为它取名“破屋”。棕色的破屋又矮又宽，附加的车库正欲向内坍塌，以致太过危险而无法进入。而且里面还住着一群蝙蝠，它们常在黄昏时分突然一拥而出，朝粉色的天空飞去。302号公路离我们的房子大约有十几米远，每天晚上我都在汽车呼啸而过的声音中入眠。屋子有两间很小的卧室，一间七十年代的黄色厨房，还有一间极其陈旧的浴室，陈旧到其地板甚至会因为我的体重而下陷。屋子中央是客厅，里面摆放着一个柴炉，那是我们唯一的取暖设施。妈妈时常警告我不要碰黑色的铁质炉腰。不过等我年龄稍长的时候，我可以把报纸揉成一团扔进火里，或者用又长又重的火钳拨弄热烘烘的木炭。

搬进破屋后不久，一天早上我被一阵扰动吵醒，于是晃晃悠悠地走到客厅，只见戴尔正从天花板的木条缝隙间拉下一条蛇。我由于太过困倦而不觉害怕，而他就像梦里的英雄一样。

我们在破屋大约住了三年。妈妈和戴尔在那里享受了他们最初相爱的时光，我则在那儿度过了童年之初简单而快乐的日子。六岁生日的时候，妈妈和戴尔重新为我布置了房间。我们铺上了玫瑰色的地毯，而且贴上了我自己挑选的梦幻墙纸：一团团粉色的云朵伴着远方散开的人字型鸟群，太阳在一望无际的沙滩上升起。我们保留了充当卧室门的竹帘，我喜欢它们在我走过时轻轻碰撞发出的咔嗒声，而且能让我听到客厅里传来的电视机的声音。每天晚上我都在《欢乐酒店》的片尾曲或《陆军野战医院》的片头曲中入睡。我也有一台小电视——黑白画面，上面插着大大的金属天线——还有我喜欢的所有毛绒玩具。我总是在白天花很长时间玩上学的游戏——用蜡笔在一大堆纸上弯弯扭扭地“写字”——或者在院子里抓毛毛虫。

与戴尔一起生活让妈妈得以安顿下来。在存够了预付金之后，她终于买了一辆黑色福特天霸小车。那辆车非常简单，是四个车门的小型基本款，但里面的汽车天窗和红色的乙烯内饰让我觉得它酷极了。

尤其在闷热潮湿的夏天，每当破屋感觉过于狭窄时，我们三人便会坐上天霸或任何一辆能开的火鸟驾车远行。我们会去波特兰附近的海滩，在太阳下的黄色沙滩上待很久。我会和戴尔一起乘着海浪玩人体冲浪，和妈妈一起走在漫长的地平线上。或者我们会去新罕布什尔州，在堪卡马格斯高速公路上沿着山路蜿蜒盘旋，偶尔停车在冰冷的河水中嬉戏。

与此同时，汤姆去了西部，游走在一个个临时工作之间，常常一连几周不见踪影。妈妈引证汤姆离弃的事实提出了离婚申请。而他在听证会上的缺席，更使得她的诉讼得到支持。她和戴尔的交往有可能是在他们正式离婚之前开始的，但就连汤姆如今也承认，他早已在离开镇上之前就将她抛弃。

然而大概在我上一年级的时候，他回到了布里奇顿，并告诉妈妈他想重新开始见我。尽管法律上她拥有单独监护权，但她同意了每周一次的探望。虽说早已对他心灰意冷，但她也许认为需要给我一个了解爸爸的机会。况且，他也有自己的迷人之处，虽然她想要断绝关系，虽然他在子女抚养费支付方面已劣迹斑斑，她或许仍然无法将他全盘否定。因此每隔几周妈妈会把我送到汤姆的公寓，那个地方有一股潮湿的味道，位于梅因下街一幢深黄色的大楼里，属于布里奇顿的脏乱差地带。住在公寓里的那些人们似乎没有任何隐私，他们在隔板公寓大楼和维多利亚时期破败老旧的房子里拥挤不堪，而且也没有种植金盏花的花园。

我们会在汤姆位于梅因下街的公寓坐上他的卡车——车内地板上到处扔着咖啡杯和油腻的抹布与收据，车窗的手摇柄则生锈到我无法摇动。他会带我去吃冰激凌，或者到几个小镇以外的地方看电影。他的动作总是慢条斯理，说话时轻声细语，似乎不确定该说些什么。那时我大约七八岁，丝毫不记得和他在一起生活过。我们经常谈到上学的情况，因为我的成绩一向很好，这是一件值得关注的愉快之事，和小孩子谈论也比较容易。那个时候我并未发现我们长得多么相像——一样的小鼻子，一样圆圆的脸庞和四四方方的双手。多年以后才有人告诉我，我们走路的步态如出一辙，每一步最后都会在脚尖垫一下。如今我仍然不太清楚，一个男人用这种姿势走路是什么模样。

有一次，汤姆带我到新罕布什尔州边境附近的商场买东西。他在贺曼百货商店给我买了一个彩色玻璃的太阳捕手，上面蚀刻着一匹马。当我把这个闪闪发光的神奇之物拿给妈妈看的时候，我知道自己的喜悦之情不能表现得太过明显。我已经许多次听到她对他的谈论，有时是和她的姐姐们喝咖啡的时候，有时是和朋友打电话的时候。我知道她们对他的形容是我不可以说出口的。但我想，她在试着让我和爸爸的相处进展顺利：在几次见面之后她对我说，如果我不叫他汤姆而改口叫他爸爸，他会更加高兴。我答应了，并为自己的后知后觉感到不安，担心自己无意中伤害了他的感情。我不知道他对我有什么期望，也不知该如何与这个我几乎一无所知的男人相处。

还有一次，汤姆为我买了一架旧秋千，而且我们一起为它上了色。他把我带到宣伟涂料商店让我选择喜欢的颜色。我挑了黄色和橙色，并和他在阳光灿烂的午后一边笑着一边把颜料撒满了他杂草从生的后院，我们终于在一起度过了一段真正美好的时光。回到家的时候，妈妈因为我的长发沾满了颜料而生气——我们用的是油画颜料，所以根本没有办法洗干净。她竭尽所能用松节油剥落了一些颜料下来，但接下来的几个星期，我的脑袋上依然布满了一撮撮粘在一起的橙黄相间的头发。每当我看到它们时，总会对汤姆产生一股不悦之情，仿佛自己被戏弄了一般。

不久后，汤姆又犯了一个更为严重的错误。我感觉他可能在出现的时候喝醉或者迟到了，又或者根本没有来接我，但我没敢问究竟发生了什么。妈妈让我坐下来后问我，继续和爸爸见面对我而言是否重要。“也不是，”我回答，“我对他并不熟悉。”我每天见面并且喜爱的人是戴尔。他才是我每天等着我放学回家的人，他才是那个不仅能抓到大鱼，而且能把妈妈逗笑，还能让小猫发出有趣声音的人。汤姆不过是一个闻起来有机油味的大男人，他似乎想从我身上得到什么，但我不明白他想要什么。

我希望妈妈并没有在听到我的回答后露出满意的神情，但我确信地知道答案只有一个。

多年以后我得知，汤姆并没有在迟到或喝醉的情况下出现，而是和一个名叫特雷莎的女人住到了一起。这个女人曾试图在妈妈送我去见爸爸的时候攻击她，事情就发生在我刚刚进门之后。

特雷莎性格的狂暴与变化莫测众所周知，而她滥用麻醉品的行为则令汤姆的酗酒问题黯然失色。童年时期的一场意外导致她的头部植入了一块金属板，那场意外和她的父亲与一把枪有关，但具体情况尚不清楚。她来自马萨诸塞州，曾吹嘘自己与犯罪团伙之间的关联，然而其真实性无从判断。至少可以说，她是个有着强烈主张的顽固女人。因为感觉汤姆仍然爱着自己的前妻，特雷莎从一开始便对妈妈产生了强烈的厌恶之情。

尽管汤姆坚持表示不会让我和特雷莎有任何接触，但这很难保证。妈妈想要确保我远离这个有着潜在危险性的人，同时远离特雷莎可能邀请至他们公寓的任何人——因为她明白，决意生活在黑暗中的人们总会找到彼此。妈妈希望我有朝一日能上大学，不希望我围绕在一群生活如此挫败的人身边，整日与酒精和麻醉品为伴。在询问我是否会想念爸爸后，妈妈告诉汤姆，只要他和特雷莎生活在一起，就不能和我见面。最终，他在妈妈离世的几个月后结束了和特雷莎的生活。但这对我们而言已为时太晚。

然而，我至今依然冠着汤姆的姓氏，因为妈妈从未将它摆脱。大概十岁的时候，我鼓起勇气问她为什么一直没有改回结婚前的姓氏。她不以为然地挥了挥手，说这样更省事，她不想应对那些文件和麻烦。当时我并未置疑她的解释，但现在看来它并不充分。尽管她常常看望姐姐们，并且是个孝顺的女儿，但我认为她想要忘记生活在法纳姆家的日子。那是一段充满不安与艰辛的岁月，而她天真地希望，换一个新的姓氏可以让那段时光变得更好。

—

结束探望之后，我偶尔会在镇上看到汤姆。众所周知，他到哪里都是步行——饮酒的习惯意味着他很少能够驾车——这使得人们看到他的机会比其他人多，他们常常坐在相对隐秘的轿车里从彼此身边疾驰而过。对我而言他似乎无处不在，却不知为何无法触及，仿佛藏在我眼角的视野中，挥散不去。

不过我和爸爸每年会有几次交集，大多是在外婆家。她的邻居布鲁斯是一名承包商，也是汤姆的老朋友。我们会看到他们一起从布鲁斯的货车上下来，车后堆满了梯子和木料建材。我知道这代表汤姆在私下接活，而且拿的是现金酬劳。通常，如果父亲没有支付子女的抚养费，政府会扣留他的工资。但汤姆没有正式工作，因此我们很少收到每周应得的二十五美元抚养费。妈妈会用她的矩形胶片相机透过窗帘拍下汤姆工作的证据，塑料快门发出愤怒的吧嗒声，并将洗好的照片连同表达愤懑的长信寄给相关政府机构。然而这并没有什么用。到我十岁的时候，我们所在的等候名单上还有另外八千位单身母亲，她们都已向政府申请对孩子赖债不还的父亲进行调查。

回顾过往，我完全能理解妈妈的愤怒，而且很长一段时间我也分担着这种情绪。但我希望她能够从这场抗争中抽身出来，接受失败，哪怕只为了在那最后几年的时光中多儿分安宁。

我想到她的坚持，想到她不愿向不公的处境屈服，纵然明白胜利的机会十分渺茫，但有时候抗争是她维护尊严的方式。我很欣慰，当其他人可能早已放弃或妥协时，她依然继续努力着——这教会了我该怎么做。

12

之后

起初，我的牛仔裤和毛衣都是姨妈们借给我的，就连鞋子也是。几天之后，她们让我写了一张我想从家里取来的物品清单，并要我指明它们所在的房间。我以为她们会把清单交给警方，然后由警察到现场搜寻后将我们想要的东西带给我们。直到最近我才得知，警察甚至没有跟随姨妈们一起到我家去。那个时候，她们不仅有了钥匙，而且被允许进屋拿取任何我们需要的东西。布里奇顿的好事者会在附近盘旋数月，他们慢慢地开车经过，徘徊在将小镇包裹的地震中心，想看看能发现什么。因为知道也许会有人看见她们在屋子里而报警，所以卡萝尔事先打电话通知了警方。她还问到房子是否已被打扫干净，电话那头的女人给出了肯定的回答。

其实房子并未得到清理。姐妹几人一打开前门便看到：阳光穿透厨房的窗户照射在油地毡和地毯的一抹抹血迹上；凶手的靴印在法医所用的化学品下呈现蓝黑色；地毯已被警方剪去好几块作为证物；凌乱的厨房地板上还有其他空白部位；沙发也已残缺不全，蓬松的毛团凸显在剪掉的空洞处；家猫马克斯的猫抓柱倒在厨房附近的地板上，底部已被折断。“哦，天哪。”格温进门的时候说道，“哦，天哪。”然后她们开始默默地找东西。回想那天，她只会说一句："我没想到会看到那幅景象。我完全没想到会看到那幅景象。"

当格温和格兰妮丝还有卡萝尔在屋内忙碌的时候，格洛丽亚待在了屋外她们看不见的地方。后来她们发现，她在院子里连根挖起了一棵小树，并用一张床单包裹起来放到了她的车后座上。她想要保留一件属于妹妹的依然富有生命力的东西。如今这棵树已经长得足够高大，可以充当圣诞树来增添愉悦的氛围，然而它近旁的房子却已不再有人居住：几年前，格洛丽亚因为肺癌去世了。她是继妈妈走后第一个离开的，她的离世让我意识到，其他人只会先后追随。

第二天，格温带给了我一些清单上的物品，没有提起为了拿到它们而经历的事情。她拿来了衣服和鞋子，我的日记，以及我最喜欢的几个毛绒玩具。然而，自己的东西在我看来却很陌生。我感觉真正的原物还在家里，眼前的这些不过是完美的复制品。那些毛绒玩具让我有了一种突如其来的强烈的悲伤之情，因为它们没能给我带来任何安慰。如今我明白，它们本身并无价值，不过是一个个载体，承载着妈妈对我的爱——而这爱再也回不来。

我一直不太能想起姨妈们返回我家的具体日期，但时间已经很久，没有机会救活家里那株小小的蔷薇丛了。那是我在谋杀发生的三天前送给她的母亲节礼物，已经由于无人浇水而枯萎凋零。不过我的小猫马克斯则安然无恙——那天晚上它一直在外游荡，后来自己找到了德梅里特家，就是我敲门的第一户人家。他们已经开始喂养它，并且答应将它收留——外婆无法忍受猫，而且谁也不确定我会住在哪里。极度痛苦的我再也无法承受更多，因此我决心不去为小猫感到悲伤——知道有人照顾它就够了。而且我一个人更好，不那么复杂。

就在这个时候，我回想起了妈妈再要一个孩子的愿望。过去的一年中，她有几次问到我对于要一个小弟弟的看法，而我总是很反对这个主意：我无法想象小婴儿制造的噪音、凌乱和脏尿布，也无法想象妈妈要在他身上花费的时间。我去朋友家的时候经常目睹她们和兄弟姐妹之间痛苦的争吵，还会看到她们常常被手指黏糊糊的笨蛋拖后腿。于是回到家里，任何时候只要她暗示此事，我便会对这场设想中的怀孕计划表示反对。然而此刻，当我被迫离家坐在外婆的客房里，置身于我同样流离失所的物品中时，我想象着自己有一个小弟弟，思绪温柔而悲伤。我看到自己身后跟着一个蹒跚学步的小孩儿，跋涉在那条黑暗的道路上，我用手抚摸着他前额上被雨水浸润的柔软头发，思索着不论最后去往何处，我是否都能将他带在身边。

几个晚上后，我在从家里拿来的物件中发现了妈妈的一条银色吊坠。吊坠是心形的，闪闪发光，相对比较新。我把它握在手中，纤细的链条从指间垂下。我看到它如此清晰，正如几天前它落在妈妈的胸骨上一般。就在那一刻，我第一次有了悲伤的感觉，那是一种纯粹的悲伤，与我被独自抛下的凄凉无关，与谋杀所带来的恐惧也无关。我终于明白了这一令人悲痛欲绝的事实——我的妈妈，这个美丽善良的年轻女性，将永远不复存在。她将无法再次跳起“车之舞”，或在沙滩上晒日光浴；无法再喝咖啡或者逗小猫玩儿；也无法再和她的女儿一起看电视了。她永远也不会找到那个她渴望至极并且值得拥有的爱人。终于有那么一瞬间，我抛开自己，因为她而有所感触。我感到，除却我失去至亲的事实，如今这个世界少了她所具有的美好。我打电话给朋友玛丽，接着呜咽起来。我告诉她自己正拿着那条项链——她之前见过这条项链，知道我在说什么——但我无法解释余下的感受。我一边哭一边颤抖，几乎泣不成声。几年之后玛丽告诉我，那通电话是她唯一一次为我担心——她听得出来，那一刻我所有的力量已荡然无存，而她不知道我是否还能重新振作起来。

13

之前

在我大约八岁时，戴尔终于拿到了建筑事故的赔偿金，并且在奥特水池路的尽头买了一幢蓝灰色的房子。这条路是以奥特水池这汪平静的小水域命名的，那时它是一条人烟稀少的沙路，在 302 号公路经过破屋几十米远的地方转了弯，离镇中心稍远一些。它穿过了一片宽阔的田野，夏天时周围虫鸣四起，野胡萝卜花与相思子散发出不怀好意的气味，闻起来刺鼻而干燥。

屋前有一条长长的倾斜土车道，它嵌入了土地之中，因此在底层踏上车道后还得走过一段长长的门廊台阶才能到达前门，仿佛爬向一座圣殿一般。屋内的房间十分宽敞，墙壁洁白如雪，浅色的松木护壁板也很干净。只有一户人家曾在这里住过。

戴尔在房子的一侧清理并种植了一片延伸至后院的草地，那些得以保留的高大松树将草坪分隔成块，仿佛一片片小型的林中空地。又高又挺拔的树木就像船只上的桅杆，温和的阳光从它们沙沙作响的长针叶间滤过。他在草地的边缘为我们新养的边境牧羊犬贝尔搭起了一片活动区域。除此之外，一条雪车道穿过了水池下方茂密的森林。客厅有一扇宽大的窗户，透过其三角形的框架，你能在不同的季节分别看到一池静水或一片灰暗混沌的冰域。深冬的几个月里，我常在雪地摩托车急速穿越暗夜森林的高声呼啸中入眠。

戴尔会在周末寒冷短暂的白天带我去结冰的水池钓鱼和滑冰。我坐在塑料雪橇的后方，面前放着凿冰器，戴尔拉着我在雪道上向下滑，不时回过头来看我有没有跌落滑板。到达雪道底部时，我们已穿出森林，进入多云的天空和乳白色冰面形成的白光穹顶之下。当我们在水池中央附近停下后，戴尔便提起钻孔机——一个有着坚固把手的螺旋状物——将它绞入冰面，凿出一个直径大约三十厘米的钓鱼洞口，我则在一旁系好高至脚踝的滑冰鞋。接下来我们会在这寒冷的户外一起度过数小时的时光——戴尔在洞旁的靠垫上安静地坐着，一边慢慢喝着装在泡沫杯套里的啤酒，一边等待小红旗的摇动，那意味着鱼儿上了钩。与此同时，我小心翼翼地滑行在冰面上，留意着其他的鱼洞。如果我滑得太远，戴尔会把我叫回来。

夏天，戴尔也会带我去奥特水池以及这片区域许多其他平静的湖泊和池塘钓鱼。我们会在清晨到一家灰暗破旧的便利店买鱼饵，那里卖的都是老式糖果。我大约在七岁的时候钓到了自己的第一条鱼，那是 条大小像样的虹鳟鱼。在一张以悄然降临的蓝色夜幕为背景的照片中，妈妈也抓到过一条这样的虹鳟鱼。

在我的记忆里，所有那些和戴尔一起度过的安静夏日融为一体，揉合成了一段悠长宁静的午后时光。深蓝色的湖面在布满沙粒的浅滩上方安若明镜，水下的芦苇和花岗岩将湖面映衬出深色。周围的树木茂密而张扬，弯腰在水面的树枝不断将我的鱼线牵绊。戴尔总是耐心地拿过我的钓竿，轻轻地摇下被树枝勾住的鱼线，或者趟入水中帮我解开水草的缠绕。我努力将钓竿甩出一道流畅的弧线，好让我的史努比浮子落入浅水区与深水区之间的绝佳地带。当我听到挥杆后浮子噗通一声恰好落入水中时，便会情不自禁地笑起来。几乎没有什么比听到戴尔夸我做得不错更美的事了。

随着时间的流逝，我偶尔会得到大人的提醒，称呼戴尔的时候应该用他的名字，因为他不想被叫作“爸爸”。我相信这是由于他对此感到不自在，而不是出于对汤姆的尊重。戴尔在妈妈工作的时候花了许多时间照看我，但关于抚养我所需要做出的决定，戴尔坚持让妈妈全权负责。举例而言，假如我想到朋友家过夜，就必须等到她回家后征得她的同意。而且尽管奥特水池的住处是我们的家，但那是戴尔的房子，是他花钱买下的。

我并不介意戴尔不是我的爸爸，他比住在我朋友家里的有些性情暴躁、心不在焉的男人有趣多了。我们三人常说：等到戴尔头发掉光，他和妈妈依然会在一起。戴尔是个健壮、结实并且充满活力的人。他的头发远远没有开始脱落，只不过脑袋周围那一圈变细了一些。我知道他们仍然爱着彼此，因为在那些我本该出门玩耍的午后，我会听到他们的水床潮汐般起落的声音。我们有的是时间。

—

一个夏日的午后，潮湿的空气沉闷而黏人，正在卧室看书的我听到通往屋外木板的滑动玻璃门打开又关上，空气仿佛呼吸一般从橡胶密封条处涌入又溜走。妈妈来到我的房间让我随她到外面去，于是我们咚咚地从木板的台阶走向草坪。这时，我看到戴尔一直以来修建的花园终于完工了，就在通往水池的陡峭斜坡上。再度利用的铁路轨枕将土壤揽在怀里，随着表土在阳光下越晒越干，团状的土块已经开始变轻。我想象着他为我描述过的高大玉米和在风中摇曳的三色堇，幼小的心中不禁对这个属于我和妈妈的男人有了一种纯粹的骄傲之情。

他们向我展示的不仅仅是这个花园。戴尔举起了另一样让人惊喜的物件：一块大约2.5厘米宽的六边形水晶紧握在他的拇指和食指之间，上面沾染着湿润的深色泥土，是他从五金店买来的其中一袋密封土壤里找到的——不同于采石场发掘的水晶，这是一块玻璃棱镜，其中一个琢面钻有机器加工的小孔，你能在梅因街的小饰品店里买到这种水晶。令我感到惊奇的是，他们竟然在一袋密封的污泥中找到了这件闪闪发光之物，仿佛是命运的馈赠，如同一束隐藏的微光，证明他们所做的一切都具有神奇的魔力。戴尔把水晶给了妈妈，于是她将一根长长的钓鱼线穿过小孔，把它挂在了轿车的后视镜上。

妈妈余下的人生中，这块水晶一直悬挂在那儿，捕捉着晴天的阳光和雨天的灰暗，折射出我们沿小路的长途驾驶和去杂货店的短暂车程中路过的所有光景。每当水晶在她急转弯后敲打挡风玻璃，她总会伸手将其捉住，把长垂的挂线安抚至中央，好平息它的晃动，使其不致撞碎。

然而十岁的一天，我从朋友家过夜后回到家里，发觉气氛有了变化，仿佛那束光突然被乌云密布的天空掩藏起来。我清晰地记得，屋子里空气的味道变了，令人感觉稀薄而空洞，似乎所有的分子都压缩到了远远的角落，为一样庞大、猛烈而尖锐的东西让路。人们常会提到沉重的沉默，这一次却感觉轻微而脆弱，若即若离地缠附在稀薄的空气中。我回到房间看了几个小时的书，满心希望家里能再次充满交流与温暖。那天晚些时候，妈妈和戴尔开始争吵，轰隆的爆发声不可逆转地打破了紧张的氛围。那是我从未听过的争执，他们数小时持续不断地朝彼此大声怒吼着。

接下来的几个月中，我们三人陷入了一种模式：他们会连续两三天大声争吵至深夜，我则畏缩在自己的房间里。接着我们之间会有一段紧张的沉默，直到大约一周后我们逐渐试探性地和好。然而，正当我以为短兵相接的日子就要结束时，他们会再次打破晚餐后的平静，两人又开始了大声而愤怒的对吼。他们吵架的时候，我常常坐在自己的床上听着，试图弄清到底出了什么差错，为什么我们不再幸福，而我又如何能解决眼前的困境。

但随着争吵在时间的流逝中一天天持续，我变得越来越厌倦。我会用我的小手提录音机播放磁带，试图淹没他们的声音，或者为了逃避他们的战争而尽量聚精会神地读书，但我一直无法完全忽视他们。有一次，我跑进厨房疯狂地嘶声大喊道："闭嘴闭嘴闭嘴别吵了！"我一向是个安静乖巧的孩子，然而我的忍耐力已到达极限，这应该让他们意识到了什么。他们盯着我看了一会儿，接着妈妈平静地告诉我，这不关我的事，让我回房间去。

大概在他们初次愤怒爆发的一个月后，我关着门待在自己的房间里，就在这时我听到了争吵的前奏，我早已清楚这些被激怒的低声怨言预示着战争的开端。一个声音高，一个声音低。其中一人抛出了指责，对方随即回以侮辱性的反驳。我开始不安起来，接着急忙跑到客厅，一把抱起我的小猫马克斯，将它和我一起锁在房间里，陪我作伴，给我安慰。同时我想要保护它的安全，不愿让它在他们吵架时畏缩地蜷在客厅的角落里。随着争吵的音量越来越大，我怀抱着马克斯在地毯上坐了下来。戴尔的声音震耳欲聋，仿佛一团轰隆作响的乌云，充满着愤怒与威胁，让我很难想象他曾经是那个带我去钓鱼的耐心伙伴。他骂她是"贱货"，还形容她是"婊子"。我似乎多少明白这些词意味着什么。他的声音之深沉、之大，远远超出了我的想象。而她则用自己丑陋的谩骂回应着他的叫嚷，愤怒的音调比平时高出许多。他们在厨房里争吵的声音撞击着橱柜和坚硬的油地毡。有人打开了橱柜门，接着又砰地一声关上。我听到抽屉拉开的声音，晚饭时用的干净餐具被哗啦啦扔了进去。这大概是妈妈在打扫卫生，由于不愿停下来把全部精力用于争吵，所以她试图将自己的沮丧与能量转而注入手头的事情中。多年以后，我和男友争吵时也会这样，一边大发脾气一边寻找家务活来宣泄能量，这么做意在保护我们两人的安全，好让我不会对他拳脚相向，也不会乱扔东西。

然而这对妈妈和戴尔并不起作用。他们不是有人扔盘子，就是在墙上痛击一拳，不堪入耳的话不断传来。我搂着小猫在地板上蜷作一团，眼泪滴落在马克斯条纹形的绒毛间。接着它扭动着从我怀里挣脱，抓伤了我的手臂，而这轻微的疼痛引得真正的痛苦奔涌而出。我看着镜中的自己面部开始扭曲，皱作一团，皮肤也涨红起来。我跪在地毯上，裸露的膝盖嵌入其节状的纹理中，接着俯下身去，前额贴着地板绝望地抽泣起来。

这一夜，我知道自己甚至无法试着向他们发出诉求。因为他们太大声了，而且那些叫喊和碰撞的声响不只是喧闹而已，它们已经入侵我的身体，令我不住地颤抖和哭泣。并且我知道，任凭我如何聚精会神地看书，也无法摆脱它们带来的影响。我开始觉得，如果不做些什么，我将被它们毒害。于是我再次向镜中望去，描摹着自己的轮廓，试图用目光让它变得更加真实。

我慢慢擦干脸庞，依旧听着他们的怒吼，然后拿出几张纸和一支笔。我给学校的辅导员写了一封信——这个女人我只见过一次，是几年前我因为口齿不清在学校做语言治疗评估的时候。我讨厌她跟我交谈的方式，那种过分熟悉的语气令我感觉虚伪至极。当妈妈拒绝送我去上语言课时，我喜出望外，担心自己不再被认为是“正常”小孩而遭到孤立。然而在那所有的争吵发生之时，这位辅导员是我唯一能想到诉说这些事情的人。

我记不清究竟是我写完信的时候屋里安静了下来，还是妈妈中断争执，来到我的房间让我上床睡觉。总之，她就那样突然出现在我身旁，让我把写的东西给她看。一股恶心的感受向我袭来，但我还是把纸张递给了她。我只记得信中的一句话，那是他们的争执中显而易见的一件事：“我想她和别人上了床。”一定是这句话让她哭了起来，一定是这句话促使她让我保证永远不会再写这样的信，并且不会把他们吵架的事告诉任何人。我本该为此感到愤怒，但抬头看到妈妈边哭边将黄色条纹的纸张揉作一团，反而只觉得灰心丧气。

此后不久，妈妈离家了一段时间，也许有一个星期，最多不超过两周。戴尔告诉我她很伤心，需要在医生的照顾下休息一阵子。我很想念她——我们从未分开过这么久。不过单独和戴尔在一起的日子安静而愉快。他总是确保给予我许多关注，而且每天晚上没有怒吼的对抗需要逃避，知道这一点总让我觉得如释重负。妈妈回来的时候整个人更轻盈、更快乐、更放松了。她说起初自己并不喜欢离家的感觉，但几天之后，她觉得能有一阵心无牵挂的日子也很不错。她表示医生们有所帮助，但可惜她的保险只能让她待这么久。这些大多是她和朋友通电话时，我徘徊在厨房附近听到的。之后的许多年里，我一直以为她是由于抑郁而入院治疗，但后来格温告诉我，妈妈事实上曾哭着从一个治疗毒品和酒精成瘾问题的机构给她打电话。戴尔以此为在一起的条件，迫使她去那里。她犯了一个严重的错误，在醉酒之后和另一个男人上了床，并且他使她确信自己有成瘾问题。结果事实并非如此，或者至少有些夸大其词。但这并不重要，因为他终究还是会和她分手。

—

我一直以为妈妈那晚的一时糊涂是她和戴尔分手的主要原因。在此之前一切似乎都很完美——我们会在阳光灿烂的日子去钓鱼，晚上在露天影院度过美好的时光，也会在舒适的冬日午后去院子里堆雪人。我相信她确实和别人上了床——这一点在戴尔的怒吼和她的回应中都显而易见——但我对事情发生的经过所知尚少。原来事实上，她随另一个男人回家是和戴尔在酒吧大吵一架后发生的。他们极其痛苦的争吵使得他起身驾车离开，将她独自留在了酒吧里。她一定感到很难堪，脆弱地哭泣着，也许还很愤怒。那应该是一个当地的酒吧，周围必定有认识她的人，但不能保证有她的朋友在场。二十七岁的她一个人喝得醉醺醺的，也许已经断定她和戴尔的关系结束了。我可以在外婆家安全地待到早上。她需要有人载她回家，于是似乎一个友好而帅气的布里奇顿男人提出送她一程，但接下来发生了更多事。

我有一张戴尔在那个时期的照片。照片里的他笑容灿烂，固定在门柱上的银色灯盏照耀着他的脸庞。他看上去年轻而英俊，满脸骄傲地摆弄着一把银色小手枪，蓝色的双眼如夏日的湖水般泛着光彩，眼神对准了镜头。他身后是一丛我熟悉的锯齿状绿叶——这是戴尔领取政府发放的补助金外操持的副业。我曾在戴尔修剪植物时陪他一起花许多时间待在地下室里，那是他保存这些植物的房间，灯光洒落在水泥地面和四周的墙壁上。我和他在绿叶间的小木桩上放置了许多小巧的塑料青蛙和乌龟，如同两个老妇人用风车和土地神装点着她们的花园。

当家里买回一个热水浴缸的时候我兴奋极了——它是那么奢华而新奇。然而如今我意识到，那很可能是为了掩盖因为戴尔的植物生长灯而飞涨的高额电费。有一次，在“最受欢迎歌曲日”那天，我欢快地唱了感恩至死乐队的《凯西·琼斯》这首歌的副歌，我的音乐老师虽然为此吃了一惊，但并未觉察任何可疑之处。我一定从未在朋友面前提起过戴尔的地下花园，也从未问及为什么她们家里没有这样的地方——我脑海中从未闪现过这些念头。之后的许多年里，我甚至没有想起过戴尔所种的植物。直到最终撞见这张褪色的方形照片，我才明白那片森林的意义所在，也才真正看出那些植物究竟为何。然而，如今令我感到不安的并不是那些毒品，而是他手上的那把枪。

我曾看到戴尔在厨房的一面大镜子上弯着腰，将凝胶胶囊拉开后又混在一起，痴迷地数着它们。我确实记得这幅场景给我带来了不安。他在摆弄这些药丸时从来不和我说话，这令我感到可疑，也让我有些害怕。如今我明白，尽管妈妈爱着戴尔，但她也很担心。她不断对桑迪说：“要是他被抓了怎么办？我不想让他们带走萨拉啊，因为我和这件事一点儿关系也没有。”不过她心知肚明，就算她把我写给辅导员的每一封信都拦下，依然注定会有事情发生。她一定知道，自己和戴尔的日子终会走到尽头。

这么多年过去了，妈妈和戴尔最后分手的瞬间依然令我不能忘怀。它似乎标志着一种幸福的结束，而这幸福是妈妈和我再也未能

找到的。我想要更多地了解为什么他们没能渡过难关。我无法询问戴尔，因为有一段时间他踪迹难寻。事实上，我也并未花费太多精力寻找他——我不确定他是否还是从前的那个戴尔。因此，我决定依靠妈妈的朋友。

一个似乎对妈妈的年轻和美貌心怀嫉妒的女人说，她在出轨后的第二天早上毫无悔意地回到家里，戴尔立刻将她赶了出去。

另一个友善一些的女人说，妈妈只是犯了一个愚蠢的错误，并且戴尔知道这一点，但无论如何努力，他都无法原谅她。

另一位告诉我，她不过是厌倦了戴尔，想要他“滚出去找一份正经工作”。不知为什么，这个解释令我最为难过。

妈妈的基督教朋友完全没有提到她的不忠，而是聚焦在了毒品问题上。她们说，妈妈要求戴尔停止种植和贩卖毒品，但遭到拒绝。于是为了让孩子摆脱那种环境，她选择了离开他。

所有这些几乎都是真的。

妈妈和戴尔争吵的几个月里，一天晚上我独自站在面对奥特水池的那扇大窗户前，望向下方的森林深处。蓝色的夜光聚集在水面上，一切悄无声息。过了一会儿，一声刺耳的尖叫打破寂静，穿越树木向上方传来。在那第一声孤独的叫喊后，一阵阵叫声接踵而来，直到它们此起彼伏地如合唱般在空气中颤抖。一股歇斯底里的感受在那些叫声中撞击着，刺耳的迫切呼喊传遍周围。每一声都在我的四肢中震动，在我奔流的血液中回荡。我想象着自己看到一群孩子在那儿，因为所玩的游戏出了严重差错而艰难地跋涉在浅水

中，恐惧地跑向岸边。但那叫声中蕴藏的狂热力量告诉我，那不可能是孩子的叫喊，这声音不只是一种反应，更是一种撒播。很久以前我得知，那是潜鸟交配的呼喊声响彻在整个水面上。这些声音坚定了我早已知晓的事情：爱，也可能潜藏着疯狂与愤怒。

14

之后

妈妈有时会说："等到你老了，他们就会想出能让人长生不死的办法。"然而她直言不讳地表示，她认为自己等不到科学家解决这一问题的那天。所以她很确信自己会死，但觉得我不一定。这是一件我不愿去思考的事情。没有她的世界让人无法想象，永生也变得难以忍受。

因此，当姨妈们问我妈妈希望如何处理自己的遗体时，从这些关于死亡的委婉对话中，我知道答案。她从来不希望我对她的死耿耿于怀，但她想要我明白，多年以后终有一天，我必须一个人向前走。我坚定地告诉几位姨妈，她希望被火化，不希望被土葬。我听到她提起过几次这件事。于是卡萝尔去殡仪馆安排事宜，格温和格兰妮丝则带我去了梅因街的花之盆花店为葬礼挑选鲜花。我们到达花店的时候，发现店铺前有一些新闻工作者——几位女性顶着光泽有型的中长发，手里握着话筒；几位男性肩扛着硕大的摄影机，双脚一前一后，仿佛随时准备猛扑过来。

"别理他们。"格温说道，但她的声音有些颤抖。

"等我过来为你开门的时候再出来。"格兰妮丝的语气中透露着愤怒。我照姨妈的话做了，步出车门的时候，我把自己的长发顺到一边，把脸藏在它的帘幕后。摄影机对准了我们，但他们并未靠近。也许他们原本只是计划在街上采访人们对于谋杀案的反应，但那时我感觉深受困扰。显然，他们知道我们是谁。

花之盆是个凉爽的小花店，地上摆着几篮绿色植物，鲜花照亮在高大的玻璃冷却器中。屋外的光线几乎照不进来，而且店内最多只能容下十个人。这里似乎一直是个令人陶醉的地方，而我也只在愉快的日子来过这里——比如，妈妈和我为外婆的生日买花，或者戴尔带我和他一起为妈妈买一两支玫瑰。然而现在柜台后面的女人却怜悯地看着我——她也知道我是谁。我开始明白，镇上所有人都知道我是谁，并且永远都会如此。

我又一次被问到妈妈想要什么，也再次因为知道答案而感到宽慰。她喜欢粉玫瑰，不过在这么匆忙的情况下，能买到的粉色鲜花只有并不太适合葬礼的非洲菊，但大人们迁就我的意愿订购了它们。从某种意义而言，在这样一个年轻人的葬礼上摆满春季无邪的鲜花是合宜的，而且其浅色的花瓣可以衬托她的头发。能够代表她发声，并实现她的心愿，我感觉自己长大了。我希望把一切做到尽善尽美，好让她感到骄傲，仿佛她已将责任交托于我，直到她回来的那一天。

之后，格温和格兰妮丝还有我去了外婆家，卡萝尔拿着一本墓碑的小册子等着我们。在这件事情上，我没有多少发言权——她们挑选了一块粉色的心形花岗岩石碑，我却认为太过感伤，也过于漂亮了。粉色的心形代表平静的死亡，只适合那些因为宿疾而日渐衰弱或因年老而逝去的人，他们有时间告别，而且可以衣着得体地躺在床上，在爱的围绕和医疗设备的帮助下慢慢闭上双眼。我不希望一切都修饰得那么好看。如果可以，我会选择坚硬而黑暗的石碑，正如她的死亡一般：一块棱角分明的黑色抛光大理石，或者一块刺向苍穹的高大锐利的尖顶纪念碑。我讨厌看到一块毫不起眼的粉色之物和所有那些石头并排一列——中规中矩，粉饰太平，显得那么平淡无奇。

接着大人们谈到了棺材的事，这令我感到困惑。原来，火葬并不代表取消对遗体的瞻视。我想要抗议，妈妈希望火葬难道不正因为不想让人看到她的尸体吗？但也许她只是不愿被埋在地下的一个小盒子里——她有着严重的幽闭恐惧症，我想她甚至可能把这种恐惧投射到了死后的环境中。我觉得丹尼斯会知道答案，但我当然不能问他，也不能问蒂姆或者戴尔，还有我的爸爸。无论出于什么理由，我都不能冒险和任何嫌疑犯对话。

因为不知道妈妈究竟为什么想要火葬，所以我什么也没说。我记得身边的人谈到了"告别"，然而在我看来，这更像是一种温情的感伤。我一点儿也不想看到她的样子。我想要告诉这些人，看到她死去的尸体毫无益处。我想让他们知道，几乎没有哪位殡葬师能将她整理到可供瞻视的模样。但我不愿吓唬他们，于是克制了这些想法。我开始意识到，现在我和身边的人之间有了不可逾越的距离，而那距离正在被沉默填满。

如今，我会小心翼翼地涉及妈妈葬礼的话题。我问格兰妮丝，到底是谁决定让大家瞻视妈妈的遗体。"是你希望这么做的，"她回答，"你想要做最后的告别。我不希望看到她那个样子——太可怕了。这个坎儿我一直没能跨过去。"当我辩驳说自己绝对希望妈妈干净利落地被火化而不希望她被暴露时，她说道："呃，也许是温道尔决定的吧，我不太清楚。"多年来，这种不幸的误解一次又一次发生，我们的爱也在不知不觉中被扭曲着。

那是我第一次谨慎地尝试，几天后我又给格兰妮丝打电话，坚持要了解更多。结果却得知，她和家里的其他人在殡葬师着手工作之前到殡仪馆看过了妈妈的遗体。我为此感到震惊，无法再继续追问下去，仍然不明白让妈妈的遗体供众人瞻视究竟意义何在。我想到了那时候我如此确信自己对整件事情的了解多过所有人，我以为他们不用去经历我所目睹的惨状。我感到自己愚蠢至极，胸襟狭窄，冷酷无情。然而格兰妮丝继续说道："我不希望你看见她那个样子。"于是旧有的愤怒涌上心头：我早已看到过她那个样子，为什么他们总是这么容易忘记？这种主观的遗忘也许出于他们对我的爱，但这让我感到孤独至极。

葬礼是在谋杀发生的四天后举行的，距离母亲节过去了整整一星期。晴朗一词已不足以形容当天的天气。在这样一个春日迎接这么多人的悲伤与愤怒，实在无懈可击。那天阳光灿烂，但并不猛烈；天空很蓝——蓝得那么宁静，无可挑剔，它似乎在震动着，要以其无限的能量将你拉入天际。那是一种华丽的蓝，仿佛古董花瓶上掉下的碎片，又好似洋溢着深邃光芒的宝石。我不断抬头望向天空，想要确定它真的在那儿，因为我实在难以想象，这片天空的美竟然在那晚的黑暗之后得以保存。

那时我的家仍然是犯罪现场，所以格温和格兰妮丝还没有回去帮我拿过东西。格温借给我一条裙子——这条裙子明亮而飘逸，上面有着大朵的紫色花卉和蕾丝衣领。起初我因为它不是黑色而感到烦恼，但格温向我保证，穿黑色参加葬礼不过是陈旧的习俗，已经不是必须恪守的规矩了。而且我看起来很美。

那天早上我站在外婆的房屋前眯眼看着她，身边围绕着聚在那儿的少数几位家人。外婆拿着一台小相机，双脚站定，向前弯着腰，认真地记录着这一刻。我脸上挂着游移不定的笑容，不明白为什么有照相的必要。结果照片里的每个人都模糊不清。

我们很早就抵达了殡仪馆。我走到草坪的长凳上坐了下来。朋友薇姬不久就到了，她也走过来坐在我身边。我记得自己一边看风吹过绿叶，一边飞快地说着话。“抱歉，”我告诉她，“只是我现在什么感觉也没有。”她很体贴，就那么安静地坐在那儿，不时点头示意她在听我说话。我觉得自己既可怕又奇怪，然而她就在那儿陪我看着树叶，直到格温过来领我走进殡仪馆。

起初我们每个人都有时间私下瞻视遗体。尽管我并不想看到妈妈，但格温和我会第一个进去。她的尸体原本被列为证据，后来经过整理与重新缝合，现在我们要通过它来向她告别——这个仪式实在是荒谬，但我无处可逃。我知道葬礼期间我不得不看她，也知道我们会坐在第一排的中央位置，所以我想让自己有所准备，不希望在众目睽睽之下痛哭起来。

格温和我走进房间，当我朝那一长排折叠木椅望去时，我心想：她就在那儿。接着，我在事发后第二次缓缓地向她走去。贝多芬的《月光奏鸣曲》播放着——第一乐章，持续的慢板——每个高音如同针刺一般穿透我的平静，拉长的低音绵延不绝，正如顽固的心跳一样无情地拖拽着我。这首曲子会永远纠缠着我，每当看电影或乘电梯，以及被卡在售后服务处时听到这首曲调，我总会整个人骤然停住。这支曲子以及电话听筒拿下挂钩后发出的嘟嘟声，永远会在我毫无防备时将我击中。

妈妈的面貌不太像她自己，这让我看她时感觉好受一些——那是她，但又不是她。然而她的装扮让人感到难过：他们给她化了如此浓厚的妆，以至于你几乎看不见她的雀斑。更糟糕的是，她的头发已经变成了细丝状，如同一团略带粉色的棉絮，不似她以往浓密的金红色卷发。她最美的部位已被摧毁，脸庞也变得陌生难辨。

格温和我沉默地站在彼此身边。我们强迫自己看了她，然后转身慢慢走回大厅。如果我们说过什么，那些话也早已忘却。在我的记忆中，我们对彼此都茫然不知所措，我们最深的感受是窘迫，完全不知该说些什么或者做些什么。我们来这儿并不是为了告别，因为她已经不在了。

镇上的居民和朋友以及远亲开始陆续抵达。我们坐在一间外屋里，迎接缓缓进入的来客。妈妈的离世是和许多人有关的一件悲剧，但我记得自己当时怒不可遏，因为来宾中有我不认识的人，我怀疑他们并不认识她，他们来此只是因为想看一看这个被杀害的女人。我想要保护她，希望她只属于我自己。引人注意的是，我的爸爸汤姆和戴尔，丹尼斯以及蒂姆都未在葬礼上出现。那时我以为，作为可疑对象，他们被禁止出席，所以我很庆幸他们谁也没有到场。更何况，倘若我再也不和他们见面，这会让我更容易同时将他们全部忘却。

我坐在几位姨妈身边迎接宾客，尽管心中不一定乐意，但依旧和他们握手，感谢他们的到来。渐渐地，我又感受到和薇姬在外面草坪时那股快速流动的能量。人们纷纷递给我卡片，有些我会在接过来时看一看，但有时精力会分散，其他卡片则暂时放在一边。结果，我倒霉的同学杰茜卡，一个和我其实不那么亲密的女孩儿，让我禁不住哭了起来。她朝我走过来的时候，看上去并不像其他大多数孩子那样不自在，却极为悲伤，然后她递给了我一张淡粉色的卡片——卡片很简单，前面是一张秋日落叶的照片，旁边有一句梭罗的名言："田间草叶，林中树叶，各循其时，凋零飘落，美丽依旧，一如新生。"读完后，我的手不禁垂落一旁，脊柱猛地一沉，接着开始哭起来，我感到所有的重担瞬间崩塌，忍不住泣不成声。她也许根本不想睡在那副棺材里，而我们就连把她的遗容装扮得漂亮一些也做不到。那些优美的话语毫无意义，因为妈妈的权利已经被剥夺，她无法美丽地死去。

然而，就在不到一百小时之前，我的妈妈还是一个如此美好的存在。

在我的记忆中，追悼会是一场简短模糊的陈词滥调。抑扬顿挫的追悼词夹杂着人们在座位上变换姿势的沙沙声，以及偶尔从后排传来的大声吸鼻子的声音。仪式期间有一段长长的停顿，那位女牧师停下来给我机会起身朗读一首诗。大家知道我善于写作，而且就在几周前我为朋友阿德里安娜写了一首诗——她的妈妈在一场车祸中丧生了。然而对于自己的妈妈，对于这场悲剧，我却无话可说。牧师微笑着向我示意，但我摇了摇头，因为我什么也没有。

我和姨妈们坐在前排，低头安静地哭泣着。整个仪式期间，我的肩膀从始至终都因为颤抖而不停地起伏。尽管脑海中有个声音一直告诉我应该看看妈妈，但我一次也没有望向她那张陌生而毫无生气的脸庞。这两个失败的举动都令我感到羞愧难当。

15

之前

和戴尔争吵的几个月中，妈妈带着我一次次从他的房子搬到外婆格雷丝的家里。我们会在她家住上一周左右，直到妈妈和戴尔和好，然后返回他的住处直至一两个星期后他们再度分开。一天晚上，妈妈收拾了一些东西，于是我们又一次坐上车，朝小镇另一端的外婆家驶去——妈妈童年的大部分时光就是在那儿度过的。我把睡衣和一些衣物装进我的粉色塑料手提箱里，还带上了最喜爱的三个毛绒玩具。我不愿和剩下的玩具分开，尽管我试图告诉自己应该坚强，对自己说它们的玻璃眼睛毫无感情，但当我看到它们从床上望着我时，便不由得哭了起来。我更加不忍心面对家里的牧羊犬和两只小猫，十岁的我尚未对生活的失望做好准备。一周前我们才刚刚搬回戴尔家，如同之前的每一次一样，我以为我们再也不用离开。

随着我们驶入小镇，一盏盏的黄色街灯洒落在我的膝头，我坐在副驾驶座上，愤怒地望向窗外。令我恼怒的是，妈妈竟然如此平静地开车将我们载回外婆家，而外婆视我们为包袱的情况已经越来越明显。最后我冲口而出："我不想去外婆家！为什么我们一定要这样？为什么就不能好好待在家里？"

我们正好开到了镇中心的信号灯处，亮起的是红灯。妈妈一下将车停住，探过身来用一只手抓住我的膝盖。“你应该庆幸我们有地方可去！”她说道，声音响彻整个车内，“你想无家可归吗？难道你希望露宿街头？”她瞪大了眼睛，声音愤怒地颤抖着。我震惊极了：她几乎从未朝我大声吼过，更不用说在生气的时候碰我。难道外婆家真的是我们唯一的选择吗？一瞬间，我看到我们游荡在小镇上，就像我知道的一个流浪汉那样，这个人名叫斯基，总是一副又脏又瘦的样子，吸毒成瘾的他走路踉踉跄跄，常常拿吓唬小孩寻开心。我想象着妈妈的帆布鞋又脏又暗，我的脚踝露在过短的裤管之外，两个人在破旧的毛毯下瑟瑟发抖。这场景如同狄更斯作品的风格，令人感觉夸张而可怕。我们无法把两只小猫带去外婆家，因为她不喜欢它们。但如果我们连住的地方都没有，那么养猫便绝不可能了。我的思绪飘回眼前，随着眼泪再次夺眶而出，我喃喃地说道：“不是的，对不起。”妈妈松开抓住我膝盖的手，整个身体似乎一下瘫倒在了她的座位上。接着绿灯亮起，她开动了轿车。这次，我瞥见了一切对她而言究竟有多艰难。

在我更小一些的时候，当妈妈和戴尔每隔一两个月出去放松时，我会在外婆家度过温馨的夜晚。那时候，她是个和蔼可亲又有些迷茫的外婆，古怪的习惯惹人喜爱。其中最突出的，便是她坚持对事物使用正规老旧的名称。比如，牛仔裤是“工装裤”，她的水井一直是她的“自流井”，她清一色的卧室不是紫色——而是淡紫色的。那间卧室淋漓尽致地展现了她的强迫型人格：四周的墙壁、床罩、床单、地毯、相框、绢花——所有陈设无一例外都是淡紫色。

随着我渐渐长大，大约在我们搬进她家之前的一年里，我逐渐对外婆有了些许不同的感觉。她对我依然很好，但我开始发现她对妈妈一直不太友善。因为外婆从未学会开车，于是我们几乎每周五都会先去家里接她，然后开车穿越州边境到新罕布什尔州的杂货店买东西——大约半小时车程的距离，在那里可以免付消费税。我们经常去外婆家，因为妈妈想要确定外婆是否一切安好，而且我们未曾错过任何节日，但外婆似乎对妈妈从不领情，也没有做过什么来回报她。相反，她对妈妈的每一个决定都朝督暮责，而且时常指责她对自己不够热心。事实上，除了格温以外，她的另外九个孩子很少来看望她，但她似乎并没有为此而对他们评头论足。

我们搬进外婆家后，她挑剔的眼神愈加严厉地聚焦在了妈妈身上。她总是不忘提醒女儿，她的收留给女儿帮了多大的忙。你无法在她的家里放松下来，那里充满着我们既无法预料也无法掌握的繁文缛节。雷已在几年前去世，现在一切由外婆全权做主。沙发坐垫一定要用干净的棕色毛巾包裹起来，以保护来客从来无法看见、也不能直接坐上去的衬垫。毛巾务必要按照固定的标准折叠。我和妈妈住在有一张单人床的客房里，床下放着一张带脚轮的矮床。尽管白天外婆没有任何理由到房间来，但我们每天早上必须把脚轮床收好。这个乏味的动作令我感觉我们在隐藏所有逗留于此的痕迹。

我们必须给外婆付房租——不过这要比租一间公寓便宜。她在地下室为我们拨出了一块狭小的角落存放东西，为了不让潮气毁坏相册、衣物和我的玩具，我们还得在所有物品上盖一层塑料油布。我们不得不把许多东西留在戴尔家，这使得妈妈——一个带着十岁女儿的二十八岁女人——连自己的沙发或床乃至梳妆台也没有。格温和格兰妮丝费尽口舌想要说服外婆让我们住下，这样我就不用转到级别较低的校区去。格兰妮丝说，外婆不喜欢这个主意——她不愿让朋友知道，她的女儿，一个未婚妈妈，搬回了娘家。她的朋友从未到家里来过，但格雷丝希望一切都像从前一样井井有条——只为了以防万一。

外婆对妈妈无缘无故的指手画脚总是没完没了。在我们往返于戴尔和她家的最初两个月里，她想要知道为什么妈妈无法修复他们的关系。在对具体细节一无所知的情况下，她断定是妈妈的错，然而她也会随自己的意愿指责戴尔，同时埋怨妈妈当初选择了他。如果认为妈妈的衣服过于“俗艳”，她从来不忘指出来。她总是过问妈妈买东西的花费，而且尽管她自己对车一窍不通，却喜欢问妈妈多久给车加一次油。只要妈妈在家，外婆从来不给她喘息的机会。“克丽丝特尔！”她会喊道，“克丽丝特尔！为什么冰箱的水壶没倒满？”“克丽丝特尔，是谁把暖气开这么高的——不要电费吗？”“克丽丝特尔！那个戴尔现在到底在干吗呢？”

如果外婆开始故意找茬，妈妈总是尽量让步。我会听到她咕哝地作出解释或回应，也会在她一进家门就被母亲打发去做家务时看到她的肩部发紧。我大约比她早一小时到家，而且我记得自己在妈妈进门时心里涌动的兴奋，这本该是一天中最美好的时刻，却常常被外婆破坏。不久我也成了她训斥的目标。“天哪，萨拉真的变结实了。”外婆会对着妈妈大声评论，而我就坐在餐桌的另一边，脸因为愤怒而涨得通红，心想着“结实”分明是西尔斯商品目录中对胖男生的形容。格雷丝从来都是哪壶不开提哪壶。我极度渴望自己变得纤瘦而优雅，于是埋怨汤姆健壮的基因令我永远不可能像妈妈一样纤细轻盈。

外婆讨厌我经常看书，不喜欢我总是闭门不出，她希望我交更多朋友，变得更有人缘，而不是成天关在家里。尽管她的评头论足让我感到伤心，但眼看她专横跋扈地对待妈妈令我更加难过。我无法忍受平日里坦率诙谐的妈妈在这个女人面前低声下气，而且那时我意识到，她们的关系肯定一直以来都是如此。格兰妮丝说得没错，她曾经告诉我，外婆对我的态度与对自己女儿的态度有着天壤之别。

这段期间，有一天妈妈提前了一小时左右到学校接我——我很惊讶，因为这意味着她已经下班了。我记得当校务主任站在门口等我收拾书本时，班上的其他孩子全都盯着我。上车后，我发现妈妈的右眼戴着一个由纱布和绷带组成的厚眼罩，她的指关节处也包扎着那熟悉的白色绷带。原来，有人的针在刺入鞋子的过程中断成了两截，导致锯齿状的一头飞越过道击中了她的眼睛——这种奇怪的事故很常见。我坐在她的小天霸副驾驶座上，离她很近。她的神情很急躁，绷带隆起的怪异肿块似乎在瞪着我，那程度远比眼睛本身能产生的效果强烈许多。她已经去距离学校不到一英里的医院看过医生，所以早点儿来接我也合情合理，但她并不想说话。我们几乎没有交流，她紧握在方向盘上的双手是她最明显的态度。我承认，因为知道她在开车的时候不能密切地关注我，于是我更加无所顾忌地凝视着她。我感觉自己在看一样不该看的东西，那是她在这一刻没有精力去隐藏的。我想知道还有什么是我看不见的。

为了设法从外婆家搬到属于我们自己的地方，妈妈不知疲倦地工作着。因为不想租房住，所以她一再到房地产经纪人的工作室咨询，努力弄清我们能买什么，又该如何买下来。她厌倦了四处辗转寄人篱下的日子——租房住不过是又欠房东一个人情。她希望拥有自己的家，属于我们的家，一个她和我可以平静安顿下来并自由呼吸的地方：简单整洁就好，屋前围绕着保护隐私的树木，后院有一片可以晒日光浴的宽阔草坪。

在面对外婆九个月的批评指责以及我急不可耐的挫败感后，妈妈终于获得了政府为低收入家庭提供的首次买房贷款，她购置了一块两英亩的林地，在缅因州的乡村不算太大——它位于狭窄的 93 号公路旁，这是一条从小镇西北边 302 号公路延伸而来的一条已经铺就但尚未衬砌的道路。

不久后，她再次到房地产经纪人工作室，拿了一份预建房屋的样本册。刚回到外婆家，她就把我拉进我们共住的小房间，将册子递给了我。我在光滑的页面间翻阅着，上面详细列出了三四种布局，并为房屋的方方面面提供了不同的选择，包括厨房桌台的颜色及装饰，洗手间的固定装置，塑料护墙板，以及室内外的照明设备。房屋的每一种外观都代表着希望。在数月的考察与资料准备后，她的目标终于触手可及。

她从我手中拿回样本册，翻到靠近前面的一页。“我们就要这个。”她指着最简单的楼层平面图说道。房屋的边界用优雅的蓝色油墨细致地描绘了出来，完美的曲线刻画出了几扇门的轨迹。我们紧挨着彼此坐在单人床上，外婆在外面的花园里。

"这是我的房间。"她指着最大的那间说道。既然她是大人，这也很公平。"你可以要这间，我们会把你的书和另外一台电视放在第三个房间里。假如格兰妮丝想来看我们，或者格温和戴夫想要在家里过夜，我们还可以添置一张小的抽拉式沙发。"此时我的注意力已经从房屋的设计图转向了她的脸庞。和几个月以来的状态相比，她看上去更加轻松愉快了。对我而言，看到她开心和搬到属于我们自己的房子一样令人激动。那是一栋未曾有人入住过的崭新房屋，而且我们将是它的主人。

妈妈和我一起翻阅了样板册的剩余部分，她询问了我有关颜色和其他选择的看法。我感到很光荣，仿佛属于她的房子也一样属于我。我极度想要添一扇飘窗——在我看过的书中，那些女孩儿似乎总是坐在飘窗前，眺望着牧场里泰然自若的牧马。但这个选择无疑太过昂贵。我习惯于渴望我们无法负担的东西，这一定时常让妈妈感到挫败而伤心。不过一扇宽大的观景窗符合我们房子的标准，而这已经足够体面了。我们为客厅和过道确定了米色地毯，如此一来，我们便可以为窗帘和家具随意挑选颜色。我们给卧室的地毯选了有趣的颜色——我的房间是深海绿色，她的房间准备用宝蓝色，客房则定为玫瑰色。至于房屋的外观，我们敲定了黑色镶边的白色墙板，既漂亮又简单。接下来的几天中，我参照样本册上的蓝白色草图，用彩笔为我们的房子画了一幅画。我在屋前添加了一片明亮的绿色草坪和一排壮观的树木。当我向妈妈展示这幅画时，我能看出她发自内心的喜悦。第二天，她到镇中心的瑞尼斯百货店为这幅画买了一个画框。

—

这原本是胜利的时刻，我们感受着指日可待的自由。然而就在搬离外婆家之前，一道阴影落在了我们心头，并一直留存至妈妈离世。

一天晚上，妈妈去了那不勒斯的“汤米家”跳舞，就是她和琳达喜欢的那家潜水酒吧。她是个爱操心的人，而且有很多事情要去发愁。不过我想，她在跳舞的时候能感受到真正的自由。我很乐意看到她穿着镶钻的牛仔裤和大翻领的白色波浪衬衣出门。我希望将她送去享受一切她能获得的乐趣。

几个小时后我独自醒来，并且能听到妈妈和外婆在厨房说话的声音。我晃晃悠悠地走在过道上想去给妈妈一个拥抱，同时看她有没有关于晚上的趣闻要告诉我。餐桌上方的灯亮着，开的是低档，暗淡的橙色光线照射在夜里漆黑的窗上。外婆的音调很高，颤抖的声音充满了意味着麻烦的狂躁能量。妈妈背对着我，当她侧身转过来时我发现她的脸不太对劲。她的头发很乱，紫色的淤青从颧骨延伸至眉毛，肿胀的眼睛无法完全睁开。她的嘴唇破裂，鼻子也歪到了一边，脸上的伤全部集中在一侧——她看起来一半是她自己，一半像陌生人，漂亮的白色上衣歪斜着。我站在那儿一时语塞，外婆正在按妈妈的指示为她拍照——一张正面照，侧面照左右各一张。为了让母亲用镜头清晰地记录下最严重的损伤，妈妈呈直角转身的时候脸上毫无表情。外婆颤抖着，但她顺从妈妈的话，第一次安静了下来，快门的喀嚓声回荡在深夜屋内的寂静中。

妈妈从外婆手上拿过相机，接着我开口了。

“发生——”

“萨拉，我没事。以后再跟你解释。”

她的语气毫无辩驳的余地。那晚她没有让自己靠近我，而是睡在了客厅的沙发上。

是汤姆的女友特雷莎在酒吧袭击了她。在妈妈和汤姆极不愉快地疏离了六年后，特雷莎却无缘无故确信妈妈想和汤姆破镜重圆。镇上的任何人都知道这是她在胡思乱想。尽管妈妈多年前就知道有关特雷莎的事情，这却是我第一次听说她的存在。那时我还不知道，正是她在汤姆生活中的出现中断了我们的见面。妈妈曾经这样对我描述她：这个女人高大粗壮，深褐色的头发下是一张皮笑肉不笑的脸。她告诉我要远离任何看上去像特雷莎的人，但如果不小心对其他人无礼，也并无大碍。

妈妈很快就以攻击的罪名让警察逮捕了特雷莎，比起她拍下汤姆从布鲁斯的作业卡车中下车的场景，这些照片显然作用更大。后来法官责令特雷莎支付妈妈在遭受攻击的第二天交纳的医药费，并向她下达了限制令。正如妈妈所料，这更加激化了她的愤怒。但她不会任凭特雷莎对自己不顾后果地为所欲为，而且她确实无法承担医院的治疗费。

妈妈的脸伤很快便痊愈了，但她的鼻子却因为骨折而留下了一个微小的肿块。我一直没能适应这个肿块，每当从侧面看到它时，我总感觉不舒服。那时我并不清楚为什么自己会受到这个细微缺陷的烦扰，但现在我明白了。特雷莎痛恨的是妈妈的美貌，是这一点让她确信妈妈会破坏她和汤姆的感情。妈妈的美貌才是她恶意攻击并设法根除的对象。那个遗留在妈妈标致面庞上的肿块提醒着我——美丽不仅代表影响力，同时意味着危险。

16

之后

我不会看到妈妈的遗体入葬——作为唯一一名见证者，技术员表情忧郁地注视着，她的躯体就这样在火焰中化作了灰烬和粗糙的粒状骨头。我不知道她的骨灰瓮是什么样子，但这无关紧要，因为家人已经将其埋葬。她的骨灰没有洒在海滩或者山顶，毕竟葬礼本身已经令人难以承受。她的遗骨埋在了那块粉红的心形石碑下，笼罩在旁边其继父雷的墓碑投下的暗影中，那是北布里奇顿的公墓，距离她的母亲家不到一英里。

几天后，警方在巡视其墓碑时发现了一支孤零零的黑玫瑰。时至今日，我们仍然不清楚是谁放在那儿的，也不知道此举究竟寓意为何。黑玫瑰最为稀有，其罕见程度远甚于粉玫瑰，因此它一定是绢花或塑料材质。我希望这是一次不小心落入低俗品位的悼念之举，但又禁不住感觉它是一番有意的嘲弄。

葬礼期间，琳达坐在后排的长椅上，我隐约感觉这样不对，却无法和她说上话——我原本在迎宾的队列，然后被领至前排，接着

葬礼结束，许多人起身离座，散落在各自的悲伤中。妈妈其他的朋友也在场，但和姨妈们坐在前排时，我心里只想着琳达，她看起来那么孤单。

大约一周后我去看望了她。那天下午格温开车载我过去，好让我从外婆家沉重的悲痛氛围中暂时抽身出来。到达她家时，琳达看上去和我被掏空的感受一样，往常生机勃勃的能量已全部耗尽。突然间，我发现这些年在阳光下晒的日光浴正在催她变老。她匆匆拥抱了我，接着从冰箱给我们拿了汽水。我们在她家客厅的沙发上坐下，打开了电视机。我之前从未在那儿坐过——通常我们三人会在厨房逗留。这是我第一次和琳达单独相处，我们言语之间的沉默深似洞穴。我们不知道如何在妈妈缺席的情况下相处，不明白我们的友谊应该是什么样。没一会儿，电影《亚当斯一家》开播了。

琳达问我："哦，天哪。你想看这个吗？"

"哦，好啊，没事。听说这电影很有趣。"我回答。我已经很快养成了假装一切都很好的习惯，极度想要表现得与常人无异。然而那些棺材和充满活力的断手，还有人物角色那一张张涂过蜡般苍白的脸庞令人作呕，看电影的整个过程我们都笑不出来。

到了该走的时候，琳达在门口拥抱了我，眼里闪着光芒。

她告诉我："保持联系啊，孩子。我爱你。"

我没有保持联系。那次看望她的尴尬，以及所有的痛苦和沉默，都在我心中遗留了下来，接着生活开始主导一切。我会在未来的几年中搬家许多次，有时是出于自愿，有时则出于无奈。我有太多人需要保持联系，也有太多事情需要顾及。我把琳达送给妈妈的最后一个生日礼物——一只铅玻璃小猫——带在了身边。随着我不断搬家，它也不断从书架辗转到书桌再换至梳妆台上。我会看着这个简单而贴心的礼物想起琳达：她最要好的朋友死了，凶手却依旧逍遥法外，而且可能就住在她的镇上。我会想象她在自己的棕褐色小房子里，然后给她写一封信。但那些信从未寄出。我把它们整齐地叠好塞进信封里，放在桌子上只等贴邮票，最后却都淹没在了书本和功课中。

葬礼后不久，卡萝尔与跟她的同名丈夫卡罗尔将我带去和他们共住了几天，那是位于布里奇顿北部大约五十英里的珀鲁镇。倘若换作其他情况，他们的家会让我感到舒适，但那时令我感觉昏暗而拥挤。屋内到处是破旧的地毯和棕色的家具，房子被囚禁在树林里，屋外的那条路铺设得很糟糕，其数英里的尽头处是一条环绕着一个小池塘的狭窄小径。从卡萝尔和卡罗尔家只能看到一户住在街对面的老妇人。他们与镇中心相距两英里，居民大约有一千二百人：镇上有一座公墓，一所学校，一个双泵加油站，一个配备有一辆卡车的消防站，以及一盏红黄交替闪烁的交通灯。

他们的房子很小，两人的卧室在楼下的墙角处，此外还有客厅、餐厅、厨房和一间狭小的浴室。楼上两间天花板倾斜的小卧室藏在屋顶下，逼仄的空间里你必须躬起身子。晚上我在与他们的房间只有一墙之隔的客厅看电视，眼睛呆呆地盯着屏幕，声音调得很低，这样我就能捕捉到房屋周围任何异样的声响：有时会有东西砰地一声落在门廊上，有时风会将纱门缓缓吹开。布里奇顿和珀鲁之间的距离将我隔离开来，帮我说服自己减轻了心中的少许恐惧，但仅此而已。我一直把鞋子穿在脚上，睡在沙发上时也一样。楼上的卧室距离太远，如果有人进入屋内，我不确定自己能够听见；倘若有人要上楼找我，我将无处可逃。

我躺在沙发上试图让自己相信，无论凶手是谁，如果他想置我于死地，一定早就这么做了。这是一个黑暗的想法，我希望能依靠它让自己坚持下去。然而每当门廊的风铃在黑夜中轻声叮当作响时，我便会想象有一只粗糙的手拨弄着它们来惊吓我，让我知道危险即将来临。

在布里奇顿，警方正监视着与妈妈有关的一切场所，他们希望凶手会犯错，在不知不觉中暴露自己。葬礼那天，一名警官一直坐在街对面的警车里，而且警察经常到鞋厂巡视。为了查看异常情况，巡警会每天数次开车经过外婆家。布里奇顿的警方每隔几天就会给卡萝尔和卡罗尔打电话，确定我的人身安全，并问我们是否有任何异样的发现。警方确定凶手是妈妈认识的人，而她认识的所有人都知道那晚我也在家。“这个人是谁，我们丝毫没有头绪。”格温如今说道，“我们不清楚他是否会回来找你。”我身边的所有人都在努力隐藏或者压抑这种恐惧，正是这恐惧令我夜夜难以成眠，它会在我的心中遗留许多年，久久挥之不去。

一个星期过去了。每天，卡萝尔和卡罗尔任由我在沙发上待至深夜，白天他们也尽量正常地表现。除了晚餐时问我是否需要牛奶或汽水，卡萝尔很少问我问题，卡罗尔大部分时间则在工作，将树木从森林深处拉出来送到附近的造纸厂。我很感激他们务实的行为方式，没有在我面前掉眼泪。卡萝尔去杂货店时，我会和她一起，很乐意有些平淡的事情可做。有时我们会遇到她认识的女人，她们看我的时候脸上的表情总是混杂着关心与勉强的喜悦，在农产品区的荧光灯下努力表现得自然一些。

格温本该于葬礼后的周一开始新的工作，在她家附近的一间小工厂缝制超细摇粒绒的户外装备。格温的家在新罕布什尔州，离布里奇顿不远。她的同事至多二十几人，并且都对其妹妹被杀一事有所了解。在收看波特兰的晚间新闻报道，乃至波士顿以外的深夜新闻后，他们听闻的小道消息得到了确认。格温的新老板主动提出让她休息几天再报到上班。但她必须得做点什么让自己分散精力，因为空闲的每一刻都是一种折磨。妹妹生命的最后时刻一直困扰着她，每当想到那些场景，她不禁感到难受和恐慌。她准时在周一开始了新工作，同事们表现得安静而友善。而且每天晚上，戴夫都会把她抱在怀里，给她安全感。没有哪一天他们不在期盼着警方找到犯下这一可怕罪行的凶手。然而日子却一天天流走。

命运总是有着奇怪的交集，同格温一样，格兰妮丝也将于葬礼后的周一开始新工作。她的家在波士顿，在那里，她身边的人则鲜有理由关注深夜的这条新闻，那只不过是众多谋杀案中的一起而已。第一天早上，她怀揣着一个秘密上班去了，决意要振作起来。无助和不知所措的感受令她难以招架，她以为最好的办法就是坚持每天的日常工作，确保思绪无暇他顾。成长的经历让她和格温都意识到，在艰难的日子里，坚持不懈地逆风向前是最好的办法。

几天之后，格兰妮丝将谋杀一事告诉了同事——这一定是到了无法回避的地步。表面上，他们都流露出了意料中的怜悯之情，但实际上却认为她在撒谎，觉得她是因为不喜欢这份新工作而编造了一个耸人听闻的故事作为尽早辞职的理由。直到在报纸上看到消息他们才相信她。几年之后，一位同事告诉格兰妮丝，他们那时在背地里对她的议论："我们都吓坏了。'我们雇的这个人是谁啊？她妹妹遭人杀害，这太奇怪了。'我们以为你也许来自一个极其疯狂的家庭。我们在心里打鼓，‘他们是群什么样的人啊？’”

仿佛谋杀是因为我们是“这种人”而发生的。但随着时间的流逝，同事们逐渐对格兰妮丝加深了解，并且认为：哦，格兰妮丝没问题，她和我们一样很正常。那桩谋杀一定是十分不幸的悲剧。

“这种人”的评论对我而言并不陌生。就在几个月前，我对一个看似体贴聪慧的朋友讲述了有关妈妈的故事——不仅关于她的离世，还有她的人生以及她对爱的探寻。结果我的朋友回复道：“这不禁让人觉得——她和那么多男人有过交往——这种事迟早会找上她。”我从此和这个人断了来往。我不可能信任一个在对所有事情知之甚少的情况下便将妈妈的死怪罪在她自己身上的人。

而且我十分清晰地记得“奇怪”这个词在那些日子给我带来的困扰。每当记者问镇上的居民他们对于谋杀案的感受，“奇怪”一词总会冒出来。不仅如此，同学们也不断告诉我，我的生活变得有多么“奇怪”。那个时候，这个词的匮乏与不恰当常常引出我愤怒的泪水。妈妈被人杀害了，难道这些人唯一能说的就是这件事很奇怪吗？仿佛一旦声明某件事很奇怪，你就不用再进一步思考它了。这个词意在将对话终结，把令人害怕的事情推到一边。但我无福享受这种奢侈。即使沉默也要好过这些评论：如果被震惊到哑口无言，便意味着内心受到了影响。这就是同情与感同身受的区别。

妈妈离世后的几周里，其余的家人都退回到各自的角落，竭尽所能勇敢地面对令人疲惫而窒息的每一天。让人无所适从的是，一切都和过去那么相像，外面的世界丝毫没有改变，没有任何迹象表

明他们谁也不会再见到自己的小妹妹了。每天清晨，他们被同样弥散的阳光叫醒，沿着相同的道路开车去上班，在不变的广阔田野上经过其边缘那些依旧矗立的高大树木。尽管克丽丝特尔再也看不到任何这些景象，但一切仍然继续着。

他们制作了许多海报，悬赏一万美元征求任何能找到凶手的信息，并将它们贴在了三个县的电话杆上。绵延数英里的范围内，妈妈在复印纸上的粒状脸庞向经过的朋友和家人以及陌生人微笑着。当海报在晚春的降雨中逐渐褪色消失后，家人们再次一遍遍将它们覆盖替换，每个人都承诺贡献自己的一部分积蓄用作悬赏，希望有人会站出来把它领走。他们会在和朋友交谈时说出自己心中的困惑，究竟发生了什么事情令克丽丝特尔的人生竟以这种方式终结？他们不断给警方打电话，查看屡屡落空的案件进展。但大多数时候，他们回到各自的工作岗位，每天照常做饭，收看新闻。每个人都在尽力生活。

结果，特雷莎撕毁了贴在布里奇顿的部分悬赏海报，但她无法阻止消息的扩散。这其中既有人们偏好于对灾难性事件一窥究竟的推波助澜，也得益于小镇居民真诚的关心。许多年来，我的姨妈和舅舅们总会碰到对那个在布里奇顿被害的年轻漂亮的女性无所不知的陌生人，有些人甚至会先于他们提到此事。警察有什么发现吗？在知道交谈的对象是谁后，他们会这样问道。她的女儿怎么样了？

法律有时简单到令人感觉盲目，这种直截了当的手段能带来多于益处的伤害。妈妈离世后，我的法律责任自动回到了我知之甚少的父亲汤姆身上。他的嫌疑人身份很快被解除，而他最初之所以被列为可疑对象，主要因为对前夫的调查是警方必须做的。然而早在实验室的比对结果显示他的DNA与案发现场找到的所有证据都不吻合之前，他们已经迅速将其排除。警方认为他的性情与这起罪行并不相符。而且案发当时他正喝得烂醉如泥，警方怀疑他在行为上不可能完成杀人的举动。

我很庆幸，妈妈这边的家人明白不能将我交给汤姆。而且我承认，我也很庆幸他自己知道这样不可行。那年夏天的某一天，汤姆没有喝酒，神色泰然的他穿上了能找到的最好的衣服，到了波特兰的县法院。这幢气宇不凡的建筑离海很近，就连停车场的空气都弥漫着海水的咸味。短暂的法庭审理过后，爸爸以免除他原本就极少支付的子女抚养费为条件，签署了转交给卡萝尔的委托书，让她获得了暂时的监护权。卡萝尔和我的另外几个姨妈都松了一口气。她们认为，如果他不履行自己的职责，同时又没有其他法律上的安排，我将可能落入被领养的境地。

如今，汤姆说他当初本想接我和他一起生活，但他知道自己太不稳定，不仅“毫无疑问还在喝酒”，而且仍然和特雷莎在一起，就连他也清楚这是个性情危险、变幻莫测的女人。然而特雷莎却希望他把我带回家。她会朝他大喊：“去把她接回来啊！你还是不是个男人！”她渴望聚光灯的温暖，想要成为众人眼里的英雄。但谁曾料想，还未到四年时间，她将自己的亲生女儿抛弃。最终，汤姆竟然成了父母角色中更负责的那个人。而对于一个自己憎恨的女人，特雷莎又怎么可能好好照顾她的孩子呢？

—

汤姆记得，审讯当天他看到我和卡萝尔在法院的台阶上，离他大约三十米的距离——他记得我满脸凄凉地看着他。“我感觉自己又给你加重了一层悲伤的负担。”他说。他想要走过去安慰我。但这是一幅不可能发生的场景，因为我自始至终都待在车子里。我记得外面很暖和，但关上车窗令我感觉更安全。我的确很难过，但不是因为汤姆。我对他感到愤怒，因为他原本可以让妈妈的人生容易许多。不过如今，当他对我讲述那天的故事时，我只是点头。这么长时间过去了，就让他保留自己的迷思吧。

最近，我的另一位姨妈告诉了我更多有关那天的事。“卡罗尔站在车外，注视着四周。”她压低了声音说道，“他在守着你。”我早已忘了此事。不过这令我好奇，身边的人还有哪些保护性的善举被我遗失在了回忆里？而且我也忘了，作为移交监护权的条件，汤姆要求在听证会之前见我一面。结果时间和地点都已协商好，他却没有出现。我记得自己并没有为此而难过，如今对于这件事，我只感到尴尬——但不确定究竟是为他还是为我自己。

每当我回想起听证会的那天，对于车里的那个女孩儿和几位悲痛欲绝的姐妹，一股恻隐之心不禁油然而生。我们本以为会很快回到那个法庭见证杀害妈妈的凶手接受审判，却全然不知多少年过去才能等到那一天的来临。

17

之前

在屈就于外婆评头论足的九个月后，妈妈和我终于结束了每天将那张脚轮矮床推进拉出的日子，搬到了我们位于93号公路的新家。这是一幢一层楼的房子，面积只有将近90平方米，但感觉像是一座宫殿。我记得我们最初住进去的日子里有一种难以尽述的空间感，以及轻松和自由的感受。这些感受不仅是房子的新奇带来的，同时也和妈妈洋溢的快乐息息相关。她跟前几个月比起来更轻松了。她终于有了一个可以独立自主的安全、宁静之地，为我们创造一个真正的家。最棒的是，虽然困难重重，但她买下了这栋房子。只要她坚持赚钱支付贷款，没有人可以将它从她手上夺走，谁也不能让她搬出去。之前，当把小车的钱全部付清后，她兴奋地给格温打电话说道："这车是我的啦！"拥有一栋房子几乎是不可想象的事情——所有的门廊和操作台属于她，家里的浴缸和火炉属于她，连同长在宽敞后院边缘的那排树木也属于她。我可以无忧无虑地在那里长大，然后等到上大学时，我可以在放假的时候回来。倘若毕业之后我需要一个栖身之地，她可以为我敞开家门。

我们一拿到钥匙就搬了进去，虽然连床也没有，但很乐意在短小厚重的地毯上铺上睡袋蜷作一团。最开始时，外婆一连好几个星期每天都会打来电话，常常满腹牢骚，但妈妈竭尽所能对她敬而远之。有时她接起电话几分钟后我会意识到电话是外婆打来的，于是便远远地走到房间的另一边朝她喊道："妈——妈！"好让她有借口挂电话。通常她会挥手让我走开，并为我的无礼而面露不悦。但有时她会朝我腼腆一笑，然后告诉外婆她得挂电话了。

我们为我的房间添置了一张沙发床，装上了薄纱窗帘来匹配我的绿色地毯，让房间笼罩在森林之光中。我的新鸭绒被上印着热带树叶和花朵——比我一直以来用的加菲猫图案显得成熟一些。

二十年后，我会在拜访卡萝尔姨妈时住在她家。当我走进楼上的客房时，我看到床上铺着那张热带图案的绒被。这是一个无声而贴心的举动，我却百感交集。自从在案发当晚离开家后，我便没有再盖过那床被子。它带给我的恐惧并不输于给我带来的爱。从那个家保留来的东西寥寥无几，这床被子是其中之一。这栋房子是我们的一个梦，一个仅仅实现了几年的梦。而结果证明，在危险面前，它比我们想象中的更加脆弱。

妈妈很喜欢这栋房子和周围安静的环境，时常会传来山雀唧唧的歌声和燕子的啭鸣，还有敏感兴奋的松鼠没完没了的动静，只是偶尔会被海浪般呼啸而过的车声所中断。但这安静也让她感到焦虑。她告诉琳达自己有点儿被孤立的感觉。

房子是用卡车从工厂运来的，就像两块几乎完工的大乐高积木一样——"就地而建"的房子只有有钱人才能负担得起，或者嬉皮士们自己亲手搭建。房子运来后，负责将其固定并拼装的工人为了方便把房屋的两部分安置于指定位置，便将屋前的树木全部连根拔起。当我们开车经过想要一睹房子完工后的面貌，竟然发现屋前的整个院子空荡荡的。为了让我们和公路之间能有一道屏障，妈妈已经提出过保留部分树木的明确要求。当她给承建商打电话抱怨时，对方答应免费在前院种一些新的树木。结果我们得到的却只是两株还不及我腰间的小云杉树，就种在紧挨着前门两侧的位置。这样的东西在郊区实在百无一用。它们确实打破了视野的荒凉，但绝对无法起到任何保护隐私的作用。

我为她对那些树木感到愤愤不平，但其实并不那么在意。我们的房子面对着一大块树林，而且布里奇顿的大多数居民都住在和我们一样隐蔽的路上。举目望去，我们只能看到一户住着一位老妇人的邻居。那时我并不明白，我们孤立的环境让妈妈的焦虑更加严重了。

我们的家就像妈妈亲自从地里挖出的一块钻石，并且现在经常擦拭。成年以后，我从未将房子保持得如此干净。每个房间都干净到无可挑剔。妈妈会把所有台面每天擦拭一遍，每隔一天用吸尘器打扫一次屋子，每周将整个卫生间洗刷一遍，她弯腰深深地探进涂满漂白剂的浴缸，又在马桶座下喷上薄荷味的蓝色清洁剂。她在我们周围筑起了一道力场，创造出一片免于混乱的神奇而平静的空间。夏天到来时，我喜欢赤脚畅游在后院茂密的草丛里，或者在微倾的斜坡深处朝繁茂的树林走去。之后，妈妈总是坚持让我用屋子侧面的水管把脚冲洗干净。如果有人到家里来做客，他们会在门口先脱掉鞋子。众所周知，如果你想到克丽丝特尔家造访，那么进门的时候只能穿袜子，因为主人不欢迎屋外的灰尘和泥土。

对于妈妈这种薪资阶层的单身母亲而言，购置一处房产是不可思议的成就。她的收入如此低微，以至于我具备了在学校免费领取牛奶的资格。不过当我留心到这一消息并把资料带给她看时，她轻蔑地拒绝道："你不是白喝牛奶的孩子。"回首过去，我能明白，买下自己的房子对她而言充满着挑战，其中之一便是为了政府的贷款而放下自尊，请求刻板的办事机构将我们正式列为"低收入家庭"。

格温为她买下自己的房子而骄傲不已。"你做到了，克丽丝特尔！你全凭自己的能力做到了！"她说道，"看吧，你不需要男人，离那些男人远一点儿。"但格温的观点实际上与妈妈的相去不远。这么多年过去后她告诉我："我对那个房子的位置并不满意。你们在树林里孤零零的，那些装运木材的卡车来来去去，车上的那些男人一眼就能看到你和你妈妈在草坪上的活动。"

如今那屋子有了几条狗照看，屋前的草坪边缘也立起了一道钢丝网围栏，追溯着曾经警戒线的轨迹。格温告诉我，房屋的新主人养了几条德国牧羊犬。尽管我经过那儿时从未看到过那几条狗，但她告诉我的时候我能听到它们嚎叫的声音，看到它们露出犬牙朝围栏边冲过来，粗糙的皮毛沾满了冬天冰冷的水珠。除非有人主动来开门，否则现在谁也无法擅自进入。

—

我们是在十一月份搬的家，尽管初冬的寒冷和沉寂已将凋零的树木包裹，但我们依然经常出去散步。每周有一两次，我们会踏上 93 号公路朝小镇的方向出发，沿着草木丛生的安静道路向前走，直到白昼的光线开始褪去，我们便转身返回温暖明亮的家中，享受电视机里传来的令人安慰的声音。倘若我们很早出发，就可以在路的尽头左转，接着一路走向战争纪念碑，途中还会经过琳达家。每隔几周我们会停下来进屋拜访她，而且每次都像是一种特殊的优待。

琳达没有自己的孩子，于是她在我身上倾注了许多关爱，总是把我在学校最新的照片贴在冰箱上，和我最喜爱的橘子汁汽水保存在一起，这样我就能在她和妈妈喝咖啡时抿上一口。她问过我许多问题，而且无论我说什么她似乎都很高兴。大约这个时候，我开始做珠饰玻璃首饰，蜥蜴耳环是我的专长，每次我都会在为妈妈做一对的同时，也为琳达做一对。一天晚上，当妈妈在出门之前把我送到外婆家时，我把为她们两人准备的配对脚镯送给了她。琳达看到脚镯后，执意要立马把它们戴上再出去跳舞。

琳达的责任比妈妈少很多，除了没有孩子，她也从未结过婚。她可以提醒妈妈要快乐和放松。正如琳达可以借用一个下午的时光充当母亲的角色，妈妈也可以假装自己拥有琳达相对自在的生活。我不止一次想象过我们三人一起生活的画面——没有男人在身边，只有流行音乐回荡在耳边，空气中弥漫着香水的味道，伴着我们不时爆发的笑声。她们的友谊所蕴藏的无忧无虑的氛围总令我无比开心。琳达可以让妈妈发笑，而且那是她最动人的笑声——她会后仰着脑袋，不自觉地露出自己苍白狭长的脖子。

到了仲冬，当我在四点钟左右走下校车时，天色已暗了下来，再等大约半小时——妈妈进门的时候，夜幕就会降临。于是我们暂时没有再出门散步，而是花更多时间在家看电视。每周有一两次，我们会开车到缅因州山脚下的“观众选择录像屋”。那是一个布满

灰尘的地方，店内灯火通明，倾斜的屋顶总令我想起很小的时候我们在那儿吃过的热奶油圣代冰淇淋，“冰雪皇后”的店面还在那栋建筑里。我们会徘徊在录像屋的过道里选择一两盒家用录影带，然后去同一条路上的比萨屋吃晚餐，这是一家经久不衰的小餐厅——即便到了今天，它的柜台仍然由绿色的富美家牌的木材制成，菜单价目表依旧用白色的拼贴字母写成。

我们喜欢看爱情电影，并且会一起幻想未来的男友和婚礼。我们也看了许多恐怖片——《闪灵》《鬼哭神嚎》《玉米田的小孩》——两个人全神贯注地盯着电视屏幕，然后在电影结束时从走廊蹑手蹑脚地回到各自舒适的床上。妈妈几乎什么都让我看，有些电影对我来说无疑过于恐怖，但她喜欢令人兴奋的紧张感，而且不愿意一个人看。那个时候，恐怖电影对我们来说是一种乐趣。然而她却不知道，我们最后竟会亲历自己的恐怖事件，恐惧对我而言也将不再有趣。

此外，妈妈也看了许多令人毛骨悚然的书。她有一系列关于琼斯镇惨案、曼森家族，以及连环杀手泰德·邦迪的旧平装书。她禁止我看这些书，但我会在她外出时溜进她的房间偷看书中的插图。那些照片恐怖至极：黑白页面上呈现出一摊摊黑色的血泊，消瘦的女孩儿在法庭上露出恍惚的神情。在那些最可怕的照片中，尸体已全部被白色取代，详细情节从底片上彻底删除，整个人被抹杀至一干二净。

惊悚片和犯罪小说旁边立着一系列有关时间与生命的超自然现象之书，高大的黑色封皮之间满是银盐印刷的神秘照片。魔法在我们家有着许多呈现形式，从星图到妈妈的塔罗牌，再到我请朋友来家里过夜时——这种机会少之又少——让她们参与的超感官知觉实验。我会央求妈妈为我做一次塔罗牌的解读，或者用她的灵应盘进行通灵，但她总是对我的请求一笑置之。然而，她一直把这些东西放在柳条编织的书架上，旁边是一本蒙尘的《圣经》。她还喜欢传统节日，并认真地对待装点每一个节日的需要：在圣帕特里克节将三叶草的剪纸贴画贴在窗户上，情人节时则换上手持金弓的双翼小天使。当我年纪稍大一点儿，对圣诞老人的存在产生怀疑时，她会说："拜托，不可能那些孩子说什么你就信什么吧。你知道圣诞老人肯定存在啊！"

万圣节时，妈妈的神秘感与欢庆的天性合而为一。住进新家的头一年，我装成了海盗，妈妈则扮成了肩系披风、露出尖牙、满面浓妆的吸血鬼。我们毫不含糊地遵循了一年一度的仪式。戴尔从未在万圣节之夜跟我们一起出过门，因此这是我们不必适应的节日，即便我们离开他以后也丝毫没有变化。我们首先开车去了外婆家，她既高兴又亲切，和我们一样表现得很顽皮。下一站是一家养老院，我们走在温暖的过道上挨个敲房间门，用我南瓜状的桶收集糖果。我们知道这儿的大多数人都会待在家里，而且乐意于外人的短暂到访。那些老人很喜欢我们这两个装扮傻气的女孩儿跑到镇上来。

离开我们称之为"老人之家"的养老院后，我们又沿着几条偏僻的小路寻找门廊亮灯的人家。"你觉得这家怎么样？"妈妈会在一户整洁得体的低矮平房前放慢车速时问我。"不清楚。"我回应道，"看上去有点儿暗，不过说不定他们有什么特别的东西！"有时在敲门无人应答后，我们看得出那些人都躲在屋子里。我们会嘲笑他们，但妈妈的意思很明白：长大以后不要像个浑蛋一样在万圣节连糖果也不准备。不要成为那种连门也不愿开的人。

一

第一个春天来临时，妈妈和我又开始了散步，我们比初冬时走得更频繁也更远了。每隔几天，融雪的大地散发的味道愈发强烈，愈发甜美。树上坚固的新芽逐渐展开，白蜡树叶的底面在温暖的柔风中闪着微光，慢慢张开的枫叶如手掌般覆盖着冬天的空旷。我们搭起了一个鸟舍，不久后，一对燕子便搬了进来，我们给它们取名晴晴和敏敏。我们看望琳达的次数更多了，还买了几幅画装饰家里淡黄色的墙壁。妈妈带回了一些颜料和模板，并开始在厨房的天花板上添加边框，包括代表爱的红心，以及寓意好客的菠萝。然而这个计划远比我们的预期耗费时间，它在妈妈的细心描画中一再延长了许多天，每一个形状都要达到对称一致，完美无瑕。

一天下午，她站在阳光下的梯子上，红发包裹在印花头巾里，初夏的微风携着稠密的空气从她脚边的窗户吹了进来。我则手持她的颜料站在下面。她看向我笑着说道："等到我们完工的那一天，"——她转了转眼睛——"恐怕我们都要搬家了吧！"我笑了起来。我知道我们哪儿也不会去。绘画一事可以永远持续下去，妈妈每一次下笔都可以如她所想那般达到极致整洁和完美。我们找到了自己的家。然而谁也不曾料想，最后她只能勉强将那边框画完。

18

之后

汤姆的嫌疑被排除后，我的家人都松了一口气。可我接下来的去处依旧悬而未决。格温和格兰妮丝以及卡萝尔常常在晚上为了我的事通电话。尽管发生了所有这些事情，我还是迫不及待想要回到布里奇顿。我爱我的家乡，并不愿失去它，我感觉它是我仅剩的拥有物了。我喜欢那里的一切——落伍的梅因街，布满灰尘的图书馆，深邃的湖泊，还有夏日的露天影院和小学旁边高高的草场。

外婆是住在我们附近的唯一的亲人，姨妈们认为七十五岁高龄的她无法好好照顾我。而且毫无疑问，她依然不会开车，在一个缺乏公共交通工具的地方，这是很实际的问题。她们可能还想到了自己的童年：格雷丝不仅未能善尽父母的职责，而且性情捉摸不定。有两位亲爱的老师表示愿意收养我，而我的家人担心她们只是一时心血来潮，养育一个丧母的青春期少女绝非易事，她们的善举在未来的年月中也许并不能长久维持。最后，我曾经的保姆佩姬·马丁给住在珀鲁的卡萝尔打了电话，并主动提出让我跟她和她的丈夫弗雷德一起生活。我曾在上午后幼儿园之前的早晨待在他们家里，因为佩姬是外婆的雅芳小姐[1]，自那以后我偶尔会遇见他们。佩姬告诉卡萝尔，她是妈妈最好的朋友，而且总是和我见面，并表示她将很乐意收留我。

倘若换作格温，她会知道佩姬不是妈妈最好的朋友，琳达才是。而且如果她听到佩姬的说辞，可能会觉得奇怪。但卡萝尔才是决策人，她和妈妈的关系也不如格温亲密。那个时候，她认为让我跟佩姬和弗雷德一起生活是方便之举，这样可以让我完成学业，同时她和其他几个姨妈能商量接下来该怎么办。不到两个星期，我便会回到布里奇顿上学，并搬去和他们共住。

佩姬和弗雷德住在长湖附近的梅因下街。他们的家是一间宽敞的活动房，非常靠近普卢默斯码头，那是一片小海滩，我和朋友玛丽在那儿度过了许多个夏日的午后。很久之前，他们依附活动房增建了一间专门用于看电视的房间，低于地面的地板用胶合板铺就，但从未填上沙子或覆盖起来。我记得在我蹒跚学步的时候，地板上的木刺会嵌入我的脚中。那时我帮佩姬种过三色堇，还打扫过他们狭小的门廊。她的儿子贾森参加过幼年童子军，她曾是这支童子军的女训导，而那时我是一名荣誉童子军。许多个午后，我都在他们的花园里拿洒水器玩，阳光在水雾中映射出一道道彩虹。我还记得多年前和他们的女儿凯莉一头一脚睡在她的床上，旁边的收音机发出微弱的蓝光，里面传出的声音令她感到安慰。现在，凯莉和贾森已经长大成人搬了出去，于是他们把凯莉过去的卧室给了我。凯莉

---

(1) 由于当时美国中产阶段女性多为家庭主妇，长期在家，雅芳公司的女性化妆品推销员常常采用进入寻常人家的方式进行商品直销，这些女性被称为“雅芳小姐”。由于这种直销性的沟通方式，不少雅芳小姐与主妇客户建立了私下的友谊关系。

在青春期时将房间的墙壁漆成了深红色，但完成得有些凌乱——天花板和踢脚板的散热器上泼洒着一团团浓厚的红漆。

弗雷德和佩姬告诉我，我可以在他们家住到从湖区高中毕业。这所高中汇聚了布里奇顿和附近其他三个小镇的学生，不仅曾是妈妈结婚之前上的学校，也是凯莉和贾森的母校。佩姬和我去学校看过一场比赛，那是我第一次进入这所学校。我想象着妈妈走在那些和昔日一样涂蜡的过道上，从这些年来累积的金色运动奖杯前走过。我渴望在那里追随她的足迹。

我想和同学们待在一起，继续取得好成绩，最后和朋友们在班上以名列前茅的成绩毕业，还有我所有的同龄人，我确信他们都在预期我的失败，这种怜悯有时仿佛是一种替代性的屈从。我开始着迷于不让自己“成为统计数据”的想法——我不愿变得悲伤而破碎，让人们摇头叹息地表示失败对我而言是如何情有可原，如何在劫难逃。我心想，在我一直以来命定的高中完成学业，将是我之于凶手的第一次重大胜利。

我试着思考未来，但每时每刻都被一股无休止的隐形重担蒙上了阴影。有些平淡无奇的琐事已经变成了梦魇一般。我不敢照镜子，也不能赤脚走在油地毡上。我不愿用淋浴洗澡，因为冲刷的水声会妨碍我的听觉。我虽从未看过《惊魂记》，但对这部电影有所耳闻，而且看过这幕最著名的刺刀杀人的海报。当我站在温暖的流水中，脑海里便会不断填满自己朦胧的轮廓映射在塑料浴帘上的画面，同时耳朵将淋浴器发出的白噪音加工成令人倍感威胁的模糊声响，直到我关掉流水，拼命听清屋内的其他房间是否发生了什么事情。我赤裸着身体湿淋淋地站在那儿，不断告诉自己听到的不过是电视的低吟，竭力抑制想要跳出淋浴间、穿上衣服的冲动，直到我能够再次打开流水把澡洗完。若要用浴缸洗澡则需要给出原因，因为显然只有小孩子才会天天坐在浴缸里洗澡。而我知道他们会怎么看我——他们会觉得我不可理喻。

为了覆盖房间的血红色墙壁，我告诉佩姬希望让房间看起来大一点儿，于是她带我去镇中心的五金店挑了两罐几加仑的淡紫色油漆。她买了一个衣橱让我放衣服，带孔的硬纸板已预先裁切好，白色板面上装饰着紫色的碎花。衣橱买回来时还是几块独立的大平板，组装的过程则是一种愉快的消遣。我喜欢建造能让我将物品整齐摆放的东西，使它们井井有条且便于打理。我坚持认为紫色是我最喜欢的颜色，但回首过往，我意识到它其实是妈妈的最爱。我最心仪的一直是红色，有时是黑色。原来，我已经开始在不知不觉中模仿她的品味和喜好，想以这种方式将她留存于心里。

佩姬甚至在新罕布什尔州的商场为我买了一只紫色小鹦鹉跟我作伴。我以一家小饰品店的店名给它取名为“月影”。饰品店对面是一家宠物店，其紫粉色相间的霓虹灯广告牌十分引人注目。

我深信凶手很可能潜伏在镇上，而梅因下街似乎是他合适的藏身之处。如果他是布里奇顿人，离开将会引人怀疑。他最明智的选择便是继续往常的生活。虽然我常常感到焦虑和害怕，但同时也愤怒不已。我会挑衅地想，如果他企图除掉唯一的目击者，就尽管冲我来吧。紧紧抓住家乡不放似乎是我唯一可以进行任何补救与反击的方式。

当我跟着佩姬到镇上帮忙做事时，我想象自己身体中央环绕着一圈圈黑色的能量。我希望能够抓住他，借由我们的联系感知他的位置。如果他在附近，我希望自己体内的某种警报会拉响。然后我会跑，但这一次当我跑到安全地带时，我将能够告诉警察他是谁。

搬到佩姬家后，我很快回到了学校，努力昂首向前完成学业，六年级只剩下几周夏天就要开始了。我一直都是成绩全优生，因此我的老师沙恩女士免去了我漏掉的大部分功课。她给予的关爱温和而委婉。她没有催促我和她交谈，但一直都在关注我，并力所能及地为我创造更舒适的环境。诚然，她无法在所有社交互动中为我保驾护航。突然间，那些多年来嘲弄我的小孩儿想要和我成为挚友，不仅把他们午饭的甜点和我分享，而且排队时鼓励我在他们前面插队，还画了慰问卡片送给我。有些人是出于真诚的关心，其他人的好意则夹杂着一丝颤动的兴奋之情，我开始意识到这是一种想要靠近戏剧性事件的渴望。我为这种兴奋感到厌恶。它不仅令我愤怒，也让我害怕，使我更加不确定谁是真正为了我好。

有一个女孩儿尤其渴望证明我们之间的联系。她告诉我，她的奶奶住在我们对面的白色大房子里——就是像灯塔般闪耀的那一家——而且当晚她的奶奶听到了我的敲门声，但因为过于害怕而没有开门。后来，事实证明的确如此。谢里尔·彼得斯已经告诉过我，隔壁的人家，即我敲门的第三户人家，在听到我的声音后也没有开门。“他们有两个孩子。”她平淡地说道。但我也是个孩子。或者至少曾经是。

有一天，我上了为高阶学生开设的课程，这通常是我最喜欢的课时。然而一个男生告诉我，他听说我妈妈是自杀的。他说话的时候其他男生围在两侧，一个个忙不迭地点头，仿佛在确认他的话。我没有辩解这是多么天方夜谭的事情。我想，他们只是小孩子，还不懂事。

课间休息时，我会和沙恩老师待在教室里，或者躲到盥洗室的隔间尽可能大哭一场，将情绪全部从心里逼迫而出，使我随后能平静下来，为下午剩下的课程振作精神，不致失态。如果到外面的操场上，我不知道自己会做什么。

尽管如此，有些善意确实打动了我。瑞安·戴维斯是那种喜欢恶作剧的男孩儿，把你推下滑梯或者将你带来炫耀的珍贵物品打碎会让他觉得好玩。但当他听说我最喜欢紫色鸢尾花后，便将它们送给了我。这是我第一次收到男生送的花。我是否喜欢瑞安并不重要，尽管我还无力感受，但这些花代表着生活仍然蕴藏着些许快乐。浪漫的爱情未能拯救妈妈，但也许有一天能拯救我。

尽管上学绝非易事，但和马丁一家共同生活相比显得更容易——我们之间的关系由最初的紧张变得每况愈下。佩姬的声音总是很大，她对我说话的语气同我四五岁时毫无改变，而且她坚持让我“敞开心扉”。

“萨拉，听着。”她开口道，“听我说，你必须把你妈妈的事说出来。我知道你肯定在经历一些非常艰难的感受，你得把它们吐露出来。”

“呃，我不知道该说什么。”我会努力保持柔和的声音回答她，但愤怒开始在心中涌起。

“听着，我告诉你。”——现在声音更大了——“你得告诉我你到底怎么了！把事情全都窝在心里不是好事，明白吗？”

"嗯哼，"我回答，"只是……我不知道该说什么。你想怎么样？"然后我会开始哭起来，或许这就是她想要的。"说了又能改变什么呢？我做不到……我做不到……"

"好啦，好啦。试一试，好吗？尽你所能。"

但我不可能向佩姬倾诉悲痛的感受，因为多数时候我根本无法体会到它们。我的难过已被恐惧以及本能的憎恶与愤怒淹没，这种愤怒极为强烈而漫无目的，有时甚至连我自己都感到害怕。我确信凶手的暴怒已将我入侵，并永远无法将其摆脱。

我知道，佩姬——我曾经身体柔软的保姆，在屋子里摆满了纪念珍贵时刻小雕像的女人——并没有兴趣倾听我的愤怒。她想要为她过去认识的那个可爱的金发小姑娘擦去泪水，因为不知该拿我的恐惧和愤怒如何是好，所以她试图让它们消失，进而换上一种更为平缓可控的悲伤。在谋杀案过去整整一个月的那天，我醒来后发现她和弗雷德正准备去波特兰待一天，只留我一个人待在家里。我央求他们留下来或者带上我和他们一起去，然而佩姬却告诉我，我必须"开始忘记过去"。

后来我得知，佩姬和弗雷德最初是在警用对讲机里听到妈妈去世的消息的。他们将对讲机作为一种新闻和娱乐载体放在厨房里，在有线接收和互联网普及之前，这是那一时期缅因州居民家中常见的装置。谋杀案的代码是 10-49。他们首先听到的应该是这个代码和大体位置，接着警用频道开始繁忙起来，地方和州级警察在静电爆发的噪音中紧张地广播着各种计划和要求。他们很快就会知道出事的是她，遭遇不幸的是我们。然后佩姬给卡萝尔打电话，对她说她是妈妈最好的朋友。也许当时连她自己都相信了自己的话。我实在不应该和最初经由偷听我们小镇的灾祸而得知妈妈离世消息的人住在一起。她对我的收留似乎自一开始就是从她的感受而非我的感受出发。

但在当时我对于对讲机一事并不知情。我一定以为是我的家人联系了佩姬，而不是相反的情况。我也不知道卡萝尔是付钱让佩姬照顾我，那些钱来自政府发放给我的遗属抚恤金。原来那只鹦鹉和油漆以及廉价的衣橱都是我给自己买的，而剩下的所有现金都悉数落入了佩姬的银行账户里。让我同样蒙在鼓里的是，她们最初达成的协议并没有具体期限，原本只是暂时的决定，对于佩姬许诺我可以住到高中毕业一事，卡萝尔也毫不知情。佩姬误导了我的家人，而且直至二十年后卡萝尔和我交谈时，我们才意识到她的欺骗有多深。

佩姬不断催促我吐露悲伤之情，谈论有关妈妈的事。当我不愿或不知如何开口时，她会为此生气，认为我很冷漠，但又觉得我在被逼时表现得尖刻而嘲讽。如今我明白，这些特征的结合将随着时间的流逝为我惹来许多不该承受的麻烦。还有一次，她的一句话终结了我们的争吵："我们是出于好心才收留你，而你就是这样感谢我们的吗？"

在我看来，"这样"是指我压抑自己的情绪，抗拒她的喋喋不休，以及花费过多时间独自待在房间里。

"你们的好心？"我嗤之以鼻地回应道，"去你妈的好心！"

我感到自己的心黑暗而麻木。听到自己的吼叫和谩骂，我厌恶自己如此刻薄。妈妈不会喜欢我这样，她会为此而失望的。我本可以住在卡萝尔家，但我害怕睡在她位于树林间的房子里，住在布里奇顿镇上要容易一些。况且，她的家在另一个校区，而我不想离开我的朋友，也不想在仅剩几个星期的情况下重新开始。我会很乐意与格温或格兰妮丝一起生活，但她们并没有表示愿意收留我。我意识到，人们的好心是他们自己的事情。当我在那晚敲响前四户人家的门时，我并未体会到任何来自人们的善意。

然而我在不断努力，规规矩矩地完成功课，并尽力与佩姬友好相处。我心想，只要再熬过六年就好了。我想象着高中教学楼闪闪发光的地板，还有之后的大学生活。警方坚持让佩姬带我去看波特兰的儿童心理医生，并为这些预约安排了州政府的基金。一个小时的车程很快让我感到害怕。那是一位年长的医生，而且她在办公室里养了一条气味难闻的大狗。在我看来，她仿佛从未经历过任何比别人为她泡错咖啡更严重的事情，而我对她无话可说。这位医生和我的同学们一样，生活在由安全和逻辑统治的秩序井然的世界里，其花哨的学位并不能改变她活在幼稚幻想中的事实。

几次咨询过后，他们决定让佩姬和我一起看医生，讨论我们的问题。尽管这些大人一无所知，然而我寡不敌众，我感到自己无力防备，却仍然无法给予他们想要的哭哭啼啼、惟命是从的悲伤。我无法让任何人明白，我对自己的竭力控制是让我振作的唯一办法。而如今我知道，我对那位医生的不信任情有可原，因为她断定我的沉默是邪恶的。她告诉警方，我的行为“实在令人不解”，而且我“极有可能参与了”妈妈的被害。

痛苦依赖于想象力，它需要你对所失挚爱的心理意象，以及对人与事原本可能变成何种模样的幻想。在学校时，我努力让自己的行为和表现看起来正常，并竭力让功课和测试分散精力以从中获得最大的安慰。我将自己投入到直观的课题和那些有着清晰简单答案的作业中，小心翼翼地避免陷入深思。我没有写故事，没有画画，也不上合唱课和音乐课。我的思维在妈妈被害的那个夜晚中断了：想象力变成了充满黑暗和恐惧的危险之地，创造力将会消耗我赖以生存的能量。因此我无法写作，也无法回忆，连悲伤也难以做到，唯独剩下恐惧而已。

沙恩老师为我布置了额外的习题，让我能在繁忙的作业中奋力向前。有时她也会给我推荐一本新书，让我在课间休息时和她待在教室里阅读。看书依然是我可以应对的一种逃避手段。她还会在我愿意时温和地鼓励我加入同学中间。在六年级的最后一天，我也终于和朋友们度过了愉快的时光。我们都很期待即将到来的新学年，那时我们会进入隔壁小镇的湖区中学。这将是一个令人激动的转变——我们会和附近小学的所有孩子见面，并且会在长大成人的路上更进一步。我们将组成一个温暖熟悉的集体——布里奇顿的孩子融入到令人激动的大家庭中。

那天快要放学时，有那么一会儿，我站在教学楼空荡荡的主入口处，阳光照射在铺满瓷砖的地面上。我想到了就发生在几周前的日食，并再次感受到了那天传遍全身的快乐与激动。我庆幸自己还活着，心中充满了对朋友的爱。我相信自己将渡过这个难关。

当我回到佩姬家时，发现卡萝尔也在。她正把我所有的东西装进黑色塑料垃圾袋里，它们看起来如同散落在客厅的一个个装尸袋。

“佩姬给我打电话了，”卡萝尔告诉我，“说你不能继续住在这里。她说她再也受不了了。”

那天晚上我去了珀鲁，整夜都在沙发上侧耳提防入侵的脚步声。

19

之前

有一段短暂的时间，妈妈和我住在完全属于我们两人的舒适小王国里。我们属于彼此，从某种意义上说，这是一种只存在于女儿和单身母亲之间的普遍感受，尤其当两人都还年轻的时候。这么多年过去了，如今我拿着一袋妈妈收集的信件和节日贺卡——多数是我为她做的——上面常常写着——来自：萨拉。送给：妈妈。我爱你！亲亲抱抱！我对她的爱强烈到似乎任何表达都难以企及，以至于我不厌其烦地利用这一摞摞软页美术纸传达对她的感情。现在除了我，再也没有人珍视它们。年幼的孩子对母亲的爱总是洋溢着一种与生俱来的热情，而我对她的爱却十分强烈，到了"一切皆言我爱你"的程度。这种蹒跚学步时就存在的依恋一直持续到了十二岁。毫无疑问，不论发生什么，外面的世界都会不请自来地干预我们的生活，我们不可能永远成为彼此的一切。

妈妈依然是一位美丽的年轻女性，她还有更多想要的。她的朋友露丝，也就是我们原来楼下的邻居，不久便向她介绍了一位名叫蒂姆的男人。我的记忆中闪现着蒂姆站在我们家厨房和客厅之间亲吻妈妈的画面。高高瘦瘦的他有些孩子气，头发色深而浓密。他身穿一件埋入腰间的扣角领衬衫，有着美丽的双手。亲吻她时，他将一双修长的手掌置于她的两颊，手指伸进其耳后柔软的发间，温柔而坚定地捧着她仰起的脸庞，仿佛在喝一碗水一般。

当妈妈望着蒂姆时，我能看出她对他的爱慕之情，满眼写着对自己好运的难以置信。以前我从未见她用那种眼神看过任何人，也从未见她如此脆弱。这令我感到害怕，而目睹他的行为更加剧了我的不安。他不动声色地一再索取，却没有付出。他总是在日落后出现，在日出时离开。他会一连消失几个星期，令她的悲伤难过与日俱增，接着又再次给她打电话。

他们之间的感情十分强烈，然而他不愿做出承诺。正如她对朋友所说，他不肯说出“我爱你”，并明确地告诉过她，自己无法将这句话说出口，因为他已经被出轨的前任伤透了心。他在一个距离将近两个小时车程的社区学院接受电力技师的培训，并且不准备在毕业和找到工作之前许下任何诺言。而这至少还需要一年时间。尽管她希望和一个会娶她，也许还愿意跟她再生一个孩子的人在一起，但这显然不是他想要的。她不断期望着，而他则不断诱惑着她的期望。

我能感受到她的矛盾和绝望。倘若未能从蒂姆那里获得足够的爱与关注，她会担心无法维系这份感情。有时他们会分手大约一星期，她便紧张地在沙发上蜷作一团，瘦削的身躯看上去瘫软无力，腿上的汗毛一连数天置之不理。我知道情况很糟糕，因为当她茫然若失地盯着电视时，她靠在我手臂上的小腿会刺痛我。虽然她试图掩饰，但她糟糕的感受总是显露无遗。尽管蒂姆仍然住得很远，而且似乎依旧不愿为了增添她的快乐而对自己的生活做出任何改变，但她还是会重新接纳他。每次当他们重归于好，我都希望这份感情能为了她开花结果。可是每一次我都会变得更加失望。

妈妈想和蒂姆在一起，但也许她更想要的是一位真正的伴侣，以及伴侣能给予的理想中的一切：陪伴、更多的经济保障，以及对方的保护。我们位于93号公路的房子很棒——安静无扰，干净整洁，而且完全属于我们。但她自最初搬进来时感到的不安一直未能真正消失。如果有男人在身边，她会感到更安全。

即便那时我也明白，尽管有我和她住在一起，但根本而言她认为自己是孤身一人。我只是一个小女孩儿——不论我如何希望令她感到安全，我都不可能做到。因此她在留心，有谁能够提供这种安全感。

与此同时，我正随着班级趋势的推动逐渐进入青春期。那时我最好的朋友是一个名叫玛丽的女孩儿，我们亲密的友谊自二年级就开始了。她不像我一样痴迷于学习，而是更具有艺术天分，其天使般的绘画天赋令我羡慕。她戴着一副厚重的眼镜，美丽的绿色双眼因此而缩小。她的牙齿固定在一排沉重的牙套后，身体已经令人尴尬地过早进入了发育期。许多孩子依然对我喊着“小母牛”的绰号。雪上加霜的是，除了微胖的身材，我还是那种老师的宠儿，因为“无所不知”而不懂得在课堂上举手回答问题时有所收敛。玛丽和我也许是唯一能在这个年龄烫螺丝卷发的女孩儿，这更使得我们成了其他孩子眼中的异类。我们简直是被同龄人排斥的最佳拍档。

差不多每个月我会在玛丽家过一次夜。那是一栋两层楼的大房子，屋里摆满了小饰品和旧沙发。她的妈妈喜欢做手工艺——目所能及的台面上散落着各种各样的珠子和绳子，还有用木板剪裁的动物形象。我记得最开始在她家过夜时，有一次观看了音乐电视频道。妈妈和我一直未能收看有线电视。那晚玛丽和我第一次对麦当娜和迈克尔·杰克逊有了惊鸿一瞥，并开始意识到缅因州以外的世界有多么神奇。

玛丽住在镇上，离布里奇顿的中央十字路口不远，门前狭窄的柏油路很快便延伸至通往普卢默斯码头海滩的茂密树林里。我们两人会在漫长的夏日午后共骑一辆单车，沿着那条路朝湖边飞驰而去，准备躺在一块方形的浮动码头上晒太阳。玛丽站在踏板上，我则不愿离开车座，努力在我们沿着陡峭的绿色通道下滑时掩藏我的胆怯。她比我更独立不羁，而且常常激励我去做不愿让妈妈知道的事。她的双脚坚定地站在踏板上，催我向前，我则越过她的肩膀小心地瞄着前方。

后来我开始向妈妈乞求更多独立的空间。我们的镇中心结构紧凑，很适合步行。我希望在放学后她还未下班时做些自己的事情，而不是直接乘车回家坐在沙发上等她。几次紧张的谈话过后，我终于说服她让我每周一次从学校走去图书馆。

布里奇顿图书馆是一栋建于卡耐基时代的两层红砖建筑，几根简单的立柱支撑着一小片柱廊，夜晚时被铁柱上模糊的球形灯照亮。灯柱就像吉恩·凯利在电影中环绕旋转的那样。儿童阅览室位于地下室，舒适的空间里摆放着颜色鲜艳的豆袋椅。但那时我已转移至楼上的成人阅读区。我喜欢漫步在书架间，取下日益破旧的老诗集，浮凸的书名由涂金的字母组成。我常常查看流通卡上印盖的日期，那些长期未被借出的书籍尤其吸引我。我认为每本书都值得被关注，因此我不想看大家都在读的书。而且，阅读一本半个世纪都无人染指的书时，有一种美妙而突显的隐秘感，让人感觉它只属于我。我将头埋进这些书里深深地呼吸，手指在磨损的书页边缘划过。小说和诗集是我的最爱，但偶尔我会提起探究事物的兴趣——鲨鱼、马的品种、神话，以及后来恰巧迎接那场日食的天文学。

有一天，我听着大卫·鲍伊的歌走在去图书馆的路上，《星侠》银铃般的吉他与琴弦声从耳机中倾泻而出，在我与周围的世界之间筑起了一道半透明的帘幕。就在快要抵达图书馆之前，我必须经过一条公园的长凳。众所周知，那里是一群小青年的聚集地，他们肆意地大声喧哗、抽着烟。然而那天，因为有音乐这道屏障，我并不像往常一样紧张。我避开他们靠着边缘走，但就在我经过时，其中一人突然在我面前蹦了出来。他一边笑一边开始倒着走，同时掀开了其长黑外套的一侧。在外套的掩护下，他拿出了一小袋装满白色粉末的塑料袋。他不停地大笑着，然后转身跑回了他的朋友身边。

我知道他在向我展示毒品，或者至少佯装如此，但我不明白为什么。难道是为了吓唬小女孩儿吗？或者说我已经不是小女孩儿了？

秉持这一看法的似乎还有其他人。比如有一天在街上，一个男人从他的卡车里朝我吹口哨。我立马回头想弄清他在看谁，但除了我没有其他人。现在，当我跟着妈妈到镇上跑腿时，如果有男人向我们喊话，我无法确定他们到底是冲着谁。

妈妈去世后，她的朋友露丝告诉警察，我常常花许多时间和朋友在一起而将妈妈独自留在家里——而且我“不听话”。这对一个小孩儿来说，尤其对一个女孩儿而言，是一种谴责性的控诉。事实上，作为一个即将进入青春期的孩子，我和朋友们相处的时间很平常——偶尔在周末去玛丽或其他同学家过夜，晚上和朋友煲电话粥闲话家常。而且每次去朋友家总令我揪心不已。当妈妈在我下车之前叮嘱我要乖时，我会越过扶手箱拥抱她而不愿放手，她柔软的头发落在我的肩上，一股令人晕眩的恐慌涌遍我的全身。突然间我会改变主意——此刻我多么希望她带我回家，这样我们就能一起看电影，或者躺在院子里晒太阳。我确实担心她一个人回到偏僻的家里，并为此感到内疚。但我的朋友已经站在门廊上向我招手了。我知道我应该下车，也知道一旦我进入屋内便不会再有想哭的感觉。于是我松开手，关上车门，然后沿着车道跑上去。我会在台阶上停留片刻，夸张地给她送去一个大大的飞吻，挥舞着手臂向她告别，喉咙因为想哭而发紧。

如果我认为自己应该对她的寂寞负责，如果我连与她分离一晚也做不到，如果就连她的成人朋友也觉得我有责任照顾她，那么我对她的爱如今又会怎样？一想到那种炽热而紧密的感情及其强烈的牵引力，我感到难以承受。倘若如此，我又怎么可能从她身边离开？我想象着自己每天给她打电话，担心她的健康，担心她和男友或丈夫的关系。她吃得够不够？她听起来是不是累了或者很难过？我想我自己的朋友和伴侣都会认为这些反应太过紧张。我思考着这种爱所带来的负担，并为我的自由感到片刻的庆幸。然而内疚随之在胸中如闪电般划过，紧接着涌起一股令人震颤的悲伤。

我与妈妈最疏远的时候，大概正是我沉浸在自己的内心世界的时候，那是我活得最为充实的地方。自打记事以来，阅读一直是我完美的逃避手段，那是一个不同的世界，能让我所有的问题烟消云散。不论在家还是在学校，每当心烦意乱时，我总能拿出一本书来，或者知道有一本书在安静地等着我。一年级时，我在老师的鼓励下开始写小说，这简直更好了——如此我就能编织任何我喜欢的故

事，将我想要与之为伴的所有人物囊括其中。写作给了我力量。随着学年的推进，每个老师都在写作上对我鼓励有加。而且我记得二年级时，安德森夫人建议我永远保留自己婚前的姓氏。这样一来，假如我有书出版，她和其他老师就会知道是我写的。我的小镇那么微不足道，我们所属的缅因州充满乡土气息且与世隔绝，倘若我喜爱的活动能在这片小世界之外让我获得认可，这将是多么令人振奋的事情。

我们住进新家的第一年，老师们安排了一位布里奇顿学院的男生为我辅导创意写作——也就是妈妈和格温曾经为那些宿舍刷漆的预科学校。他并没有给予我太多指导，然而他是专门为我聘请而来的事实增添了我的动力。回首过去，我为老师们特别费心雇用他而深受感动。那段时期，大多数空余时间我都在编写故事，并将它们涂写在我一摞摞带回家的黄色草稿纸上，双手常常散发着木浆和因为摩擦而生热的橡皮擦的味道。甚至当妈妈带着我与她的朋友一起吃晚餐时，我也会在大人的谈话开始变得无趣之际拿出纸张或写字板写起故事来。

四年级的尾声，我的一首诗入选了一本全国学生文集。于我而言，这意味着有朝一日我可能成为一名真正的作家。我匆忙跑回家向妈妈展示了入选信函，但她的反应异乎寻常地冷漠。“他们不过是想要你买那本书罢了。”她说道。那一刻我感到受伤而惊讶——这件事对我那么重要，我想象着将来以此为业，她的表现却如此轻蔑。我永远无法得知她为什么会有这样的反应。也许她只是恰巧心情不好，或者对我投入写作的时间和关注感到嫉妒，又或者她已经意识到——正如我逐渐明白的那样——我们第一次发现了彼此无法分享的事物。

二

我很容易记得我与妈妈发生矛盾或者我们之中有人出言不逊的时刻，因为它们和剩下的记忆有着如此鲜明的对比。每当想起我们之间的争执或误解，我依然会感到心痛或者失望。这些摩擦大多发生在妈妈离世前的最后一年，也就是我即将进入青春期的那段日子。但我为拥有这些回忆而高兴，因为它们使我确信，对于同妈妈之间的感情，我的印象是准确的，并不是我在她死后捏造的美好臆想。

我十分清晰地记得一个周四的夜晚。周四晚上是我们观看《宋飞正传》的时间——我们从未错过任何一集，而且两人都喜欢在和妈妈的朋友或姐姐们见面时谈论这部电视剧。我知道和我同龄的其他孩子都在那个时间段观看《飞越比佛利》。我很高兴妈妈和我选择的是《宋飞正传》，这证明了我们的与众不同，似乎更加见多识广。

在这个特别的周四，我在家里的客房看书。妈妈几乎让我想看什么就看什么，那时我最感兴趣的是成人小说。阅读的时候我总是如饥似渴，沉醉于一本书中就仿佛潜入一片深邃冰冷的湖泊，脉搏放慢，听觉渐顿。那天我正在阅读一个你侬我侬的爱情故事，我不想让她知道书中描写的奔放场景。妈妈敲了敲门，然后开门探进脑袋说道："嘿！《宋飞正传》快到啦！"

我近乎荒唐而不可思议地沮丧极了，仿佛蹩脚地装作被惹怒的青少年般发出了一声叹息。"呃，再说吧……"我回应道。

"什么？"她皱了皱眉头，看上去有些委屈，但更多的是困惑。"好吧，那等它开始的时候我再来告诉你……"

这场对话演变成了争吵——我不想在看书的时候被打扰，而妈妈觉得我态度不好，等等。最后我说道：“我才不管无聊的《宋飞正传》！你自己看去吧！”

我知道将父母拒之门外是成长过程中的常态，是成为你自己所要跨出的第一步——我明白这一点。但倘若我知道自己将在不久之后失去她，便绝不会迈出离她而去的脚步。

20

之后

在失去她后度过的第一个夏天，我偶尔会在周末去格温和戴夫家。他们位于二楼的现代公寓有多余的房间，其前门面向楼房内部灯火通明的过道，这里仿佛与世隔绝，令人感到安全。不久后的一个周末，我们在电视上看到一辆白色福特野马轿车缓慢行驶在洛杉矶的高速公路上，一名杀人犯躲在车后。转换频道以后，我们看到了相同的镜头，唯一的差别只是颜色有了些微不同——红色更红，蓝色更蓝，红的色调继续加深。这一场景占据了所有的电视频道。妮可·布朗·辛普森死于妈妈离世后的一个月零一天。她的女儿年仅八岁，而我却不断认为她有十二岁。发现她死亡的人是她的邻居，但我一直想着是她的女儿。我记得自己全神贯注地看着那场动作缓慢的追捕，希望O. J.辛普森[1]会按照他对警方的自杀威胁自我了断。纵然我与他毫无交集，但正当我需要一个凶手来聚焦自己的愤怒时，他就这样进入了我的生活。

（1） O. J. 辛普森（1947— ），美国著名橄榄球运动员，已退役。辛普森被指控在1994年杀害前妻妮可·布朗·辛普森和其好友罗纳德·高曼，此案在美国引起巨大轰动。经过辛普森辩护律师团的努力，辛普森被判无罪，此结果引发美国民众激烈的讨论。

在我多年的记忆中，那场对福特野马轿车的追捕[1]发生在妈妈葬礼的周末。我记得自己双眼浮肿、疲惫不堪地坐在格温和戴夫家的沙发上，房间里弥漫着午后咖啡的味道，电视台直升机的声音穿透空气。毫无疑问，那天妮可仍然剩有二十八天能活于世间。在妈妈离世后的数天和数周里，时间变得可以移动，仿佛一样流动的事物，催使那些意味深长和骇人可怖之事更加靠近，而将其他的一切全部推开。

——

几个月前，妈妈为我们买了那个夏天飞往得克萨斯州的机票。我的姨妈杜丝在外派德国十一年后，终于回到美国，在那里的部队驻扎下来。在此之前，我和妈妈只坐过一次飞机——那是几年前我们和戴尔一起去佛罗里达州的迪士尼乐园的时候。这一次将只有我们两个人。我能想象她倾斜着身子越过我，靠近窄小的窗户望向外面云团的顶端。它们看上去如此密实，仿佛能信步其上的柔软山丘。如今我在想，当初她计划这趟旅程的时候一定无比兴奋，早已经为这次难得的假期从工作中腾出了时间。此前她还未去过西南部。倘若成行，她一定会爱上那里取之不尽的阳光和所有那些柔和的美丽色彩。

然而，在卡萝尔和卡罗尔家住了大约一个月后，我独自坐上了

(1) 1994年6月17日，在未自首的情况下，美国警方以低速追捕当时驾驶白色福特野马轿车的辛普森，电视台中断了对1994年美国职业篮球联赛总决赛的直播，改为直播这场追捕行动。

飞机。我想要远离超市里人们看到我时的窃窃私语和电视上的整点新闻，在我和凶手之间拉开半片国土的距离。我是携带着一个沉甸甸的杂货袋登上飞机的，里面装满了分分角角的硬币和一元、五元的纸币——这些是鞋厂余下的缝纫工汇聚的善意。在波特兰，我很惊讶机场安检未能发现那袋零钱。我在通过金属探测仪后才意识到它们没有发出警报声，而我对这种沉寂感到害怕——它取代了某种必要的见证。我思索着，这种沉寂只是一时哑然，还是会一直持续？

我在得克萨斯州西部沙漠的中央着陆，风滚草和尘卷风迎接了我。到达的时候天色已晚，被姨妈用小面包车从机场接回家后，我晃晃悠悠地躺倒在一张铺着蓝色床单和被褥的床上。我在灿烂的阳光中醒来，发现自己在一间又大又空旷的房间里——其宽大和空旷甚于我以前睡过的任何一个房间。我能听到自己的脚步在地板上瑟瑟作响，以及这瑟瑟声在墙壁上微弱的回音，这种墙壁的质地与半抛光石头相仿。我打开壁橱，发现其空间大到足已让人步入其中，里面有一层层的物品架和层次各异的横杆，能悬挂的衣物远远超过我想象中自己能拥有的数量。杜丝在其中一个物品架上放置了文具，上面不仅标记着我的名字，而且带有哑紫褐色的精饰镶边。在那个壁橱中，还有一只小蝎子。

房子本身宽敞而整洁，色调十分朴实——白色的墙壁，米色的地毯，灰白色的油地毡。客厅里摆放着一个大型的棕色组合式沙发，一张咖啡桌，还有一个与墙同宽的搁置装置。这个有着陌生名字的庞然大物是从德国运来的。屋子里有一个砖砌的壁炉，而且每个房间都装有吊扇，卫生间有两个。在我看来，他们是有钱人。

我喜欢念圣安吉洛这个城市的名字，而且它是那么新奇。我惊叹于矮小歪扭的豆科灌木，多刺的梨果仙人掌，以及命丧公路的犰狳。天空若呈蓝色，便如燃烧的蓝色火焰一般；而如果被云层覆盖，则其盘旋的白色坦荡如砥，一望无际。有一次，当走过附近的街区时，我看到了一条蛇扁平而晒干的外壳延展于整个行车道之间。透过屋内壁炉旁的双扇玻璃门，我的目光越过干涸的水渠望向陆地，它仿佛一道逐渐消失的线条在对你不倦地召唤。几乎每天的日落都如明信片上的风景般壮美多彩，蔓延在广袤辽阔的天空中。我并不想念缅因州连绵的花岗岩群山，或者高大耸立、阴影满布的松树。当听说在寂静无声的夜晚，人们能看到一英里外的一根烛光时，我知道自己抵达的这片土地——这充满洁净空气的沙漠——是令我有归属感的地方。

我在得克萨斯州度过的最初几天平静如水——有时与杜丝和她的丈夫吉米一起进餐，还有他们两个年幼的儿子艾伦和约翰；有时去沃尔玛和杂货店购物；或者去军事基地的泳池游泳。我认识了隔壁的艾勒一家人：安杰拉和凯蒂，以及他们的父母比尔和唐娜。安杰拉与我同龄，凯蒂则小我两岁。我和安杰拉会在她家的私人车道上打篮球，也会趁日落之前花很长时间在附近的街区四处走走，还会拿彼此奇怪的口音开玩笑。她和我们一起去基地的游泳池，教我如何将自己从水中拽出来，还教我在四点钟听到扬声器里播放国歌时向最近的那面国旗敬礼。当她问我为什么来得克萨斯州时，我告诉她我的妈妈被人杀害了，她便没有再追问任何问题。

那年夏天之前，我只见过杜丝两次：一次是在我蹒跚学步的时候，一次是那年春天的早些时候。当时她正从德国回到得克萨斯州，中途探望了住在缅因州的亲人。我有一张她和妈妈的照片，是她去看望我们的那天晚上拍的，这是我见过的两姐妹唯一一张合影。她们坐在客厅和厨房之间的地板上，那正是妈妈仅仅几周后遇害的地方。

尽管杜丝对我了解甚少，但她很快表示愿意让我在她家长期居住。我有几周的时间来考虑这个决定，对她进行近距离观察并权衡我的选择。我必须在8月3号之前拿定主意。当杜丝给我这个最后期限时，她强调那天是我能在不损失返程机票现金价值的情况下将其取消的最后一天。我仍然感谢她在处理我的钱财时所表现的谨慎与道德。但倘若她能稍微给我多一些指引，让我知道其他人对这个决定作何感想，这将会对我更有帮助。她没有说："我们希望你留下来。"也没有说，"卡萝尔很想让你回缅因州去。"

杜丝的小名是在摇篮中获得的。当时她的大姐弯下腰来，看她在那儿裹着襁褓，可爱极了，不禁说道："她就像一颗小杜丝巧克力糖一样！"未曾想到的是，她会长成那个对弟弟妹妹拳打脚踢的强硬小孩，或者我眼前这位陌生而令人胆怯的女人。几个月后我才了解到，部队的女性可以蓄长发，并没有人强制她们像杜丝那样把头发剪得毫无风格。她的面颊消瘦，鼻子尖而狭窄，轻微的鱼尾纹令她细长的双眼更加明显。她既不化妆，也没有做出其他尝试让自己的形象变得温和。而且我无法理解她为什么会剪掉一头红发，在我眼中那是她身上唯一一处美的所在。她令我感到迷惑不解，其朴素看上去近乎具有侵略性；那时我还不了解她这种类型的女人。

杜丝的丈夫吉米已从部队退伍。他来自阿肯色州，身材高大魁梧，略微有些驼背。他把自己的一头灰发打理得干净利落，平日里沉默寡言。杜丝负责发号施令——她任职军士长，不论在基地还是家里，都由她说了算。他们的孩子艾伦和约翰，一个五岁，一个三岁，两个人顽皮捣蛋且生龙活虎，总喜欢和对方打架。我几乎没有和比自己小的孩子相处过，不知该拿他们怎么办。尤其是艾伦，他个头高大，方方正正的脑袋上顶着一头金发，常常故意引逗弟弟和他打架，惹是生非。更温和一些的约翰是个瘦削的男孩儿，他有着亮红色的头发，独处时往往很安静。有时如果我坐在客厅看电视，他会过来坐在我身上。一个如此讨人喜爱且天真无邪的人愿意靠近我，这让我感到既害怕又无比欣慰。

尽管一开始杜丝很友好，不仅为我买书和新鞋，还为了我安排一家人外出游玩，但在那些最初的日子里，我确实瞥见了日后将会遇到的麻烦。刚刚到她家时，我偶尔有用娃娃音说话的习惯。大概在和家里的小猫或者两个小表弟交流时我会这么做，但也不排除吃饭的时候我会用小孩的声音开玩笑。约翰含糊不清的咿呀学语是我时至今日听过最为可爱的。每当他叫出我的名字——“嗒哇！”——一阵纯粹的痛楚便会涌上我的胸口，总是意外地令我感到发自肺腑的喜悦。有一天下午，安杰拉来家里玩时，约翰说了句听起来十分滑稽的话。我们大笑起来，而且模仿他的语调重复了他的话。他听上去好笑极了！然而杜丝听见了我们的声音，并痛斥道：“至少他那样幼稚地说话不是为了装可爱。”我顿觉屈辱，灼热的羞耻感涌遍全身，烫到我希望它能在地上烧出一个洞，好让我立刻消失不见。我心想，我怎么会这么愚蠢，竟然在这个家里表现得像个小孩儿？

从那以后，我试图对杜丝隐藏任何她可能认为过于热情或感伤的情绪。当家里的两只猫在彼此相隔仅仅数周的情况下突然悲惨地死去时——一只因为误吞玩具窒息而死，另一只在姨父搬一个又大又重的箱子时意外丧命于其足下——我忍住了泪水，告诉自己在经历了所有这一切后，我不会为了区区几只动物而变得多愁善感。

临近夏末，杜丝将我决定何去何从的最后期限提前了好几周。从感情上而言，我和格温或格兰妮丝一起生活最合乎情理。然而发生了这么多事，我失去了这么多，因此我已经没有那个时间去想，为什么我最爱的几位姨妈不愿将我带回家。这件事如同一记蓄势待发的拳头在我的视线边缘若隐若现，假如我不转头去看，便不会被击中。

多年以后，我小心翼翼地提起了这个问题。格兰妮丝说："格温的住处离布里奇顿那么近，而我们不知道凶手是谁……我的家又太小，我想过搬家，但你和杜丝看起来有许多共同点。她上过大学，你们两人都那么聪明。"我能明白她们希望一切安然无事，而我住在杜丝家也不是没有道理。她们那时还沉浸在悲伤之中。我很久以前就对此释然了。

我决定留在得克萨斯州，尽管我不确定自己是在逃避过去，还是想探索未来。杜丝的严厉与苛刻难以预料，但在这个宽敞的房子里和这片辽阔的土地上，不仅空气通透，而且阳光灿烂。我也希望一切安然无事，所以很少向其他几个姨妈提及杜丝的表现。我另一个唯一的选择是回到珀鲁。尽管卡萝尔和卡罗尔都很好，但我无法想象重回那漆黑的树林和他们偏僻的小房子里。况且新闻上依然到处播放着这桩谋杀案。倘若我回到缅因州，在我新上的学校里，那些孩子一定知道我是谁。一想到会有那么多陌生人看着我挣扎，寻找我将要崩溃的蛛丝马迹，我就感到无法忍受。我不知道警方和许多其他人对我不回缅因州感到庆幸，因为在凶手依然逍遥法外的情况下，他们为我的安全感到担心。我不知道在我离开以后，所有人都感到如释重负。

21

之前

丹尼斯·洛兰可能是杀害妈妈的凶手。

他在鞋厂工作时操作一台大型机器，将粗糙的银质大头钉穿入皮革，把图样固定在木质的鞋楦上，为后续的缝制做准备。他必须头戴一副耳麦来保护自己的听力，因为机器的每一次击打都会发出枪声般的巨响，而且终日如此。那些大头钉在鞋厂遍地都是，我会趁妈妈不注意时将它们从她柔软的鞋底拔出来，再按进我的鞋底。于是我的球鞋变成了踢踏鞋，在学校的走廊里咔嗒作响。

当丹尼斯于 1992 年开始在鞋厂上班时，他已经认识妈妈在那儿的几位同事，而他立刻就被他们美丽的朋友克丽丝特尔吸引。他从未见过像她这样的女人。她脸上的雀斑，她一头浓密的红发，还有她那淡蓝色的双眼，都令他感到着迷。他在她身上看到了一种女性的温柔，一种不同于他所认识的其他女性的优雅举止。他喜欢她的声音，那么轻柔悦耳。他无法想象她用这声音大声说话。她知道该如何恰到好处地看着他，如何跟他交谈。她令他感到自己很特别。他无法移开注视她的眼神，常常找理由到手工缝纫的工作台处，找她和彭妮还有他们的朋友理查德聊天。

丹尼斯操作大头钉机器的岗位正好在克丽丝特尔的视线之内。

他又高又瘦，但有着线条分明的肌肉。他的双手宽大而结实。当他干活儿时，她能看到他前臂的肌肉在棕色的皮肤下移动，皮肤上覆盖着纤细的金色汗毛。他有着铁蓝色的双眼，浓密的浅棕色头发总是乱得迷人。他的耳朵上带着一个很小的金色耳环。他转过身朝她微笑时看上去就像一只猫——眼角泛起褶皱，脸上现出深深的酒窝，充分咧开的下嘴唇上方露出尖尖的虎牙。他常常对她微笑。他喜欢穿紧身牛仔裤，而且走向她的工作台时总是大步流星。你几乎可以听到他像猫一样发出满足的咕噜声。

但他并不那么沉稳。如果大头钉机器移位——这种情况经常发生——进而导致大头钉在钉入时变得弯曲或者机器被卡住，丹尼斯便会关掉它，然后抄起离手头最近的诸如重型扳手之类的工具，愤怒地砸在机器边缘。他这些暴跳如雷的举动在鞋厂众所周知。多数时候人们总是笑他道："振作点儿吧，小伙子。"那时他是个十九岁的年轻人。

他还是个已婚男人。而妈妈那时二十九岁，仍然在和蒂姆交往。蒂姆的行为日益渲染着家里每天的氛围——红色的激情，蓝色的疏远。她告诉琳达，她知道他爱她，他只是需要更多时间。他沉稳有礼，不久就能找到一份好工作。而且他那时二十三岁，日后一定能成长为更加优秀的男人。她还不能就此放弃。蒂姆风度翩翩，喜欢穿扣角领衬衫，在众多布里奇顿男性中引人注目。他想要稳定的收入和平静的生活；他希望提升自己，摆脱艰难的成长经历，而且他似乎知道该如何实现这些愿望。

妈妈竭尽所能在家里保持轻松的氛围，除了带我出去看电影，还会专门领我去参观波特兰的艺术博物馆。她总是在每天的同一时间做晚饭，而且几乎每周五下午都会给我意外的惊喜，将花费不多的礼物放在床上等我回来——有时是漂亮的头绳，有时是新书，又或者是镶嵌有大玻璃彩石的戒指。但我可以看得出她伤心的时候。我能感觉到她的紧张和绝望。当她因为蒂姆而难过、不愿开口说话时，我是那么想念她。我时常密切地关注她——当她以为我在看电视时，其实我多半在听她打电话。我更情愿把注意力放在她身上，以此来预料我们生活中的变化，已经顾不得尊重她的隐私了。当我意识到丹尼斯的存在后，便很快希望他会将蒂姆取而代之。

然而我对丹尼斯已婚的事实毫不知情。妈妈离世几年之后我才得知这件事。他的妻子珍妮特三十岁出头，比妈妈稍大一点儿。他在鞋厂工作的第一年快结束时，珍妮特和他的一位同事对他做出了不忠之举，那是个经常在休息间隙和他一起抽烟的男人。这使得他们早已激烈的争吵更加火上浇油。她个头不小，而且声音洪亮。他曾说她用拳头冲他脸上打过几次。丹尼斯声称自己从未对珍妮特动过手，并且她是两人中唯一出轨的人。

当丹尼斯去上班时，他很享受克丽丝特尔温柔的感情，也喜欢她睿智的交流。这个时候我们搬进新家将近一年，他们之间的打情骂俏已变得更加显而易见。此前丹尼斯对鞋厂员工之间旋绕的暧昧故事毫不知情，因为其噪音巨大的机器妨碍了他的听力。而且用他的话来说，他是“乡下来的，在农场长大的年轻人”。如今他站在了这种戏剧性事件的舞台中央。事实确实如此——他和克丽丝特尔工作的位置位于这栋大型建筑的正中间，人们从各个角度观察着他们。他们是鞋厂中最英俊、最美丽的两个人。

确切而言，丹尼斯并不住在农场，而是两个小镇以外的卡斯科。他的家位于坦尼山上，一条又高又窄的路沿着山脊分出了两条向下的土路。住在他周围的大多是洛兰家族的其他人——堂兄弟姐妹，姑妈姑父，还有叔伯婶婶。他们的房子都很小，互通的后院是石块层层叠叠垒起来的。同样住在坦尼山的还有几名众所周知的毒贩，没人敢惹这些年长的男人。年轻的克丽丝特尔拥有自己的房子，并且为了孩子努力工作，这让他感到十分难得。他被她吸引的原因似乎有许多和蒂姆是相同的。

那个时候，克丽丝特尔其实无意和这个年轻人交往——不论他结婚与否——但她总是禁不住和他说话。他对她的关注溢于言表，而她喜欢用温和的逗趣来回应他。当圣诞节临近时，他们拿槲寄生开了玩笑。

丹尼斯那时仍然和珍妮特生活在一起，而且据他所言，他在尽力维持这桩岌岌可危的婚姻。珍妮特在上一段感情中生了两个女儿，丹尼斯说他对这两个孩子视如己出。他还没有准备好就此放弃。然而平安夜时，珍妮特差他出去买东西，可能是一个灯泡，又或许是牛奶。当时所有的杂货店都关门了，于是他去了来爱德药店。他拿起牛奶向柜台大步走去。正当他掏出钱包时，他抬起头看见了她——克丽丝特尔，还有她的女儿在旁边。他知道该怎么做。他在出纳机旁拿起一小枝带叶的塑料槲寄生，放下一张十美元纸钞并朝收银员点头示意，然后跳着向她跑去。

“嘿，能借一步说话吗？”

她莞尔一笑，也许还转了转眼睛。“嗯，好吧。萨拉，去挑一张卡片，我马上就回。”

他们向外面寒冷的空气中走去。玻璃门在他们身后呼地轻声关上，隔绝了圣诞节的音乐，任他们站在安静的暮色中，丹尼斯手里的槲寄生悬在半空。“我现在能吻你了吧？”他说。

然后他低头吻了她，而她也报之以吻，他们就这样在暮色中拥吻着。

第二天，丹尼斯在家和珍妮特还有她的孩子们庆祝了圣诞节，蒂姆陪父母度过平安夜后来便到我们家过圣诞节。格温和戴夫也来了。在圣诞树闪烁的灯光下，我们打开礼物，吃了火腿，谈笑风生。妈妈很开心，她为能在自己家里招待姐姐而骄傲，也为男朋友能和她的家人聚在一起而高兴。然而在那天温暖的氛围之下，潜藏着一种冰冷的感受。她想，如果她和蒂姆的感情不能长久，那么明年的此时将被思念的痛苦破坏，而她只能在闪亮的灯光和节日的音乐中回忆过去。

药店那晚的喜悦支撑丹尼斯度过了整个圣诞节。与此同时，他和克丽丝特尔在工作中继续着两人的眉目传情。那日冲动的亲吻并未再次上演，但如果周五下午提早下班，他们便会一起去黑马酒馆，喝上两个小时的咖啡，直至妈妈到街对面的学校接我放学。

没过多久，丹尼斯便和妈妈的朋友理查德每周一次来家里和我们一起看《宋飞正传》。理查德喜欢开玩笑，他有着凌乱而浓密的头发和满脸的络腮胡子，于是我给他取了“毛球”的绰号。他一直对妈妈十分友好，比起蒂姆，他显然更喜欢丹尼斯。我很重视这种认可，而且丹尼斯很擅长与我互动。他会和我聊天，了解我的兴趣爱好。他看起来很聪明，也不像有些大人一样对我摆出一副屈尊俯就的样子。此外，他的长酒窝和可爱的牙齿让我觉得他很帅气。他比蒂姆更加英俊潇洒——这并不假。但他仅仅比我大八岁，我叫他丹尼。

出于某种令人沮丧的自然规律，自从妈妈几个月前付清轿车的钱款后，它便开始故障不断。丹尼擅长修车，更重要的是他会现身——她无法每次都花钱去修车行，所以当天霸车无法启动时，她别无选择，只能给丹尼打电话。而他每次都会来，并且每次都能让车重新发动。我在那个时候的日记中写道："蒂姆只是来家里和妈妈上床，然后回学校去。但丹尼会为她做事，帮她修车。只要在我们家找到坏的东西他都会修好。为什么她不和丹尼交往呢？"

丹尼似乎从一开始就给妈妈带来了快乐。当我见到他的那一刻，也就是他和理查德第一次在晚上来我家时，我便知道妈妈说他们"只是朋友"并不是实话。当然，也许她自己也没有诚实面对自己的感情。丹尼充满了热情奔放的能量，而他仅仅用双眼便将这能量倾注到妈妈身上。我知道他能吸引妈妈远离蒂姆和他带来的无尽失望。我已经厌倦了她难以承受的悲伤，当她和蒂姆的感情出现波澜时，忧伤便如海浪般向她袭来。这股力量不仅我无法阻挡，而且会将我们两人一起淹没。

最终，丹尼斯在和妻子发生一次争吵后离开了家，并且再也没有回去。他们提出了离婚申请，诉讼的进展也很迅速。有一天，他在上班的午休时间去市区法院完成最后的离婚手续。当他回来停车时，克丽丝特尔正好也吃完午饭回来上班，于是他们一同走进了鞋厂。当他们走向各自的岗位时，他在她前面，然后她叫道："嘿！"

他转过身，挑起一条眉毛回应道："怎么了？"

她走上前去抓住他的衣领，然后当着所有人的面给了他一个深深的吻。大家都停下来盯着他们。

"好啦，"她说，"现在你可以回去工作了。"

后来，丹尼斯谈起了那一刻："那天我没有失手让大头钉刺伤手指，但并不是没有这个可能。她实在让我感到惊讶。一向如此，真的。"

22

之后

在我抵达得克萨斯州后不久，杜丝把全家人带到了圣安东尼奥附近的六旗主题公园，大约三小时的车程。那晚我们没有开车回家，而是住在了一间汽车旅馆。当她宣布该换衣服上床睡觉时，两个表弟开始脱衣服，他们把小衬衫扔到地上，接着又跳又扭地脱裤子。我从包里拿出睡衣，犹豫不决地站在那儿。“没关系，”杜丝说道，“我们都是一家人。”可我根本不了解这些人，也不觉得自己是他们中的一员。我的姨父吉米就在旁边，尽管他肯定没有看我，但我不可能当着他的面换衣服。我想杜丝完全忘了十二岁的女孩是怎样的，她觉得我还太小，不具有羞怯的感受。我咕噜地找了些本来就得去洗手间的理由，关上并锁好门后才换了衣服。那一刻我意识到，我提防的不仅仅是官方名列的几位嫌疑犯，而是所有男人。

我深信任何人都能做出任何事——知道人们可以杀人和目睹证据是截然不同的两回事。我领悟到人性本身并无界限。我从谋杀当晚听到的哼声中分辨出凶手是男性，因而懂得男性尤其有无所不为的能力。住在旅馆的那晚，并不是我认为姨父会伤害我，而是我不想在暴力的能量附近变得脆弱，不论它埋藏得多么深，被监测得多么小心。我认为姨父的害羞源于廉耻之心，又或是一种下意识的伪装。我确信，一个全然仁慈的男人是不存在的。

在得克萨斯州最初几个月的照片中，我看上去像一个幽灵——整个人瘦骨嶙峋，一副魂不守舍的样子，身上的衣服颜色索然，毫不起眼。我变得越来越瘦，这样做既是为了更漂亮，也是为了否认自己。我蓝色的虹膜变得更加暗淡，几乎与瞳孔融为一体，仿佛即将充斥脑海的黑暗也开始向他人显露。那些单调乏味的衣服是我的选择，除了灰色便是浅蓝，下装全是宽松的牛仔裤。我有一件简单的黑色衬衫，那是我最醒目的衣服。我记得有一次和杜丝去沃尔玛，她推着塑料推车，我跟在旁边，不时轻轻地触摸柔软的棉质衣服，偶尔添一件到准备试穿的一小堆衣物里。正当我把一件浅蓝色的T恤放进去时，她突然冲我叫道："你怎么从来不穿颜色鲜艳的衣服？"我当时结结巴巴地说了些什么，如今已经不记得了。我不能也不愿告诉她的是，我在想方设法让自己消失。

尽管我对缅因州心怀恐惧且不愿回去，但我仍然把它视作家乡，而且有时会怀念我抛下的那些高大的松树，忘了它们投下的浓重暗影会唤起我的恐惧。因此我和一些朋友保持了联系。之后多年，玛丽都是我忠实的好友。她给我寄来长长的信件，上面画着美丽的图案，还有她在药店挑选的卡片。我们过去经常闲逛在那家药店的过道里打发时间，一边偷偷试涂时髦的指甲油，一边使劲儿向身旁的游客投去白眼。她会告诉我昔日同学的八卦，显然在努力让来信轻松愉快。她问我什么时候可以回缅因州，而且我们一有机会就会通电话。如今当我翻阅她的卡片和信件时，我发现其中许多都有免责声明："警告：这可能是一封多愁善感或令人尴尬的信！"让我难过的是，她觉得需要克制对我的爱，而我却是个永远不会回乡久留的好朋友。但从某种程度而言，我有些抗拒玛丽的友情。只要我意识到自己的情感需求，我就变得不太愿意回信。和布里奇顿的联系必须由我决定，这是一件冒险的事。以前的家已经变成我在地图上不忍直视的地方。

——

尽管杜丝很严厉，但她没有在暑假期间强行设定就寝时间，至少对我没有。在卡萝尔家时，我经常感到一股深深的恐慌。同样的感受令我在这里度过了无数个辗转难眠的夜晚，我不断告诉自己缅因州距我有千里之遥，努力相信这意味着我是安全的。我的房间里有一台电视机，这是我第一次能收看有线电视。我常常在电视机前坐到深夜，看完《大卫·莱特曼晚间秀》后接着看黑白喜剧片，然后是让人昏昏欲睡的电视购物广告，广告模特精心护理的双手在灯光下不断转动耀眼的宝石，信心满满的男人兜售小装置，誓言能解决一切可以想见的问题。我竭尽全力达到一种死水般的麻木状态。但当我睡觉时，我会让灯亮着，而且会穿上我的白色帆布鞋。

尽管我无法断定自己是否认为丹尼斯杀害了妈妈，但我经常会在那些漫长的夜晚想起他。我没有证据，也没有具体的原因这样认为，但他的模样不断出现在我脑海的空白处，而那里原本是凶手存在的地方。我警惕着他的出现，确信他没有正当的理由来得克萨斯州。因此只要我看见他，他很可能是冲着我来的。他的面孔会突然出现在人群中，然后慢慢清晰为陌生人平淡的模样。这个世界随处可见身材高大、四肢修长并留有浅褐色头发的年轻人。我会在杂货店或逛商场的不经意间一阵颤抖，然后转过身去向朋友们藏起我突然煞白的脸庞。

一

因为一些两人都已忘却的原因，格兰妮丝和杜丝二十年来没有说过话——一句也没有。现在我生活在得克萨斯州，她总是记得每隔几周打电话来。有时在和我通话之前，她会向她的妹妹询问我的情况。后来格兰妮丝告诉我，我在得克萨斯州的最初那段时间里，杜丝向她抱怨过我的行为怪异。“她总是把百叶窗关着，”杜丝说，“有时我会半夜起床去她的房间，却发现她在壁橱里。她坐在里面，整个黑漆漆的！她的举动奇怪极了，真吓人。”

格兰妮丝说她反驳了杜丝：“你觉得该怎么样？她在里面可能觉得安全。你知识丰富，你更懂人的心理才对。你应该知道怎么对待一个遭遇痛苦不幸的人吧。”

那些被高度活跃的焦虑充斥的长夜，如今依然存在于我的内心。我记得自己将百叶窗不断翻上翻下，思忖着怎样才更不容易被外界发现。但我不记得独自坐在黑暗的壁橱里，这个想法让人害怕，也令人沮丧——那些日子在我心中留下了无尽的恐惧，但显然还有更为糟糕的惶恐不安，那些时刻超越了我的控制能力和理解范畴。我想象杜丝在深夜踱步于家中，无法入睡；想象她悄悄打开我的房门看我在做什么，却发现床上空无一人；我想象自己畏缩在壁橱里，整个人被动物般不假思索的恐惧占据，结果却被人突然打开柜门，面向更深的黑暗，以及一个对我的轻蔑甚于怜悯的女人。

当然，杜丝可能撒谎了，或者说了些后来格兰妮丝无意中添枝加叶的话。更有可能的是，我在壁橱里开灯坐着，让杜丝以为我已经上床睡觉。但格兰妮丝记得我独自困在隔绝的黑暗中，这件事也并非毫无可能。

二

我在圣安吉洛开始上七年级的前一晚，杜丝在就寝时间的二十分钟前来到了我的房间。我忘了自己是在看电视还是看书，但我记得她赫然耸立地站在我面前，或者看上去如此。尽管这个白色的房间十分宽大，但她似乎仍然占据了整个空间。我将第二天早上需要的所有东西摆在了用作床头桌的蓝色大行李箱上。一切都十分整洁，井井有条：叠好的牛仔裤和T恤，下面藏着内衣和文胸，卷起的袜子塞在我准备穿的鞋子里，鞋子分毫不差地呈直角放在行李箱旁。我还准备好了小饰品：手表和我在妈妈的遗物中找到的细银项链。我为第二天感到紧张，尤其担心需要早起并及时做好准备搭乘校车。我已经好几周没睡过一个完整的觉了。我不希望任何事情有所纰漏。

而且那时我十二岁，即将开始初中生活，我希望自己第二天看起来尽可能漂亮。我想，如果我能吸引一个男朋友，也许他能将我的注意力从其他所有事情中转移出来，就像安杰拉为谈恋爱的想法分心一样。因此我的小饰品中包含了紫色的眼影。这个浅淡的冷色调眼影是妈妈在我的央求下给我的，她还教我如何几乎隐而不现地将它涂在眼睑上。

当杜丝锐利的双眼检视行李箱上的物件时，我从她的眼神中看到了自己强迫症般的细致，立刻因为窘迫而红了脸。当她伸手拿起眼影时，我仍然被这种感受浸没着。接着她用低沉的声音嘲弄道："你不会想打扮成一个荡妇吧？"

我喃喃地给出了一个迟钝而深感震惊的回答，丝毫不值得记住。杜丝把眼影放了回去，但她的意思很明确——我不可以用它。

现在它成了无用之物，一件可耻而见不得人的东西。那一刻，我想起了杜丝到缅因州看望妈妈和我的那晚，她强壮的身体，直截了当的言行，以及毫无修饰的外表，在我看来那么奇怪。她身穿一条红色棉质束脚运动裤，脚穿一双结实的白色运动鞋，上身着一件灰色T恤，胸前印着表示“部队”的几个块状大写字母，外面的衬衫藏进了腰间，亮白的束带打成了一个紧紧的结贴在裤前。真不敢相信她和我的妈妈是姐妹。我仔细观察了她们一起笑的时候，妈妈悦耳的咯咯声舞动在杜丝男人般的低音之上。在得克萨斯州的那晚，我意识到杜丝的评论是对妈妈这种女性的非难——竟然有人愚蠢到关心自己的外表，那么女孩子气！我无法忍受这个想法，如果妈妈的美得不到尊重，住在这样的家里便意味着开始抹杀她的存在。

然而那晚杜丝坚持让我关灯睡觉，她的态度不容商量。于是我逐渐重新认识到，黑暗也可以是一种慰藉。

杜丝喜怒无常，她的要求像是我极少能够命中的移动目标。她对一个人的言行举止有着十分僵化的想法，而她往往在我做了令她不悦的事后才将这些想法告诉我。如今我很难记起让她生气的事例，她的规则体系一直在变，她生气的诱因让人难以捉摸，疑惑不解。不论在青春期前或到达青春期后，我的表现都还不错——穿着整齐，学习自觉，既不抽烟喝酒，也不深夜晚归。但是哪怕我对她的意愿有丝毫违背，都会令她勃然大怒。她会朝我大喊大叫到满脸通红，在我眼前用手指着我挥来舞去。我并不习惯面对这种场景，我只作为目击者看过这样的争吵，或者透过卧室的墙壁听过这种怒

吼。然而比那叫喊更糟糕的是，只要她缓慢而冷漠地抛出一句话，就能使我确信我不仅仅是举止不当，而是与生俱来的坏——愚蠢软弱，忘恩负义。

最重要的是，杜丝蔑视软弱。据家人们说，她总是对格温最为严苛，这个敏感、安静且行动缓慢的妹妹常常令她恼怒不已。她经常把一句话挂在嘴边：不论什么原因，跑不了一英里的人都是废物。她相信只有强者才值得生存。我想做一名强者。

杜丝常进行两英里的计时跑步，并确保自己在二十分钟之内跑完。年近四十岁的她依然十分要强，务必让自己跟上十八岁新兵的步伐。她会在 32 摄氏度的高温下出发，接着以惊人的速度快速返回，整个人满脸通红，汗流浃背。我常常触动地想，假如这种跑步对她来说如此吃力，那么对我而言是绝无可能了。我的瘦削并非来自锻炼，而是减少食量的结果。我的手肘处骨头突出，头上的太阳穴向内凹陷，而且很容易上气不接下气。如今我意识到，杜丝原本可以领我进行慢跑，和我分享训练技巧，逐渐加强我的体格；她本可以告诉我，一个人的强大可以获得并逐步积累，并非单靠孤注一掷的意志力才能激起。

杜丝在部队接受过招募新兵的训练，这教会了她如何识别人的弱点并加以利用。我常常感到自己深受这种技能的伤害。有时当我的确违反了她的规定，她却表现得极为宽宏大量。这最令我感到不安——在她不计其数的暴怒和指责后，那些平静而通情达理的反应变得像是一种计谋。一想到可能触怒她，我就会真切地感受到生理上的恐惧。每次去隔壁找安杰拉回来后，我总会小心地觉察家里的氛围，揣度杜丝是否焦躁不安。直到走回自己安全的房间，我紧绷的身体和狂跳的心脏才会放松下来。

杜丝和我唯一意见一致的是，我的学习永远可以更努力。鉴于此，功课成了我躲藏的最佳借口。我常将填满 97 分和 98 分的成绩单带回家，但杜丝总会问，如果考试对我而言如此简单，为什么成绩不是满分。假如这句评论是开玩笑，当时的我不可能将其和她经常千奇百怪的指责区分开来。我不允许自己去想，我的妈妈绝不会说出这样的话；我也试图不去思索，杜丝不会用这种方式对她的两个儿子讲话。我告诉自己，我需要一个容身之处，就是这样。而且我丝毫不想让谁取代我的妈妈。

在得克萨斯州生活了大约四个月后，一个周三的下午，我放学回到家里，整个人精疲力竭——除了睡眠不足，我还要努力像正常的青少年一样说话做事，面带微笑；每天上课回答问题，下课听同学们没完没了地谈论各自迷恋的对象、看过的电影、父母的不公、学滑板的经历，以及她们的头发。我在房间放下沉重的背包，发觉铺满地毯的房子里静悄悄的。我一路向车库走去，结果欣喜地发现里面空空荡荡。

我往回穿过屋子走向浴室，中途停下来朝玻璃门外看了看。我的双眼追溯着水渠平展的线条，其沿靠的地平线就在邻近房屋被阴影覆盖的屋顶之上。即使一年已接近尾声，天空却依旧烈日炎炎，白云满布。

为了避免高昂的水费，杜丝和吉米为我限定了洗澡时间。那天早上我因为起床太晚而没有洗澡，现在我希望能在不被监视的情况下洗一个。只有在舒适的热水中我才能真正放松下来。我可以尽情哭泣，不用担心杜丝会出现，让她看到我扭曲的脸庞——她清楚地说过："在这个家里不准锁卧室的门。"因此，即使在我原本私人的房间里，我也经常在情绪崩溃时感到拘谨。显然，我也很难享受洗澡间的庇护，因为杜丝随时都可能过来用坚硬的指节重重地敲门，并粗暴地宣布："时间到！"

然而随着我将水龙头拧到热水，我听到了车库门上滑的嘎嘎声，心里不禁一沉。当我走进淋浴间时，我听到两个表弟惊天动地地穿过屋子，一边朝彼此大喊大叫，一边把玩具弄得砰砰作响；我还听到了杜丝和吉米的低语，和他们往常冷淡的交流一样。就在这时，我的双腿开始发软。我蹲下身沉到坚硬的塑胶地板上，将双膝抱在胸前，两手捂住脸的同时紧咬着右手的手跟，试图克制涌起的抽泣，浸湿的头发沉重地垂在两边，发梢落在浴缸的底部。我想起了妈妈——当我哭着从学校回到家里，因为朋友的轻视或糟糕的考试成绩而难过时，她会为我在浴缸里放上热气腾腾的肥皂水。我想到了那些泡澡时平静的安宁——我可以在妈妈做晚饭的时候流连在浴缸里看书，直到那些泡泡在我周围逐渐冷却的水中越变越小，消失不见。然后我会大声叫妈妈，她拿来柔软的大浴巾将我包裹起来，嬉戏般地给我擦头发，接着让我坐在马桶盖上，轻轻地帮我梳理打结的长发。

眼泪和着滚烫的热水流了下来，活跃的悲伤呼之欲出，令我身心俱痛。然而，比思念她的悲痛更糟糕的是，妈妈的遇害已经揭示，一切都是毫无意义的。曾经我信以为真的那么多事情，最后都变成了错觉。我看到身边的人们依照这些错觉在生活——他们以为爱和安全可以依靠，以为人生不乏意义，还以为自己可以掌控未来——我感觉自己不可能再像他们一样，对这一切坚信不疑。我正迎着一股强大而寒冷的趋势逆行——我可以看见他们在阳光灿烂的沙滩上玩耍，却无法重新加入他们。继续这种挣扎不仅令人痛苦不堪，更可怕的是，它似乎毫无意义。

我拿起我的剃毛刀，用熟练的动作咔的一声掰开顶端的塑料，取出了刀片。我将锋利的金属条捏在忽然稳定的指间，凝视它美丽而性感的微光。一股深深的平静涌遍我的全身，因为我又一次想着躺下来，让一切倾泻而出——痛苦，孤独，力量，一切的一切。我实在太累了。

然而我想到了两个小表弟，想到他们发现我血淋淋地躺在和他们共用的浴室里。

接着我想到了妈妈，每当我因为困难而放弃一件事时，她总是那么失望。

然后，我听到了尖锐的敲门声。

—

自杀的念头一直跟随着我——在洗澡的时候，在我黑暗的房间里，在我坐上小面包车后座去杂货店的途中。它藏在我上学时勉强挤出的微笑后，为每一个快乐的时刻蒙上了暗淡的阴影。有时自杀就像我视线边缘的一扇门，是我随时都能通过的一个潜在出口。仅仅知道它的存在，就能让我感觉更乐观、更平静，知道自己并非别无选择。但多数时候，它是一样令人渴望之物，有着自具的重量和质地，其强大的磁场散发的引力会随境况产生强弱之别，但几乎从未消失过。

有时候，自杀的想法令人害怕，原因在于它似乎不可避免。对于已经发生的一切，这似乎是唯一合乎情理的结局。妈妈的离世为我揭开了这个世界的真相：它是人们创造出来的，由细致复杂的社交礼仪和爱的纽带构建而成。那时我意识到，并且如今依然相信，活在这个世界上你一定要参与其中，你要为自己和他人建立关系，找到人生的意义，因为终极安排并不存在。你必须假装不可能会有行凶之人在深夜潜入家中，将一切摧毁。我永远不会忘记，不太可能并不等于不可能。

在最初那几年中，我参与了——我达到了所有目标，做了所有该做的事——但这并非轻而易举完成的，而是一种艰难的跋涉。那些伪装令人疲惫不堪。尽管我过去知道的许多事情被证明并不可靠，但仍有一件事我确信不疑——妈妈不希望我结束生命。于是我每天都会找到新的理由继续活下去。

23

之前

丹尼最终胜了蒂姆。在交往的最初几个月里，他向妈妈求婚了无数次。但在丹尼拿出求婚戒指之前，妈妈根本不会考虑答应他。他不能只把结婚挂在嘴边，她需要实际证据相信他是坚定的，相信这并非只是他一时心血来潮。但这个条件也是一种拖延策略。她对于是否该和这么年轻的男人订婚持严重怀疑态度，毕竟他们相处不过数月，况且他不久前刚离婚。她也开始为他的脾气担心，他们之间已经存在争吵，而且越来越频繁和激烈。

自然而然，丹尼先集中精力在最易解决的问题上。当我们三人去买东西时，他会把妈妈拽进珠宝店。她喜欢看色彩鲜艳的宝石戒指和耳环，而丹尼试图把她拖到订婚戒指的区域。我努力把脏兮兮的手指揣在兜里，徘徊在玻璃柜台间，里面摆满了一排排闪闪发光的诺言。我拿了一小叠广告册，了解了所有的钻石等级，试图用知识让这个幻想更靠近现实。我心想，只要我们能给妈妈戴上钻戒，婚约能解决所以问题——她不用为赚钱如此发愁；蒂姆永远不会回来；丹尼会留在她身边爱护她；她也不会再因为悲伤而不修边幅。当她难过的时候，她连一贯爱画的蓝色眼线都顾不上涂，赤裸裸的双眼暴露着，那是我不愿看到的样子。

离婚之后，丹尼搬进了朋友的地下室。但他一直在找自己的住所，而且经常带着我们一起寻找。我们会爬上他的卡车，然后他给我们放乡村音乐——特拉维斯·特里特、加斯·布鲁克斯、和佩蒂·洛夫莱斯。音乐中唱出了许多故事，有悲伤中的坚强，抵住时间考验的真爱，以及坚不可摧的信念。对我而言，那些歌是美好的白日梦。这些出行可以持续整个下午，我们三人挤进卡车的长座上，沿着土路缓慢地开过丹尼展望的未来。他会谈到要让我们住进我们窥望的漂亮房子里，这时妈妈会转移话题，而我却对此激动不已，并未想到和丹尼住在一起需要她做出怎样的牺牲。我们会在回家的路上停下来，到虫鸣四起的地里摘蓝莓，或者在路边小摊处买冰激凌。

丹尼最后买了一枚体面的 B 级钻戒，四分之一克拉的椭圆钻石两头尖尖的，镶嵌在逐渐收缩的黄金戒指上，闪闪发光但算不上极好。他把它偷偷拿给我看，并告诉了我价格——这是他在大减价时花一百六十一美元买下的。他们在一起差不多半年了。我在 1993 年 8 月 14 日的日记中写道："丹尼准备在妈妈 23 号生日那天向她求婚！真是太浪漫了！"

妈妈在生日那天早上离开了家，她从我们的车道开上 93 号公路时，发现有许多黑气球系在一根电线杆上。向前继续行驶近一公里后，她看到了更多黑气球飘在清晨湿漉漉的空气中。开上高街时，她看见一块巨大的标牌上手写着——祝克丽丝特尔 30 岁生日快乐！——旁边飘着更多气球，而且在去鞋厂的途中，它们出现的频率越来越高。当她到达鞋厂时，仍有更多黑气球和皱纹纸系在她的工作台上，还有同事们留言的一张卡片。接下来的一天他们一直在开玩笑，说她正在变成一个“老太婆”。谁都不可能知道，这将是她最后一个生日，她永远也不会变老。

妈妈那天开车回家时很开心，气球在车后座发出轻轻的碰撞声。这么多朋友特别费心向她展示了他们对她的爱，早早起床忙碌了一番。回到家后，她把气球系在厨房餐桌的桌腿上，然后开始做饭，等丹尼过来。我为她准备了一张卡片，还有礼物要送给她，那是在闹市区的商店我见她很喜欢的一个白镴小塑像。塑像是一名女战士，身材娇小，曲线优美。她手持一把出鞘的剑，靴子里插着一把匕首，腰上系着镶嵌宝石的职业拳击手腰带。

丹尼来到家里时，我们都坐下来享用晚餐和蛋糕。他看上去烦躁不安，气鼓鼓的。于是我开始希望他没有出现。有时候他有趣而贴心，但其他时候又是另一番模样——闷闷不乐，怒气冲天，一点就着。显然那天他不会向妈妈求婚，我也明智地没有提起这件事。我早早地上了床，难得一见地没有表示反抗，不知不觉很快就睡着了。没过多久我就醒了过来，因为他们不断提高的声音演变成了争吵，音调一个高一个低。很快他们冲对方吼了起来。妈妈听上去多半是失望，但丹尼的愤怒有一种气势逼人的感觉，比他们以前争吵时更可怕。他们在厨房里，两人的声音撞击着油毡地板坚硬的表面，撞击在钢制的冰箱上，撞击在富美家牌的桌台上。最后我听到一声巨大的重击，这记空洞的巨响后，又传来回荡在薄墙壁间的一声断裂。我紧张地从床上坐起来，侧耳倾听随后弥漫的寂静。接着我听到侧门猛地打开后又被砰地关上，随之传来丹尼爬上卡车的声音。我听到妈妈大步穿过走廊去关门，然后开始哭起来。我偷偷溜进厨房倒了杯水，难过地看着那些飘在暗夜中的黑气球，站在水槽边把它喝了下去。

——

丹尼花了三个月时间才扭转妈妈对他的态度。在那几个月中，我们都看到了他的许多优点。他带我们在树林里长时间散步，用树苗为我做了一副弓箭，然后教我如何射箭，并解释瞄准点必须在目标之上，因为时间和距离的作用会让箭下降。他会讲滑稽的笑话，我常花许多时间向他描述我正在看的书，但他似乎从来不会感到无趣。我们草拟了一些做树屋的计划，他说一旦有额外的钱买木料，就为我做一间。

一个周五的晚上，妈妈和琳达出去跳舞，丹尼留在家里陪我。我们看了几部电影，后来走到了屋外。我们关掉门厅的灯，凝视夜空的繁星。他抽着烟，我在一旁指出了不同的星座。我向他讲述了宇宙大爆炸理论，他听后自言自语道："那大爆炸之前又是什么呢？"他确信在所有可见的现象之外，必定有某种指引力量。尽管我们无法确认这力量究竟是什么，但这个想法让我觉得美丽而安心。那晚和我的朋友站在黑夜中思索宇宙，我感到无比安全。

当我和妈妈看爱情电影时，我总想象她和丹尼是男女主角。他们比任何电影爱情都更令我激动，而就像电影中的浪漫爱情一样，他们似乎注定会在一起。我知道他们的年龄差距是妈妈拒绝丹尼求婚的原因之一，但我想我们都认为他的年轻也是一种资产。他仍然具有可塑性，除此之外，他尤其希望能明确自己的身份——那个最爱克丽丝特尔·佩里的男人，那个照顾她、爱护她的男人。我看得出他有缺点，但他会为了妈妈出现。他不像某些行为古怪的大学生一样玩弄她的感情，比如蒂姆，我知道他还在给我家寄信。丹尼具有的主要是潜力和激情。如果这种激情转化成了时而发作的脾气，那么与他的冲动鲁莽并存的，还有他的天真率直和活力，以及他在我家留宿时从妈妈房间传出的紧迫的沙沙声、急促的呼吸声和轻松愉快的大笑声。我原谅他所发的脾气，就像妈妈也宽恕他一样。我一直以为那些怒气会消失。我心想，也许只要她说出“我愿意”，他就会平静下来。

我生日前不久的一天下午——那个星期我们都很开心——丹尼牵起妈妈的手，把她带到她的房间里。他把身后的门关上，然后漫不经心地递给她一个纸袋，袋口拧紧封住了。“看看我给萨拉准备了什么！”他挂着表示闪亮登场的笑容说道。当她拧开纸袋把手伸进去时，她找到了丹尼数月前为她买的那枚简单的戒指。她终于答应了。我知道那天我很激动，但不记得她是否也一样。后来她告诉朋友，她甚至不愿向任何人展示她的戒指。

—

婚约并未带来我所期望的突变。丹尼不断爆发，然后做出弥补。妈妈不断重新接受他，而我也不想耿耿于怀。我想要相信他们。她希望他能成为和她最终一起组建她梦寐以求的家庭的男人，她希望他能带给自己安全感。

然而丹尼的存在没能保护我们不受威胁。特雷莎那时仍和汤姆住在一起，她开始给我们打电话。电话响后，妈妈从沙发上起身前会犹豫一番，朝听筒狐疑地瞪一眼，然后她接通电话。在妈妈猛地把听筒扣回墙上的座机前，我会听到特雷莎刺耳的声音倾泻而出。有时妈妈没扣准，听筒便蹦到地上。她会更温和地把它重新放回去，然后转身面向我，用手紧张地捋捋一边的头发，接着走过来坐回沙发上。一定是限制令的期限到了——我不清楚妈妈是否又给警局打过电话，但他们没有再对特雷莎采取任何措施。一个人尽皆知的无法控制的女人，在喝醉后给男友的前任打电话，并威胁要取她的性命，这在布里奇顿算不上什么新闻。在我忘了特雷莎的那几个月里，妈妈一定等着她再次出现的一天。

我知道妈妈感到害怕，但她不愿承认这一点。尽管她怂恿我厌恶特雷莎，但也告诉我要对她一笑置之。“不要对她太当真。”她说。她认为不论特雷莎能做出什么事，都不值得我们胆怯。

特雷莎的愤怒还混杂着冷酷而明确的欲望——她一遍又一遍地告诉妈妈要将我们的房子烧毁。她会趁我们熟睡时让我们葬身火海，如此她便能毁掉令她万分妒忌的东西。特雷莎依赖政府的伤残福利生活，只付得起公用电话来发出死亡威胁，这样的她永远无法奢望买一栋房子。

厨房的来电成了一件令人焦虑之事——我们无法断定它是通报朋友问候的愉快铃声，还是会为我们余下的夜晚蒙上恐怖阴影的刺耳警报。有几个月，妈妈完全不许我接电话，但有一次我忘了。电话响后我蹦蹦跳跳地跑过去，以为是玛丽打来的，于是把听筒贴在耳边。

“哈喽！”我说。

“你这该死的贱货！我要过来把……”

我吓了一大跳，赶紧挂了电话。妈妈让我告诉她特雷莎对我说了什么。我结结巴巴地红了脸，说出那个词时，感觉让她抓狂的人是我一样。

有时汤姆也会打来电话。我想他没有发出任何威胁，通常他只是因为喝醉而变得多愁善感。“我想见我的孩子，”他会含糊不清地说，“拜托了，克丽丝特尔，就让她见见我吧。”仿佛她在阻止我想做的事情一般。

妈妈会回应他道：“如果你真这么在乎，怎么不付些孩子的抚养费？”然后她就挂掉电话。她知道等他清醒了，他会更明白。他也确实从未在清醒的时候要求过什么，他知道自己没这个权利。但他也没有做出任何努力来扭转局面。不论工作与否，他经常从早上开始喝第一轮六罐装啤酒，而且他没有离开特雷莎，甚至没有阻止她给我们打电话。

我不记得和特雷莎有过任何正面接触，但看来我有过。妈妈离世后，她的几位朋友告诉警方，谋杀案的前一周，有一天特雷莎在街上冲我们跑过来。她一定是突然看见了妈妈，或者设法找到了她，然后冲到她跟前，在她没能把我带走之前同她对质。

“你现在别想打他的主意，”特雷莎说，“我怀孕了！准备生下他的孩子——你现在没招了吧？！”

妈妈顿了一下，然后鄙夷地回敬道：“哼，我也怀孕了。你们俩在我眼里什么都不是。”这是一个悲伤的谎言：她是如此想要再生一个孩子，但她并没有怀孕。

特雷莎没有说谎，而且她的怀孕并没有妨碍她在我妈妈遇害三天后举杯庆祝——她坐在朋友玛丽的敞篷小货车驾驶室里，喝着一瓶廉价香槟，纵声大笑。

24

之后

在得克萨斯州上学的日子一天天继续，我很庆幸有常规的课程和乐队的练习。安杰拉说服我和她一起加入了游行乐队，她吹奏长笛，我演奏单簧管。这是我第一次在一群孩子中又有了自在的感觉。得克萨斯州的课程比缅因州的课程更具挑战性，这让我松了一口气。初到学校时我找过一名辅导员，告诉她我应该跳过七年级。“给布里奇顿的校办公室打电话吧，”我说，“他们会把情况告诉你的。”但跳级违反了新学校的政策，这显得极不公平。我大声地抗议，争辩说他们在强迫我多上一年学。我想我之所以为此失望，其实是因为跳级感觉像是妈妈对我的遗愿，是我能确定的最后一个愿望，而我再也无法将它实现。

尽管学校的日常能带给我安慰，但它仍可能像雷区一般让我撞上他人无意造成的残忍。我的法语老师是个开朗的魁北克人，他喜欢给我们放自己国家的流行音乐——他有着那种和学生称兄道弟般的教学方式，令人尴尬。有一天，我们在上一堂讨论家人的课，他向我提了一个有关妈妈的问题。“呃……”我在全班同学期盼的等待中说道。他叹了口气并给了我一些提示，以为我不会用法语回答他的问题。“不是的，”我说，“不是的，我……她……”

“怎么样？”他有点儿不耐烦地问道。

我本可以对这个老师说谎。那时我的法语很不错。我原本可以说我妈妈的工作是缝制鞋子，或者她住在缅因州，她有一头红发。我本可以告诉他她的年龄，或者说她很瘦，甚至说她离婚了。但所有这些我都不想说，它们已经没有一件是真的。而且我不愿仅仅为了让人们感到更舒服而撒谎，不论用什么语言。我们还没有学法语的过去时态，如果我用现在时描述她，只会更强调她缺席的事实。我思考了一会儿，只能想出一个直白的回答。“我的妈妈死了。”

“什么？”他大声地说。

“我的妈妈死了。”我满脸滚烫地重复了一遍，教室里突然变得鸦雀无声。

“我的母亲死了。”他说。然后他挑起眉毛看着我，做了一个“继续”的手势。

“我的母亲死了。”我低声道。

学期末临近的时候，也就是我在得克萨斯州的第一个圣诞节到来之前，我收到了戴尔寄来的一张明信片。他写道，我的照片一直放在他的桌上，他永远不会忘记我。“但愿能在你准备好的时候收到你的回音。爱你的戴尔。”明信片的邮戳显示的并非奥特水池路，而是州立监狱。尽管他未在信中解释，但我听说他造成了一起严重的车祸，结果导致一名女性瘫痪。原因是他醉酒驾车或吸毒驾车，又或许两者皆有。在所有可能性中，我视它为一场悲惨的意外，无法面对他真正的罪责究竟有多严重。

在我心中，我知道戴尔没有杀害妈妈，他绝不会这么做。就连格温和格兰妮丝都坚信他的清白，这令我感到安慰。但仍有一个声音在我心中低语，提醒我一切皆有可能。我以为我记得警方告诉过我他是可疑对象，但我不能确定。我想知道妈妈遇害时他是否已经进了监狱，倘若如此，我就可以安心给他回信。我不知道该向谁问这个问题，而且这令我感到羞怯——不知为什么，想要和他保持联系似乎是一件不合时宜的事。尽管戴尔在他和妈妈分手后的几年中每隔数月都来看望我——带我钓鱼或出去买冰激凌——但现在我禁不住想起他曾那么凶狠地跟妈妈争吵过。我没有在那个圣诞节回信，遗憾的是他也没有再和我联系。如今我在想，我对他的友情是否能对他有所帮助。但那时我并未准备好。

就在几年前我预备再次寻找戴尔时，他和同谋在貌似一场毒品交易出错后被捕——他们用手枪枪柄将一名年轻人击昏，并试图把他扔出窗外。格兰妮丝在网上把这则新闻发给了我。“太让人失望了，”她写道，“真想不到戴尔会变成这样。”

在杜丝家的那个圣诞节早晨，我坐在圣诞树旁的地毯上把礼物递给一家人。拿到我的礼物后，我将它们慢慢拆开，让两个表弟能在我打开一个礼物的时间里拆开三个。最后我取出了一个坚固的长方形礼物，也许是一本精装书。我翻开随附的便笺，上面写着——送给：萨拉；来自：妈妈。

我朝杜丝望去，她也在看向我，脸上露出微笑。我立刻收回目光，低头看着包装，然后小心地将纸揭开，发现了一个坚固的黄铜框，其两侧像书一样折叠起来。里面是妈妈和我的六张合影，每一张都精心修剪并贴入相框自带的衬垫里。右边是一张长七英寸、宽五英寸的照片，亮度合宜，结构恰当。这无疑是我很小的时候杜丝和吉米来看望我们时拍的，因为那时候他们是家里唯一拥有高品质相机的人。这张照片中，妈妈和我坐在明暗有别的阳光下。我大约四岁，手里拿着一个芭芭娃娃，金色的头发扎着麻花辫，表情严肃地正盯着照相机。我现在还会做出这副样子——向朋友们展示这张照片时，他们往往会指着胖乎乎的我，笑着认出这表情。妈妈站在我身后，她穿着一件印有八十年代杂色印花的飘垂上衣，画着她标志性的蓝色眼线。那时她二十三岁。

我坐在圣诞树旁，想象杜丝给其他亲人打电话，好收集余下的所有照片为我做相框——我知道后来的那些快照是她没有的。我想象她手拿着笔徘徊在礼物的附笺上，思索该写些什么。我想要感谢她，但不知该如何开口。她为我做了一件令人感动的事，但并未承认自己这么做了。我们之间没有温情的语言。我把相框放到一边，然后在礼物中寻找其他东西来分散艾伦和约翰的注意力。

我仍然保留着这个相框。它是我搬家时取出的第一件物品，而且我会在远行时把它带在身边。它虽然重，却已跨越了千山万水。除了杜丝或是吉米拍下的那一张，剩下还有五张照片，全都布置在相框的左边——一张是妈妈和婴儿时期的我在照相馆拍的，色调为深褐色；一张是妈妈去世两年前的万圣节拍的快照：我扮成了公主，妈妈扮成了吉普赛人；第三张照片中，我们俩在一面石墙上吃三明治，双腿笔直地伸向前方；另一张中，我们坐在阳光灿烂的山坡上，周围环绕着缠绕的蓝莓丛，风吹着我们的头发；最后一张记录了我们最后一次圣诞节的时刻：妈妈和我站在闪闪发光的圣诞树前，那是她参加的最后一场家庭聚会。照片中，妈妈穿着我们为她选择的葬礼套装，因为它结构坚固，开领很高。杜丝不可能知道这一点，她既没有参加那次聚会，也未能出席葬礼。那张照片对我唤起的情感与对她的意义并不相同，就像几乎其他所有事情一样。

25

之前

我对丹尼斯没有全面的了解，而妈妈对自己该如何决定一直犹豫不决。他们交往几个月后，鞋厂因为丹尼斯的暴脾气将他开除了。现在我得知，他离开以后控制欲愈加明显，也许是因为他再也无法整天监视妈妈。她的朋友桑迪最近告诉我，她常常看到他把妈妈拉到一边，面露不悦地低声对她耳语，而她的眼睛里开始涌出泪水。桑迪听不见他们的交谈，但她推测他们因为小事在闹矛盾：也许克丽丝特尔朝一位男性朋友笑了笑，但丹尼斯误会了；或者他就是某天心情不好，而她没有给予他足够的关心。

桑迪说，在一家卖汽车零件的商店找到新工作后，丹尼斯让妈妈剪掉了头发。得知这件事后我感到惊讶。尽管妈妈容忍了其他所有事情，我却很难想象她服从如此具体的命令。但我承认，我能理解她在他反复为此事纠缠不休后的屈服——他会找理由说：毕竟只是头发而已，还会再长出来的。事实上，她的头发不仅仅是头发，而是最强有力的象征，代表了她的美丽。而他似乎想要削弱这种美，他希望只有自己一个人关注她。

此后不久，妈妈意识到她错在不应该和丹尼斯交往，这段感情无可救药。有一次他用极大的力气踢坏了我们家的墙板，妈妈不得不把它换掉。另一个晚上，他极度愤怒地离开了我们家，愤怒到撞毁了自己的卡车。他还在一次发脾气时盲目地甩出一把铁锹，把它摔成了两半。还有一次，我看到他用力抓住妈妈的手臂——用“用力”形容算。她一直试图离开他，他却不断把她拉回来。到了 1994 年早春，鞋厂的缝纫工们开玩笑说，每天早上都要看看克丽丝特尔的手上有没有戴订婚戒指——她把戒指取下又戴上竟然到了如此频繁的地步。

暗地里，我已经开始担心丹尼斯会越界，担心他会在某一次将他和妈妈的尖叫比赛逼过了头。我把这界线想象成有形的实体，一个明确的地标，我会在我们触碰它时辨别出来。我们看过那么多恐怖电影和专门为电视播出编写的剧情——我知道暴力的男人在结婚之后，在女人被困住以后，只会变本加厉，有时就连好男人也会变成疯子。这种恐惧潜藏在我脑海的边缘。

然而丹尼斯又会变回原来的样子：那个我了解的，和从前一样有趣、聪明、帅气的男生，他会在午饭时为妈妈带来一束花，也许还会送我一个毛绒玩具。我知道他也是那个在晚上朝妈妈大吼大叫的男人，他骂她是个荡妇，怒不可遏地控诉她不够爱他，仿佛那是可能犯下的最严重的过错。但在白日的阳光下，这让人难以相信。

于是我不断重新对他恢复信心，为他找借口。毕竟丹尼斯背负着许多压力——他撞坏了自己的卡车，还在院子里东奔西跑陪我捉迷藏时扭伤了脚踝。而且他手头缺钱，不过那时我不知道这是因为他被鞋厂开除了。我以为可能是妈妈在正式订婚后变得紧张起来，她可能更吹毛求疵，更难以取悦了。我知道她可以有多么固执，多么令人沮丧。她从不会为自己发脾气而道歉，从来没有过。

我收起了自己的担心。你看了太多电影啦——我会这样安慰自己——丹尼斯会变好的，一切都会越来越好，他们只是需要更多时间。

但我们没有时间。五月中旬的一个星期天，我们三人在外婆家庆祝了母亲节。星期四妈妈就遇害了，而丹尼斯成了主要嫌疑人。

—

警方在当天刚过凌晨四点时到了丹尼斯家。他在卧室听到有人大声敲旁边的前门。当他拖着脚从房间走向客厅时，他看到了他的母亲。她穿着长睡衣，在警察进门时向后靠了靠，一群人挤满了窄小的入口。至少有四名警察，其中一位是加里·阿里斯——这家人认识他，但那晚他的脸上没有表情，一副公事公办的样子。

丹尼斯的母亲把身上的睡衣紧了紧。她还不太清醒，不明白怎么会有人这么早来造访。她的丈夫站在厨房的吧台后，在灯光下眨着眼睛。接着警察开始向她的儿子提问。二十岁的他穿着睡衣站在那儿。有两位警察看起来十分高大。

“昨晚你有没有去什么地方？你昨晚见过克丽丝特尔吗？”

丹尼斯直接回应道：“她没事吧？”

他没有得到回答，却收到了另一个提问。

“丹尼斯，昨晚你在家吗？”

然后他恐慌起来。他没有回答，而是又问了一个问题。后来，他说他问的是“她活着吗”，警察说他问的是“她死了吗”。

她没能活下来。他的母亲在他昏倒时扶住了他。

丹尼斯醒来后被领到一辆警车里接受盘问，两名警察留下来和他的父母分别谈话。他没有被铐上手铐。他穿过下落的雨爬上警车，坐在了后面。他竭尽所能提供答案，一会儿感到麻木而难以置信，一会儿被一种疯狂而本能的渴望占据——他想跑到克丽丝特尔身边，为她做些什么。他说他在刚到八点时下班回到家里。他之所以记得，是因为他在那个时间用父母家的电话联系了克丽丝特尔。微波炉上确切显示着 8 : 07。她很不开心。他本该在八点钟到我家，但他在下班的途中看了一个朋友要卖的轿车，一辆 1968 年款的水星美洲豹。那个时候他已经迟到七分钟，而且还要二十分钟才能到我家。他承认他和克丽丝特尔在电话里吵架了。

“我这就过来，马上。拜托了，克丽丝特尔，别这样。没事的，我马上就出发。”

“不要，”她说，“别过来，省省吧。我们周六再联系吧。”

那是周三的晚上。丹尼斯通常在周三和周六来我家。因此那天晚上当我最初听到争执声时，我以为妈妈在和丹尼斯吵架，忘了我上床的时候他并不在家里。我甚至没能足够清醒地将这些印象拼凑成想法。

我不愿去想，当我迷迷糊糊再次睡着时，我也许有恼怒的感觉，对妈妈无法离开这个给我们带来如此多麻烦的男人感到失望。但我可能有过这样的感受——那个时候我已经对他们的争吵厌倦至极。我确实认为自己对此无能为力。倘若我那天更加清醒，倘若那天和她吵架的真的是丹尼斯，我也许会想，就让她自己捍卫自己吧。

许多年后我才知道，她被丹尼斯惹恼后告诉他不要过来，她确实捍卫了自己。她不在乎他想怎么样，她需要睡觉。尽管丹尼斯脾气火爆，但结果证明我听到的并不是丹尼斯——他尊重她的意愿留在了父母家。那晚他不在我们家里，凶手不是他。于是当另一个人来敲门时，没有人在她身边保护她。

—

有一次，丹尼斯未能通过测谎仪的检验。当被问到他是否觉得“对克丽丝特尔的死负有责任”时，他说：“没有。”他的身体却反应剧烈。责任可以意味着许多东西。我在想，我的心脏对这种问题会做出怎样的反应？

26

之后

他们三人如一小群秃鹰飞来了得克萨斯州：鲍勃·贝尔长官，迪克·皮克特和戴尔·基根——来自缅因州立警局的一名新警探。那个漫长的周末里，皮克特在笔记中对自己进行了指导，这部分也许是在飞机上写下的，看似幼稚的笔迹和里面的内容形成了鲜明对比：“唤起她的正义感，让这种事情不再发生。”他写道，“微笑……适当的时候也要严肃。”他补充道，“她也许一直为妈妈感到丢脸，说不定希望这件事发生。”

他们在一个周五的晚饭后来到了杜丝家——来看看我住的地方，打个招呼。安杰拉也过来了——她感到好奇，想要支持我。警察也想瞧瞧我有些什么样的朋友。

贝尔长官头发灰白，沉默寡言，行事低调。他有一种近乎祖父般的气质。他无疑是代表布里奇顿来的，也为了和皮克特商量。但我认为，警局局长通常不会为了已经案发九个月的案子飞越半片国土来帮忙进行一场审问。我相信他的到来证明了他的奉献精神，还有他对那个悲伤的红发小女孩儿的记忆——当他们都还年轻许多时，他曾把骑着自行车出走的她开车载回家。

那时候我对这些毫不领情，只看到了三个男人来审问我。我依然不太喜欢皮克特，反感他企图对我的讨好。他说话的方式看起来蓄意而虚伪，就连展开所谓的友好对话时，也只会提问而不听回答，整个过程毫无自然的流动。他似乎仍然认为我在故意隐藏什么。我庆幸地得知，周末大部分时间我将和基根在一起。他比另外两人更年轻。他在我的房间跟我和安杰拉聊天，并称赞我收集的书很多。后来，我和安杰拉一致认为他长得还不错，只是容易让人遗忘。但结果，原来他刚刚在匡提科的 FBI 学院接受过新讯问策略的培训。

周六早上，杜丝开车带我到市区的假日酒店接受基根警官的正式问询。我们在嗡嗡作响的电梯里一言未发，接着走进了过道。他甚是热情地迎接了我们，满脸笑容地将门打开。简短地打过招呼后，杜丝离开我们去和皮克特以及贝尔长官见面。我尽量让她从我的脑海中消失，不去想她会怎样谈论我，怎样谈论妈妈。

基根和我在略微寒暄后安顿下来。如今回想起那天，我不明白他怎么会单独和一个未成年人共处一室。但我猜杜丝一定同意了——这是整个调查中我想不明白的许多事情之一，不论我问再多问题或再怎么思考也想不通。

房间有一把为我准备的酒店办公椅，由重型木材和填充后的乙烯基材料做成。基根在另一把椅子上坐下，递给我一瓶他从走廊的自动贩售机买来的可乐。我接了过来，然后透过薄纱窗帘向窗外瞥去。我不时能看到轿车或卡车行驶在宽阔灰白的街道上，像一滴水慢慢从玻璃窗上划过，在这个高度听不见任何声音。

基根慢慢开始发问了。我和妈妈的关系怎么样？我们会一起做些什么？我认识她的朋友吗？有人说我们像姐妹，这是真的吗？整个周末他都在友善和施压的态度之间变换，既唱红脸又唱白脸。有时他坚持认为我对那晚有被压抑的记忆，只要我拼命思考，心态足够放松和坦白，就能提供他所需要的信息。其他时候，他的话仿佛意指我在故意隐藏信息。而且，尽管我不愿说出来——因为这想法显得太难以置信——但他似乎还在设法判断我是否和妈妈的遇害有关。

撇开所有这些，以及我对警察根深蒂固的怀疑——每当我看见身穿蓝色制服的人，厌恶和失望的感觉就涌遍全身——我依然决心配合基根警官。哪怕协助找到凶手的可能性只有万分之一，我也愿意将自己和盘托出。其实我为他感到有些抱歉，他被派到这里扰乱证人的平静，对方又恰巧是个无父无母的孤儿，这本是皮克特要干的龌龊事。而且我不乐意他的名字是戴尔，我不愿把他和我爱过的任何人联系在一起。鉴于他坚持让我用名字称呼他，我便尽量什么也不叫。但我接受了他给的每一罐可乐，向他道谢，并喝了下去，直到我由于咖啡因的作用和强装和气的压力变得紧张不安。当他一遍遍用相同的问题向我施压时，我竭尽所能保持镇定，但其实我一心只想拿起台灯把它猛地扔出高大的窗外。

如今，我会听那段漫长周末的录音。它们记录在一堆黑色磁带里，我需要买一个磁带卡座来播放它们。这个过时的小装置感觉就像一种时光机，多年来磁带已经老化，音质参差不齐。有些部分变形而缓慢，其他部分狂躁而焦急，也有整段整段的讯问不知所踪，但很多都留下来了。当我一边听一边尽职地打出每个单词时，我常常感到自己像个偷听者。磁带里的女孩儿这一刻还是原原本本的我，下一刻却完全变成了另外一个人。她的音调很高，仍然有着明显的缅因州口音，偶尔会蹦出新近的得克萨斯州鼻音，即便抽泣时她也那么好脾气。她十分努力地对提问作出回答，我丝毫听不出那个我知道潜藏在内心的愤怒女孩儿，她想要砸破窗户，她不想一而再再而三地回答那该死的不变的问题。然而她在那儿——是她顶住了基根的假说和推断，是她不允许他对答案的渴望令事实扭曲，影响并破坏我的理智。正因为她，我才活到了今天。

我记得房间的床上有一摞纸，最上面是我家的一幅手绘简图，它立刻吸引了我。它的绘制那么清晰有序而中性，完全不像我脑海中日益形成的黑暗房屋。基根注意到我在凝视："我这儿有一些你家的手绘图——我知道你在盯着它们看——还有一些照片，我们都要仔细过一下。没有不好的照片。"后来，当他最开始把简图拿近让我查看时，他用游戏节目中玩笑般的语气说道："这是你家的房子！"我想他不明白，就连那简图也让我胸口一阵沉重；他也不了解，说那房子是"我的"只会让我想到现在它多么不属于我，我永远也不会回去。一个家可以变成犯罪现场，但反过来绝不可能。

在那第一天，我做了一次测谎仪测验。尽管最高法院后来对测谎结果作为法庭证据的可靠性提出质疑，但那时以及现在它对警方都是有用的工具。测谎报告可以加强不同的调查线索，或证明它们无效，帮助警察更清楚地看见通往真相的道路。它是一根探测杖，但不是被试探的水。

这次测验只检测一个问题，基根缓慢而故意停顿地问道："你是否确知……杀害你妈妈的人……是……"——此时他会插入一份七人名单中的一位：丹尼斯，戴尔，蒂姆，布里奇顿的另外四名男性嫌疑人，外加一个作为对照的名字，谢里尔·彼得斯，也就是最先去外婆家的那名社会工作者。另一个附加问题是“我没有提到的名字”，这意味着我看到了一个人，但不知道或不愿透露那个人的名字。这个基本问题是警方精心编写的——我只能说我不知道凶手确定是谁，而无法断定绝对不是那个人。

基根对我讲述了急性应激反应，阐明身体会忠于事实——其他任何事都会令它产生恐慌，血压升高，心跳和呼吸加速，仿佛在对实际的威胁做出反应。他希望我的身体会告诉他，这些人中有一个可能是凶手。“关键是，”他说，“如果你确实看到了某个人，你的心会知道。”这句一语双关的话如今让我感觉很美。

进行测谎测验需要束缚身体。测试开始之前，基根在我身上绑了各种各样的测验仪器，并一一解释它们的功能。最开始是两根穿过胸前的黑色电线，一高一低地测量我的呼吸。我记得他把它们安在我身上时表现出的小心和关切。如今我可以想象，单独和一个小女孩儿待在酒店的房间里，还要靠近她，这一定令他极不自在。现在我听到磁带里的他紧张地笑着说道：“噢，你真瘦啊！”他说这话时我不相信地翻了个白眼。当电线安好后，一种郑重其事的感受向我袭来。它们施加的轻微压力让我感到呼吸异常，那是一种略微脱离节奏的感觉，就像被别人看着走路时的停顿与笨拙。一簇电线将脉冲传送至装在黑色金属箱里的设备，一个上墨的细长臂状物在里面记录脉冲，将我的呼吸涂画在滚动坐标纸的浅蓝色方格上。我试着去看它，又试着回避它。我深深地吸了一口气，只见细长的臂状物在坐标纸上张牙舞爪起来。

接着是血压计袖带——这个我很熟悉，生病的时候我的表现一向很乖。然后是两个金属帽，分别戴在左手食指和无名指上，用以测量皮肤的导电性。只要我开始流汗，再微细的汗珠也会使导电性增强。基根小心翼翼地把住我的手，给两个手指的金属帽缠上了长而弯曲的黑色粘扣带。他干燥发热的手肌肉发达，他的触碰唤醒了那时我藏在表面下呼之欲出的恐惧。噢，冷静点儿，我厉声在心里想。冰凉的金属开始上升至我的体温，它像顶针一样缠绕在我的指肚上，仿佛一种讽刺的保护措施。我短暂地记起，妈妈工作的时候从未用过顶针，因为它们会妨碍她的速度。她宁愿依赖自己坚韧粗糙的老茧，那是身体对她这份艰难工作的自然反应。

随着基根重新坐下并准备好笔记，我努力均匀地深呼吸，试着不去想手指上的传感器正在将我导电的汗液传送至另一根金属臂上进行记录。我能听到它在纸上的刮擦声，如指甲刮在门上一般。

基根让我把双脚放在地上，两眼平视前方。着墨金属臂在我耳边沙沙作响，不断诱惑我转过头去。我们开始了。

“你是否确知……杀害你妈妈的人……是……”——他缓了口气——“谢里尔·彼得斯。”

“不确定。”我答道。接着有十五秒的停顿，让设备重新校准。

“戴尔·莫顿。”

“不确定。”又是长长的停顿。

“丹尼斯·洛兰。”

“不确定。”

他进行了三次测试，每次将名字的顺序打乱。我感觉自己像在梦游，用千篇一律的“不确定”打破安静。那是一场一呼一应的缓慢连祷，一场两个人的仪式，仿佛我们在共同施魔法，试图变出我们都极度渴望的答案。

整个周末，基根说话很温和，而且十分缓慢。他几乎时刻流露着善意和关心。他的缅因州口音让我感觉安慰而熟悉，但并不过分浓重。然而他渐增的话语没有令我感到欣慰。自从我完成了测谎测试，我们便开始了关于谋杀当晚无休止的盘问。他认为我有话可说，于是在那个周末，他越来越坚定地要让我把话说出来。

他略微改变问话的方式或角度，把相同的问题问了一遍又一遍。他假装清楚地解释自己，却又不断自相矛盾。当我变得疑惑不解时，他便归咎于我的悲伤、我的恐惧、我的内疚。他用他的推断和假说将我包围，设法榨取更多信息。

我并非试图曲解你的意思……

我不是在指责你撒谎……

有没有可能你知道是谁干的？如果你不想告诉我，没关系。不过跟我说说，如果你不想告诉我凶手是谁……

你说的有些事，只可能是你看到而不是听到的。你的措词中还有所指。这就难了，你在向我们透露更多，你还没有告诉我们全部信息。不论出于什么原因，你就是不愿告诉我们……

呃，我只是在想，如果我是你——如果我知道凶手是谁——为什么我不愿说出来？哈，我能想到的唯一答案是恐惧，对凶手的恐惧。我想你很害怕……

我猜这种事是你想要设法摆脱的。正如其他所有事情一样，你不想做的就是不想做……

有没有可能你走了出去，看到有人在袭击你妈妈，然后你跑回了房间？……我没有要故意歪曲你的意思……

如果你看到了袭击的过程，你被吓坏了……这本可能发生在你身上。倘若如此就成了双重谋杀，这案子永远也破不了……

你能描述一下凶手吗？……

如果你不想开口，你可以写给我，告诉我你看到了什么……

不论谁杀害了你妈妈，他现在还逍遥法外。他可能再次行凶。你不希望那个人继续这种残暴行径吧？你不希望凶手逃脱杀人的罪行吧？……

你知道凶手是谁吗？……

第二天早上，基根在重新开始审问之前回到车里取东西。随后杜丝来到了酒店房间，她气势汹汹地朝我冲过来，我因为被她狂暴的能量吓到而向后退去。“听着，”她举起一根骨瘦如柴的手指指着我的脸说道，“别再浪费所有人的时间了！我们都他妈知道你在保护一个人，现在快告诉他们这个人是谁。告诉他们是谁！你快把这个家的人逼疯了！”

我们之间大约一步之遥，互相看着对方。我几乎已经对她突如其来的指责习以为常，但这次证明她仍然可以令我震惊。真正让我心痛，让我过了一会儿才缓过神来的，是那句“所有人”，那句“这个家的人”。我想象其他亲人愤怒地在杜丝身后站成一群，如同她领头的一支队伍。仿佛卡萝尔、格温、格兰妮丝、韦伯斯特、温道尔和韦恩，甚至贝蒂和格洛丽亚，都认为我知道答案，都认为和他们相比，和我如今永远失去的妈妈相比，我更爱一个杀人凶手。

“我不知道，”我说，话语从我发紧的喉咙里挤出来，“抱歉，我真的……真的不知道那个人是谁。”

杜丝放下手指，憎恶地哼了一声后转身离开。接着基根回来了，我们继续。

我相信你昨晚想了很多。你有没有想起更多细节？……

我是说，我没有要曲解你的意思，只是这里有些细节说不通。我确实认为你没有把听见的全部告诉我们……

因为，当人们向我们叙述情况时——不是指你——尤其是那些坏人，他们会试图说谎来保护自己。我没有说你在对我撒谎，而是你不记得。这个案件中你不是坏人……

我很难相信在那所有的尖叫声中，你妈妈没有喊出一个名字，或者没有叫你躲起来，或者那个坏人没有让你妈妈闭嘴，等等……

是这样的，我们不是说你疯了或怎样，我们只是觉得——你得承认——你隔壁的房间正在发生什么，在那些大喊大叫声中，你很可能听到了什么，对吧？你不愿告诉我们肯定有你的理由，是不是？

我不想就坐在这儿为这件事纠缠不休，不会的。但我要坦白告诉你，你还有事情没告诉我们。我相信你确实听到了更多……

你妈妈有没有说什么？比如喊道：“我要杀了你！”或者那个男的有没有说：“我要杀了你！”哪怕她是为了保护自己？你妈妈可能到厨房拿了件东西用来自卫，然后那个男人把凶器夺走了。她在试图保护你……

我不是要误导你，我们只是要看看事情发生的不同推断。如果你记起了任何事。如果你没看到，不要告诉我你看到了，好吗？但如果你看到发生了什么……

她看到你站在那儿了吗？她没有看到你站在那儿吗？她可能觉得那个坏人准备去找你。你看看这个血迹斑斑的脚印，它几乎在暗示什么……那个坏人从过道走向你的房间，然后转身回去了。出于某种原因，他停了下来……

不要试图编造什么来——哈！——让情况对你更有利，懂吗？

你知道什么？哈！哈……

我要确保你不会想到什么后说：“事情一定是这样发生的。”明白吗？你有没有听到你妈妈说出丹尼斯的名字之类的？戴尔的名字呢？她有没有说“住手，混蛋”诸如此类的话？“你把我弄痛了！”……

如果跟你打赌的话……你肯定有强烈的感觉……你会赌谁是凶手？寻找证据是我们的职责，好吗？我们的工作交给我们来做……

作为对基根所提问题和推断的回应，我至少回答了六十二次“不知道”。有时我说得很平静，有时带点儿好奇，有时抽噎着回答，有时是一种单调消沉的沮丧。

基根告诉了我另一个女孩儿的故事，这个女孩儿知道的比她最初承认的要多。“我们在缅因州有一桩案子——这是真的，你大概会以为这是我胡编乱造，但我没有——曾经有个女孩儿，十二岁，目睹她的妈妈杀了一个男人，而且她帮忙掩埋了尸体。她当时十二岁。”他告诉我，多年来他找那个女孩儿反复谈话，她就是不告诉他尸体在哪儿。八年后，她突然来到警局告诉了他。“你知道吗？”他问，“如果你告诉我，今天你会不好受，但长远来看，你会感觉更好的。”

遗憾的是，我不会感觉更好，因为我对他无可奉告。那情形就好像我被困在一间锁住的房间里，他不断表明我只需要拧开把手，可我没有那把钥匙。

“我们问那个女孩儿：‘你们俩有多亲近？’‘哦，就像姐妹一样。’”基根仔细地看着我，仿佛他在窥探我的脑海一般，“这话里隐藏着更多信息。”

这个故事没有使我确信我仍有话说。我并不觉得自己和这个女孩儿同病相怜，我感到嫉妒——她可以到监狱看望她的妈妈。那个男人很可能有施暴和虐待行为。倘若有机会，我会很乐意埋葬那晚来我家的人，不论是谁。

我希望我回答的六十二次“不知道”意味着我立场坚定，意味着我忠于自己对那晚的最初描述，忠于我在得克萨斯州的真实回忆，忠于我对谋杀当晚至今的记忆。但我没有。第二天快结束时，短暂的休息过后，我在脑海中搜寻，在那晚下雨的迷雾里，在那盏街灯洒下的微弱白光中，一辆轿车出现在了我们家的车道上。那是一辆蓝色轿车——就像丹尼斯的那辆——停在妈妈轿车的正后面。“我不知道这只是我脑海中的臆想，还是真的如此。”我含泪告诉基根。值得称赞的是，他确实表示这也许是另一晚的情景。但接下来他领我再次回到我的家里，领至他确信我看到妈妈在同某人反抗的时刻。“你完全无法描述他吗？”

我说的是：“我不知道我是否看到了那个人。”而不是：“我没有看到那个人。”在我内心深处，我知道我真的没看见，但基根笃定我看到了。经过这么长时间的盘问，现在我对自己充满了怀疑，我的崩溃和绝望已经让我连自己的名字都无法确定。突然间一切都变得可能，我的故事感觉不过如此——一个故事而已，没有定性，可以延伸，也可抛弃——一个小女孩儿的故事，一个女孩儿的故事。

最终我说，我可能在家里看到了丹尼斯。但当基根继续提问时，我无法给出任何详情。那辆蓝色的车消失在了薄雾中，那个我误以为是丹尼斯的身影融入了黑暗里。当我无法描述更多时，我意识到那些只是幻象，不是记忆。毕竟我还小，仍然会有奇幻的想法——就在一年前，我还相信有女巫存在。那时我十三岁。

我提起丹尼斯后，基根说："我们现在正在对比血液样本，看看它们是否符合。我们在留意他……我相信你听说过 O. J. 辛普森审判，他们做了很多血液检测。" 我并不确信丹尼斯是凶手，也没有确定无疑的理由认为是他。但我的确仍然对他心怀恐惧，部分原因是我没有其他人来聚焦我的恐惧。我可以说那晚我没有看见他，但我无法斩钉截铁地说我认为他不会杀人。毕竟我目睹过他发脾气的样子。

就这样，基根——还有皮克特——重新唤起了这种恐惧，并且在他们离开后的深夜里日渐严重。然而他们忘了告诉我，就在他们来得克萨斯州的整整两周前，丹尼斯的 DNA 被证实与案发现场的并不吻合。

那个周日晚些时候，杜丝和皮克特带我去圣安吉洛警局按手印，用来和案发现场留下的一些污迹进行对比。我把手掌上的沟沟壑壑按在纸上，希望它们不会匹配，这样我们也许能获得凶手的痕迹。然而那些污迹以及案发现场的其他指纹和掌纹，结果证明全都属于我——一个孩子不小心留下的无关紧要的记号。测谎报告上如山脉般不规则的图案无法解读，因而无法得出结论。我的话没能帮助我们，还有我的双手、我的指尖、我的心脏、我的呼吸，全都一无所用。我什么都不是，不知道的仍然不知道，无可说的依旧无可说。

27

与此同时

妈妈离世后，小镇在没有我们的情况下永远地继续着。布里奇顿的夏天到了，五月朦胧的降雨被长久而清晰的日光取代。来自波士顿和纽约的度假者回到了他们位于长湖、高地湖以及各个池塘边的小别墅里。那个漂亮的年轻女性之死在他们中间传播开来。这是他们最始料不及的事情，他们为逃离世界才来到这个小镇，现在这逃离却被揭示为幻想。

镇上的人们随时随处不在谈论这桩谋杀案——去杂货店买东西时；孩子们在后院玩耍，他们在喝咖啡时；坐在遍地沙粒的湖岸边时。他们交流各自的猜疑，并开始在夜里锁上家门。

但布里奇顿的主旋律仍未改变。鞋厂的缝纫工每天清晨在工作台上各就各位，不是避开就是盯着克丽丝特尔空荡荡的位子；建筑工和承建商还有泥瓦匠继续建新房、修旧屋；瑞尼斯百货店的店员周而复始地迎接相同的顾客；7 月 4 日的国庆烟火活动顺利进行，在小学球场上方的夜空硕然绽放。

夏天无疑也是人们频频举办派对的季节。派对是谈论谋杀案的好地方，大家猜测着、惊叹着。尤其在深夜，总会有人说些关于丹尼斯和其他嫌疑犯的恶言恶语，克丽丝特尔也逃不掉。她的一个朋友说，克丽丝特尔“穿衣服简直就像个妓女”。这种莫须有的话必定出于极度的嫉妒，但也源于令人窒息的恐惧。认为是她咎由自取，对某些人而言更安全，这让他们更容易相信事情不会发生在自己身上。

那几个月暗藏着一种紧张慌乱的能量，谋杀案潜伏在每个人的脑海中，盘旋着一股亟待释放的焦虑。你去湖边，凶手可能坐在你旁边；你去银行，他也许站在你身后；他可能出现在任何一个派对上，你去塞满食物的冰箱拿啤酒时说不定会碰见他；你或许连跟他回了家都不知道。

唐尼·马丁是布里奇顿派对上的一个主要人物。他在汤米家酒吧工作，开一辆深蓝色雷鸟轿车，留着飘逸的长发。他是众所周知的美男子，也是一名瘾君子。他以前在鞋厂工作过。有几个人说，在那个漫长奇怪的夏天，他经常在喝得烂醉如泥后扬言自己杀害了克丽丝特尔。他说的时候总是得意地大摇大摆，第二天一早又忘得一干二净。

警方讯问了一个名叫米兰达·怀特的年轻女性，她和唐尼有几位共同的朋友。警方和米兰达谈话时，他们聚焦在了那个夏天一个特定的晚上。她和唐尼都参加了在我叔叔雷·佩里家举办的派对。雷的妻子斯泰茜是米兰达在赛百味三明治店的老板。她告诉警察那晚她没有和唐尼说过话，或者不记得和他说过。但她知道克丽丝特尔的前夫是谁，于是她讲述了另一件她觉得警方可能感兴趣的事。

米兰达到达派对时屋子里十分热闹，客厅、厨房还有地下室都挤满了人，汤姆·佩里也在其中。她拿了一罐啤酒，接着穿过烟雾缭绕的人群来到客厅的沙发上坐下。她没有看到唐尼，但汤姆就坐在他旁边。她十九岁，他三十三岁。当时夜色尚浅，但她立刻看出他已经喝醉了。起初，她坐下的时候他很恼火，但其他地方都满了，于是她没有动。最后他开始说起克丽丝特尔。

他确信所有人都认为他杀害了自己的前妻。他正在为自己抱屈，一边说一边激动起来。他声称，就连自己的母亲都认为他杀害了克丽丝特尔。他没有，他坚持道。

他显然希望得到米兰达的同情和安慰。当他的悲叹缓和下来，便开始对她十分友善，问她是否需要什么，最后开始对她勾搭起来。当她没有表现出兴趣时，他立刻翻了脸，不仅叫她闭嘴，还骂她是个贱货。

汤姆越喝越醉，直到他的兄弟雷和丹尼让他离开。那是一群能喝的人，但他已经喝高了。他不停地大喊大叫，胡言乱语。当时夜还太早，容不得他发酒疯。但他不想回家，因为他在和特雷莎吵架，这也是他来派对的最初原因——为了躲她。

雷和丹尼最后直接把他推出了门外。汤姆愤怒地跑下门廊台阶，抓起一个汽车蓄电池朝房子的大型落地窗猛扔过去，所有人都跳着向后让开。二十公斤的蓄电池如同炸弹爆炸般砸中了那块大玻璃，碎片仿佛阵雨横扫整个客厅。这一刻让在场的所有人记住了那晚。

特雷莎也感到了这起谋杀的黑暗压力，它像一只不愿松开的手，迫使她愈发精神失常。那年夏天的一个晚上，她不得不将自己襁褓中的女儿交给朋友照顾一夜，因为她产生了幻觉，看见整个厨

房满布血迹。她不断尖叫，怎么安抚也无法平静。她经常语无伦次地向朋友说起克丽丝特尔的伤痕，有几个人感到她的描述详尽得可怕——尽管最后被证明是假的——以致她们报告给了警方。其中一个人甚至将特雷莎的电话进行录音并做了笔录。这些记录令人既恐慌又悲伤，颤抖的字迹似乎流露出惊慌失措的恐惧。

另一个晚上，特雷莎去了酒吧，丝毫没有一个人回家的打算。那个最终载她一程的男人几个月后联系了警方。他说特雷莎有些不请自来，他不太能拒绝。他们离开酒吧后，开始在他的卡车驾驶室里聊起来。她提起了克丽丝特尔·佩里的谋杀案，并让他沿着93号公路把车开到案发的房子那儿。“我们在前院坐了几分钟，”他说，“我猜她无法停止对朋友的思念。”几分钟后他们开了出来，接着毫无目的地兜圈子，在房子前经过了好几次。他们又一次停下来，就在离我们家几十米远的路肩上。男人让收音机开着，然后两人走上车道待了一会儿，在黑暗中慢慢跳舞。

28

之后

慢慢地，我让自己在得克萨斯州的生活增添了一些吸引力，使我不沉溺于在缅因州失去的一切。我对邻家的安杰拉有了更多的了解，我们很快成了十分要好的朋友。她身材娇小，体型纤瘦，尚未开始发育，却已经开始拔眉毛，用卷发器给自己浓密的棕色头发做造型，那卷发器会在喷上发胶时冒雾气并发出嘶嘶声。她最关心的是哪些男孩喜欢她，以及她能否入选青少年拉拉队。是她教我女性梳妆打扮的那些仪式，我曾看妈妈打扮过，那是我渴望而杜丝鄙夷的事。安杰拉有着姐妹般咄咄逼人的诚实，但她不让我用奇怪的衣着和发型来孤立自己。我不断想到自杀，总是在淋浴间沉迷于这个念头，而不是用这段时间来洗澡。有一次我连续五天没洗头，安杰拉便说："哎呀，你的头发怎么这么油？"我羞愧地做出了让步，但至少清洗护理我及腰的长发是分散注意力的可行办法。有时候，生活不给痛苦留丝毫余地。

我比安杰拉高几厘米，而且就连最瘦的时候也比她胖，站在她旁边常令我感到自己高大而笨拙。她有一种轻松、小巧的可爱感，有一阵子我试图模仿她，换下破洞牛仔裤和宽松的 T 恤，穿起了印花裙子和保罗衫。安杰拉对美和举止的观念至少是我能效仿的。和她在一起，我愈发想要变得娇小、和善。我吃得越来越少，这是锻炼自制力的另一种方式，让那个被叫作“小母牛”的小女孩儿无处容身。最后我终于变瘦了，将近一米六七的个子，体重四十九公斤。如今很难辨别，我是在设法变得更美，还是在试图让自己消失。

我很快变得更喜欢安杰拉家而不愿待在杜丝家。那是个放松、自在的地方，我每次去都可以把她舒适的生活借用数小时。她的妈妈唐娜是我见过的第一位名副其实的家庭主妇。她就像得克萨斯州版的金发萨莉·菲尔德，有着引人注目的大团头发，说话带着鼻音。她年轻时曾参加选美比赛，如今忙着抚养安杰拉和她安静的妹妹凯蒂。我记得曾在唐娜宽敞的厨房里吃饼干，她问了我在学校的情况，以及杜丝和她两个年幼的儿子。安杰拉的爸爸比尔在空军服役，但他有着不同于杜丝和吉米的从容——他喜欢下班后喝点儿啤酒，也会和我们一起看动作电影，而且是个超级牛仔迷。他留着傻气的胡子，喜欢给人大大的拥抱。比尔告诉我，他在军队中的分部总体而言比陆军更轻松。杜丝表达过相同的看法，却带着不屑一顾的态度。

艾勒一家就像电视里的家庭，他们平淡的仪式让我既着迷又觉得安慰。邻里街区的整齐划一令人安心，有几个月我必须从公共汽车站开始数房屋，好确定自己不会进错家门。遇到凉爽的夜晚，安杰拉和我会在她家后院搭起小帐篷，待在里面聊到深夜。事实上，我们聊得如此之多，不知不觉形成了一种孪生对话，也就是我们在聆听彼此的同时，可以毫不困惑地和对方说话。安杰拉感觉像是我的妹妹，因为她免受于我看到并经历的许多事情。我已经来了月经，这让她嫉妒极了。我对她透露了一些普遍的性技巧，那是我从她的父母不会准许她看的电影，以及曾从妈妈的房门后传出的轻微簌簌声中窥测到的。但我保留了自己对悲伤和恐惧的了解，不愿使她仍在享受的阳光童年变得阴暗。当我发现皮克特他们来这儿时找她进行过简短的谈话后，我对她起了戒备之心。“他们问我你对动物有没有过残忍的举动，”她说，“真是太奇怪了。你很喜欢小猫啊！”她似乎不明白，这个问题意味着他们也许在判断我作为嫌疑人的可能性。但我仍然仔细地观察她，看她是否表露出了害怕的神色。

—

1995年就要到了，我视其为一种幸运。我不断期盼一个新的开始，或想着有一天终有这个可能。然而，这又将是灰暗的一年。

O. J. 辛普森案在1月24日开庭审判。我仍然感觉自己心中藏着许多黑暗，那是我不愿让任何人看到的毒药。而外部世界现在随处可见血迹四溅的地砖，人们对妮可的不忠发出的指责，以及那双骇人的黑手套。每个人都在发表看法，从我上数学课的同学到我在沃尔玛无意中听到大人们的对话。没有人不在谈论谋杀，那是最具吸引力的事。我无处可逃，于是我只好掩藏自己。我再次发现人们谈论谋杀案时有多么兴奋，我不希望他们将这兴奋转移关注到我身上。我安静地听着人们无休止的议论，一言不发。缅因州警方收集了更多男性的DNA样本，将它们送到了华盛顿特区的FBI实验室。与此同时，全国大多数人第一次了解了这项技术。

辛普森案审判从最开始便是一团糟，但至少他们抓到了凶手。他们要做的就是给他定罪，这只是时间问题——他就在案发现场，这太明显了。两起案件都找不到凶器，我明白这对检察官而言是不小的难题。我必须看到，只要可靠的嫌疑人被确认，这个细节便可以解决。我需要看到，他是唯一缺失的部分，一旦我们让他接受审判，他就会被定罪。杀害妈妈的人不会有强大的律师团队，也不会有金钱和名气的优势。作为一个白人女孩儿，我来自人口绝大多数是白人的州，毫不了解种族因素对这场审判的影响。我思考更多的是男性对女性的控制，富人对穷人的主宰。和大多数美国人一样，我关注的主要是辛普森案审判对于我的意义。如果辛普森被绳之以法，我推断——尽管我知道这种推断是空想——杀害妈妈的凶手也会有同样的下场。

我不想每天看到辛普森的脸，也厌倦了目睹妮可血淋淋的庭院和原本可以让她安全的那扇门——她要是不去开门该多好。但杜丝和吉米为此着迷，似乎我每次经过客厅时都能在电视上看到辛普森。我看到他试戴那双从案发现场找到的手套时做出的蹩脚手势，以及他嘴角扬起的得意的笑。随后的几天里，我一直在等人——一名记者或播音员——发出疑问，如果他本该是无辜的，那么在触摸那双沾染了自己旧爱鲜血的手套时，为什么他连假装的悲伤或憎恶之情都没有？对美国人而言，不论辛普森是否是杀人犯，他都那么与众不同：他英俊潇洒，赫赫有名，体格超人。妮可不过是另一个漂亮的女人。

当法庭宣判辛普森无罪时，班上所有人都欢呼着跳了起来，除了我。

那一刻清楚地向我昭示：即便警方确认了杀害妈妈的凶手，即便我们为法庭上光辉的那天等待多年，我们的希望仍旧可能落空。法律并不完美，人的一时兴起就可令它脆弱不堪。我迫不及待希望正义来疗愈我。

29

永远

隔着时间的距离，我能在回首过往时客观地看到，妈妈并非完美无缺。她很苗条，有着绚丽的长发和美丽的双眼。但同时她的眉毛颜色太浅，而且牙齿拥挤。我动用了最敏锐的注意力才发现这些缺点。和许多女儿一样，我永远认为我的妈妈是最美的。而且她确实妩媚动人。在布里奇顿这个小镇上，许多人都认同这一点。

妈妈离世后，警方查问了汤姆的朋友厄尔·加尼翁，他曾在鞋厂工作过。他说："许多男人都会看她——为了一饱眼福，你懂的。"完整的讯问记录以及镇上其他人的故事都证明了他的话。全部详情由于太多而无法一一列举，但如下的部分男性名单是在妈妈死后的数天、数周和数年时间里，由警方调查得知或其他人传言被她吸引的人。

布鲁斯·英戈尔斯：住在格雷丝隔壁的承建商，他用现金付给汤姆酬劳，帮他免于支付子女的抚养费。

斯科特·米切尔：妈妈的朋友瓦莱丽的丈夫，看上去和汤姆·佩蒂[1]十分相像。

（1） 汤姆·佩蒂（1950—2017），美国音乐人、演奏家。

格伦·奈特：她的朋友金的丈夫，一个自以为是的基督徒，虔诚而狂热，如今是一所监狱的监狱长。

唐尼·马丁：那个习惯吹嘘自己杀害了克丽丝特尔的人。

埃里克·哈尼：过去是一名鞋厂的缝纫工，他曾指着自己的头说，“我有她的号码，就在这儿。”

弗兰克·曼策：他的妻子诺埃尔是一位苗条的红发女郎。谋杀案发生后，有一次他把诺埃尔按在床上，用菜刀不断刺向床垫。她一直等到他死后才告诉警方，她怀疑是他杀死了克丽丝特尔·佩里。

龙尼·福斯特：他在鞋厂对她目不转睛的注视令她不得不调换工作台。

迈克尔·哈钦森：一个为其父亲的砖石公司工作的年轻人。

一辆白车里的男人，姓名不详：他曾一路尾随她到新罕布什尔州。她告诉了戴尔这件事，但让他不要追查。

一个名叫唐纳德·卡拉汉的电工：他曾和她上过床，并对任何愿意当听众的人讲述了他们上床的细节。当她为此斥责他时，他为自己叫屈。她遇害的第二天，他在鲍勃·贝尔局长家完成计划内的工作，并对他说：“克丽丝特尔真是个贱货。”

她的朋友兼同事理查德·特科特：至今仍善意地爱着她。

特里·奥莱特：他曾在格雷丝家修理洗碗槽，有流言说克丽丝特尔对他有“致命吸引力”。

瑞安·诺瓦克：一名布里奇顿警官。他的一位同僚将其扔掉的烟蒂回收用作DNA检测，在样本上标示“姓名不详”。

丹·拉格兰奇：一位白发邻居，偶尔会在妈妈需要多赚点儿钱时雇她打扫房子。

彼得·奈特：他住在西边的某个地方，并在妈妈遇害前的那个月突然给她打来电话。那时他是一名记录在册的性犯罪者。过去人们叫他朱尼尔——妈妈嫁给汤姆前交往的那个男生。

劳埃德·波林：因为醉酒滋事被布里奇顿警方拦下，他坐在警车后座上提起了妈妈的死。他问警察："她女儿现在多大了，十六还是十七？克丽丝特尔是个荡妇，没错吧？她女儿可是个小甜心。"

格雷丝的邻居布鲁斯·英戈尔斯是这些男人中最耐人寻味的。格雷丝和雷复婚时，全家人在一间公寓里住了几个月，随后搬进了他们位于布里奇顿北部的房子。格温那时九岁或十岁的样子，克丽丝特尔七八岁。公寓隔壁住着一对十几岁的情侣——布鲁斯和他的女朋友。多年后，当布鲁斯最终买下格雷丝和雷正隔壁的房子时，格温觉得很奇怪，从小镇的一边搬到另一边，仿佛他在跟着他们。谋杀案发生后，她觉得更奇怪了，并对此产生了些许怀疑。

可布鲁斯看上去并不像坏人。尽管他对我妈妈确有爱慕之情，但我深信他在两个地方和我的家人如此临近纯属巧合。虽然他雇用汤姆并付给他现金，可汤姆是他的朋友，而且他怎么处理自己的钱是他的自由。他认为子女的抚养费是汤姆和克丽丝特尔之间的事。

汤姆现在记起，大约1992年的一天下午，他和布鲁斯负责了一项木工活。他们正行驶在银行附近的梅因街上，看到克丽丝特尔走上斑马线后，他们慢了下来。她在货车前停下来朝布鲁斯嫣然一笑，然后，用汤姆的话说："微微做了个跳舞的动作，就在路中央……呵呵，轻轻地……舞动了一下。"接着她仰头笑着转身走开了。"她有些爱开玩笑，"汤姆说，"但多数时候比较矜持。"

当她——甚至在无意间——造成交通拥堵，让男人们神魂颠倒时，她知道该如何利用这一刻不动声色地占得上风。如果她感觉有人在注意她的美，她可以用笑容加深这种印象。她施展了自己拥有的影响力。

引人注目是一件有意思的事。我很高兴妈妈能偶尔带着一种“想得美”的奚落，将男人的欲望当面回绝。但我也想到她为了远离龙尼·福斯特而转移工作台；想到她需要告诉戴尔那辆白色轿车尾随她到了新罕布什尔州；想到作为这么多人关注和渴望的对象，即便只意识到了其中一部分，她需要承受的精神压力也一定难以想象；想到格温担心我们离群索居地住在93号公路上；而且我记得承建商把前院的那些树全部砍倒后妈妈恼怒的样子。

妈妈遇害后不久，一位名叫埃里克·蒂博的邻居找到了警方。我们和埃里克并不熟悉，但我在他家的泳池里游过一两次泳。埃里克有一种推测。“也许有人的卡车抛锚了，”他告诉警察，“然后他到克丽丝特尔家借用电话。进门后他看到了她有多美，便试图强暴她。接着我猜她做出了反抗，于是他把她杀了。”在这个叙述中，汽车抛锚甚至不是为了进门而预谋的诡计。一个男人可以因为如此漂亮的女人受到驱使，做出一时冲动的残暴行径，这在埃里克看来似乎讲得通。

虽然妈妈确实很美，但我相信，围绕任何略有姿色的女人进行类似的调查，都会揭示一张相同的欲望之网：一群各不相同的男人，有些和善而有礼，有些盛气凌人，喜欢物化女性。妈妈身边的男人，有些是她交往过的，有些是她拒绝的，还有些是她为了不伤对方感情而温和回避的。其中一人认定，他有权得到自己想要的。而当她拒绝时，他变得怒不可遏。

基于我的了解，我依然认为布鲁斯·英戈尔斯不是坏人。但有一次，因为克丽丝特尔轻蔑地拒绝了他多次的示好，他向琳达问道："告诉我，我哪里不招克丽丝特尔喜欢了？"仿佛她欠他什么似的。

——

直接满足男人的欲望常常更容易。有一次我答应了一个男人，因为我确信如果拒绝他，他就会强暴我。他表现出的侵略性和强人所难是我从未遇见过的。当我试图抽身时，他将我死死地按在冰冷的窗户上。那一刻我明白，如果我继续反抗，他可能对我置若罔闻，然后便无法回头了。我不想孤注一掷，不愿做一名受害者，于是我退而求其次。我决定迎合他，顺从他。这种决定并非每次都可能做出，但在这件事中是如此。我尽力说服自己的身体，似乎有点儿想要他，但多半是抗拒的。

而且最近我让几个男人进了我的公寓。我本可以拒绝，但我没有。他们在屋子里的时候，我为可能发生的事情一直提心吊胆。

那天中午，我独自坐在位于布鲁克林的家里。整个楼房静悄悄的。卡洛斯是我楼上的邻居，人很友善，是我认识的唯一一个男性邻居。我知道那会儿他不在家，因为他的脚步声总是在我的天花板上咚咚作响。

所有人都上班去了，我在家里工作。

一阵敲门声传来，我起身去看。因为没有穿文胸，走过厨房时，我在背心上套了一件纽扣衬衫，我脚上也没有穿鞋。我透过窥视孔向外看了看，两个男人站在门外，一个又高又壮，另一个身材略矮的男人站在他身后。我家的门很厚重，声音难以穿透，防盗链也坏了。附近的街区并不是最安全的。

我把门开了点儿缝，身材高大的男人说他们来检查水。他穿着一件又脏又破的纯白T恤，表情很放松。但他的朋友看上去很精明，而且也没有穿工作服。

我有些困惑。“你们这儿有人投诉，”他解释道，“说楼房的水不稳定。有时水不热，对吗？”

情况确实如此，有时洗澡洗到一半水变得不冷不热。但楼房的物业很马虎，除非连续几天都是冷水，否则我不会指望他们派人来修。我懒得打电话，也很难想象楼里的其他人为了这么小的事打电话。我们还在设法让他们把正门修好，这样外人就不能随意进入。弹簧锁已经坏了好几个星期。

“我们在楼下修了一会儿，”大个子男人继续道，“需要看看你家的水热不热。”

他们没有穿工作服，不过物业会雇用各种各样的临时工。

“好吧。”我说，然后把门整个打开。

我家的过道很窄，突然间我意识到这个男人有多高大，真的就像巨人一样。而且他们是两个人，我只有自己。

“整个楼房就你一个人在家。”大个儿男人说。

我脸红了，靠在墙上让他们经过。我指向远在公寓另一端的水槽。“那儿，”我说，“就在那边。”

现在他们进了屋，我留在过道里，背对着打开的门，右手垂在空中。要是他们想，就让他们把东西偷走吧。

那个身材小一些的男人——实际并不矮小——看着我。他从头至尾没有说一句话，脸上略有笑意。我看得出他在想：她很害怕。

我看得出他在嘲笑我。在那种情况下，只有男人可以笑，只有男人知道是否会发生可怕的事。而即便那时，他也可能做出自己意料之外的事。我的警惕并不罕见。

大个儿男人拧开水龙头，只打到了热水那边。“过来看看。”他说。

“不，不用了。”我说，“我相信你。”

水蒸气从龙头里冒出来，在壁橱旁盘旋。大个儿男人笑着道：“过来试试这水。”

小个儿男人笑得更明显了。

“不了，”我说，“不用了，谢谢你。”

他们离开后，我颤抖了很久。

30

之后

八年级开学的第一天，我就在体育课上注意到了安妮·哈里斯。我站在更衣室的柜子旁，往我自认太粗的大腿上套绿色运动裤，腿被磨得发痒。这时走进一个穿黑色皮夹克的人，夹克上装饰着齿状银色拉链，闪亮的带扣十分耀眼。她身材高挑，四肢修长，走路的时候跨着男生般的大步伐。安妮有着沙色头发，上面用一根松软的红色头绳扎着马尾辫，下面剃成了寸头。我从未见过这种发型，也没有见过女生脱掉过大的破洞牛仔裤露出里面的平角裤。在那些松垮的衣服下，她其实非常苗条，但明显很健壮。她的双手细长而结实，眼周涂成了黑色。我打算不去招惹她。

但那个星期晚些时候，当我和一个名叫安伯的女孩在操场上跑步时，安妮和我们跑到了一起。安伯一边漫不经心地慢跑在多尘的高温中，一边为科特·柯本的死感到悲叹。她刚刚开始听涅槃乐队，而主唱柯本已于一年半前去世——就在妈妈遇害前不久——不过安妮赶上我们时，安伯轻轻擦了擦眼泪，伤感地望向远方。安妮问安伯还听什么音乐，她冥思苦想地试图给出很酷的回答，我没有说话。安妮得意地微微一笑，看向我的眼睛，然后转移了话题。

那时我依然带有缅因州口音，于是安妮问我是哪里人，为什么会来得克萨斯州。我妈妈死了，我说。安伯的回应是沉默，她盯着地面，光泽的棕色头发遮住了脸颊。她又追问了一些问题，真正的问题。我的回答逐渐透露了事情的梗概：妈妈被人杀害，当时我在现场，如今凶手依旧逍遥法外。然后我撒了一个谎。我说在我离开缅因州之前，家人把我送到精神病院治疗了一段时间。你不会意识到自己会撒这种谎，直到你听见它从自己嘴里说出来。而这种谎言也是你自己很快会相信的。和其他许多谎言一样，它透露了一个愿望。我想，如果能有一段时间就这么沉浸在痛苦中，该有多好——不用面对家人，也不用上学，不用身边围着一群防止你自杀、保护你安全的人，而是待在能真正体现你经历过什么的环境中。比起一排排整齐的桌椅，比起在看台上看球赛，比起这白线划分的跑道，被送入精神病院似乎更加合理。

那天我没有再多说什么，但快下课的时候，安妮坚持让我那个周末到她家去。我们很快变得亲近起来。我相信不出几天或几周时间，安妮便意识到我并未进过精神病院。但她从来没有拆穿我，甚至提都没提过。我一直对这一大度之举心存感激，我想她理解我在试图向她传递的信息——我累了，我需要帮助。

那是我和安妮一起度过的第一个周五，后来我们共同度过了许多周末。我和安杰拉之间拉开的距离也越来越远，那时我和她只有在乐队练习时才见面，还有在橄榄球赛上我们进行中场表演的时候。我试过了，但我无法和她一样，在谈论谁受欢迎、谁不受欢迎，以及回家后的琐事时，表现出兴致勃勃的样子。那年我进了重

点班，我能看出她觉得我的新朋友都是奇怪的书呆子。我的生活很快被安妮和乐队以及拼命学习填满，当然还要努力回避杜丝糟糕的情绪。

大多数夜晚，安妮和我会坐上我们的朋友尼克破旧的经典野马轿车。他来来回回地疾驰在高速公路上，车头灯射向沙漠的黑暗，在其他车辆旁呼啸而过，就这样消磨时间。我坐在副驾驶座的后面，手指紧按乙烯基坐垫上被香烟烫熔的圆圈，常常想念戴尔的火鸟轿车。安妮坐在我的旁边，我呼吸着从她手上升起的一条条烟雾。坐在我前面的是我们的朋友约翰，他身材高大，留着长发，比我年长四岁，是个机智的乡村男孩儿。我通常不参与她们的聊天，自己落个安静自在，任黑夜的凉风冲刷我的脸庞，在高速上待到该回家的时候。

如果没有和尼克一起开车兜风，约翰和安妮还有我会去一家名叫街角球袋的台球室。那些甘愿不合群的人常常聚在这里：穿着法兰绒衣服玩垃圾摇滚乐的年轻人，身着牛仔服的踢球者，套着黑长袖具有艺术气息的社会弃儿。回想那些夜晚的时候，我在自动点唱机上循环了五首歌。如今那些歌就像优雅的纽带，让我想起约翰修长的手指和他的坏笑；想起安妮温暖瘦削的手臂环绕我的肩膀；想起她皮夹克的重量，当我穿在身上时，按扣和胸前的大翻领压在我的心上。

我对他们来说很特别——在我们这群朋友中我年龄最小——他们很保护我。如果有年纪较大的男人进来开始和我搭讪，约翰和安妮会清楚地告诉对方我是他们的人；当我们共同的朋友主动给我大麻时，我的拒绝似乎让他们很高兴；如果我击球前瞄杆不准，其中一人会在我身后弯下腰，帮我调整球杆的角度和手的高度；或者他们会移到球桌的另一边，准确地指向我在青苔色球案上应该瞄准的点，眯起眼睛盯着我，赋予我所需的专注力，让我能用一记令人满意的“铛”声将球击落袋中。

夜晚临近尾声，我们三人会出现在黑暗的沙漠中，我能感受到周围的空间无限延伸。我们爬进约翰爱称“幸运”的灰色小货车里，驶向勉强算作闹市区的密集灯光中。我们到达安妮家后她先下车，接着我不太情愿地离开中间的座位，虽有整晚的亲近，可我还是觉得有些别扭。然后约翰在车身松散的金属和消声器发出的响亮咔哒声中驾车离开。

我们盘腿坐在安妮房间的大床上，用柔软的旧被单盖着腿。安妮只有十五岁，但她几年前就开始融入派对，追逐她现在试图摆脱的混乱。我想，亲近我是她向前看的一部分，因为我从未参加过派对，也从不多找麻烦。她对我讲述那个时期的故事，通常为了说明那一切多么愚蠢，让我不要浪费时间。有一次她甚至带我去了一座教堂的停车场，她曾在那儿被一个年纪大的男人侵犯过。也许她是为了让自己意识到，她已经熬过来了。我们很相似——人小，心老。我心想，这个人懂我的感受，她也经历过不堪回首的往事。她明白我需要静下心来做个聆听者，让其他人对我吐露心声，好让我接纳他们，给出我能提供的建议。我需要发挥自己的价值，我得从自己的故事中抽身出来。而且无论我何时想要倾诉，都不必对她有任何隐瞒。我们说我们在为她“打开心结”，但实际上得到安抚的人是我。

时间一小时一小时的过去，我们不知不觉熬夜到第二天凌晨。我们听着安妮广泛收集的八十年代的音乐磁带。我们唱着《天堂并不遥远》《我亲爱的小孩》。我紧张地和她分享了妈妈保留的洛·史都华的专辑，担心她会觉得很差劲。当她一字不落地跟着唱时，我笑了起来。我们唱得很糟糕，总跑调，声音却很整齐。看电视时，安妮把头枕在我的腿上，我用手指一遍遍梳理她的头发。时间慢慢过去，睡觉的时候她握着我的手，我能感受到她纤瘦的手指和指尖的结茧，握手的力度从未放松。

好几个月的周末我们都是这样度过的，每次我必须顺从地请求杜丝的同意才能出门。我对安妮的爱胜过以往的任何朋友。我希望我们能推心置腹，分享一切。我从她身上学到了许多，也感觉她一直都明白我的心声。除此之外，我需要在身体上靠近她。我害怕杜丝会觉察这些感受，并拿它们来质问我。我害怕她会做出的举动和反应，担心她会将我逐出家门。而且我不希望她迫使我深入思考这段友情。我不想和安妮邻家的女孩儿有任何共同之处，这个女孩儿和我们年龄相仿，安妮曾鄙夷地说她是“女同性恋”。于是我对所有人——还有我自己——假装安妮不过是我的好朋友。

安妮的妈妈对我们睁一只眼闭一只眼，思忖着青春期的孩子需要空间来摸索自己的道路，只要不出格就可以适当放手。当然，她没有把这些告诉杜丝。有时我会告诉她我的姨妈有多严厉，结果我们都笑个不停。安妮的妈妈为杜丝取名为“亲爱的嘟嘟”。

在安妮的陪伴下，我又开始努力找回自己的力量，不再受到自身处境的极度困扰。有一天，我们看了电影《这个杀手不太冷》，娜塔莉·波特曼实现了我心中完美英雄的影像——十二岁的女孩替被害的家人报仇，杀人的罪行是一名敌对警察利用职务便利犯下的。

安妮十六岁生日那天，我趁她不在时偷偷溜进她家，为她打扫了一塌糊涂的房间。安妮有自己独立的洗手间，我刮掉了水槽和淋浴间里沉积多年的黑霉，还有吊扇上几厘米厚的灰尘。为了让柔软的地毯重见天日，我掀开了堆在上面的许多东西———份份学期论文，歌迷杂志和磁带外壳，搭配特殊服装的假发，靴带和渔网袜，以及家人送的圣诞贺卡。接着我拖出她妈妈老旧的吸尘器在地毯上转了两个来回，尘渣被清除的轨迹就像刚刚修剪的草坪一样。我翻开装满垃圾的鞋盒，找到了十多个报废的黑色眼线笔，安妮儿时的贴纸，还有寄自得克萨斯州其他城市的明信片。我屏住呼吸倒掉了四五个大的铅晶烟灰缸，在厨房洗碗槽里把它们刷到我的指甲发黑；我清空她塞满的书架，掸去了上面的灰尘；我为她洗了床单被套，重铺了她宫殿般的大床。我找到了她的日记，但没有必要翻阅——我确信她写的内容我全都知道。

安妮在我刚好结束清理工作的时候回到家，我身上满是汗水和灰尘，脸上绽放着满足的喜悦。我的右脚被一个半遮掩的衣架划了一道极细的伤口，后来变成了一道明显的伤痕，现在仍在我身上。她对我一笑，环顾四周后说道："这维持不了多久，你知道的。"我知道。重要的是，我给了她一些喘息的空间，让她能在自己擅长制造的混乱中得到片刻安宁。更重要的是，她愿意让我照顾她，哪怕就一会儿。

我几乎所有的空闲时间都和安妮在一起，杜丝家的氛围依旧如故，充满了紧张和指责，偶尔会有令人困惑的善意之举。我在杜丝家住到大约一年时，她和吉米开始了合法收养我的程序，这是我没想过的事。虽然我在他们家并未变得更自在，但收养的问题提上议

程后，让生活安定下来的想法吸引了我。如果我被收养，谁也不用担心任何州政府能来将我带走，也不用担心汤姆会突然决定质疑卡萝尔对我的代理权。我将拥有自己的归属，我可以留在我喜欢的得克萨斯州的阳光里，平时忙于令人满意又具有挑战的课程，和友善的乐队成员一起练习，到了周末和安妮待在一起。

但是，大约在杜丝第一次提到收养问题的一个月后，她来到我的房间，关上房门告诉我，吉米犹豫了。她没有告诉我为什么他要重新考虑，但她说如果他不同意，我必须立刻回缅因州。我不能和他商量任何这些事情，这是不言自明的。随后的几个星期，我试图弄清他哪里对我不满，我能改正或者弥补什么。我试着在不太明显的情况下表现得格外友善。

吉米对我来说一直是个谜。他曾是部队的一名厨师，他的职位并不涉及正面战斗，他在家里也十分善于避免冲突。我住在那个家的几年里，只和他有过一次真正的交流。他告诉我，他可以用蛋糕做出任何东西，在特殊的部队庆祝上，他重现过著名的战场和纪念碑。我难以相信他进行如此富有想象力的创作。他看上去那么严肃，我几乎从未见他笑过。通常，他对任何事物的看法都是杜丝告诉我的。

最后，吉米显然同意收养我。于是我们三人去了圣安吉洛市区的法庭，在法官面前完成简短的程序。我永远不会知道他反对的是什么；或者这是否都是杜丝编造的，表现的不过是她自己的迟疑；又或者她是否想要我对她心存感激，因为她争取到了吉米的同意。

所有的资料都已提前备齐并审核，听证会有一种专业的感觉。但对法官而言，重要的是了解我对收养的看法，我是否认为成年之前留在杜丝和吉米身边对我最有利。我想留下来，就像之前希望留在布里奇顿一样，于是我同意被他们收养，很高兴自己有所归属，并在未来四年安顿下来。我心想，我们都会找到解决问题的办法，或者说我会在他们留出的有限的自由空间里努力应对。不管怎样，也许一切会好起来。毕竟，我们确实用一顿美好的午餐庆祝了对我的收养。

但如果我真的期望一纸文书会带来任何明显的变化，让杜丝更温和或吉米更乐意沟通，或者让我感到和他们的孩子更亲近，那简直是异想天开。我也许略微放松了警觉，但紧张的氛围并未改变。每个周末我会尽可能去安妮家，在那儿我能感受到安妮和她妈妈的接纳与爱，每次见面和道别时她妈妈都会拥抱我。

然而杜丝对我在安妮家度过的时间越来越怀疑，她确信我在抽烟，可能还在喝酒。她接我回家时，我衣服上难闻的劣质烟味弥漫在车内。我不得不再次告诉她，尽管安妮和她的朋友在我周围抽烟，但就算我主动想抽，他们很可能不会允许，如果我喝酒他们会觉得失望。我无法充分向她解释他们究竟有多保护我。如今我明白，那是他们对我情不自禁的怜悯，但那时的我对此完全不懂。

听说了杜丝对我的质问后，安妮的妈妈尽可能周末开车送我回家。安妮不愿将我交给我的姨妈，于是她也会一起上车送我。一个晚春的早上，她陪我走到家门口，然后探下身在我的嘴唇上轻轻吻了一下，就像她经常做的那样。我立刻感到一股闪电般的幸福，同时掺杂着紧张的害怕。因为我知道安妮没有同样感受到这个吻对于我的意义，或者就算她的感受和我一样，她也绝不会承认。接着我的脸更红了，一种令我想吐的恐惧将我占据，因为我在门上镶嵌的玻璃后看到了杜丝的身影。安妮似乎没有注意。我记得她笑着退入阳光中，然后转身向她妈妈的车走去。

我拧开门上的黄铜把手，掌心突然冒汗，心想杜丝是否看到了这个吻，这件不值一提的事。我试图迅速躲进房间，但正当我要在过道上转弯时，她的声音从背后传来，低沉冷淡的语气带着些许厌恶。“安妮总是这么友好吗？”她问。

我转身面向她，她看上去既生气又觉得好笑，已经准备好嘲弄我无力的辩解。“安妮？哦，她就是那样，她就是很……呃……热情。”我说。杜丝把我困住了：如果我再多说什么，就表明我知道她在说什么。我必须假装我连想都没想过这可能是个有浪漫意义的吻。“这样啊。”她回应道。我们相互凝视了一会儿。当她没有再开口时，我颤抖地朝她笑了笑，然后尽可能不慌不忙地逃回了房间。

没过几天，杜丝便彻底禁止我再去安妮家。她唯一的解释是，她认为我没有如实交代在安妮家发生的事情，并且认为安妮的妈妈作为家长不够谨慎。我至今仍为自己顺从她而感到羞愧。我努力向安妮解释，她不断让我撒谎，让我说我在别的地方，然后和以前一样去她家。但我不能冒这个险，我太害怕杜丝了，就连想想都让我焦虑。如今回首过往，我还能看到自己内心有一部分——一小部分——因为离开安妮而感到释然。她对我有着巨大的吸引力，这种吸引是我不愿弄清的。

和安妮共处的时期过去后，游行乐队填补了我生活的一些新空间，我会在晚上和安杰拉一起花许多时间练习，她毫不犹豫地重新接受了我。十年级开始，我们升入了规模庞大、资金充裕的中央高中。我尽可能上了所有进阶先修班课程，觉得自己正稳步走向某种

成功。那时我十五岁，并一直认为十六岁标志着成年的开始——我就快成年了。我一向不太会表演，但我选修了表演课，还加入了辩论队。我感觉精力充沛，已经准备好参与其他人在意的事，准备好冒险，准备好展现自己。中央高中有一门选修的创意写作课，我打算明年符合条件时申请，尽管这个想法让我感到担心，因为自妈妈去世后我极少提笔。我遇见了许多人，对每个人都感兴趣，很乐意结交新朋友。那时候，黑夜带给我的恐惧已基本消失，如同被得克萨斯州的阳光燃尽的迷雾。我能更清楚地看向前方，看到我的大学生活和一步步临近的自由。就连我和杜丝之间的关系也开始略微好转——她和吉米正在准备离婚，那个夏天吉米搬出去后，她开始显得放松了许多。

开学两个月，游行乐队在埃尔帕索进行了那年的首次中场表演，我们在表演结束后乘坐大巴回家，车程有六个小时。我头戴耳机，看着太阳消失在一望无际的地平线下，蓝色的夜幕降临在朋友们身上，他们在我周围一个接一个睡着了。随着大巴穿行在无尽平坦的沙漠里，我记得自己感受到了一股从容而巨大的安宁。我望向车外的那片土地，涌起了深深的归属感。

因为午夜过后才到家，第二天我起得很晚。正当我刷牙时，杜丝大声敲响了洗手间的门，然后说："我们得谈谈。"我把牙膏沫吐到水槽后顿了一下，面无表情地看着镜子。"好的，等一下！"我想知道这次我做了什么惹恼她的事。我擦干嘴后走去厨房见她，决心不论她想出什么罪名都要镇定地维护自己。

她说："昨晚我和你卡萝尔姨妈通了电话，我们都认为你最好回到缅因州去。"

我的胸口拧了一下，紧接着升起了一股强大的冲动对抗这种软弱。我不想在有时间考虑之前贸然回应，只说道："什么时候？"

"喔，你可以这个星期离开，也可以等到这个学期结束。"她说话的语气仿佛这两种选择对我来说应该一目了然。

"好吧，"我说，"这我得想想。"

下午剩下的时间我都待在朋友洛伦家，几个小时后我回家拿些东西。我在厨房找到杜丝告诉她："我今晚住在洛伦家。"

"你说什么？"她挑起一条眉毛说道。

"今晚我可以住洛伦家吗？"我尽可能温和而平静地问，试图避免讽刺地强调"可以"二字，内心却愤怒至极——她竟然在颠覆我生活的同时仍然指望我礼貌而顺从。

"那你是怎么决定的？"她问，整个人站起来俯视着我。

"这个……"我开始道。我还没怎么考虑想什么时候离开，大约四小时前她才告诉我。"已经开学两个月了……而且我整个夏天都在练习，现在只参加了一次游行乐队的中场表演。所以……我想住到这学期末。"

她双臂交叉看了我一会儿，然后说道："不行，看到你就让我恼火，你星期三就走。"

那天是周日，我的脑海顿时一片茫然，不知如何回应。我退回房间目不转睛地盯着墙，心里想：动脑筋啊，快想办法。她好像在虚张声势，在隐藏什么。如果能弄清她隐藏的是什么，我也许可以留下来。我回想起住在卡萝尔家时那些漫长的不眠之夜。我必须设法留下来，我不能回到缅因州去。接下来的几天，我多次试图找杜丝要说法，但都被她用我无法穿透的愤怒回绝。许多年后我才意识到，恐怕我从来都没有选择，她一定在还没告诉我任何事之前就买好了那张机票。

—

最后那些天，杜丝和我基本上避免和彼此碰面，交流能少则少。她给我买了一个便宜的三件套行李箱，我发现自己落入了要为此感谢她的荒谬处境。然而随着时间的消逝，我也放松了对自己的克制。周二晚上，杜丝在客厅看新闻时，我走过去告诉她，我认为她的行为可能是违法的。他们在法庭办理对我的收养时我也在场，法官明令她把我当亲生女儿照顾。“你不能就这么轻易地违反法律承诺。”她关掉电视，从沙发上站起来。“你不知道自己在说什么，”她说，“我只是你的姨妈，”她继续道，“收养你只是为了让你有健康保险。”

我为这句话带来的伤痛感到吃惊。我试图对她表现得更强硬，但又明白她永远比我厉害。我感到自己像个傻瓜，竟然在法官的话中寻求保证，竟然把他的话记在了心里。

但短暂的迟疑后，我继续向她发难，仍然为事情的进展之快感到困惑。她反驳回来，声音越来越大。迅速涌起的愤怒取代了我的难过，将我全部占据，很快我便无法听到她在说什么。在和她谨小慎微地相处三年后，我抛开了所有警惕和策略，开始前所未有地朝她大吼起来，我的神经系统变得混乱，耳内的嗡鸣声阻碍了听觉。我不记得那晚我们说了什么，只记得自己从难过迅速变为暴怒，说话越来越快，声音越来越大，脑海中一片混乱，杜丝也越靠越近。我的这种状态持续了一会儿，整个人盛怒不已，直到内在有一个小开关几乎咔嗒一声关掉。我突然变得安静，接着毫不费力地冷静下来。我收回了注意力，又可以听到她的叫喊。我意识到自己一直盯着她坚硬而凸出的颧骨顶端，想要一拳将它击碎。我没有对她动手并不是出于自我控制，而纯粹是因为运气。想到她会进行多么残忍的还击，我几乎要大笑出来。

在这种突然的清醒后，我有了一个好主意。我直直地瞪着她，用低沉而克制的声音说道："我觉得不必这么大吼大叫，弄得这么不愉快。"我从未对谁的愤怒做出过这样的反应，这种冷静的逻辑意在掌控局面。也许我是从她那里学到的，如果我们产生矛盾，她有时会表现出冷漠的轻蔑。我再次说道："我觉得大吼大叫没什么用。"然后又在她继续朝我尖叫时重复了两三遍，我表面的镇定令她愈发怒火中烧。最后她筋疲力竭地退后了，看上去无力而衰老。我转身回到房间，试图让颤抖的双手平静下来。

第二天我坐飞机回到了缅因州。在开车去机场的两个小时里，杜丝和我一言未发。当我拿着机票站在登机门排队等候时，我仍然想要挽回些什么。或许只要我说出恰当的话，她的回应会让我明白这究竟是怎么回事。于是我告诉她："我很抱歉事情变成这样。"

她耸耸肩道："去他妈的。"

我转过身去，震惊而盲目地走上了登机桥。

第二部：向前，向前

31

在卡萝尔和卡罗尔位于珀鲁的房子里，在我的阁楼卧室中，恐惧就在阴郁的木板后面等着我。跟三年前谋杀案刚刚发生时相比，这栋房子仿佛并没有什么变化。得克萨斯州也只是沐浴在阳光下的梦。

姨妈和姨夫睡得早，大概九点就会休息。我微笑着说了“晚安”，掩饰自己的焦虑，夜色尚早，我不知道该怎么填满剩下那几个小时。看了一个小时电视就到了十点，到了我该睡觉的时间。等上了楼，我就会看书，直到房子里的寂静打破我的专注力。

黑暗在整栋房子里弥漫，周围的林木更是漆黑。楼下传来“嘎吱”一声。墙里面有个小东西在动来动去。每一声响动都让我浑身一颤，每次都愈发严重，到了最后，哪怕是沉默都让我不安，这是一种箭在弦上的状态，我随时准备逃离。“没什么，”我会这样想，肾上腺素裹挟着羞愧感在我体内涌动，“我很安全，没事的，肯定没事。”

这时，我身体里坚定的那部分，就是那个强硬的大姐姐，就会开口。她成熟的声音回响在我的脑海里，我根本控制不了。“但他可能已经知道了，现在，你就在这里。消息传得很快，他可能还在布里奇顿。他当然可能找到你——谁都能找到你。”她说时刻准备着比幸福快乐更重要，对生存的意义非比寻常。

我知道自己应该接受新的现实：杀手不太可能会走进这栋房子。但我没有证据。

恐惧攫住了我，我不寒而栗。但我能找到支撑自己的东西，能让自己避免坠入深渊。我把注意力放在这一点上：要是有谁进屋，那姨夫一定会听到。我的姨夫是一方守护者，他有枪。

可一个声音会提醒我，卡罗尔已经越来越老了。可能几个小时前，恐惧还没让我到“风声鹤唳”的地步，就有人悄悄潜进房子勒死了他，就这样把他处理了。我的姨妈可能正坐在那里，盯着杀手的眼睛，架在脖子上的那把刀让她无法通知我。

我的心跳得更快了，血液愈发猛烈地在我身体里左冲右撞。细密的汗珠在人中处起了一层。我慢慢抬起手擦掉，生怕蹭响了被单，暴露了自己。呼吸也得小心翼翼的，不能太重，免得空气流动的声音被楼下的人听到。我得让自己相信，尽管脉搏砰砰直跳，但声音并没有传出去。

楼下没有人。杀手就在下面。恐惧令我昏乱，可也许下一分钟一切都会结束，我的生命也会消逝。这一分钟。过去的五分钟。这一个小时。两个小时。

最终，疲惫会占据上风。如果今晚我没有遇到危险，如果我命中注定会活下去，那就太好了。但既然我睡不着，总想着自己可能会死，我就准备听天由命了。我会想象杀手可能随时冲进来，想象我怕得要死，求他放我一条生路，然后决定悄悄下楼。可能我还会保留一丝尊严吧，我也会这样想。他来的时候，我会一脸镇定。他抓住我的胳膊亮出刀时，我会一动不动地站着。我松了一口气，终于倒下了，带着一种终于知道结局的欣慰。

这时，恐惧早已放开了我，自由席卷而来。我攥紧的双手终于松开，任由自己沉沉入睡。

清晨带来了阳光和生命，白天的时光总有其他事要考虑。只有夜晚会把我带回这种挣扎之中。

又是一天早上。白天。又到了晚上。如此循环，已有数月。

我没告诉任何人夜晚时我的状态。我放不下身段，也坚信任何说辞都无法消除我的恐惧。在学校，我们读福克纳的作品，对瓦达曼那句“我妈妈是一条鱼”的讨论经久未停，可我能想到的就是，那天晚上那条湿乎乎的一直挣扎的鲟鱼，就在离学校开车只需一小时的房子里。我坐着，一言不发，打不起精神，绝望地期盼着老师不要点我的名字。但我不会离开这所教室。我绝不会暴露自己。

尽管跟缅因州比起来，我觉得在得克萨斯州更有安全感，但跟卡萝尔和卡罗尔一起生活，比跟杜丝和吉米一起生活要轻松一些。我要和他们一起生活三年，虽然他们并没有表现出太多的欣喜之情，但我知道他们很爱我。在机场接我的时候，我们都觉得有些尴尬，有些别扭——事情发生得太突然，不得不如此——于他们而言如此，于我也是。

卡萝尔一本正经，她金色的波浪卷发，还有悦耳的笑声，都说明她很亲切，很好接触。她总想努力瘦十磅，总吃有白菜汤和西柚的怪异减肥餐。卡萝尔在造纸厂做重活，八小时轮班，有时候甚至要整晚工作，可她很少抱怨。黄昏时，唱着“小猫们！”的她会推开门，让猫都进门暖和一下。我知道她心里也有一堵墙，但比杜丝的心墙要矮多了。

姨夫卡罗尔在树林里工作，为同一家造纸厂伐木。他也有同样的金色卷发，和卡萝尔算是青梅竹马，那时的他是卡萝尔哥哥温道尔最好的朋友。跟小孩子在一起的时候，卡罗尔显得有点儿傻。他还特别关心小动物，像着了魔一样。不过，他的心里也有一股怒火，有时他会莫名其妙地一言不发，我总觉得是自己太招他烦了。

珀鲁让我感到亲切，但也令人失望。这是个典型的缅因州小镇，只是面积更小一些：这片土地森林茂密，沿着一条河流和山脊生长，只有两千人在此定居。从这里开车向北一小时就能到布里奇顿，可相隔一小时路程的两地有巨大的差异。另外四个小镇上的学生们也都会在这一所高中，就在迪克斯菲尔德宽阔的安德鲁科琴河边。这所高中名叫"迪里戈"，是缅因州的格言——拉丁语"我领先"的意思。我入学的时候，迪里戈高中约有二百五十名学生，在女子篮球方面领先，有时候也在男子摔跤方面表现突出，仅此而已。我的老师兢兢业业，尤其是英语和历史老师，但我 1963 年的时候就已经在课外学会了微积分。教学楼里整个一层空空如也，旧的教学楼正在翻修，因此，那一年大部分课程都在教堂地下室中进行。教师隔壁的房间里总有电锯的声音，我根本听不清法语老师讲课，所以我的法语发音很差。宽阔的安德鲁科琴河水流很慢，整条河非常美，但我们想去游泳的时候，一定要逆流而上，经过拉姆福德的造纸厂。这里没有星罗棋布的湖泊，所以没有消暑的人。高大昏黑的松树投下的影子落在我身上。远处巨大的山脉那边，太阳早早就已落下。

气愤让我变得孤立，不平的怒火让我离自己的内心越来越远，我坚信没人能理解我。我和卡萝尔会有些小摩擦，每到这时，我就冲回卧室，跪在床上尖叫，声音非常尖锐，根本喘不过气，或者把脸埋在枕头里，直到无法呼吸，任由口水和泪水弄湿枕套。我还能感受到舌头上的棉纤维，嘴里还有儿童爽身粉和一丝清洁剂的味道。我全身僵硬，把头反复埋进枕头里，并不是对卡萝尔生气，而是对杜丝——她搬到华盛顿的消息简直让我怒不可遏，我想象着一棵一百英尺的雪松树压在她身上的情景。即使在当时，我也知道这种情景很愚蠢，不现实，但我就是希望有些不公平而且很可怕的事情发生在她身上。那种景象完全蔓延开来，具有间接的暴力性，就像房子旋转着从天而降，一下落在奥兹国一样。

大部分情况下，卡萝尔和卡罗尔都很讲道理，也很冷静，他们是真正关心我的。我寄住在他们家的几年中，他们为我付出了很多。但总有一些事情生硬地提醒我，他们对我的责任也不过如此。我到他们家时，刚过完十六岁生日不久。那时的我已经拿到了得克萨斯州的驾照，由于杜丝在军队工作，所以我的申请进行了特殊的"加急"处理。从珀鲁到最近一个拥有电影院的小镇得开车四十五分钟，我的同龄人中根本没有住在那个小镇附近的——实际上，只有少数几个。但我问卡萝尔怎样才能拿到我在缅因州的驾照时，她却说："我觉得现在不行。如果你出了什么事，就会有人来起诉我，到时候我就连房子都没有了。你得等到十八岁了再说。"我可以和他们生活在一起，但无论后果发生的可能性多小，他们都不愿意为我承担风险。虽然这样无可厚非，但我并没有因此觉得好过一些。

我知道，如果生在其他家庭，妈妈去世后，我很可能会沦落到福利院。要是命运更不济的话，我有可能会被送走，跟爸爸和特蕾莎住在一起。我知道让卡萝尔和卡罗尔接纳我进门并不容易——他们的儿子现在已经三十三岁了——两个人并没有在可以颐养天年的日子里收留一名少女的打算。他们接受了我这个累赘，我也努力为此心存感激。但我不想被接受，我想要的是被人需要的感觉。

我极力想隐藏自己，极力想表现得平静和正常，因为我知道，这是最后一个愿意接受我的地方了。我不能像在佩姬家时那样表现自己的愤怒。我再也不能对其他女生有对安妮的那种感觉，至少我不能再做什么了。但我知道，之前的家庭之所以并不愿再接纳我，并不是因为上述原因。我知道留下我并不容易。我也很难不怀疑自己身上有一大堆招人厌烦、傲慢无礼、很难相处的地方。有时，我真的希望有人能告诉我到底是哪些地方。

—

我来了几个月之后，迪克斯菲尔德的新警长上任了。是迪克·皮克特。我觉得自己被跟踪了，备受困扰。我一直努力不再回想那段时间，不再回想那个小镇和那个女孩儿——在布里奇顿和珀鲁之间，我用湖泊、河流和山川构筑了一道屏障，在心理上夸大地理距离。迪克·皮克特的办公室离我的学校只有几步之遥，真是讽刺。我根本不想他或任何跟布里奇顿有关系的人靠近自己。我想象过这样的场景：大闹一场，在某个聚会上喝得酩酊大醉，接着被捕被抓进去，之后跟迪克面对面，质问他是不是他和手下都没什么正经事做。比如先解决我妈妈的谋杀案。

我忽略了这样一个事实：州立刑事案件处独立于迪克斯菲尔德警察局。而且我也不知道另有新人负责整个调查，且这个人更聪明、更虚心。这个人和搭档正在分析皮克特文件中的每一个字，正在追踪数十位嫌疑人。在接下来的几年中，他们会给很多人抽血做DNA测试，甚至成了别人眼中的吸血鬼。

我再次陷入了沉默，尽量不说话。只有在不得已的情况下才会开口。有个叫卡丽的女孩，她祖母家就是从卡萝尔和卡罗尔家能看到的唯一的那所房子。卡丽负责帮我熟悉校园。学校只有一栋教学楼，其余就是教堂的地下室了，所以也没什么可展示或介绍的。第一个星期的时候，她有时会介绍自己的朋友给我认识，但我对他们说的第一句话通常是“不好意思，我可能记不住你们的名字”。在中央高中记了一圈名字之后，我真的没兴趣交朋友，毕竟我可能以后也见不到这些人了。忙了半天，可我的学分竟然还没转过来。

我打算消磨完在学校的最后两年时光，毕业后就回得克萨斯州。我和安妮又开始通电话、写长信。我知道，这影射了我最初在得克萨斯州的日子，那时的我非常向往缅因州的森林，甚至还爱上了沙漠。我再一次感觉到，比起现在所在的地方，我永远对另一个地方充满期待。

我在学校的表现还不错，仍将大学视为救赎。老师们都非常关注我，辅导员把我叫到办公室说有几位老师很担心我，此前我根本没意识到自己有多压抑。他们知道我为什么会到这所学校学习，知道我为什么会跟姨妈和姨夫住在一起。这个班级有五十二名同学，大部分从幼儿园开始就同班，我是少数几名新生之一。“我没事，”我一边坚持，一边感到羞愧，没想到我的忧愁竟如此明显，“真的没事。谢谢你们。”

不过，我还是同意和一位老师拉近关系。他是私下里愿意听学生倾诉烦恼的老师之一。几位老师中，他最年轻，面容英俊，肯定刚大学毕业不久。但我一句话都说不出来。问题是，人文课上他写板书的时候，我注意到他的手和妈妈的手太像了——有雀斑，手指很长，手掌厚实，指关节稍大。我害怕这双手，害怕它们在世界上这种不正常的存在，但我也希望这双手能触碰我。我和老师放学后留下来谈话，可我能做的就只是盯着那双美丽的手——交叠着搭在办公桌上。我可能会凑过去，轻吻他的双唇。我也可能会泪流满面。我坐着，尽量一动不动，不确定到底哪种冲动会最终胜利。

回来后迎接我的第一个冬天像一只被拴起来等待的狗，瘦弱，冷酷，美丽，一口白牙。雪落无情，早上等公交车时，空气很干，风很大，我甚至觉得风随着每一次呼吸吹进嗓子，吹进身体的各个部分。但我的血管里流动的依旧是北方的血：每天天不亮就起床，洗澡，穿上T恤衫，套上帆布外套，站在路边，一缕缕头发被冻成冰条垂下来。

一月，寒假过后的开学前夜，微微有些冻雨，在车库聚光灯下闪闪发光，还打在玻璃窗上。第二天早上，我一醒来，发现四下里一片纯粹的寂静，停电了。没有冰箱的蜂鸣声，没有火炉的咔哒声，甚至我叔叔的警用扫描仪都没发出任何声响。闹钟没有响，我根本不知道自己是起早了还是起晚了。我茫然地走下楼，往外看的时候才发现，一夜之间，所有东西上都覆盖着两英寸厚的冰。门廊扶手上的冰层简直完美，能一眼看透。雨还在快速地落下来，如银色幕布一般。门廊上的冰有三英寸厚了，接着又到了四英寸。卡萝尔的一丛玫瑰傲立在雪中，每条花枝上都落着一层冰。

冻雨整整下了两天。我们整整两周没有上课，房子里整整三周都没有电。这三周，我从清晨开始就借着烛光读书，那个学期英语课书单上的书都读完了。我会喝好几杯热巧克力，会写日记，会望着窗外耀目的白光和白光下柔和的雪影。每天，卡罗尔打开发电机后，我们会有几个小时的供暖。我会不时走到门廊上，听树枝终于承受不住冰的重量而折断的声音。不少树木都没能承受住，枯萎了，但也有很多非常坚强，春天来临时又长出了绿色的新叶。

冰的融化呈加速度进行：开始很慢，之后越来越快。大地回暖时，我的心也解冻了。我觉得自己得到了净化，很轻盈。卡萝尔每天晚上六点整会准备好简单的晚餐，她也会将洗好的衣服叠整齐，放在楼梯上，让我带回房间——我为此心怀感恩。我在得克萨斯州的时候，我的那只紫色长尾鹦鹉“月影”就由卡萝尔和卡罗尔照顾。每过几晚，卡罗尔就会把它从笼子里放出来，带到厨房的洗手池给它洗澡。一人一鸟互相说着“乖乖的小鸟”，月影还和卡罗尔的大拇指打拳击。

慢慢地，情况开始好转，生活推动着我往前走。我进入了数学小组，还进了不怎么适合我的小型军乐队。我甚至参加了网球队，虽然我基本不会打球。我申请到了一项专门面向家族里第一位大学生的暑期课程。我不怎么跑步，但在朋友珍的劝说下，竟然加入了越野队，这样女子队就有六名成员了，还获得了国家排名的资格，这可是多年以来的第一次。

我再一次感受到了当时对安妮的那种感觉，这一次的对象是珍。我努力不去想，努力否认，不过，自愿在放学后到陡峭多石的森林中跑上几英里，显然是为了赢得女孩子的心才会做的事。但我心里明白，我和珍的友谊只能到此为止，我姨夫厌恶“同性恋”。九十年代末，越来越多的明星出现在大众视野里，铺天盖地的花边新闻都未能逃脱姨夫的痛骂，他总说“那些有恋童癖的人都应该被关起来，就应该直接杀了他们”。我很想认为他说的那些话都与我无关，但每次他说那些话的时候，我总是禁不住慌神，根本逃不开也躲不过。还有，我总担心自己会被赶走——我不想失去姨夫的爱，我不想姨夫厌恶我。我不想再失去更多了。

自然而然地，我也喜欢男孩子。很快，我就喜欢上了一个男生，杰森，他是珍最好的朋友，我开始和他约会。整个过程和其他人的一样，很自在，也很安全，或者说表面上是这样，就好像在辛普森杀妻案审判过程中，我能够更轻易、更安全地掩藏自己的过去一样。我越来越擅长忽略自己内心真正的欲望，我的关注点不再是“我想做什么”，而是“我应该做什么”和“别人会希望一个聪明的要上大学的女孩儿做些什么”。我不能冒险，我已经足够脆弱，绝不能傻到让自己更脆弱。

当初带我熟悉学校的卡丽还有她的朋友丹妮尔和妮可都成了我的好朋友，直到今天，她们都喜欢重复我第一次见到她们时的开场白——“我不会记得你们的名字！”——说着就会大笑起来。我们四个女孩儿相对单纯：喜欢熬夜看喜剧电影，喜欢在丹妮尔家的游泳池里游泳，喜欢在她家车库上面的娱乐室里玩大富翁。只要有点儿小事，我们总能惹得其他人大笑。我们不会参加聚会，不喝酒，也不抽大麻。跟她们在一起，我觉得很安全。

可只剩我一个人的时候，感觉就完全不一样了，形影相吊。有一天，天色已经很晚，我待在自己的房间里，打开电视，随便调到一个频道，看了一部叫《极速惊魂》的电影。电影里，一个十五岁的金发女生开车去祖母家，可到了半路，车抛锚了。后来，她搭上了顺风车，开车的是一个戴眼镜的帅气男人。很快，女生就发现那个男人其实就是新闻里报道过的连环强奸案的案犯，也是杀人犯。最终，聪明的女生摆出强硬、令人厌恶的姿态，设法朝那个男人开了几枪。我是在一种催眠状态中看完这部电影的，不只是为了给那个女生加油，也是为了成为像她一样的人。那天晚上，我就在那辆出租车里：我能感觉到脏乎乎的座椅底下坏掉的弹簧，能感觉到卡车快速向前行驶，能感受到手里那把枪的重量。我还感觉到，在我的身体里——在那个女生的身体里——有杀人的冲动。我心想，啊，如果我杀了个人，那总有人会来追杀我。那个人不必是杀了妈妈的人。任何暴力的人都行。我的双手紧攥成拳，仿佛在床上燃烧。电影结束时，我根本不知道该怎么办。我根本不敢离开自己的房间。一旦走出自己的房间，我可能会把所有的玻璃杯和碗碟从橱柜里拿出来，一个个摔碎，我就是想毁掉一切。我一直没睡，直到天亮，谋杀那天晚上的情景和想象中自己成为凶手的样子一直在相互对抗。

可能就是从那时起，我开始用"长银枪"的想法安慰自己。谋杀案发生后的几年里，我能清晰地看到它：一把锃亮的枪出现在我手里，有武器，也有盾牌。我期待已久的审判开始的第一天，不管是利用受害者的无辜，还是我金色头发给人的那种没有恶意的感觉，我悄悄溜进了法院，警卫也没注意到我的枪。几个小时的审理之后，我终于等到了属于自己的那一刻。凶手坐在证人席上，要为自己辩护，坐在旁听席的我站起来，大步走到法庭上，以迅雷不及掩耳之势杀掉他。在这样的幻想中，要么是我的双手，要么是枪管，要么是开枪时的亮光，总会遮住凶手的脸。

那些幻想，那种愤怒，使我对母亲的悲伤和爱黯然失色。我对她的记忆随着时间的推移越发暗淡，我也越来越容易感到恐惧和愤怒，因为恐惧和愤怒都有终结的时刻——审判——如果审判终将到来的话。悲伤更为危险，因为我知道，悲伤永无止境。

32

高中最后一年开始之后不久，我积极搜索大学信息的时候，警察再次出现了。我见到了案件新的负责调查员。他叫沃尔特·格里布，当时的他还得和迪克·皮克特了解情况。他们找到了一些零散的新线索，但并没有什么实质性进展。尽管经过两次比对，丹尼斯的 DNA 都和罪案现场血样里发现的不一样，迪克还是认为丹尼斯就是凶手。第一次见到沃尔特，我就觉得他比迪克更讲道理，更有风度，也更有同情心。不过我那时一直在跟警察生气，认为他们都是一群懒惰无能的家伙。不管怎么说，他们早就应该破案了。然而，我还是同意再次接受访谈。

调查了几周之后，沃尔特找来了精神病学专家丹尼尔·布朗医生，他尤其擅长运用理疗和催眠疗法恢复记忆。布朗医生是哈佛大学的教授，全球知名，要是必须找个人恢复我被压抑的记忆，这个人非他莫属。沃尔特问我是不是愿意去波士顿，每次两小时，去四到六次。如果布朗医生认定我没有被压抑的记忆，那么警察也就再也不会想方设法找回记忆了。他们会相信我说的话，相信我真的把知道的都说了出来。我当时就确信，我们不会有任何收获。

我既希望医生能证明我是对的，也希望他证明我是错的。沃尔特亲自开车带我去波士顿。这四个小时过得非常尴尬，我们都在尽力找话题。他坚持让我选播音台，但一想到他是在拿我寻开心，我就根本没办法欣赏音乐，单调的《回眸无笑》伴我挨过路上的时光。好不容易，我们到达了目的地。他把车停在长长的砖石办公楼旁边，我们终于可以坐下来和布朗医生准备开始时，我好好松了一口气。

我马上就对布朗医生产生了好感，因为他跟别人有些不一样。这个常春藤毕业的记忆专家有灰色的头发，衬衫的扣子一直敞开到胸口的位置，露出一条金色的链子，我喜欢。我也喜欢他的直接，没怎么跟我套近乎。我觉得他是那种会自己下结论的人，不会轻易听信人言。他似乎是那种真正的中立派，不是警察们迷惑我的工具。

我和布朗医生的见面都会被录下来，方便医生之后进行分析，所以沃尔特不能参与会面。整个会面过程我都是闭着眼睛，听从布朗医生轻柔的指示，所以很快就忘了录像机的存在。会面的目的是让我重新回到谋杀案发生的那个晚上和之后的几周时间，这样我可以再看看周围，试着找到更多之前忽略的内容。我进入了一种迷惘的状态——比催眠状态要稍微清醒一些——这样我就可以在不必掺杂太多情感的情况下注意到一些细节。这时看到的细节不会那么可怕，所以更容易浮出水面。会面结束时，我感觉时间才过了几分钟而已。

和布朗医生的会面都在周二，卡萝尔跟校长说明情况的时候，校长马上就同意了。不过，之后的日子总让我觉得有些不真实。我把离开小镇的原因告诉了我最亲密的朋友们，消息肯定会传开——一个班本就人数不多，大家第二天总要讨论前一天有人缺课的事情——但我不记得有谁问过我什么。卡萝尔和卡罗尔还有我根本就没提起过这件事，正如我们也很少提到妈妈一样。

圣诞节前最后要上学的一周，我要和布朗医生进行最后一次会面。会面结束之后，我和沃尔特坐在窄窄的会议桌的一边：桌子上覆着木层胶膜，边上包着黑色橡胶条，我用指甲掐了几下橡胶条，在上面留下令人满意的小印子。布朗医生走进来，在桌子另一边的椅子上坐好。冬日的光线从高高的玻璃窗透过来，楼下车辆通过的嘈杂声从两片玻璃窗之间的缝隙里钻进来。我看见沿着查尔斯排布着一艘艘白色的船。

“我们很确定，萨拉没有明显被压抑的记忆。”布朗医生开口了。可我再也听不下去了，一下靠在椅背上。我两边的嘴角微微一动——不易察觉的微笑。终究还是我赢了。忙活了这一段时间，终于有一位权威相信我了，他支持我，能让警察不再一遍一遍地问那些一样的问题。我觉得释然，也有些得意，就像当着大人的面终于证明自己是正确的一样。

然而，要是医生证明我是错的，我也会很高兴，因为那就意味着能找到凶手了。如果在第一次会面，我能发现一些重要的细节，那圣诞节前，我们也许就能将凶手绳之以法。理论上说，记忆被压制是有原因的——通常是为了减少心理伤害。我曾经想过，为了找到凶手，我愿意冒着被伤害的风险。

沃尔特听布朗医生讲话时一直都很严肃。他点了点头，问了几个问题。我们上了车，他说：“好吧，只能这样了。”

“我也觉得，”我说，“很抱歉，我没想起来更多。”

我们开车去了一家熟食店，买了意大利三明治，一边吃一边闲聊。我觉得沃尔特不是个坏人。但警察一直都只会让我失望，而且我也相信他们还会继续让我失望。穿着蓝色制服的他们显得一本正经，行为举止那样专业，然而他们根本没有掌控什么。六年了，他们依旧束手无策。

我们又回到了车上，沃尔特坐了一会儿才插上钥匙启动汽车。

“萨拉……”他说，“我们一直没找到凶手，真的很对不起。我知道这样你心里也不好受。我们不会放下这个案子的。我答应你，我们会想尽一切办法抓住凶手。”他低头待了一会儿，一只手扶着头。之后，他开始倒车，转过身冲着我这边，查看路况，准备出发。

沃尔特的眼里噙着泪水——他曾经满怀期待。看到他哭，我心里很不是滋味。这一刻，我终于承认，沃尔特和其他警察们确实尽力了。可能我们就是永远都找不到凶手。

33

最后这几年高中时光，卡萝尔和卡罗尔还有我相处得不错。可我刚过了十八岁生日不久，突然之间，我们的关系就恶化了。卡萝尔和我大吵了一架——那是我们第一次大吵，真的。那天晚上，我要和杰森一起去看电影，卡萝尔问是谁出钱买电影票。我告诉她是我出钱，让我惊讶的是，她知道我和杰森出去时，我偶尔也会付钱——但并不总是这样。我觉得这样做无可厚非：我能从妈妈在鞋厂赚的钱里拿些零用钱，可杰森的家境有限，他没太多钱。杰森对我很好，总会做些其他事弥补我。听到我说是我出钱之后，卡萝尔一下就火了。这让我始料不及，于是我也说了些不知轻重的话，比如，“这是我的钱——又怎么样？不过才十美元而已。”

其实我说什么并不重要。我看得出来，我回答那个问题之前，卡萝尔就已经要生气了。无论我说什么都只会让她更生气，我从没见过她这样，没见过她如此失控。她说我是让男朋友“占便宜”，对此尤其生气，我认为这是一种羞辱，尽管我会不自觉地被人利用。

卡萝尔的反应让我摸不着头脑，根本不正常。争吵没有持续太久。她问过是谁付钱之后，就一下开始冲着我大吼。我转身上楼，她很快就跟了上来。我没想过要坚持自己的立场。我猛地关上卧室门，把她关在外面，身体一软坐在地上。卡萝尔还在外面大叫，我穿着运动鞋的脚紧绷着。第二天，我跟卡萝尔说要出去找房子，希望她能向之后的房东推荐我。卡萝尔同意了。我要搬出去的事，这是我和卡萝尔之间唯一讨论过的事。我生卡萝尔的气，但我更生自己的气，我气自己冲回了卧室，气自己接受了这一切。

后来，我发现，那次大吵前不久，卡萝尔和卡罗尔的儿子被卷入了严重的法律纠纷中。我还记得，杜丝把我赶出家门的时候，她正在闹离婚。卡萝尔和杜丝的成长环境差不多，家人都会朝彼此大喊大叫，要是觉得自己处于弱势，就会离开家，四处飘荡。我并不完美，但我觉得她们发脾气的原因都跟我本身没什么关系，或者至少说在面对问题时，应付另一位家庭成员就更难了。

十八岁生日时，我用了一些妈妈在鞋厂时攒下来的钱，办理了驾照，还买了一辆车。此外，我已经开始使用上大学之前就有的社会保险福利，给卡萝尔和卡罗尔交一小笔房租。我想，我也不妨向另一位房东交房租，这样也就不必每天晚上十点之前必须回家了。

我只能在拉姆福德找房子。那个被视为经济心脏的造纸厂还会把白烟“扑通扑通”送到空中。造纸厂的黄金时代已经于四十年前远去，现在，整个镇上都是坑坑洼洼的护墙板和被酸腐蚀过的砖墙，美好时光的界限早已成为过往。造纸厂的大部分员工都愿意长途上下班，住在周围干净且绿化好的小镇上，卡萝尔和我叔叔温道尔就是这样。但那些小镇都不大，没有太多公寓楼，而我也不敢租一整栋周围都是树的大房子。

我在报纸的分类广告栏找到了几条信息，也和几个房东见了面，上了年纪的男人们看起来好像总有些让人害怕。有一个房东问我有没有男朋友，我回答的时候，心里想的是，他只是想知道万一我没钱是不是有人给我垫付。那些公寓都透着霉味，地毯上污渍斑斑，空气中还掺杂着久未消散的烹饪的味道。我把其中一处公寓的地址告诉了学校里的一个女生，她跟我说，那个公寓旁边就是人们买冰毒的地方。每看一次房，我就更失望一些，直到我奇迹般地找到了一间完美公寓：在一栋漂亮木屋的最顶层，有洗衣机、烘干机，还有封闭式平台。卧室很大，而且从卧室可以去楼顶平台晒日光浴。前一位租客沿着楼顶边缘种了不少花，现在都快碰到头顶的玻璃了。看到这些花，我总会记起这样的场景：阳光照过来，妈妈坐在梯子上，在厨房里画心形和菠萝形的图案。公寓的房东罗伯是造纸厂颇受人尊重的工头，他很年轻，跟我朋友丹妮尔的妈妈认识。房租是每周八十美金，我每次就放在后面楼梯上的一个壁龛里。有的时候，罗伯从树上收了枫糖浆，也会在那里放一瓶留给我。

和卡萝尔大吵之后大概两周，我就搬走了。我很少有没经过长时间思考就做决定的时候，但这种感觉很美妙。我只是知道自己必须要做的事。我跟朋友们说了搬家的日子，结果那天来了十八个人，帮我把东西从拥挤杂乱的卧室搬到新家。我根本都不用打包。我深感自己是有人爱的，但我也知道我搬家这件事对他们来说也是大事：我是一群人中第一个搬出去独立生活的。

拉姆福德不属于我那所高中的学区范围，但辅导员说，如果我不更新邮箱地址的话，就可以安稳地在这所学校念完高中。我差不多能维持自己的生活。除了社会保险方面的收入，我还在“观众之选”音像店做兼职。在布里奇顿的时候，我和妈妈也会到这家小连锁店租影碟看。不久，学校里有个男生就来了，他说拉姆福德的滑板男孩们都说我是“音像店超级女孩儿”。他这么说的时候，我觉得很骄傲，而且充满力量，但他走了之后，我突然觉得自己暴露了太多。我站着，靠在平板玻璃窗上，外面就是停车场。

—

自从我搬出去后，卡萝尔和卡罗尔就经常来参加校园活动。演出或颁奖仪式结束后，也总能看到他们脸上挂着笑，不断祝贺我。他们的拥抱中总有一丝道歉的意味。我去取邮件的时候，会和卡萝尔在厨房喝一会儿咖啡。她总会问起丹妮尔和我的其他朋友们。之前沉默寡言、脾气古怪的姨夫，在我每次离开的时候，也会轻轻在我脸颊上亲一下告别。他们对我的善意让我很开心，同样让我开心的还有自己独立居住的能力。

我的公寓很漂亮，可惜是在距离造纸厂只有几个街区的派因街上。夜里，天空永远不会完全黑透，空气里永远有黄色照明灯的灯光和烟尘。得知我住在派因街上后，人们总免不了要问一句："派因街哪头？"要是住在医院附近还算体面，要是再往西走，就会发现年久失修的房子越来越多，到河边的福利公寓为止。我住的地方恰好在派因街中部，很难说清楚到底是派因街"好"的那一段还是"坏"的那一段。我的人生也一样，双脚就跨在好与坏的交界线上。

在派因街"坏"的那一段住着一个男人，我见到他的次数似乎太过频繁。有时是他在街上走碰见的，有时是他在杂货店买东西时见到的，我总会想"又是他"。日子一天一天过去，他不知为何总会在我脑子里闪现。我告诉自己，是我有些疑神疑鬼，可我晚些时候就会遇见他。他总是来音像店，显得过度热情，只租借最里面黄色电影房间里的影碟。同事们总跟我开玩笑，说那个老到掉牙的男人是我的"男朋友"，是我的"暗恋者"。我没跟他们说，那个男人长得有点儿像我的父亲。

一天早上，我起床后想开车出去，发现天线上挂着个还没使用过的安全套。两天之后，我的朋友杰茜跟我坦白了，对她自己的恶作剧大笑不已。“不错，”我说，“这恶作剧真不错。”

那个男人从没找过我的麻烦，但他长得像汤姆这件事总困扰着我，影响我的安全感。我早已不再是上次见到汤姆时的那个女孩儿了——六年前在法院的那天与他遥遥一见——哪怕只是想一想会再见到他，我都会慌张。看到父亲的影子出现在世界上，我的脑子里就会生出很多莫名其妙的幻想：他就是汤姆，正等着我认出他，跟他打声招呼。可只有十二岁时的我，那个挨过了所有恐惧和悲伤的女孩儿，现在看似遥远抽象的女孩儿，才知道这个男人到底是不是我父亲。我要寻找的并不是汤姆，而是我自己。要是出现在我前半生的人，依旧认为我还是多年以前的那个女孩儿，我可能才会知道，那个女孩儿没有跟着妈妈一起告别这个世界。

—

一学年即将过去，我还在音像店工作，等着大学的入学通知。那年秋天，我申请了六所大学，只有一所愿意录取我——哈佛大学，而且我的名字出现在候补名单上。我不想等他们决定要不要录取我，便给他们打了电话，让他们把我的名字从候补名单上除去。接电话的那位女士听起来有些困惑，之后又觉得很惊讶——她大概从没接到过这样的电话。但既然他们不确定是不是要我，我也就干脆不想要它了。我和格兰妮丝一起从美丽的常春藤校园中走过几次，哪怕我那时只有十岁，渴望就在我心中燃烧着。但我知道，自己作为一个可能无法被录取的穷孩子，永远没有机会在这样的大学中学习。我仍需要被人需要的感觉，这次，我绝不能忍受只是被人勉强接受而已。

我也想挑战自己，勇往直前，到大城市去上学，但最后我还是选择了戴维森，一所北卡罗来纳州小镇上的文科院校。在之后的几年里，我后悔当时的自己没有勇气，但现在，这个选择完全说得通了。我刚到大学校园的时候，天气很好，风和日丽，树木葱郁，所有建筑都很宏伟，而且从新古典主义风格的图书馆到学生可以免费洗衣服的砖房子都保养得很好。招生办公室给了我丰厚的助学金，因为大部分学生都可以支付全额学费。课程有些难度，但其他方面一切都好。终于，我想要的变成了安全感。

迪里戈的毕业典礼上，我自己站了一会儿。朋友们相互拥抱，卡萝尔和卡罗尔、格温还有格兰妮丝都在忙着照相，我抽身出来，休息片刻。草色鲜艳，我看着看着，忽然觉得一阵心痛，无法理解为何妈妈不能一会儿就出现，双臂环住我的脖子，在我的脸颊上印上她草莓味的唇彩。

34

我离开了缅因州，翻过了人生中的这一页。我斩断了自己的希望和绝望，将它们留在那个寒冷的地方，一路向南离开了。我读书。我参加派对。我假装阅读与内心深处写作的冲动无关。我假装自己参加的派对和其他大学生参加的没什么不同。坐在宿舍房间灰扑扑的床垫上，我和大家一起聊天、大笑，在联谊会的房间里跳舞，汗流浃背，推开我根本不想带回家的黄皮肤年轻人。我一晚上可以喝掉半瓶伏特加，举着酒瓶，大口大口地把酒从窄窄的酒瓶口往嘴里灌。下一秒，我看着凸起的瓶底，想把这瓶烈酒一饮而尽，让这些液体沿着我的嗓子流下去，看看究竟会发生什么。我想象着自己最后会拥有的轻松感，那种甜美且让人崩溃的投降。我胖了一些，但还是和妈妈一样瘦小的体格，根本承受不住喝下五杯酒。天还泛着青灰色时，我会跌跌撞撞地回家，高跟鞋下，蝉儿的尸体嘎吱作响。

很多个夜晚，我都在呕吐中度过。这是身体在与我喝酒的冲动作斗争。我一趟一趟往洗手间跑，觉得自己的心在胸腔里疯狂跳动。两次呕吐之间，我就躺在凉凉的油毡地上。夜晚将尽，我一个人独自待到三四点或者更晚，可我无法放弃。我一直对抗着自己这种慢性自杀的行为。有时，我好一些了，就拿块毛巾在凉水下沾湿，放在自己的额头上。小的时候，妈妈就会这样做。我尽力不闭上眼睛，默默给自己的心，给自己内心中瘦小病弱的野兽鼓劲。没事的，我这样想，继续努力。走错一步，我就完了，我就知道这么多，可归根结底，我不想就这么完了。

最后，我的心跳会逐渐平稳，恶心的感觉会稍稍消退，我从地板上撑起来爬到床上。清晨暗淡的光线透进我的房间，我闭上眼睛，希望自己还能再次醒来，希望我能克制自己不再这样。

在这样一些混沌的夜里，我会想到汤姆或者霍华德。我会思考酗酒是如何从根部侵害了整棵家庭树。但我还好。我只有周末才喝酒。后来周三也会喝。再后来几乎每天都会喝。如果早上开始喝，一天基本上能喝完一整箱啤酒。但我还行，我觉得还好，根本感觉不到什么。

我跟大部分和我一起的女生和男生都不一样。女生们都穿着非常平整的衬衫和浅色的短裤，腿毛也总是刮得非常干净。男孩子们会穿着马球衫和卡其裤，散发着镇定自持的气息，我甚至觉得自己是在和一群中年商务人士喝酒。他们身体健壮，脸上没有经历过风霜的痕迹，笑容很安逸。想要的都唾手可得，他们早已习惯了这样的人生。学生小报上刊登了一篇文章，称未报告的校园性侵犯呈上升趋势。可这篇文章唯一让我出乎意料的是，其他人看到文章时都倍感惊讶。

有一段时间，我加入了一个女性社交俱乐部。我会戴着珍珠参加周会，培养自己举止得当、端庄持重的样子。但我总有些细节做不对：不是指甲不够干净，就是内衣肩带露在外面，还有超大号的部队外套能遮住我的全套衣服。我没精力用各种粉和乳液遮住身体的痕迹，遮住无法控制的情感散发的味道。醉酒之后的我会变得易怒、刻薄，很多尖酸的话我还没来得及思考就已经脱口而出。可看看其他女生，无论是喝醉的状态还是清醒的状态，都很少表现出自己的愤怒。

我喜欢那件部队的外套，经常穿着。之前，家族的一位好朋友找不到其他瘦小到能穿得进这件衣服的人，就给了我。但一位长曲棍球运动员——是朋友的朋友，嘲笑我总穿着那件衣服，说我应该换件衣服多展示下自己的身材时，我完全被窘迫感淹没了。就好像我周围人畜无害的美女都是真正的淑女，而我只是个假小子一样。我总是穿着靴子到处走，可其他人都是穿着船鞋，就是我妈妈忙到双手变形做的那种。

———

决定脱离大多数富裕人群后，我对戴维森的陌生感反而让我更容易和有同样感觉的人交朋友。我的好朋友大多都是穷困的北方人、同性恋者、留学生和不怎么喝酒的书呆子——这一点很反常。我们彼此支撑，抱团取暖。

我的两个好朋友是克里斯蒂娜和布伦特。前者是那种很好相处的运动员，活泼外向，跟各种人都能成为朋友；后者是个男同性恋，但还没有完全出柜。一天晚上，我们一起去看电影《不伦之恋》，我当时根本没意识到电影的拍摄地点是在缅因州。影院的灯光暗下来，我跟着电影走进了一个小镇，可能就是布里奇顿、那不勒斯或者卡斯科旁边的小镇。这是国会教堂的白色尖塔，那个是吊桥，那边是陡峭的山，山上还有装着护墙板的建筑物。玛丽莎·托梅在影片里扮演一个年轻漂亮的单亲妈妈，三十岁左右，和她约会的男人比她小很多。电影演了半个小时之后，我预感到有些不好的事情要发生了，同时我也预感到这是一部罪案喜剧。但我喜欢看玛丽莎·托梅。她的笑容很美，是发自内心的，她的爱带着轻松乐观的自由感。她深爱着自己的两个儿子，尽管受教育水平不高，但她非常聪明，非常敏锐。尽管男朋友的母亲和其他人都用异样的眼光看待她，但她都忍了，从容优雅。我会一直都很喜欢玛丽莎·托梅，自从看了他的电影《我的表兄维尼》，她就成了妈妈和我最喜欢的演员之一。

但在这部电影中，玛丽莎深受前夫之害。电影演到一半的时候，这个有暴力倾向的前夫就把玛丽莎年轻的男朋友杀了。后来，前夫交了保释金出了监狱，但玛丽莎和她男朋友的父母却不得不忍受在小镇上总能见到凶手的痛苦。我坐在漆黑的电影院里，看着凶手在便利店买咖啡，开车慢慢驶过梅因街，想象着杀害妈妈的凶手正在布里奇顿也是如此。不，他会融入在人群中：没有人知道他脸上为何带着自鸣得意的笑。

电影最后，玛丽莎年轻男朋友的妈妈说服自己的爱人——软弱的麦克白——杀死了杀手，把他埋进了深林之中。看到这样的场景，我激动不已，但也有些害怕。一直以来，我都有把杀掉妈妈的凶手除掉的想法，或者雇凶杀他。但如果真的有机会，我会这么做吗？坐在电影院里，我呆呆地盯着屏幕上深深的丛林，我觉得我能做到，但我最终不会选择那样做。太丑恶了，丑恶中的丑恶。我一直都知道这一点，但现在我离它越来越近了。

我知道自己无论遇到多么不可原谅的事情，也依旧做不出来杀人这种事，这应该让我感觉很好，很安全，很有人性。但恰好相反，我感到绝望。因为我知道永远不会有任何补偿，永远也不会有满足感。我希望杀死妈妈的凶手消失，这是肯定的。我不想让他一副若无其事的样子在镇上走来走去，那样凶残的人也会威胁到其他人的安全。但我也知道，把他送进监狱根本不够，可直接杀掉他又太过分。永远都不会有让人满意的结局。我要找到自己内心的平静，但现在根本做不到。

灯亮了，我觉得自己暴露在灯光下，像是谁把面具从我脸上扯下一样。走过没什么光亮的停车场，我低着头看着人行道，跟朋友们隔开了些距离。我们开始都没说话。突然，布伦特笑了。“哈，我的天！”他说，“她真是白人人渣！玛丽莎·托梅最棒！”我心里一阵冲动，好像心上被浇了一盆热水。我一句话都没说。

——

除了一些让人失望的时候，我觉得比起其他戴维森的学生，我跟新朋友们更合得来，不过妈妈的事情，我只告诉过几个人而已。我还是有那种冲动：假装现在的生活与之前的生活没有关联，毫不相干。我依旧放纵地喝酒，无法拒绝麻木带来的舒适感，有的时候，我甚至会喝得不省人事。第一次是在大二的时候，我自己也被吓了一跳。第二天早上，我清醒了一些，但记忆断断续续的，朋友们那天晚上对我说的话也都记不全了。我只记得我的身体到处走，意识却完全不受控制。我跟自己认识或不认识的人说话，也不知道说了什么，话就从嘴里出来，消散在空气里。至于最后一刻、最后一小时的记忆，只能说是一片空白。记忆没有被压抑，因为完全就没有被记录过。

第一次不省人事的经历确实吓到了我，但再次出现这种情况的时候，就没那么可怕了。我是个大学生，大学生都有醉酒到不省人事的时候。我用了太久时间，向警察证明我的记忆完整无缺。他们确信我的大脑里还潜藏着我想不起来的内容，把生命中的几个小时用在这上面，体会美妙的轻松感又有何妨。

假期时间不长的话，比如感恩节假期、复活节假期和总统纪念日小长假，我就不回缅因州。我想，这样的假期不值得跑回去一趟。反正我不用像其他学生那样一有机会就跑回家，这让我觉得很骄傲，他们在我眼里就跟小孩子一样。我每年就回北方一两次，而且都留在珀鲁，尽量不去想别的小镇。但夏天有一次回去的时候，我走出那栋房子就开始开车，心里模模糊糊清楚自己大概是往布里奇顿开。走到半路我就回来了，慢慢沿着通往湖岸的坎坷的路往前开。还没开上会路过外婆家和墓地的笔直公路，就直接开下小山到镇中心去了。

在通往镇中心的红绿灯那里转了弯，我突然觉得自己作为一个开车的成年人有些奇怪。我几乎可以看到副驾驶座位上的影子，那是我自己，副驾驶才是我应该坐的地方——胖胖的肚子，金色长发，那个影子正期待地看着我。我们开车一起往那栋房子走。我感到一种好奇，混杂着某种虚张声势的气氛，某种盯到对方不敢直视的感觉。我开车慢慢经过那栋房子的次数，跟开车去有着粉红色心形墓石的墓地的次数比起来，有过之而无不及。

我开车走在 93 号公路上，很期望警察的封条还会出现在我的视线中，在夏日的轻风中微微飘动。但我看到的仍令人悲伤：院子周围是铁丝网围栏，黑色的纱网从窗户上垂下来，廉价的儿童玩具散落在草坪上。门边剩下的几棵云杉树挡住了我的视线。

车道上有两辆车，于是我就慢慢开了过去。我不想被人看到，不想成为另一个好奇的陌生人。在远处停下的想法从脑子里闪过，可以停在房子对面那条公路上，也就是我当时告诉 911 调度员的地标。但我知道，就算我停下，我也挪不开步下车。只要我一下车，黑暗就会如阴影一样笼罩着我。迷雾会将我围住，1994 年会咆哮着侵入我现在的生活。

好好坐在驾驶位上，我调头又回到了 93 号公路上。从我的房子到十字路口的距离似乎短得可怜。左转开上 302 号公路后，我仍旧小心翼翼，不想回头多看一眼。

我开过琳达的家，正想着她是不是还住在这里，就看到她穿着比基尼从前门走出来，腰上还别着条毛巾。我记得她在草坪上晒日光浴的样子，甚至还记得她在黑色房顶上晒太阳的时候。

看到琳达，我好像被电了一下，奇怪的兴奋感让我的肘部都冒出了汗珠。我没停车，暗暗查看着更古老的地标：我朋友薇姬之前住的白色大房子。高地湖度假村的小屋子从森林的空隙里透出来，房子后面水光粼粼。我夏天常去打篮球的市政厅，冬天溜冰时的棚屋就在湖后面。到了战争纪念碑，我开车向左，蜿蜒下山朝纽约开过去。加油站和便利店是镇上八卦的流传中心，妈妈刚刚去世后的几个小时里，就有几十号人都得到了这个消息。

到了纽约，我在停车场停了车，想思考一下。见到琳达时那种触电的感觉还在我身体里，我不得不想清楚这是为什么。我想见琳达，想跟她聊聊。我想，妈妈肯定希望我们能保持联系。

我深吸一口气，拳头紧紧攥着方向盘，攥得手不住颤抖。我从内心深处找到些许安慰。我下了车，往付费电话亭走去，我不得不好好控制自己跑回去的冲动。电话亭的链子上系着一个电话簿，我的手指翻过边缘已经发毛的纸页，很快就找到了她的电话。那一连串的数字立刻就唤起了我熟悉的记忆，我早就以为它们从我脑海中消失了。把硬币投进去的时候，我的心扑通扑通跳个不停，血液上涌，思考困难。说些什么呢？要是看到我会让人觉得太痛苦怎么办？拨号音在我的头脑里回响。终于，我按下了一个数字键，之后是让人无法呼吸的沉默，又按下了两三个键后，我停下来，把重重的听筒放在耳边。我颤抖得愈发厉害，头昏脑胀的。我把听筒放回听筒架上。手握了一会儿，不想放开。

我没打电话。这是我人生中第一次无法真正做到一件事，却又无法解释做不到的原因。

我放弃了，回到车里，开车往高地市沙滩的停车场走去。黄昏时分的光照在水面上，清澈闪亮。几个瘦小的孩子在码头上打水漂，激得水面泛起朵朵白色的水花。几户出游的人家坐在沙滩上，几个十来岁的男孩子们聚在一起，坐在树下砖红色的野餐桌旁。我待在车里。我想这些人可能会认出我，也可能不会，我也不确定哪种情况更糟。我点了一支烟，烟气从打开的车窗飘出去，看着那些孩子在码头上跳来跳去，一次一次不知疲倦。

35

2003年到2004年，是我在戴维森的最后一年，也是最顺利的一年。我学业成绩不错，还结交了不少支持我的朋友们。我选择英语专业的时候，并不知道这个学科没包含太多创意写作课，但我还是在毕业前想办法参与了一门写作课。教授的鼓励给我带来了一丝希望。上一学年，我在澳大利亚留学时，爱上了一个人。我打算回澳大利亚去，不只因为那里有他，也因为那里的乡村有充足的阳光，还有悠闲的文化。可毕业之前，我突然没了勇气——我们分手了，所有的移民文件也都被我扔了。我做不到，给不了承诺，做不到承受这样大的变化。我想象中的幸福似乎有些荒唐，完全不可能实现，干脆就在失望之前完全毁掉算了。从此以后的我，没有特别的激情，没有特别的专业，也没有可以追寻的爱情，根本不知道路在何方。

大学毕业之后的那个夏天，我在卡萝尔和卡罗尔家搁浅了，分文没有，未来亦不可期。为了获得学业上的成功，我拼搏了好几年，但我不知道毕业之后能做些什么。那几个星期，我都是很晚才能睡着，漫无目的地拖着脚在房子里走来走去，偶尔会去塞得满满当当的车里，拿几样日常用品。姨妈和姨夫看马拉松式的电视剧《法律与秩序：特殊受害者》和《法律与秩序：铁证悬案》时，我就不看电视。他们觉得这部电视剧能宣泄感情，但我根本看不下去。卡萝尔和卡罗尔都很巧妙地避免问我未来的计划如何，但我知道他们心里也充满了疑问。我看了从东海岸到西海岸几个城市的房租价格，也憧憬过不同的未来，但就是迈不开第一步。

亚历克斯是我的朋友和同学，毕业之后搬到了罗利，是他拯救了我。那个悲伤的夏天，无数个夜晚我都在网上聊天中度过，数不清的泪水落在电脑屏幕的蓝光前。这时，我读到了他的救赎之言："把破烂都塞进车，回来吧。我们再想办法。"

我车里的东西都还没拿出来，所以亚历克斯的话轻易就让我缴械投降了。他是个坚定负责的人，从来不会因为我做自己就妄加评断。几天之后，我跟大家告别，开车上路。先在亚历克斯家的沙发上住了几个月，之后在教堂山靠近大学的一间脏乱的公寓里租了一个房间。室友们都是被学校除名的肄业瘾君子，在厨房做了那么多培根，弄得墙上都是油。离开他们的三年突然感觉像是十年。我没有移动电话，没有网络连接，也没有固定电话，我记得最清楚的是，穿过烟火之地走到外面高大的铁质信箱时，总期待有人——是谁呢？——给我写了封信。

不久，我在北卡罗来纳州大学找到了一份行政助理的工作，在当时那种我觉得自己深陷失败低谷的时刻，这简直就是天大的恩赐。我的很多大学同学不是忙着做大事，就是努力当经理，要么就是去艺术学校或者跟华盛顿高尚的非盈利组织合作，而我却只是个秘书，为此，我感到有些抬不起头。这时，我会低头看看自己柔软的双手，想想妈妈肿胀扭曲的关节，责备自己贪得无厌。你已经受到了良好的教育，你还想怎样？别人都不知道，你其实很愚蠢，是自己恶毒、无情的部分，虎视眈眈的。你竟然根本不知感恩，你都不用做什么实质性的工作。

有时候，那个声音会更可怕。有时候，事情会变得不受控制。大学期间我感受到的那种愤怒会在痛饮伏特加的夜晚释放出来，可现在我都得压在心里，时刻都能感觉到。我下班后会直接回家，一个人坐在卧室里，坐在地板的垫子上，从地毯旁边的厚纸板箱子里拿啤酒喝。我想，我可以在这么好的天气里去镇子散散步，或者去咖啡馆，没准还能交一两个新朋友。但没必要出去的时候，我一想到要去公众场合，就总觉得有些迈不开步，无论从百叶窗能透出多少卡罗来纳州的阳光，我都走不出去。没什么让人脸红心跳的社交活动参加，没什么能消遣的东西，所以要从家里走出去就更难了。

我会读书，会用电脑听 CD，但我根本没法儿集中注意力看书，音乐听起来也没什么感情，像是从长长的走廊那边某个开着门的房间里传来的。我对自己充满了愤怒。为什么我没有做更多？为什么我之前要浪费妈妈苦心工作得来的一切？为什么我不能至少开心一些？最后，我内心的负能量肯定得找个出口。我会马上站起来，好像真能躲开那个声音。最后的最后，我会收回双手，抽在自己脸上，狠狠抽，一下接着一下。没有人支撑我，没有人激励我，更没有人关心我做了什么——只有我自己。我会非常无情，而我的无情只会使我麻痹。

我认得这内心的声音，但我不想承认。那是第二个自己，谋杀那天的雨夜诞生的，是那个帮我负重前行的大姐姐的声音。她带我走了这么远，但现在她已经变得让人讨厌，苦闷、困顿，鄙视我萎靡不振的力量。

不过，随着我逐渐成长，我也努力抗争过。办公室的接待员考特尼跟我年纪差不多，她总想让我跟她的死党们一起出去玩儿。我终于答应了，我的生活从那一刻起，因为见到了越来越多的人而不断扩展。起初，我内心非常清醒，不太习惯跟刚认识的人说话，但每次有人再见到我朝我笑的时候，或者每次我讲笑话有人笑了的时候，我都会意识到，别人和我共度时光是快乐的，我不像自己认为的那样愚蠢、迟钝。

考特尼是一位作家，正在写一本书。她有才华，也充满希望——她知道自己在做什么。除了应付书稿和来电，她会润色每个章节场景。她知道出版很难，但和我不一样的是，她不怕被人看见自己努力的样子。我终于跟她坦白说我也想写书的时候，感觉像在忏悔一样。我之所以接受责任不重的工作，部分原因就是我希望自己下班之后有时间写作——我自己都很难对自己承认这一点——但我很少有勇气坐下来写作。终于坐下来的时候，我能想到的也只有妈妈。关于她的清晰记忆会占据我的脑海，我坐在电脑前，一鼓作气写五页左右，极力想将那一刻落在纸端。但之后，我的一腔热情就会褪去，我就只能看着屏幕上无尽的白色纸页，光标期待地朝我一闪一闪的，而我则会转头放纵自己喝酒。我几乎每个月都有一次这样的情况，最后我的电脑桌面上到处散落着头尾不续的段落。还是个孩子的时候，恐惧之下的我放下了写作，可长大了之后，我每次想动笔，那种恐惧感就会重新回来，那是固有的，是生理上的。

我觉得逃回北卡罗来纳州在某种程度上是一种失败，但事实证明，回来是完全正确的决定。没有了戴维森那种令人窒息的保守气氛，没有了戴维森的学术压力，我可以在这片拥有大房子和温和冬日的土地上慢慢放松。最后，我搬到了附近的达勒姆，为一座慢慢老去的美丽老房子当看守人，可以免费住在房子里，慢慢偿还大学期间积攒下的信用卡负债。邻居丽兹成了我的好朋友，经常带我出去，还把我介绍给她的朋友们。她带我参加聚会，我们每个月至少出去跳一次舞。那时，我们俩的一位朋友在一栋破旧的四层建筑物里打碟。那里曾经是一个拳击台，到处都是黑暗的角落和红色的灯。

我跟别人约了几次会，陷进了一丝触碰和瞬时性带来的舒适中。可通常情况下，前一段感情还没结束，下一段感情就已经开始了。我开玩笑说，自己“不太擅长处理重叠性方面的问题”，这样能让自己好受些。我并没有意识到，我把自己的爱人们都拴在一起，跟我妈妈当时一样，我永远无法承认自己深爱着某个人。

我和很多在这个地方迫降的人成了朋友，有想重振旗鼓的艺术家和作家们，他们都因为各种不想讨论或无法讨论的事情而偏离了轨道。我们中的六个或八个轮流主持每周的聚餐，随着时间的推移，每周的聚餐餐点越来越奢侈，相互之间也不断攀比。吃完饭之后，我们会坐在门廊，继续喝红酒和啤酒。接着是沙拉，我们的椅子就在弯曲的宽木板上摇摇晃晃。栏杆上脏乎乎的茶碟旁边，古德威尔复古的烟灰缸排成一排。其他朋友们有时也会加入，和我们一起坐坐。仲夏时节，晚上十点的气温还在二十九摄氏度上下，在门廊坐着最为美妙，不知不觉，就到了让我们身上微微冒汗的凌晨。于我而言，在门廊坐着，带我回到了小时候深爱着的夜晚，让晚上又变得安全、美好。和这些善良、聪明的人一起坐着聊天，音乐声不大，带走了我喝酒的情绪，我和少数几个人待着的时候非常开心。

回想起来，在那些前门门廊上餐后喝红酒的夜晚里，在那些酒吧烟气熏天的夜晚里，我们都想喘口气。除了那种“要是有什么重要的事情发生，也是发生在其他地方”的感觉之外，生活非常美好。

达勒姆的租金很低，工资水平还好，无论有什么事情，我们都能拖一拖。偶尔，有人会搬到纽约或奥尔良的波特兰去。我们会举办一场大型送别聚会，目的就是迎接他们几个月之后再搬回来。

我们嬉笑打闹，我们开怀畅饮，我们分享各自的自信，用类似抢椅子游戏的方式寻找自己的爱侣。聊到父母的时候，我总会说清楚我父亲不知道去哪儿了，妈妈已经去世。大家都猜是因为癌症去世的，我没说什么。我跟这些朋友组成了新的家庭，不用提那些之前的事。我从姨妈和姨夫的生活里渐渐淡出，半年左右通一次电话，当然，他们不会打给我。没有哪个特别的人要对我负责，而且每个人都有自己的事情要忙。我有个朋友叫明迪，我跟她妈妈的谈话更深入、更开放。她知道发生在我妈妈身上的事，但我们从没过多谈论这件事。没什么必要。一切都属于另一个时代，暂时如此。

36

后来，在办公室的某个下午，时间再次倾塌。那是个周一，2006年三月下旬的时候。非常安静的一天。礼貌、含糊的谈话，咖啡机的咕噜声，纸张在复印机出纸盘堆积的沙沙声，偶尔还有电话柔和的数字化铃声。

大约两点的时候，中央电话机的铃声响了，叮铃叮铃的，打破了午餐后的上班铃。

“院长办公室——我是考特尼……稍等——请稍等一下。”

她朝我努努嘴，按下了通话保持按钮。我脸上现出一个微笑，可能有谁会歪曲我的话，不过从另一方面看，我听起来像是个爽朗的人，精力充沛，乐于助人。考特尼朝我咯咯笑的时候，我朝她挑了挑眉，抓起听筒，按下接通键，接通了电话。

“您好，我是萨拉！”

“萨拉，我是沃尔特·格里布。你在那边怎么样？”

缅因州口音圆满拖长的声音冲进我毫无防备的耳朵里。我上次跟北边的人说话已经是好几个月之前了。

“啊……我，我挺好的。就是，你也知道，今天周一，我上班。我就在办公室……有一段时间——”

沃尔特打断了我，那种突然是我之前从未听到过的。“那就好，那就好。萨拉，你听我说，我想告诉你一件事。这样说吧，你现在是一个人吗？或者你能不能找一个比较安静的地方？”

“可以，可以，”我说着，开始颤抖起来，我自己也很惊讶，“我们还有一间办公室，我把电话转接过去，稍等我一分钟。”我不知道自己的声音听起来是不是和平常一样。我把精力集中在之前让我失望的线索上，想让过去的事克制住我扑通扑通的心跳。沃尔特的声音里有些紧张，音调稍高，与我记忆中那种平稳、专业的声音不太一样，听起来夹着一丝兴奋感。

当然，沃尔特会跟我说一个小镇的名字——不，我之前肯定没去过，他还会跟我说一个人的名字——不，我之前肯定没听过，他所谓的线索应该就是谣言。很多人给警方打电话，因为他们渴望获得跟这个案件有关的不光彩的名声，这样做会让自己松一口气，但会给其他人平静而安宁的生活蒙上一层灰色。他们总要给偶然的联系强加意义，他们的想象已经快进到关于描写英雄密报者报道标题的地步。他们说自己听到了某人忏悔，在树林里找到了一把刀，或那天晚上看到有车经过，那都是八年前、十年前甚至是十二年前的事情了。警方会小心翼翼地调查，不放过每一个细节，可最终也没什么结果。我站起来，离开办公桌时已经做好迎接另一次失望的准备，希望总会迅速湮灭，之后就是从没拥有希望的羞愧感，哪怕只是一瞬间。我对自己说，我的生活不会有丝毫改变，我肯定会没事的。一切都还好。

我走进那间闲置的办公室，屋子里暗沉沉的。白色的光线通过头顶上的大窗户照进来，在我们这栋楼和另一栋楼之间来回反射。我坐在大大的办公桌后，带着一个拍纸簿和一支蓝色圆珠笔。打开笔帽，我做好了准备。我拿起听筒，接通了沃尔特的电话。

“好了，我准备好了。怎么了？”我说得很熟练、很平静，一副工作的口吻。

沃尔特深吸了一口气。“是这样，萨拉，我们好像找到了杀害你妈妈的凶手。其实，我们确定是那个人。”

我不记得自己说了些什么，心跳声回响在我的耳朵里，完全盖住了我说话的声音。但我真的知道，眼前的桌面突然间变得非常遥远。我心里想，要是我晕倒了，会有人听到吗?

沃尔特先说了个名字，问我听着熟不熟悉：“你听说过迈克尔——迈克——哈钦森？”我没听说过。不过，沃尔特解释说，这条线索基本上可以确定绝不会落空。那种失望带来的恶心感没有出现。我的脉搏也慢慢变得正常。

沃尔特很确定。证据也很充足。圆珠笔尖落在纸页上：“迈克尔·哈钦森。”我现在依然留着那些字条。字写得很紧，挤在一起，跟我平常潦草的字迹一点儿都不一样，带着些踌躇和难以置信。但“哈钦森”这三个字之后的每一句都非常确定、清晰，他的名字本身就是一句话、一个完整的想法。我让笔尖停在那里待了一两秒，任由墨水洇过纸背。

沃尔特说，哈钦森的DNA跟罪案现场的DNA样本匹配。2003年底，哈钦森被判犯有重罪——绑架，外加持枪胁迫，因此，他必须得进行口腔黏膜测试，并将结果录入联邦调查局的犯罪数据库。沃尔特说，每个样本的鉴定可能需要很多年，因为积压待办的事项太多。各个地方暴力事件的增长远远超过实验室基金的增长。当时，缅因州的拖延时间是两年左右，某些州的拖延时间会长达十年。但缅因州最近得到了联邦政府的资金，所以可以赶上进度。于是，实验室终于在一个星期前测试了哈钦森的样本，那时距离他犯下绑架罪已经有两年半的时间。样本刚录入数据库，就匹配到了已经等待了十二年的血样，匹配到了将近三十个人都无法匹配的血样。完全吻合，根本毋庸置疑。哈钦森现在已经三十一岁了。那一天，我二十四岁，可以说，我生命中一半的年月都没有妈妈的参与。

鉴定还要再重复，这是规定，但沃尔特已经和哈钦森在县监狱里谈过了——谈了两次。哈钦森之所以被关进监狱，就是因为保释期间再次违法。我仔细听着，又认真记下了几条信息，尽力留住每一个细节。我抓住了一个最不现实的问题："你跟他说话了？"一个我认识的人和那个男人坐下说话，就是前一天的事。那个人不再是一个抽象的概念，不再是我心中长银枪爆炸后留下的空白。他是真实的，是地球上实实在在的一个人。

"没错，"沃尔特说，他的兴奋感根本藏不住，他兴致勃勃地要跟我讲完整件事情。他越说越快，一边说一边忍不住笑——胜利的快感。"我让他坐下，然后问：'你认识克丽丝特尔·佩里吗？你去过克丽丝特尔·佩里的家吗？'他彻彻底底地否认了，完全否认了。第二天我又去了，又给了他一次机会。可他还不承认。不过这对审判很有利，因为他没法捏造事实，否认自己认识你母亲——他的 DNA 到处都是，他编的所有不在场证明都没有用。"

审判，我心里想着，天啊，审判。终于等到了这一天。

"而且，你也知道：我们都知道那个人割伤了自己的手。所以手掌上肯定有一条难看的伤疤，那把刀留下来的，以致他的血到处都是。被割伤了手，就是这样的情况：血到处都是。我见到哈钦森的第一件事就是要看看他的手。他手上有一条大伤疤，贯穿整个手掌。哈钦森说是车祸弄的，但我知道——我就知道他一定会有那道旧伤口。”

沃尔特告诉我，要是他们定了罪，司法部长办公室就会考虑终身监禁——因为缅因州没有死刑。他说，全国只有少数几个州规定终身监禁不得假释，缅因州就是其中之一。此外，由于法官会对是否要施以此种刑罚犹豫不决，司法部长办公室很少如此起诉。但在这种情况下，一切似乎都是板上钉钉。

事实证明，哈钦森一直都住在布里奇顿。我想象他走在梅因街上的场景也并不是空穴来风。他结了婚，还有两个孩子。他还在父亲的公司做泥瓦匠，仅是有时如此。他也买毒品，这倒是常事。

我停下笔，深吸了一口气。“事情是这样的……我不得不承认，有些时候，我也会想自己可能永远不能给你打这个电话。”

现在，沃尔特的声音变得更严肃了。“萨拉，你也知道，我一直都不想说这个，但有的时候，特别是几个月都没进展的时候，我有时候真的觉得我永远都打不了这个电话。”

沃尔特说，他和同事们都忙着为即将到来的起诉收集所需要的事实材料。指控正式提出之后，哈钦森的身份就会被公之于众。沃尔特已经升任主管，但还是负责这个案子，帮助新的初级检察员克里斯·哈里曼调查。现在，他们正在对这个十二年的调查做收尾工作，确保所有的证据无懈可击。沃尔特说，他们还要找几个人谈一谈，再确定几件事。这需要几天时间。他们只告诉了我——还没给我们家的其他人打电话。

“需要我告诉他们吗？”我问，“我是说……我要什么时候打电话？”

“这件事，”沃尔特说，“完全由你决定。你觉得怎么做最好就怎么做。你想告诉他们，完全没问题，你当然可以说。但你应该知道，我们需要尽量低调一些——再等几天就行。我们会尽快完成谈话，消息传出去之前——你也知道消息在布里奇顿的情况。我们得让某些人觉得出其不意才行。所以除了家里人，你对谁都别说。我们希望下周四就提起公诉。我周一或者周二会再打电话通知你。你也可以随时给我打电话。”

我想到了九个姨妈和姨夫，他们的孩子们和朋友们以及邻居们。漫长的周日下午，一群群女人们坐在餐桌旁，抽烟，喝咖啡，聊好几个小时。我在想这个消息会如何改变我们每个人的现实生活，知道这一点之后，和朋友们聊天又怎么能不提。消息从他们大多数人居住的牛津郡传到布里奇顿南边的坎伯兰县需要多久。我的外婆那么想知道凶手是谁，一旦她知道了，肯定不可能瞒着不说。她去理发的时候肯定会泄露消息，住在埃文河的女士来了她也会说。而住在埃文河的女士碰巧就是我的老保姆佩姬。

我决定等沃尔特的消息。我只要再低调一周就行了。

我不想破坏调查。我担心有人得到他们本不该知道的消息，引得证据中的关键信息变成八卦，之后变成传闻，最后不被法庭承认。我认为，我现在的沉默就是对妈妈的忠诚，是把她摆在失去她的那些人之前。

除了这些原因，我还有其他暂时不说的理由。这通电话打来之前，我一直尽量往前看。之前我的生命里有妈妈，现在我的生命里却没了她——前后有天壤之别，各占十二年，将我劈成两半。我需要时间适应。我需要时间思考。我不想把事情闹大，不想让事情失去控制。沃尔特建议我先把办公室电话从大学网站上删掉，免得有新闻媒体打电话或者有什么更过分的事情发生。我愿意藏起来。

找到杀害妈妈的凶手，让我难免再次想象如果他没杀害妈妈的生活。我早已习惯妈妈缺席我的人生。我假装自己本就没有妈妈，假装妈妈只是为别人准备的。

我有理由先把这个消息瞒着家里人，但在接下来的几天中，我觉得自己像个叛徒。消息还是传出去了，但并不是通过我。卡萝尔给我打电话，这可是好几个月以来的头一次。我们聊了聊日常小事，就是平常闲聊——我的室友、工作还有她房子的翻修情况——但这通电话的最后有些奇怪，时间拖得很长，她通常会很轻快地挂断电话，可这次挂断的时刻似乎永远不会到来。终于，卡萝尔说："格洛丽亚给警方热线打电话了。警察说要跟布里奇顿的人们聊聊。太奇怪了。她就是突发奇想打了个电话，结果警察的样子好像是有情况一样，可警察又不肯明说。"

我也不会说发生了什么事。我避开了这个话题，做出惊讶但并不是很感兴趣的样子。我尽量平静地挂断了电话。我们都得等，再等一会儿。沃尔特可能很快就会打来。

然而，两天之后，我还没来得及给家人们打电话，他们就打给我：外婆格雷丝去世了。之后的那个星期，诉讼公开了，我又给大家打了电话——沃尔特那天已经提前给他们打了电话，把这个消息告诉大家的人是他，不是我。要是他知道我外婆已经快走到了生命的尽头，肯定会早点儿打电话。但没人告诉她。也没人告诉我。

从很多角度看，外婆多年以前就已如行尸走肉般。妈妈去世之后，她的生活多少就停滞不前了。她为谋杀案着了魔，经常想，也经常说，没有片刻停止思考到底是谁杀了自己的女儿。她还会不定期给警察打电话，想了解更多信息，详细讲述自己怀疑这个人或那个人的理由。此外，外婆很少离开家，她也没有任何爱好。她说自己走不出去，也不想走出房子："我对克丽丝特尔和萨拉的所有记忆都在这里。”与人隔离和恐惧加速了她的衰老，也让她患上了老年痴呆症。我们很难知道她最后真正明白了些什么，她经常弄不清时间，有时也认不清人。但如果我们在她离世前说了迈克尔·哈钦森这个名字，或许她会走得更安详些。

37

以下是他被捕的全过程。

2002 年，迈克尔 · 哈钦森听说自己的朋友罗伯 · 德雅尔丹的几株大麻因为铺设电缆而清理森林时被砍掉了。这两个人知道是谁干的——一个叫伊恩的人。伊恩也算是他们俩的朋友，应该知道大麻都种在那里。罗伯和迈克尔叫上另外一个朋友德里克，他们三个钻进迈克尔的倾卸卡车，拿上啤酒，开车去了伊恩工作的工地。快到工地的时候，迈克尔让罗伯下车，在不远处的树林里等着。

迈克尔和德里克找到了伊恩，说他们有大麻和啤酒。“过来爽一下。”他们对伊恩这么说。

当时的伊恩只有十九岁，真的就蠢到跟着他们俩上了车。迈克尔在路上开了五十多码后，接上从树林里走出来的罗伯。德里克下了车，让罗伯上去，紧挨着伊恩。等德里克又上了车，卡车开动后，伊恩才发现这三个人带着枪，就放在仪表盘上——货真价实的格洛克手枪。罗伯抓着伊恩的手指使劲往回掰，逼伊恩说出之前的大麻去了哪里。之后，他们三个人开车把伊恩带到树林，抓着他往一片空地走，就跟把疯狗的脸塞进破麻布袋里一样。一起往树林里走的时候，德里克一直带着枪。“伊恩，大麻去哪儿了？”他们问，“他妈的到底去哪儿了？”

伊恩毫无目的地到处看看，但其实他心里清楚，那些大麻都已经被转移到他的房子后面。终于，那三个人放弃了。他们停下来抽烟的时候，伊恩跑了。后来，伊恩听到了枪声，知道事情非常严重。于是，伊恩没了命似的跑。到了警察局的那一刻，他吓得都不知道怎么说谎了，说自己偷了大麻，现在正处在危险之中。

伊恩还只是个孩子。第二天，他和女朋友阿莉莎开车沿着缅因山下山时，从后视镜里看到了迈克尔和德里克。伊恩把身子从车窗探出去竖了中指，等他和阿莉莎在纽约的停车场停好车后，迈克尔和德里克也跟着停了车。德里克拿着迈克尔的枪，下车对准了伊恩的脸。两个人吵了几句，一会儿德里克回到车上，迈克尔就发动卡车并开走了。可没走多远，迈克尔和德里克就被911接线员调配的警察逼停了。911的电话正是伊恩从纽约打出的。

在缅因州，绑架和武器威胁都是重罪。德里克被起诉定罪，迈克尔也是——很可能因为枪是迈克尔的，而且是他开的车。最终，迈克尔不得不接受口腔黏膜测试，测试结果也因此被录入CODIS[1]，即联邦调查局的DNA联合索引系统。该系统中已有成千上万份嫌犯、罪犯和从全国犯罪现场得来的DNA样本。他根本不知道这项测试会带来怎样的后果，他不知道自己张开嘴的这一小会儿就能最终揭发他是杀人凶手的事实。然而，样本匹配还需要再等两年的时间。可能在那之前，迈克尔都觉得自己能侥幸逃脱。或许不会。迈克尔的一位朋友后来告诉警方，有一次，迈克尔把双手放在篝火上，还伸直手指，简直疯狂到无法理解。看来，他是想烧

(1) CODIS: The Combined DNA Index System。

掉自己的指纹。

在得到测试结果和得到匹配结果之间的两年中，迈克尔·哈钦森在监狱待了半年，之后获得假释回到了布里奇顿。后来，他又因危险驾驶未能出庭违反了保释条例。其实，他是带着孩子高速行驶。除此之外，他还多次在大麻或可卡因测试时呈阳性。迈克尔的假释官建议签发逮捕令，布里奇顿的警察正乐得如此，他们早想把这个总给自己找麻烦的人绳之以法——酒后驾驶、家庭暴力、持有毒品，等等。但警方首先要做的是找到这个人。

布里奇顿警方知道哈钦森很快要再婚。“我们就那时候抓捕！”警方大笑着，根本不知道自己要逮捕的人正是已经避开他们近十年的杀人凶手。迈克尔开车从仪式现场到接待处的路上，警方逼停了他的车，立刻将他收押，让在海外作战退伍军人协会大厅不知等了多久的参加婚礼的客人们错愕不已。仅仅二十一天后，缅因州犯罪实验室终于忙完了之前积压的工作，发现迈克尔·哈钦森的 DNA 与从克丽丝特尔·佩里案件现场发现的样本吻合。过了这么多年，时机刚好。庭审开始之前，他都得待在监狱里。

听到 DNA 匹配的消息，哈钦森的新妻子克里斯蒂就给自己的堂兄丹尼斯·洛兰打了电话。克里斯蒂显然知道，丹尼斯曾和妈妈订过婚。

“他们又起诉了迈克尔！”克里斯蒂说，“警察说他杀了克丽丝特尔·佩里。”那时的她心烦意乱，“你知道这件事吗？”

丹尼斯不知道。但正像人们说的那样，丹尼斯重温了当时的场景。他记起了 1998 年的那一天。丹尼斯和朋友塔米站在塔米家的车道上，谈论着那场谋杀案。“我觉得是迈克尔·哈钦森干的。”塔米说。但丹尼斯没把她的话放在心上。那个时候，丹尼斯想的是：

不，我他妈就知道。丹尼斯和迈克尔并不是朋友，但他们高中时是同班同学。我知道他，丹尼斯想，我早就应该知道是他。但真的冷静下来，丹尼斯知道一切皆有可能。尽管丹尼斯一度被当作嫌犯，遭遇了不少麻烦，比如测谎仪、抽血、皮克特严厉的审讯等，但这么多年他一直都很配合警方，甚至找到线索的时候还会给警方打电话。丹尼斯很尊重沃尔特，也知道DNA测试的科学性。克里斯蒂再次提起这件事的时候，丹尼斯只觉得血气上涌，浑身发热。他非常愤怒，自己竟然放跑了凶手。凶手一直就他妈在那里。

丹尼斯打断了哭泣的克里斯蒂。“我告诉你，”他的声音很平，是一个人发出合理警告时的语气，“只要他在警察手里，就还安全。但不管他因为什么原因出来了，对不起，我一定会杀了他。”

38

沃尔特给我打电话的那天，达勒姆县地方检察官公开了关于附近杜克大学长曲棍球球队几个队员轮奸指控的调查。据说，作案地点距离我家的房子不足一英里。突然，我希望自己住的地方的房子有更安全的窗户。突然，从护墙板透过来的风和冷气让我觉得人也可以随时进来。每天晚上，我都会提醒室友记得锁好门。

案件很快在全国传开了。被袭击的女士是黑人，袭击她的男孩子都是白人。比起可能的强奸对那个女孩儿的伤害，媒体似乎更关心这些指控会对前途光明的年轻人们带来怎样的影响。地方检察官要求媒体不要泄露受害者的名字，但微软全国广播电视公司没能管住自己的嘴：克丽丝特尔。这时，我才发现，人们认为克丽丝特尔并不是高级的名字。于我而言，“克丽丝特尔”代表美丽；于他人而言，“克丽丝特尔”是无关紧要的代名词。

无论那些男生是否有罪，我一直都很害怕那样的人。他们认为自己有高高在上的特权，认为“男生就应该有男生的样子”，一脸无辜。我早就知道，罪恶可以躲藏在光天化日之下。现在，我有证据了，事实就是如此。迈克尔·哈钦森，十九岁，一张娃娃脸，声音稚嫩，工作努力。光看外表，你永远都猜不到他是个杀人犯。我也知道，一些人不相信他会做出那样的事。他们声称：不可能的，他就是个普通人。

是啊，普通人，无数报警电话中实施家暴的普通人。他曾经殴打自己的前妻梅莱涅，甚至都没避开自己的孩子们。DNA 匹配结果一出来，梅莱涅就申请了人身限制令，然而，她还是出现在电视上，美丽且平静。她说："我不相信迈克尔是杀人犯。我不觉得他会做出那种事，我完全支持他。"

《布里奇顿新闻》的记者莉萨·阿克利曾坚持认为报纸应该刊登谋杀案发生时运尸袋的照片。得知梅莱涅的说辞后，她马上就写了一篇文章，把梅莱涅的话与她一个月之前申请人身限制令时写下的说明进行了对比。在申请人身限制令时，梅莱涅描述了迈克尔在小孩子们都在家时袭击她的过程。"我想过去找我的女儿。"她写道，但迈克尔把她锁在了卧室里，不让她出去。最后，梅莱涅想办法报了警，警察把迈克尔带到了一家汽车旅馆。"他马上就给我打了电话，威胁我说要是我不马上给他送几根烟到汽车旅馆，他就把我杀了"。梅莱涅还写过，迈克尔说他会走回家里，"走的时间越长，他就越生气，我就会越遭罪。"

2006 年 4 月 6 日下午两点左右，起诉书递交上去。在听证会上，DNA 分析师、州检察官和侦探克里斯·哈里曼向大陪审团提交了宣誓书。大陪审团同意证据确凿，可以以谋杀罪对迈克尔·哈钦森提起诉讼。

四月那个下午早些时候，我坐在办公桌后，竖起耳朵等待传真机刺耳的咔哒声，因为那意味着沃尔特给我送来了克里斯的宣誓书，而宣誓书里有关于案件清晰的总结，我将知道当时得到的所有证据。等我读到那份说明的时候，我就会终于明白很多警察之前不能告诉我的细节。我紧张地坐在办公桌后等待着。同事们已经知道发生了什么——我不得不告诉他们，让他们提前准备一下，免得记者突然找上门来。但我不想让他们帮我从传真机那里取出文件阅读。那份文件太过私密，不应该被别人看到。那天快要结束的时候，起诉就会为天下所知，缅因州的媒体版面会再度活跃起来，成千上万人都会知道我将要知道的内容。但我不想让周围的人知道。我想留在安全距离范围内。

等传真的时候，我尽量做些轻松的工作，比如填写电子表格或者回复邮件。考特尼一直密切关注着对杜克大学强奸案的指控。那天，警方公布了几封电子邮件，是一位运动员在所控事件发生当晚写给室友的。这件事太惹人关注、太疯狂了——大家都想知道。我就坐在附近，听着，但也尽量不去听。

“我的天啊，”考特尼的眼睛根本没从屏幕上移开过，“你们听！他说要再雇用几个脱衣舞女郎，还这么写‘那些婊子们走进来的时候，我就杀了她们，然后扒了她们的皮——’”

白色的光从我内心闪过，警报响了。赶紧跑。让她们停下。“别说了！”我开口了，“现在你们先别念了。我现在听不了。”

我看着考特尼兴奋、好奇的样子在一瞬间消失，取而代之的是不知所措的懊悔。“真对不起，”她说，“我——我没想……”

“没关系，”我努力压低自己的声音，“不过，真的别念了。”

当众让她下不来台，我也觉得自己很残忍。但她没有思考，没有想过前因后果。她忘记了，这些新闻的背后还有真实存在的人们，我就是这些人之一。那是我第一次要求别人不要在我面前谈论暴力事件。我当时也突然觉得很尴尬。我觉得我把自己乱七八糟的感觉和自己不同寻常的经历强加在对新闻故事比较“正常”的讨论中。

事实证明，对杜克大学学生们的强奸指控不成立，但这并没能改变人们对整件事的讨论，哪些部分很值得思考，哪些人应该负责，等等。这也没能改变听到或看到这些报道时，我会觉得有多孤单。

——

下午三点左右，宣誓书终于通过传真到了我手里。于是，我提前开车回了家。那天的我无法故作淡定处理其他事务，也没有人期待我能做到。

之后那个周六的早上异常美丽，空气中飘着芬芳的味道，春日的清晨，鸟儿飞过天空，让刚来到北卡罗来纳州第一年的我相当惊讶，也倍感愉悦。我煮了咖啡，给在门外的朋友伊万杰琳端了出去。伊万杰琳是前一天晚上飞来的。高中的暑期教育课程之后，我们就成了闺蜜。我很少跟人坦诚地提起妈妈的去世，而她就是其中之一。

伊万杰琳坐在门廊处的白色秋千上，她强壮紧致的身体蜷了起来，因为脚够不到地面。

“不好意思，”我说，“但是……我能不能让你看些东西？”

“好啊，”她说，“当然可以。”

“是警方发来的报告，”我说，“我已经看过了。但我需要另一个人看一看，而且这个人不能是该死的记者。”伊万杰琳点了点头。我走进房子，拿了三张纸。出来的时候，伊万杰琳放下咖啡杯，一下就从我手里抓走了那三张纸，我根本没机会再拿回来。那些纸从我手中离开的一瞬间，我真的觉得很不安，很不真实，感觉一切就这样暴露出来，感觉这些这些糟糕的事情还是只有我一个人知道比较好。

她严肃的脸变得愈发阴沉。把第一张纸拿开，开始看第二张时，伊万杰琳就攥着那张纸没放好，右手手指几乎都要把纸张掐破了。

终于，她抬起头看着我。我明白，我们俩想的一样：事情比我们想象的还要糟糕，甚至更糟。她开口了："五十刀？"我看得出来，愤怒让她没尖叫出来。我点了点头。

尽管我总是假设刀伤不止一处，但验尸官说的"大约五十刀"远比我想象的要多得多。那天晚上像是鲟鱼的声音，我一直以为是癫痫发作——是尸体最后一刻夸张的反应，但其实那是一刀接着一刀捅入身体又拔出来的声音。每一声，我都听得极为真切。

但这并不是我想让伊万杰琳关注的信息。报告中还有另一件事，完全出乎我的意料，这件事像一块大石压在我的胸口，我知道自己一个人根本无法承受。克丽丝特尔不只是被强奸过那么简单，还是从另一个难以启齿的部位被强奸的。我无法量化这带来的额外的痛苦和耻辱，但我能感觉得到。我能感觉到，这件事让我窒息。伊万杰琳还有我都没有说出来。我们说不出来。当时根本说不出来。

暴力就是暴力。无论强奸发生的具体情况如何，一次与另一次带来的影响根本无从比较。但得知克丽丝特尔以这种方式承受了强奸的痛苦，我感觉糟糕透了。直到此时此刻，我也依旧觉得糟糕透顶。此外，尸检报告显示，当时正是克丽丝特尔的生理期。当然，迈克尔·哈钦森可能并不知道这一点，但我就是克制不住自己，我总觉得哈钦森肯定注意到了这一点，哈钦森肯定觉得污秽，所以才想突破她的极限，让她遭受更大的侮辱，更大的伤害，从身体上和精神上惩罚她。从各个方面看，哈钦森犯下的罪行都表明了一点，这个人内心充满了仇恨，他的所作所为只为了表达一点：他比受害者更健壮、更卑鄙、更凶残、更强大。

我总会想这些，我总会想象他的冲动，哪怕只有一瞬间，我恨自己控制不住要去想。我也恨他让我们所有人都不得不想这个，恨他把最后这个完全说不出口的细节强加给我们所有人。

—

提起公诉后，我同意接受《波特兰新闻先驱报》记者大卫的采访。他看起来比较和善，且《波特兰新闻先驱报》也是不错的报纸。大卫要来我在达拉姆的家里采访我，因此，我终于不得不把妈妈被谋杀的事情告诉了室友。当时的我已经跟他们做了两年朋友。

大卫的报道很不错——有礼有节，并没有太言过其实。然而，我看报道的时候，仍觉得有些难为情。我说了自己自愿救助流浪汉的事情，说了我曾经获得的巨大成功，我如何在大学表现优异，我如何尊重妈妈的回忆，等等。为了给大卫一些素材，我在那次采访中说了太多太多。现在，看到我说的话出现在所有人面前，我又觉得有些反感。妈妈去世的阴影下，我极力避免堕落，结果现在我却陷入了自满的境地，自己讲述老掉牙的成功故事：独自努力，百折不挠。当然，考虑到实际情况，我现在还不错。但我强烈渴望让别人也知道，想努力沿着优秀女孩儿的道路前进。但我不知道还能做些什么。当时，我并不知道怎样认识这些事才算正确。

我并不真的相信能有什么方法“让妈妈骄傲”，我从没有那样想过。我不相信她的灵魂在天上某处徘徊，不相信她正在享受幸福的来世。如果说我对这些事有一丝信念，那这一丝信念也随着她的去世在那晚消失了。

但这些年来，我有时会禁不住想妈妈最后想的到底是什么。我知道她非常爱我，这一点毋庸置疑。我确定，就算深受痛苦、羞辱和恐惧的折磨，她也会想着我。善良的人们总会微笑着告诉我“我敢肯定，她最后一刻想的肯定是你”。但当我真正开始想象她究竟想到了什么的时候，情况远比那些人想到的更灰暗、更复杂。

我们的房子没有任何强行进入的迹象，所以肯定是妈妈让迈克尔·哈钦森进来的。我们跟哈钦森不熟，他不会直接过来说想聊两句，妈妈没想到他会来，但也不害怕。此外，哈钦森也没有一张毫无恶意的脸，没什么理由说服妈妈——说卡车抛锚了之类的。在这种情况下，害死妈妈的是那场雨。我能想象，如果天气晴朗，妈妈肯定不会让别人进家门，但恶劣天气下，妈妈肯定不忍心让别人流落在外。

目前，大家都知道，妈妈和哈钦森根本不是朋友。哈钦森那晚也没理由出现在我家。就算妈妈认识哈钦森，他们也不是好朋友。或许他们在酒吧见过一两次面——哈钦森，十九岁[1]，拿着假身份证或在酒保的通融下进了酒吧，妈妈坐在角落的一张小桌子那里，大笑着靠在琳达肩头。哈钦森足够了解妈妈，只要他想，就能知道妈妈住在哪里。哈钦森的父母刚刚离婚，他跟着父亲住在高街上，从琳达家差不多能看到他父亲的房子，他母亲住的地方离我们有半

（1） 缅因州法定购酒年龄为 21 岁。

英里左右，在93号公路旁。哈钦森每周去看母亲的时候，很有可能会开车走在格温非常担心的卡车路线上，从我们的房子前经过。天气暖和的时候，我们散步时也会经过哈钦森父亲的房子，走到战争纪念碑之后再回来。沃尔特告诉我，哈钦森有很多机会看见妈妈——妈妈鲜艳的红发让她成了目标——哈钦森被妈妈吸引了，着了迷。

我一直怀疑妈妈被强奸了，在克里斯的宣誓书用令人痛苦的文字确定这一点之前，我心里总有一点点希望，希望她没有经历过那样的事。看着那些记录，我现在明白了，在得克萨斯州的时候，戴尔·基根跟我说："我们还知道你……你妈妈有过性行为，就在她去世之前。你——你往客厅看的时候，有没有看到她在和谁亲热？你知道这件事吗？我们知道她那晚有过性行为。这也是我们认为她认识那个人的另一个原因。"被强奸不是"发生性行为"。我怀疑基根认为那晚的性行为是双方同意的。我只能认为，基根那样说，是为了让我相信，警方确定妈妈认识凶手。所以，如果我要是想保护谁，就会感到害怕，就会说出那个人的名字。但也有另一种可能，基根的话只是让我相信，妈妈那天晚上并没有被强奸。

我从没让警察澄清这一点。我认为，问题的答案是必须保密的细节，这样才能保证那个人有罪。这种假设也是一种自我保护：如果我不问，我就不会知道。但我允许自己思考那个问题的时候，我明白妈妈被强奸过，因为这才符合我熟悉的电影或电视情节：入侵者强奸并杀害美丽的年轻女性。我们家有几件值钱的东西，但家里什么都没丢。凶手肯定留下了些什么。

无论那天晚上妈妈和哈钦森之间聊了什么，肯定有一刻，哈钦森逐渐变得强硬，强行亲吻妈妈，或者抓住她的胸，亦或者把她按在墙上，说明自己一定要如愿才行。妈妈肯定也看到了哈钦森身上的暴力性，知道哈钦森是想强奸自己。妈妈甚至还可能担心之后还有更多可怕的事情。她知道自己让哈钦森进门是天大的错误。她判断失误了。

那天晚上，听到妈妈最后的尖叫，我才完全醒来。之前，争吵刚开始的时候，我醒了一下，但没听到太大的声音，于是又睡了过去。但最后的尖叫不同。妈妈的尖叫声吵醒我的时候——真正的尖叫声——她是用尽浑身的力气在叫喊。

所以，那之前，她肯定要安静得多。她是在客厅地板上被强奸的，我现在知道，那里距离我的床只有薄薄的一层石棉水泥板。我们的房子很小，只有九百多平方英尺。一个房间发出的声音要想不传到整个房间几乎不可能——我知道是因为妈妈对噪音非常敏感。所以，多年以后，对凶手提起诉讼的那天晚上，我躺在床上，意识到：妈妈肯定努力克制自己保持安静。妈妈肯定挣扎过，但肯定是安静地挣扎，默默忍受被人强奸，所以我才不会被吵醒，所以我才不会有危险。

如果哈钦森没杀死妈妈，如果他只是强奸了妈妈，那么妈妈会报警吗？会去医院吗？她会再次关上门，洗个澡，躺在床上，浑身颤抖，一夜难眠，发誓永远不会把这种可怕的事情告诉我吗？这件事发生在我们家，她没有钱再找房子了。妈妈觉得警察不会理会周三晚上随机强奸的事吗？毕竟是她自己让凶手进门的。妈妈知道强奸案的受害者常常将犯罪的发生认为是自己的错吗？

但哈钦森杀死了妈妈。出于某种原因，强奸没能让他满足，他杀了妈妈。我无法知道妈妈什么时候开始尖叫的——是哈钦森拿出刀的时候吗？是哈钦森刺入妈妈胸膛的时候吗？但某一刻，紧张感太过强烈，动摇了妈妈保持安静的决心。或者有一刻，妈妈感受到了极度的恐惧。

除了心脏上方深深的伤口，哈钦森还用刀在妈妈头上砸了几下，彻底毁了妈妈漂亮的红发。验尸官在妈妈的太阳穴找到了一小片不锈钢片。那时，我确定，妈妈已经完全无法思考了。在极度恐惧之中，思维不止会停滞，还会彻底消失。

我多次想到，尖叫声第一次把我吵醒的时候，我大喊了一声“妈妈”，那一刻仍让我有些后怕：凶手很可能会听见我的叫喊声，从客厅走过来除掉目击者。戴尔·基根给我看过靴子鞋印，表明凶手可能想要找目击者，只是调查结束后很多年，我都忘记了。

那一刻让我害怕，但除此之外，也让我深深感到悲伤。就算妈妈真的听到了我的叫喊，她也没有回应。她的孩子大声呼唤她，但她无法穿过客厅保护孩子，无法把孩子前额垂着的头发拨到一边，无法告诉孩子一切只是个噩梦。妈妈能做的就是不停尖叫，大声尖叫，盖过房子里那个小女孩儿的声音，免得孩子被凶手发现。妈妈能做的就是大喊“不要！”——喊声很大，包含着另一层信息：萨拉，快跑——马上跑。之后，尖叫声逐渐减弱，最后彻底停了下来。妈妈死了，死前根本不知道我是否能躲过一劫。

39

小时候的我总因为长得不太像妈妈而不开心。那时候的我太小，这是我表达爱的方式，我想跟她更亲密。一年级的时候，我求妈妈同意我把头发染成红色，但她没有同意，这让我很不理解。每次有人说我长得像妈妈，我都觉得他们只是客套而已，我一直也没能摆脱这种感觉。后来，我想更像她的渴望带上了一丝嫉妒。我想象过这样的场景，我带着未来的男朋友跟她见面，可男朋友的眼神却告诉我，我妈妈更美。我不想跟妈妈比，但我也想得到同样的能力和关注。我没能遗传她美丽的外表，这让我觉得特别不公平。但有一点我很欢喜：我们都有蓝色的眼睛，尽管我的双眼颜色多了一点点灰色。

我胖的时候比较像父亲，瘦的时候更像妈妈。从《波特兰新闻先驱报》报道上配的那张照片看，我绝对是汤姆的女儿。从拿到DNA匹配结果到庭审大概有一年时间，我决定利用这段时间按照妈妈的形象塑造自己。那时之前的几年，我一直都是红头发，但比妈妈当年的红发更短，红色也更深。我有足够的时间等头发长到齐肩长，慢慢把发色变得更浅，直到变成非常自然的红棕色。

当时，我的体重已经达到了有史以来的峰值。睡得晚，运动少，我身体很差，健康状况也不好。我打算减重，减到只剩下肌肉和骨头，减到和妈妈差不多瘦。我知道自己没办法像她一样只有一百一十七磅，不仅因为她比我矮一英寸，也因为我遗传了父亲的大骨架。我跟一个好朋友说我的目标是从一百五十磅减到一百三十磅，但实际，我心里的目标是一百二十五磅。这个数字就像我随身带着的护身符。我对谁都没说，不想让别人觉得我疯了。但我想让哈钦森感到恐惧。我想让他走进法庭时，看到克丽丝特尔就坐在前排，死盯着他。

那一年我经常去跑步。有时候是在户外跑步，但大部分都是在健身房的跑步机上。有氧运动器械的对面是一排电视机，播放的节目不是嘲笑每个人的美食节目，就是《法律与秩序：特殊受害者》。每一集都有一个女人倒在地上，接着就是关于强奸和谋杀的各种讨论。我极力不去看，但防水布下露出的苍白肢体，或者盖在脸上凌乱的头发，总能吸引我的注意力。好像总是发生在雨天。

我正努力鼓起勇气面对真正的杀人凶手，不想看到这些尸体一个接一个出现在我眼前。那种感觉太荒谬了，根本没人看出来，仿佛辛普森事件再次卷土重来一般。我身边其他来跑步的人都无动于衷地看着。他们不知道我的呼吸为何慎重，不知道我为何想抓起遥控器砸在面前的屏幕上。

但或许他们中的有些人也能感受到同样令人窒息的愤怒。我看了看左边，又看了看右边，都是迈着大步跑步的女孩子。其他人也在大步奔跑，面部僵硬，看上去是有某种欲望。在美国，百分之二十的女性都被强奸过。如此计算，布里奇顿大约有五百名女性经历过那种事，这个数字大概是高中女生总人数的两倍。我当时住的地方比布里奇顿大三倍，所以我很好奇周围的人中还有哪些难受到快要窒息，却还依旧保持脸色平静、坚忍。我们是一个看不见的群体，因需要应对自己的状况而与人疏离。假装一整天，每一天，都岁月静好。想象着，如果每五名男性中也有一个人被强奸，社会、执法部门和法院也会做同样的处理，想象定罪率会相同，想象世界会认为那些犯罪和这些犯罪一样有趣，想象我们不会再束手无策、无能为力，维持表面和平，津津有味地欣赏电视节目。

所以我什么都没做——就算是换频道也是认短服软。正相反，我只管尽量好好看看这些故事线，听听这些精心编写的对话，做一个正常人。我总会想回家之后吃什么，管它是不是到了每周量体重的时间。是时候看看还要多久才能吓到他了。

我跑步的时候也会想到谋杀案发生的那天晚上，想到从我家到威尼斯跑的那一趟。距离还不到一英里，但我并不是一路一直在跑。我是挨家挨户地跑，之后才是最后的长跑。虚弱像一只强壮的手臂压在我的胸口，我跑不动。才跑几步，空气就会冲进肺里，心脏就扑通扑通要跳出来一样。于是，我只能跌跌撞撞地往前走，想喘几口气再跑。可再跑几步，我又得开始走。每一次，我都觉得自己很失败。每一次，我都想哭。我应该一直跑过去的，可事实是，我根本没力气。

一直跑也不会有不同的结局。就算我早三十秒、早一分钟、早五分钟或早十分钟到了威尼斯，妈妈也不会得救。就算我听到她尖叫的那一刻就从纱窗跳出去开始跑，我也觉得妈妈不会得救。但我仍感觉羞愧，我仍希望当年的那个小女孩儿能勇敢地冲出去。

可这一次，我要竭尽全力。我会跑几百英里，积聚所有的力量，塑造自己的身材，越像妈妈越好。我一点点瘦下去，忍不住为自己的外表感到高兴，这简直是意外的幸福。吃饭的时候，我会控制自己的用餐量，每一餐都想着哈钦森：真是奇怪的亲密关系。如果事情真像沃尔特猜测的那样，哈钦森盯上妈妈是因为他曾经看到妈妈在路上走，在镇子上走，那么终究就是妈妈的美丽让她惹祸上身。我拒绝掩饰自己的美丽。我要打磨自己的美，把它变成武器。

长得像妈妈、身材匀称苗条、能跑步，这些并不重要，更重要的是精神强大，心理强大，这样我站到法庭上时，绝不能再出现另一次 991 这样的错误。有时候，我觉得自己说了或者做了这件事，可实际上我做的是另一件事。

我想成为优秀的目击者——最好的目击者。我怎么感觉并不重要，不过我一定要强大、有说服力，要完全正确。沃尔特打来电话的时候，我还是会记笔记，偶尔我会拿出笔记来，用细节回答我心里的疑问。和所有重要的故事一样，我首先要给自己讲一遍。

司法部长办公室给我寄来了我在得克萨斯州接受采访的录音带，我可以好好看看，确保不会跟辩方记录在案的内容发生任何冲突。我把十盒录音带整齐地放在一起，正好比在我从没用过的书桌一角。之后的几个星期，我就一直看着那些录音带。终于有勇气坐下来听听录音带里的内容时，我发现里面有很多难以理解的杂音和白噪声。我坐在那里任由那些乱七八糟的东西填满我的头脑，反而在让我室友出去的时候，才觉得自己是个傻子。

第二天，我打电话过去要新的录音带，但一直也没收到。多年以后，那些录音带发挥了魔法般的作用，在我觉得自己真正需要它们的时候，它们就像我根本无法解开的语音谜团。于是，我干脆练习说证词。我盯着笔记本电脑上的摄像头，想在事情真正发生前先感受一下。我从没看过那段录像，与其说它是一次演练，不如说是一次考验。我需要知道叙述哪部分让我最紧张、最难过；我需要知道哪部分是我的弱点，以免在法庭上措手不及。毕竟，在法庭上保持镇定非常重要。我想让陪审团看到我的坚强，由此认为我极为可信；我想让迈克尔看到他没有击垮我——他不可能击垮我，只会被我击垮。

想到迈克尔·哈钦森、在日记中提到他或者跟沃尔特打电话记笔记写到他的时候，我总是要想一下他的名字怎么写。所以大部分时候，为了保险起见，我一直就写个“哈钦森”了事，这也是最好的方法。这样，我就可以跟他保持距离。“哈钦森”听起来与其说更像个人名，不如说更像个公司名。这就说明一个事实：我根本不认识他，也很确定妈妈不认识他。我们一家人之前从没听说过这一带有一户叫哈钦森的人家。

然而，有些时候，这种距离更像是一种逃避，于我和他而言都是如此——逃避现实的一种方式。布里奇顿的人们并不会叫他“哈钦森”，而是会说“迈克尔”或者“迈克”。一个具体的人，一个很多人都认识的人，犯下了这一罪行。他并不是一个抽象的概念。正是这个人，决定要强奸并杀害我的妈妈。要说有谁有权利能随意称呼他，那个人就是我。命名代表着力量，知情也是。

我收到了更多需要审阅的文件。我很高兴，因为每一份额外的文件都能让我脱离每日的担忧，让我更进入状态，即我思考谋杀案和即将到来的审判所需要的状态。我看了去波士顿布朗医生处时的录像，觉得很不真实。我看到自己坐在沙发上，那是我的脸，长发勾勒出脸型，垂到肘部。但我根本想不起来坐在那里的样子，镜头之外的我什么都看不到，什么都感受不到。

有时候，录音带里的女孩儿说话声音太小，几乎都听不到；有时候，她的声音很尖锐、很大声，那种歇斯底里让我很不喜欢。她发出那种声音的时候，眼神总是涣散，仿佛看向内心。她说的一些话让我不寒而栗，我根本不觉得那些事是真的——她说跑到妈妈的房间后，她觉得有个男人可能就“躲在衣柜里，看着我”，从装有百叶窗的门看着。布朗医生认为这些显然是刚恢复的想法和细节，可能并不真实，只是过程中的附属品。然而，回顾这些恢复记忆的下午时，我丝毫没有印象，这种感觉太不真实。不过，没有印象也属正常。我不记得那些下午发生的事情，是因为我当时并不在那里。我是在自己从前的家里，回顾那个晚上，一遍又一遍。现在，我不得不将再回顾一遍，只是这次听众更多。

十一月，O. J. 辛普森宣布自己写了一本书，很快还要接受福克斯新闻的采访宣传新书。他写的书叫《假如我做了》，被人当作是“假设性忏悔”：如果真的他杀了妮可，他会怎么做。我觉得这本书出版的时机就是针对我。它印证了一种神秘的感觉：我和辛普森之间有某种联系，我永远无法摆脱他。人们再次热烈讨论起那起案件，讨论那次谋杀，讨论辛普森的傲慢。每次辛普森出现，我就会想到，就算搜集到了世界上所有的证据，也有可能无法对罪犯定罪。我就不能只指望证据。

最后，这本书带来了一些意想不到的希望。随着新书发布和辛普森接受电视访问的时间越来越近，民愤也越来越大。无论那本书多么精彩都不重要，重要的是太过分了，太让人厌恶。妮可的妹妹丹尼斯·布朗大声疾呼，让福克斯撤回这个项目。看到那么多人支持她，我既惊讶又欣慰，也满足。那个月底，书的发布和电视采访都被取消了。这么看来，辛普森这次终究是输了，所以哈钦森可能也不会赢。

四月里一个晴朗的日子，我终于飞到了波特兰等着开庭。那天我在总检察长办公室里见到了苏茜。苏茜是受害者证人律师，从那天起，她一直出现在我的生命中。我们的第一个任务是和她一起坐下来，浏览所有犯罪现场和尸体解剖的照片。这样，如果有照片在法庭前面的白色巨屏上播出来时，我不至于措手不及。

我大学时的朋友阿什利现在住在华盛顿特区。尽管我已经说过我自己一个人没问题，但她还是坚持飞到波特兰，坚持在整个审判期间陪着我。我和阿什利坐在一起，苏茜把照片一张一张放在我们面前，并描述每一张的内容。最后，她把一张宽三寸、长五寸的光面照片摆在我们面前。苏茜会说，“这是她的尸体，平放在厨房的地板上。你能看到她的腿，但看不到头……”苏茜有经验，知道先说这些话更能让照片比较好接受：想象永远不会比事实更糟糕。我们传看着照片，阿什利每张都看得很仔细。我深为感动，但也非常难过。和我妈妈一样，我们都是年轻漂亮的女性。我觉得让阿什利看到的是，如果一个男人下定了决心，发生在我们身上的会是什么情况。

40

庭审第一天的早晨笼着一层薄薄的灰雾，完美照应了谋杀案发生后的第二天早上。阿什利先起床了，用木托盘从大厅里端来了咖啡。总检察长办公室经常入住的酒店正在修整，所以我们就住在了波特兰市中心历史悠久的丽晶酒店。我们住得非常舒心——每晚，我们枕边都有薄荷，还有凸版印刷的卡片，提示第二天的天气。多么令人宽慰的小奢侈啊。

第一天，我穿上了一套西装。我早就清楚地知道，“有品位的”外表能提高我证言的可信度。我想表现出最好的状态，但并没有化很浓的妆。系衬衫扣子的时候，我特意多系上了一个。我想打领带，有时候上班我也打领带，但我把领带忘在家里了——我不想让陪审团觉得我生疏奇怪。我就是我妈妈的代表，如果我体面正常，被告也许就不能污蔑她。我讨厌这一切，但还是做了所有。

我和阿什利走过几条街到了法院。法院坐落在一栋古典建筑中。建筑的最上层立着柱子，底层铺着大块的砖，都是灰色石灰石做的——在绵绵的细雨中，如一座灰色城堡。我父亲让卡罗尔做临时监护人的时候，我不记得来过法院，也根本没想过来。那天之后，我再也没听到过汤姆的消息，我知道他不敢出现在庭审中。往前走着，我看到一群记者和摄像师。这么多年，我一直认为记者是拾荒者，但当时我发现他们的存在是多么让人高兴。大家都会和我一起成为见证者。

走上台阶往法院去的路上，阿什利撑开了一把大伞，不过她把伞一直往我这边倾斜。阿什利成了披着一头金发的神秘女人，把我和摄像机隔开。时间长了，大家都以为她是我的表亲。阿什利确实很像。

我和阿什利刚一走出电梯就看见了苏茜。她把我们带到了一间会议室，做最后的准备。苏茜递给我一个笔记本，上面都是我和警方谈话的复印件。我快速浏览了一遍，确保自己要说的没有太大漏洞。我跟警察说的所有内容，哈钦森和他的律师都有一份，以作审查之用，这是标准程序。我尽量不去想哈钦森会看到我说过的话，尽量压制自己"哈钦森光看到这些字就会崩溃"的希望。

笔记本里还有几页纸，是妈妈去世之后那年，我写的日记的复印件。我并不介意隐私被人侵犯，即人们读到了我最炽热、最华丽的青春期散文。看到这些纸页，我明白，戴尔·基根对我进行测谎的时候，杜丝就偷偷溜进我的房间，把日记拿给警方，之后又悄悄把它们放回柜子上，小心翼翼地，所以我当时根本没发现。我摇摇头笑了。确实很像是杜丝的作风。但她本来也可以先问问我的。

我和阿什利从会议室走出来，格温和戴夫、卡萝尔和卡罗尔还有其他几个人已经一起等在三层的走廊了。卡罗尔给了我一个紧紧的拥抱，他好像很开心见到我，并没有在意今天是什么场合。我们都客客气气的，好像聚在一起是为了过节，但比往常更安静一些。之前没发生过这种事，大家都不知道怎么表现才对。有几个人说我瘦了，但没人说我像妈妈。所以我很难衡量我和妈妈之间的相似度——这就像我要看自己的后脑勺一样。然而，那一周，总有几个人脱口而出，叫我克丽丝特尔。

都打过招呼后，苏茜带我和阿什利走进走廊旁边一个白色的小房间——是个避难所，庭审休息的时候，家人们可以凑在一起互相安慰，也是法警把哈钦森在每天开庭前和开庭后带到法庭上时，我们可以休息的地方。想到他会和我们使用同一条走廊，从同样的日光灯下走过去，这种感觉很奇怪。不知为何，我总觉得他应该像米诺陶洛斯一样，通过地下隧道被运过去。

作证之前，我要一直待在房间里，没有上证人席之前不能走进法庭。辩护律师罗伯特·安德鲁斯同意让我作为第一个证人出庭，这样我就只会错过开庭陈述。对我来说，看到的越多越好，听到的越全面越好，这很重要。我们的公诉人助理检察官丽莎·马切赛跟我一起讨论了她的开庭陈述。她同意沃尔特的看法，一系列可能发生的事件使得哈钦森最终去了我家。她会向陪审团说明，哈钦森父母各自的家正好围住我们家，而且有一头美丽红发的克丽丝特尔·佩里经常带着女儿走过那条街，陪女儿在开放的前院玩耍、晒太阳。无论是克丽丝特尔经过哈钦森的房子，还是哈钦森开车经过克丽丝特尔的房子，哈钦森都有无数机会看到克丽丝特尔，有无数机会迷上克丽丝特尔。一天晚上，他终于出现在我们的房子门前，下定了决心。多年以后，丽莎会告诉我："我还是觉得，你妈妈太美了，才会被人盯上。"

其他家人都不用作证，所以我和阿什利等着的时候，他们就都去了法庭。离我出庭还有一两个小时。等待非常艰难：我已经做好了出庭的准备，时间过去一秒，我就紧张一些。然而，比紧张更强烈的感情是走进法庭，好好看看迈克尔·哈钦森的欲望。我见过一张他的入案照片，是他五年前因绑架罪被捕时拍的。此外，报纸还刊登了他最近拍的侧面照，就是他走进传讯间时拍的。我知道他身形健壮结实，有一头棕色的头发。他穿着不太合适的运动外套，显然是为了出庭买的。但我想知道和他同处一个房间、看他出现在某个地方、看他用自己的双手都做了些什么、看他的头在偏向怎样的角度时会是什么感觉。我想看看这个人到底是谁。我感觉得到，他也在等我。

苏茜总会来我们房间探个头，跟我们说说最新进展。有一次来的时候，她说她给我准备了一个惊喜。

“是吗？”我紧张地问。

苏茜还是笑着，她转身走到走廊上。一会儿，她回来了，打开门，让一群人走了进来，其中有丹尼斯·洛兰。

丹尼斯走进来，脸上带着大大的笑，整个人壮硕得仿佛会填满整个房间。我知道他十九岁的样子，瘦长的身材，耳朵上戴着金色的耳环。再看现在的他，肩膀宽阔，头发成了圆寸，眼部已有了细小的纹路。但他还是有同样向外突出的虎牙和同样的酒窝。

不知为何，我们很自然地拥抱问好。他收回手说：“你竟然长这么大了！”我笑了一声说：“你也一样啊！”我有一种错觉，觉得自己正是和妈妈当年一样的年纪，所以比丹尼斯要大。他仍旧散发着那种明显焦躁不安的气息，而我相对镇定。真的，时间缩减了我们实际年龄的差距，我二十五岁，他三十三岁。

我转身跟阿什利介绍说：“这是丹尼斯……”我看到她一下就愣了，极力掩饰自己的惊讶。她知道谁是丹尼斯，知道他意味着什么。她知道我多久没联系过丹尼斯，知道我最后一次见他是谋杀案发生的那晚，在医院里。

丹尼斯一下坐在一把小塑料椅上，长长的腿敞开着，开始说话。他语速很快，带着一种兴奋感，仿佛等了很久，需要人倾听。他说，1998 年沃尔特接手这个案子后，他就去参军了。还有，他也通过了第二轮 DNA 测试。他接受的工作技能培训是安装、维护安全系统。这一点就强化了我一直以来的认识，世界果然很有扭曲的幽默感——我坐在自己位于得克萨斯州的卧室里，看着拉紧的窗帘，心中充满对他的恐惧，而部队却让他飞到华盛顿，帮助检修白宫安全系统。

但丹尼斯也专注于特殊战斗训练，尽可能学习置人于死地的方法。几年后，回到缅因州的他把所有的业余时间和精力都用在寻找杀害未婚妻的真凶上，这样，他就可以充分发挥自己学到的技能。他也是执着的人——他想复仇，想从大家的有色眼镜中解脱出来。

“哪怕是现在，”他说，“其实就是这周——在杂货店排队的人们也不愿意和我排一队。我想离开缅因州，再也不回来，到谁都不认识我的地方去，但在这件事解决之前，我做不到。”

那一个小时里，我和阿什利一直一个劲儿地点头。我觉得丹尼斯说的话都很夸张，就像在讲述电影内容一样。他还是很受伤，很心碎，无法继续自己的生活。或许他忘记了，曾经的他也很狭隘，很有控制欲。看着他，我看到了他对这一点的忽视，但很奇怪，我对他的同情心并没有因此减少。在谋杀案过后的哀悼期里，让他感到不幸并成为怀疑对象的性格特点，因压力、愤怒和伤心而愈发放大。他的冲动和急躁的性格让他成了最受怀疑的对象和最悲惨的幸存者。

但丹尼斯很会讲故事，也非常周到。他的聪慧无可隐藏，让我惊讶。很多年来，我都觉得妈妈喜欢这个男人就是因为他碰得到、摸得着：他离得近，很坚持，而且长得不错。但我现在看到了妈妈当年早已了然的东西：丹尼斯是个有趣、聪明、充满激情的人。妈妈并不是单纯地受制于他。妈妈是她善良的牺牲品，她希望看到丹尼斯更好那一面的渴望超越了其他。

丹尼斯告诉我，他现在做什么都会尽量往前赶——妈妈被谋杀那一晚，他迟到的后果永远缠着他，永远出现在他早已输掉的赛跑中。丹尼斯极力尽量遵守自己的承诺。他说："我不希望发生在我们身上的事在别人身上重现……至于没能做到自己承诺的事会带来怎样的后果，我就是活生生的证据——你也是。"他说的"我们"就是指我和他。

丹尼斯还说，他仍保留着妈妈最后一次为他准备工作午餐时用的棕色纸袋。妈妈在纸袋上画另外一个小图案，是一个灿烂的笑脸，脸周围还有和妈妈一样的长长的卷发。我知道那个图案，每天我午餐盒里放的纸条上，妈妈也会画一个。我真希望我也保留着自己的那个。丹尼斯还留着另外一个妈妈送给他的礼物，他说是"一只毛绒绵羊"，而且"谁都不能碰"。我记得那只羊，它的名字是谢尔曼。丹尼还有很多照片——有些是妈妈的，有些是我的——都被保存在一个大木盒里。丹尼斯说："有好几年我都没打开过——偶尔会打开一下。比如她生日的时候，还有，你也知道，五月十二日。有的时候，我会拿一瓶波旁酒坐下来，把照片都看一遍……记住：喝酒不是为了忘记，是为了铭记，因为每次喝完记忆都会更清晰。"

看着丹尼斯，想着苏茜就这样自然地让我们重逢，仿佛世界的秩序恢复了一些。我没做错，警察跟我暗示他的时候，我没有听信。但我心里总有一点疑问，或许警察是对的，丹尼斯的凶残终于爆发了。很长一段时间里，他都是恐惧的代名词。现在，他却能坐下来跟我一起说话，像老朋友讲述自己的生活。这让我有一种久违的自由感，我甚至都没意识到这种感觉曾离我远去。

有几次，我想去洗手间。第一次有这种感觉的时候我没去，之后也都没去。我就是走不动。我绝不能离开这个房间，不能让我的朋友——美丽标致的阿什利——跟他单独待在一起。

我知道这样想对他不公平。但我也知道，幸存与公平无关。

我沉浸在与丹尼斯久别重逢的感觉中，有一阵都忘记了自己在等着什么。苏茜很聪明，把丹尼斯带到我面前。丹尼斯讲完时，法庭里的开庭陈述也结束了。短暂休息后，终于到了我出庭的时候。

苏茜把我带进法庭。法庭房间很大，高高的天花板，整个空间都充满了从大窗户里透进来的冬日阳光。墙上抹着石膏，边角是抛光的木镶板。木板往上，顶住布满华丽雕花的天花板。长长的橡树椅对着长凳和证人席。我坐在前排，马上就看见了迈克尔·哈钦森。他和律师一起坐在长木桌后面。

哈钦森在监狱的时候得了肝炎，有黄疸。他穿着一件褐色运动外套。他和我在入案照片上见过的那个人不像：照片上的人很年轻，没穿衬衫，头发乱糟糟的，脸上带着微笑，头从圆润的肩膀上往前伸着，典型的年轻朋克形象，不可一世。显然，他在监狱的时候学会了那种缓慢而残忍的做派，这正是杀手会有的样子。哈钦森的头发很浓密，脖子很粗，前臂粗壮。他有桶状胸。蓝色的眼睛里透着苍白，令人不安。但除此之外，他只是个有着薄嘴唇、圆脸的人，不会给人留下太深印象。哈钦森的眼神非常空洞，很难用什么词描述。还有，他根本没有那么高——官方记载是5.9英尺[1]。哈钦森很容易淹没在人群中，布里奇顿的街上和树林里到处都是他这样的人。到处都有。

在接下来的几天中，我都坐在前排看着庭审。迈克尔一直往前看，我只能看着他的侧面。但他被带进法庭和带出法庭的时候，他总会抓住机会回头看我。他的双眼一下就会朝我看过来，根本不用寻找。哈钦森完全知道我在哪里。他的眼神让人看不懂——不是威胁，不是后悔，不是羞愧。如果非让我说，我只能说那是一个有话要说的人才有的眼神。

公诉人丽莎个子不高，一头金发，说话直接——她对我的家人们都很好，在法庭上很尖锐、很顽强，让人满意。她气色不错，态度强硬，很懂黑色幽默，跟我们相处得很好。她的助理是拉腊·诺曼尼，比较安静，一头光滑的黑发。律师和律师助理都是女性，我很喜欢这一点，这种充满诗意的公平出人意料。

2007年4月2日星期一的下午两点半，我在法庭上宣誓。丽莎先问了一些很简单的问题，确认我的身份、现在的住址、家乡是布里奇顿、我是克丽丝特尔·佩里的女儿，等等。法庭记录在案之前，一切都不是真的，没有记录在案的所有内容都不是正式内容，所以陪审团知道的内容和其他所有人知道的内容相差千里。按照指示，陪审员只能听信事实，尽力不做推论。但事实下潜藏的情感就像阴影一样——失去的痛苦，令人不寒而栗的恐惧。

（1） 约合1.79米。

陪审团坐在我对面。他们的座位比较高，分成两排，相距大约十五英尺。我向他们说出自己的答案，但我的眼睛总会瞄着哈钦森。哈钦森坐在陪审团左边，他看着我，他旁边坐着的是安德鲁斯。我每次看哈钦森，都会发现他已经在看着我了，好像就在等我看他一样。在接下来的两个小时里，我有时会和他对视一会儿，他从不躲避，从不转移目光。他的脸没有移动，也没有改变。他的表情难以理解，我希望我的表情也是那样。

我的答案要尽量简短，这样丽莎才能根据她要建立的论证引导对话。但我偶尔也会偏离简单的事实。让我描述妈妈的时候，我控制不住，多说了一句："我的一生都希望像她一样美丽。"

有时，我的声音太小，丽莎不得不把麦克风往我这边移一些。这时，我就有机会跟陪审团简单说一句："能听到吗？这样可以吗？"看着他们朝我点点头，我感到一瞬间突然的亲密。这短短的几秒钟，我把他们当作十二个人，十二个有草坪、有公寓、有伴侣、有朋友的人，十二个我可以在一百种不同情况下遇到的人。

接下来，丽莎和我继续问答的形式，直到说到妈妈的尖叫声结束，我准备走出房间的时候。那一刻，丽莎完全交给了我。我讲完了那晚之后发生的事，一分钟一分钟地讲，音量在寂静的法庭上越来越高。

现在再看庭审记录，说到听到谋杀案发生的时候，我什么都做不了的部分最让我揪心。我只能坐在自己的床上，"完全静止，一动不敢动，听着外面的声音在我脑袋里大声回响。"我是隔了很多年再来读记录的——距离那晚很多年，距离庭审也有些年头——突然之间，我从脑海中的声音解脱了出来。我看见自己的房子那么小，就像一个纸板模型。整个地方都随着恐惧的声音颤抖起来。漆黑的身影在厨房附近挣扎。我看不清，因为他们之间发生的事太恐怖。更恐怖的是，有个小女孩儿在那里，坐在墙的另一面。她呆坐着，像洋娃娃一样没有反应，只有身体在，没有灵魂。我很惊讶，她竟然复活了。

—

哈钦森的律师罗伯特·安德鲁斯很聪明，交叉询问时没有刁难我，不然更无法得到陪审团的支持。但我们仍是剑拔弩张，甚至有些争论。有时，我会纠正他说的时间，感到一点儿小小的满足。有时，他不满意我的回答，会把采访记录甩在我面前，问我："这下你想起来了吗？"

交叉询问时一直存在的难题是区分 2007 年那晚的记忆和我最初录笔录时对那晚的描述。我很难完全记得庭审第一天我说过的话——我觉得，避免为证的唯一方法——就是不要回避我当时说的与之前说的之间微小的不同，也就是安德鲁斯极力要利用的细微差别。很多年过去了，我接受过太多访问，不同的访问已经交织在一起。整个下午我都在尴尬地跳舞，一边要根据对现场记忆和视角提供信息——再次回想很久以前的事情，一边还要理解并解释之前的自己：十二岁的我，十四岁的我，还有十八岁的我。

有时，安德鲁斯会提到我在得克萨斯州接受的访问。他会问我："你知道自己当时是被列为嫌犯吗？"那一刻，我之前所有的怀疑都得到了验证。但如果安德鲁斯是想让我在证人席上自己生气或恼怒，那他就失败了。我只是为很久之前那个十三岁时接受测谎的瘦弱女孩儿感到悲哀。

安德鲁斯和丽莎结束盘问之后，我就离席了，法庭当天也便休了庭。格温和格兰妮丝回到市中心的酒店，其他人回了家，我和阿什利则回到丽晶酒店。庭审之前，阿什利说她要陪我一起的时候，我内心是抗拒的：当时的我说自己不需要别人握着手，她没必要耽误时间过来。但第一天结束之后，我真的很庆幸阿什利坚持来了。那周剩余的时光，她都在身边陪我：庭审期间，法庭休庭后随时可能再次开庭，我需要能量但又不敢离开的时候，是她给我带来了咖啡和三明治。最紧张的时候，是阿什利紧握着我的手。家人也都在，我也可以更多依靠他们。但阿什利来自我的新生活，来自没有谋杀案的时候。她就是一座桥梁。

晚上，我们会简单聊聊当天的一切，之后试着放松。庭审结束的第一天晚上，我们去吃了一顿美味的晚餐，在房间里喝了一杯红酒，还看了一会儿电视。那天很重要，但过得很艰难。一个人的时候，我会在脑海中重温每个细节，直到精疲力竭。阿什利陪在我身边，总鼓励我先放松一下，这时，我才终于肯承认，自己需要人陪伴。夜里，窗户隔开了房间和寒冷的外面，我和窗户之间的床上，阿什利平稳、安静地呼吸着，带给我莫大安慰。

第二天早上，我和其他人一样坐在法庭里，环顾四周。媒体坐在最后面一排，记者们都忙着把一切在记事簿上写下来——摄像机不得进入法庭。我的亲朋好友大约有二十个人，坐在法庭右边的第三四排。我左边是格温，右边是阿什利。格温的左边是布里奇顿警察局长贝尔。我最后一次见他还是在得克萨斯州。贝尔局长已经退休两年了，但仍在跟踪这起案件。每次，一份文件被当庭宣读或引用的时候，他都会跟着默念文件的内容。

法庭左边坐的是哈钦森的父亲布拉德、他的继母和朋友贾斯汀，这些人身后有几位官员和观察员。哈钦森的母亲一直没有露面。我们坐在法庭过道的两边，像是一场婚礼，真是讽刺。我们没有往他们那边看，他们也没有往我们这边看。或者说，双方都只是偷偷瞄对方几眼。我们总会在洗手间看到哈钦森的继母。有一次，我们两个并排洗手，眼神在镜子中相遇，但谁都没说一个字。

一天晚上，我和阿什利坐在酒店房间的床上讨论当天发生的事情——毕竟事情真正发生的时候，我们很少有时间能真正思考。我看得出阿什利犹豫了一下，但她还是告诉我，哈钦森的好朋友贾斯汀在休庭的时候来搭讪。除了哈钦森的父亲和继母，贾斯汀是他最大的支持者。可他却在短暂的休息期间，在走廊上跟阿什利搭话。“我当时正看着下面的喷泉，”阿什利说，“他的声音一下就出现在我耳边。”

贾斯汀说他觉得阿什利非常迷人，想和美女共度良宵。他的意思是这样，但原话不是。我难以置信地盯着阿什利，但我并没有太过惊讶。我想，这些人根本没有底线，他们一直认为我们都是理所当然的。即使贾斯汀很具有欺骗性，而且可能心怀不轨，但从表面上看，他还像是个正常人。第二天，贾斯汀还问苏茜，有着一头美丽黑发的助理检察官拉腊有没有男朋友。

主审法官是托马斯·沃伦。他很瘦，有深灰色短发，脸很长。他戴着金丝眼镜，耳朵从头两侧直直地长出来，一副大学教授老学究的样子，但他有时候也很严厉。遇到程序性拖延或不合逻辑的询问时，他尤其没有耐心。此外，他有时候说话会略带讽刺，但对陪审团成员都非常友好、尊重。沃伦法官很合我眼缘，部分原因是他长得像电视喜剧《陆军野战医院》里的艾伦·阿尔达。随着时间的推移，我对他的尊重也与日俱增。

第二天，第一个上台作证的是伯尔尼·金。伯尔尼是那晚第一批出现在犯罪现场的警察之一，也是在哈钦森结婚当天将他绳之以法的人。金警官描述了那天晚上以及第二天凌晨的整体情况和犯罪现场的基本布局。他说话的时候，我一直努力回想十三年前，我在威尼斯公寓的客厅里第一次见到他时，他是什么样子。但我想不起来。我甚至不确定在街上偶遇时，我是不是还能认出他。

之后是州法医专家克雷格·汉德利。他详细、精准地描述了每一个我在黑暗中看不到也不想看到的细节。除了丝毫不掺杂感情的详尽性，汉德利还有个让我意外的习惯，他不像别人那样用“尸体”代指妈妈，而总是会说“克丽丝特尔”，仿佛通过仔细了解妈妈的房子，就已经熟识妈妈这个人了一样。汉德利会抓住每个机会说出妈妈的名字，不断提醒陪审团成员，我们讨论的是一个真正的人——不只是一具尸体，而是一条曾经鲜活的生命。

和苏茜查看犯罪现场照片的时候，她告诉我警方当时也带着摄像机走过了房子的每一个角落。无论照片多么骇人，我还是想看看——因为面对总比被蒙在鼓里强。但看录像带就意味着再次走进那座房子，比记忆中的更能激发情感。我从没看过那些录像，但我看过关于录像带的描述。早上七点十五分，天还没亮，世界还一片灰蒙蒙，裹在绵绵雾雨中时，警方就已开始录像。三个小时之后，他们才带走妈妈的尸体。警察录下家里的每一寸空间：满是血迹的厨房和客厅；墙上的照片；餐桌上的问候卡片；妈妈某条腿的角度；狭窄的走廊；我的床；我的书桌和所有的毛绒玩具；我们挤着粉色沙发床和暑假的客房；妈妈的卧室——她的梳妆台、香水瓶和叠得整整齐齐的备用床单。

庭审当天，法警把电视机移动到法庭，背向我们，面向陪审团，此时法庭一片安静，鸦雀无声。法官让人把厚厚的窗帘放下来，这样房间里暗一些，陪审员们就能看得更清楚。

法警按下播放键，按钮发出塑料哗啦哗啦的声响。陪审员们换了位置坐好，一两个往前微微探身。

房间里很安静，只有一两声轻轻的干咳偶尔打破干燥的空气。录像带没有声音，只能听到房子里发出的微弱的背景音，负责录像的警察也和我们一样安静。看着陪审团成员的脸色，我很庆幸自己没有看过录像。他们大部分都面色严肃，但我还是能看到一阵阵恶心的表情——瞪大的双眼，毫无意识地托腮动作等。他们没有相互交流眼神，也没有看我们，而是眼睛直勾勾地盯着屏幕。我们就看着正在看录像的他们。时间一秒一秒的过去，比我想象的要长很多。整整十六分钟，针掉在地上都能听得见，我憋得直想尖叫。

“咔嗒”一声，录像带播放完了。法警弯下腰把录像带从机器中取出来。陪审团成员们坐回自己的位置。法警推着电视走出法庭，轮子走过时，窃窃私语声和叹息声充满了整个房间。

克雷格·汉德利再次开始作证，他解释说：“我们处理现场是基于一种理论，你去过一个地方，一定会留下一些东西；离开的时候，也会带走一些。”

我最近才知道，那天晚上，我在救护车上一直喊着要回家。我并不记得这种渴望，而想回去的欲望也确实让我恐惧。但我现在明白了：我觉得如果我能回去，就能重新找回曾经失去的东西。就像走进某个房间取回忘带的东西一样。

汉德利用指纹粉把“整个厨房都弄成了黑色”，可他能找到的就是厨房玻璃门上一个手掌印和五个指纹印——那是我留在家里最后的印记，和我在得克萨斯州留下的手印完全吻合。庭审期间，汉德利是强调我家非常干净的专家证人之一——几乎每栋房子里都有无数居住者留下的指纹。汉德利说，我们家几乎没有指纹，这种情况“极为少见”。此外，他还说，妈妈爱干净的程度真的让调查员“很崩溃”——她打扫得太彻底，清洁剂还留在桌面上，之后印上的指纹也会被溶解掉。“整栋房子，从这边到那边，根本干净整洁到无可挑剔，”汉德利这样表达，“非常干净，从这头到那头都干净极了。”整洁是虔诚的代名词，这就从侧面完美暗示了妈妈不可能跟哈钦森有任何联系。

汉德利还指出，有的时候，经常使用粗糙材料和化学材料的人也会磨平自己的指纹，所以他们碰过的东西上也没有指纹，工作让他们的双手变成了幽灵的双手。据汉德利说，洗碗工、砌砖工和泥瓦匠就是例子。尽管他没有直截了当地说出来，但我们轻易就能听出他的弦外之音：“迈克尔·哈钦森就是个泥瓦匠。”

现在，距离庭审已经过去了很多年，我拿出了汉德利打印的房屋原始物品清单。清单精准得令人心碎。我知道他的工作相当完全、彻底，不放过每一个细节，但我还是对他有一种特别的喜欢：

没有他的留心，我可能永远都不会知道这些细节。咖啡桌上几滴血的旁边是一叠杂志，最上面的一本是《更美的家和花园》。汉德利提到沙发旁边有两只毛绒玩具：一只猫和一只老鼠。妈妈尸体标线旁边约一英寸的地方有一张配图，两只毛绒玩具就用两个不规则的圆形表示，一个比另一个稍大一些。汉德利还给塔门画上了尾巴：长长的线表示猫的尾巴，老鼠的尾巴则比较随意。

庭审持续了整整六天：一整个星期外加之后的周一，数十个小时里都是各种事实，期间穿插着法医鉴定细节。大多数事实都让人压抑：靠近妈妈心脏的主动脉和主静脉被切断了。我什么都做不了，无论去谁家都来不及救她。

随着时间的推移，一些真相浮出了水面。一位专家讲述了邻联甲苯胺的用法。这种喷雾可以用来恢复肉眼看不到的血迹。通常情况下，我们只能看到血红细胞，邻联甲苯胺能恢复血红蛋白。我在犯罪现场的照片中看见过这种物质，在厨房使用的尤其多：脏乎乎的，蓝黑色的，或呈涂抹状，或呈飞溅状，还有最重要的是靴子印。由于邻联甲苯胺非常活跃，所以通常会是犯罪现场处理的最后一步——为了找到背后的东西，总要冒着毁掉表面一切的风险。

找不到的血迹一直萦绕在我的脑海，不肯散去。庭审之前，我从没想过血迹也可以藏起来——它是分散的分子织成的网，可以停留在物体平凡无奇的表面。那天晚上，尽管我一心只想走在干净的地板上，但调查员们还是找到了我小小的、轻轻的脚印。踩在妈妈的血上，像是对神圣之物的玷污。

但邻联甲苯胺很吸引我——血就像隐形墨水。晚上，我给南方的一个朋友打电话说了邻联甲苯胺的事情。我当时心情不错，想跟她分享我学到的内容——庭审带来的意外的小收获。

我朋友说："我知道邻联甲苯胺。"

"啊？你说什么？"我不明白她怎么会听说过。

"就是看《犯罪现场调查》知道的。"

"这样啊。"我觉得自己傻到家了，有一种是"世人皆知，唯我不识"的感觉。我没再继续说下去，也不想解释。我之所以知道邻联甲苯胺完全是出于迫不得已，但我希望朋友们都能在安全的港湾中。我觉得有些头晕目眩，我的朋友居然在每晚的娱乐节目中知道了这种东西。但她并没有意识到，这种物质令我困扰。过去了这么多年，我仍旧觉得自己不合群，且我与别人之间的距离越来越远，令人疲惫。

在接下来的几天里，我还学会了血溅形状分析：被动血迹和活动血迹之间的区别；血滴和定向弃血之间的区别；物理学和常识相互交织成一整套加密系统，完全不用借助特殊化学试剂，就能通过丰富的血迹表现出来。房子里的几滴血总让我想不明白。这几滴血并不在科学研究的领域内，恐怖电影中的定向血溅让人害怕，这几滴血也让我害怕，但并不是同一种感觉。犯罪现场处理员注意到了这几滴血，也发现这几滴血并不是克丽丝特尔的，而是袭击者的，且与调查员和法医发现的精液同属一人。血迹从尸体一直延伸到厨房桌台，好像那个人从壁橱下面叠起来的纸巾中抽了一张。另有几滴血落在克丽丝特尔的腿上，通过邻联甲苯胺测试，检查员发现克丽丝特尔的小腿上还有一只靴子印，说明有个人站在她身上，任由血滴落。就站在那里。几分钟之前——或者几分钟之后——我就站在同样的位置。

和血滴不同，接触血迹指的是通过一系列接触和移动从一个物体转移到另一个物体上的血迹。厨房灯的开关上有接触血迹，这让我很纠结。这说明杀害妈妈之后，迈克尔还关了灯。如果他没关灯，我肯定能看到所有血淋淋的细节，暴露在灯光下，而不是仁慈的黑暗中看到的更柔和的身体曲线。为了这一个动作，我对他有一种陌生而复杂的感激之情。

——

我一整年的准备终于到了收获的时候。坐在那里，一个小时接着一个小时，我学到了很多，但没有太多内容让我感到惊讶。随着庭审的深入，我们进入了一种节奏韵律中，而且它变得越来越平常。有一天，外面下了没过脚面的雪——这提醒我们，无论如何，缅因州本身就无可阻挡——我到法庭的时候，忽然有一种上班要迟到的感觉。

庭审进行到第三天，我们深入各种详细的证据。我有些迷惘。丽莎和第一位作证的法医化学家之间沉闷单调的对话，再加上房间里干燥的热气，几乎把我带进了一种完全放松的状态。我只觉得疲乏。有一瞬间，我想到了在南方的办公室，想知道没有我的日子里，老板怎么样，想知道明迪去英国的旅行好不好，想知道伊万杰琳有没有开始新工作。

这时，克里斯·哈里曼走下证人席，从门后给丽莎取了一样东西。出来的时候，克里斯手里拿着一大块塑料。他双臂伸开，紧紧抓住那片塑料，两层透明的材料中有什么东西被压平了。他走向丽莎，离我们很近，之后向法庭展示了这件物品，向左向右各转了一下，让法官、陪审员还有旁听我们都看看。

里面是妈妈蓝色的浴袍。离我还不到二十英尺。

这件厚绒布浴袍妈妈穿了很多年，温柔的清晨，舒适的晚上，还有整个世界非常遥远、非常友好、无法触碰我们的时候，妈妈总会穿着它。她还经常穿着这件浴袍做早餐，在她最喜欢的照片中，也是穿着这件浴袍抱着我们的猫马克斯微笑。我发现她的时候，她也穿着它。

仿佛宇宙裂开了一个小口，刚好是浴袍的大小。它就在这个房间，和我们一起，但肯定是从另一个星球或另一个国度而来。

看到浴袍和看到妈妈尸体的照片感觉很不一样，和坐在迈克尔·哈钦森对面盯着他的眼睛的感觉也很不一样。浴袍是平的，说明妈妈已经不在。应该穿着它的那个人早已消失，远去不见。我知道浴袍沾满了血迹，是因为警察发现它之后就放在硬塑料中保存着，但突然之间，我希望有人多年之前能把它洗干净。如果马上清洗，血迹马上就能被洗掉——妈妈总能从我一堆膝盖处有破洞的牛仔裤里找出这件浴袍。我想象着把它放进洗衣机，洗衣机里接满冷水，放进很多洗涤剂的情景，就单独洗浴袍，没有其他。之后，我把浴袍放进干衣机里，烘干之后，它就会变得干净、温暖、蓬松。这样，我就能把它叠起来，放在妈妈的床上。

那天晚上，我洗澡的时候再次被多年前那种生理上的恶心感攫住，就是那种尸体的感觉。我无法不去想自己的腿和妈妈的腿有多

相似，这双腿和出现在无数犯罪现场照片中的腿非常相像。脚踝上方的曲线和妈妈那条撇出来的小腿弧度完全一样——那是我最后触碰她的位置。我呆呆地站在淋浴间，盯着散发着热气的水，直到阿什利敲门问我怎么了。“我没事！”我大声说，如梦方醒，赶紧涂了沐浴露冲洗干净。阿什利没问我为什么洗澡洗了这么久，我也没解释。但那天晚上，她挨着我躺下来，抓住我的手，直到我睡着。正是这样，只有这样，我才没能成为一座孤岛，让我允许有人在我终于要回到北卡罗来纳州的时候触碰我。

41

到沃尔特上证人席了，安德鲁斯没像对待我那样温和，而是严肃地盘问了他。沃尔特是个正直的人，坚强却也温柔。当然，调查案件是他的本职工作。但调查员们做事要分轻重缓急，不过他总以我们为先。问到这个案件为何对他尤其重要时，沃尔特总会说是因为我：一个小女孩儿失去单亲妈妈的悲剧，还有一切发生时我就在家里的恐惧。很难看出安德鲁斯在狠狠打击他。

安德鲁斯的主要论点是，沃尔特和其他人错误假定和克丽丝特尔“发生性关系”的人就是杀害她的凶手，而且警方没有任何证据推定本案中的强奸是事实。安德鲁斯盘问沃尔特时的策略只能说明这一点：他要么非常无知，要么就是故意利用陪审团成员的无知。

“请说明一下：她并没有被绑在任何一个地方，对吗？”安德鲁斯狡黠地扬起眉毛。

“没有，她没有。”沃尔特回答。

安德鲁斯继续问：“好的，那么是否有任何明显的迹象表明她的手腕或脚腕被束缚住了？”

“没有，没有任何迹象。”

“脸上是否有可见的钝器损伤？”

我觉得我看到沃尔特的脸抽动了一下，虽然只是轻轻一下：他专业风度的小瑕疵。“是这样，她的脸上有很多伤口。我不知道是否有钝器损伤，但我的意思是，她的脸上都是血，都是刺伤的伤口。”

“好的。但这并不能说明性侵犯的发生，对吗？”

“是的。”

安德鲁斯还在继续：“好了，你之所以会这样认为是看了她后庭的照片，对吗？你看到那张照片，就没想过‘我得先问问医生，因为这可能是和议性行为的证据’？”

沃尔特没说话。我看得到他深吸了一口气，努力保持耐心。“我跟你说实话，”沃尔特身体朝安德鲁斯稍稍前倾，“我看到那张照片，我不相信是双方共同的意愿。在我的印象里，那张照片，我一看到它——我是说，立刻就倒吸了一口气。就是，照片……”他靠在椅子上，一只手张开从一边划过去，想找到合适的词，“照片看上去——那种视觉冲击，我看到的内容，让我不禁说‘我的天啊’。实在是残忍，那种伤害程度。”

其他人显然认同这种说法。沃伦法官本人已经说过，除非必要的情况，他自己也不想看到那张照片。检察官丽莎最终决定由于没有必要所以不展示照片。庭审前一天，我和苏茜一起看过，也很高兴不用再看一遍。不幸的是，多年以后，我再浏览格雷警察局的记录时，不小心又翻到了那张照片。

沃尔特吞吞吐吐，令人联想无限，安德鲁斯放过了他，反而开始关注时间。按照法医克里斯滕·斯威尼的判断，照片上的伤口——官方数据为十五处撕裂伤以及多处淤青——可能出现在死亡时间至少一个小时之前，那么沃尔特如何知道，性行为与谋杀有关？在我看来，斯威尼的证言意味着折磨持续的时间长达一小时，并不是妈妈和哈钦森有什么缠绵之情。我希望陪审团也能明白这一点。在我看来，讨论性行为是否是双方同意的，根本就是浪费时间。

但安德鲁斯打出了他认为的王牌。

“那好，审查卷宗时，你已经知道克丽丝特尔并不一定介意那种性活动，对吗？”

我倒吸了一口气。幸好，这口气呼出去之前，我听到了劳拉·诺曼尼的声音。那种感觉就像被谁推下了悬崖，又被谁在半空中接住了。

一切都暂停了。沃伦法官请陪审团成员退庭。我看到他跟陪审员说话时，极力克制自己，保持冷静平和的语调。从之前陪审员没有出庭的动议所知，安德鲁斯暗示的是卷宗中蒂姆写给妈妈的一封信，这封信是妈妈与丹尼斯订婚之后几个月里，蒂姆写给妈妈的众多书信之一。这些信件的内容洋溢着热情，重温了他们之前共同度过的夜晚，分享了各自的幻想。在安德鲁斯提到的信中，蒂姆提到曾经有一次，他们要尝试肛交。基本上，他们确实想过。克丽丝特尔对此也很有兴趣，但他们从没实践过。我为妈妈感到难过。多么讽刺啊，情书成了伤害你的利器，成了保护杀手的砝码。

安德鲁斯的用意是通过这封信暗示照片上可怕的伤口是和议性行为的结果。这再次证明了之前提到的一点：安德鲁斯要么就是倚仗别人对性的无知，要么就是自己很无知。但沃伦法官的做法非常正确。他提醒安德鲁斯，蒂姆的信已经进行过讨论——在没有陪审团出席的听证会上——而且，他也已经裁定这些信件不在本案讨论的范围，应作为传闻不予采纳。安德鲁斯道了歉，说自己之前误会了，以为自己可以在没有明确提到信件的情况下提问。我生气地坐着，听安德鲁斯说了好几次：“对不起。我明白了。”他太冷静了。

他已经提了问题，也已经达到了自己的目的。问题已经脱口而出，像一缕青烟，永远不可能收回。

沃伦法官相当聪明，他说出了我不可能说出的话。“证人没有说他是从特别的强奸位置这一点得出的强奸的结论，”法官告诉安德鲁斯，“他说的是，他之所以得出这个结论是看了有很多——他认为非常恐怖的——很多外伤……有些人可能在生命中的某一刻讨论过某种形式的性行为，这是事实，但这并不意味着他们会在1994年5月11日或5月12日经双方同意的情况下进行这种性行为。”

说到这里本就够了，但听到沃伦法官把这变成自己的个人观点感觉更好：“不得不讨论这件事让我很生气。我不可能掩饰自己的愤怒。”

“我明白。”

“愤怒。”沃伦法官坚定地补了一句。

安德鲁斯撅起嘴。“法官大人，我明白。”但我仍确信他不可能不明白程序，他是故意挑衅，看看自己能不能逃过一劫。沃伦请陪审团成员回到法庭。“各位女士、先生，我同意原告的反对。被告方的问题很不恰当。在这个案件中，你们要完全忽视之前的问题，那绝对不是本案的一部分。”我真的希望给一个人可以取消听到已经听到的东西，可以把那样污秽的细节忘掉。不幸的是，起诉方只有最后一个证人要传唤了，所以辩方开始之前，我们没有很多材料将这一刻埋葬。

42

我无从知道，和妈妈很像这一点，是否会困扰哈钦森，是否会让他惊讶。可如果我希望以此动摇他，让他坦白，那就是白费心机了。事实证明，哈钦森也想动摇我。

庭审的第四天，听过警察和法医专家说了很多个小时的证言之后，终于轮到了辩方。他们的第一个证人是迈克尔·哈钦森。

安德鲁斯将迈克尔的形象设定为迷茫的小男孩儿。我坐着盯着那个律师，刻薄地盯着他脖子后面多出来的半圈肥肉，他西服外套的紧紧的领边，和他嘟着嘴幼稚的样子。比起迈克尔，人们更容易讨厌安德鲁斯——他知法犯法。在漫长的一周中，我看到他跟很多人说话，他尊重某些人，也屈就一些人。我看到过他跟投影仪较劲；看到过他觉得没人看到的时候，紧张地扣上又解开外套。我知道他乱翻文件打发时间。他比迈克尔更真实，因为大部分时间里，迈克尔一动不动，一言不发。迈克尔的证言使我第一次有机会能了解他，可能也是唯一的一次机会。

安德鲁斯慢慢梳理了迈克尔的背景——他的成长经历，他在学校里糟糕的成绩，还有他为父亲做的泥瓦匠工作。安德鲁斯还鼓励迈克尔谈谈自己的父母。他的父母经常拳脚相向，把迈克尔“夹在中间”。据说，迈克尔的母亲非常嫉妒其他女人，而且精神很不稳定。迈克尔说母亲吵架的时候，甚至会当街撕开自己的衣服。庭审前后，人们都会告诉我关于迈克尔父亲布拉德的事情。那个家里发生的暴力事件人尽皆知。

安德鲁斯明确表示，迈克尔是由一个暴力成性的人抚养长大的，而且那个人还坚称迈克尔的母亲疯疯癫癫，一文不值。当然，安德鲁斯没有说明迈克尔的母亲是患有精神病还是因为受虐而发了疯，就算迈克尔的母亲是病了，为什么布拉德要折磨她而不是照顾她。我不明白，坦陈迈克尔家庭中的厌女症和暴力障碍如何能为他们的辩护加分。我一直在等整个论述中那个精彩的转折点，但一直到最后都没有。如果辩方认为，从陪审团的角度看，对男孩子的同情和对男人的谴责不能共存，就太愚蠢了。

迈克尔和安德鲁斯一唱一和地给法庭编了个故事：迈克尔那天晚上来到我们家，在双方同意的情况下与妈妈发生了性关系，接着，另一个神秘的男人出现，杀害了妈妈。对我来说，这听起来就像是八十年代拙劣的惊悚片，很没有创意，非常滑稽。

迈克尔说那个神秘的男人突然冲进了房子里，和克丽丝特尔吵了起来。他告诉陪审团自己没看清那个人的脸，只知道那个人很高，穿着黑色的机车夹克。问到更多细节的时候，迈克尔就说：“一切发生得太快了。”那个人从袖子里抽出一把刀，迈克尔朝他扑过去夺刀，这才被划了手掌，留下了一条疤。当然，陪审团并不知道，迈克尔对沃尔特讲的是另一个关于车祸的故事。迈克尔说自己被打昏了，不知昏迷了多久，醒来后就发现有个陌生人从地板上“挪过去”，朝克丽丝特尔猛刺。迈克尔说，自己“扑过去”，看向地板，发现克丽丝特尔“看着我，浑身是血”之后，赶紧跑向自己的卡车，开车回家，之后一整天都躲在卧室里没出门。

迈克尔说的是父亲家的卧室，离琳达家只隔了三户。他说的这部分，躲起来的这部分，我确实相信了。如果威尼斯里没人开门，如果我那晚跑遍了整个小镇，那我也可能敲到他家的门。

安德鲁斯没说话，好像在思考。“你没报警？”他问。

“没有。”

“为什么？”

“我为自己感到羞愧。”我看到迈克尔的情绪有一丝激动。这个回答好像是发自内心的，但很可能并不是出于羞愧，是害怕蹲监狱，或者是生气。我深吸了一口气。我突然明白了：我知道他的目的了。

“是你杀了她吗？”安德鲁斯温和地问，好像是提到某个不幸的失误一样。他的语气中包含着呼之欲出的宽恕。

“不是。”

“那你羞愧什么？”

迈克尔伸出一条粗壮的手臂，伸出手指指着我。我听到大家同时叹息起来，好像火突然吞噬了所有空气一样。

我挺直身体，坐着不动。我的脸在发烧，很烫。我想努力保持面色如常，同时极度希望自己不要晕倒。我的眼睛一直盯着迈克尔。我不会回应，不会给他那种满足感。

安德鲁斯退后一步。“迈克尔，我不明白你是什么意思。”他大手朝陪审团夸张地一挥，“你得跟我们说明白。”

“我知道萨拉在家。我什么都没做。问完了吗？我可以走了吗？”

还没问完。安德鲁斯还有几个问题，把自己的论述说完。他停下来，显然是给迈克尔机会恢复一下。

“迈克尔，你喜欢克丽丝特尔·佩里吗？”

“喜欢。”

“你那天为什么会出现在她家？”

“她邀请我过去的。”

“你和她发生性关系了吗？”

“是的。”

“你强迫她了吗？”

“没有。”

“是双方同意的吗？”

“是的。”

“她也想那样做吗？”

“是的。”

“法官大人，我的提问结束了。”

43

丽莎在交叉盘问中把迈克尔打了个落花流水。她给了迈克尔一根长长的木棍，让他走下证人席，在我家的布局图上指明他提到的三个人当晚所处的位置——迈克尔、丽莎和那个他没看清的人。我之前也拿过那根木棍，向陪审团指明窗户和房间里家具的位置。现在看着木棍在迈克尔手里，我心里有一种异样的感觉。他编造的内容太蹩脚，丽莎也毫无情面。迈克尔称自己和另一个人在大门和厨房餐桌之间狭小的区域里打斗了一番。但警察只找到了一组鞋印，而且餐桌上的贺卡也全都好好的，原地未动。那些贺卡是母亲节的时候，我和丹尼斯送给妈妈的。

迈克尔还站在法庭中间，丽莎走过去，用手指着他的脸。那一瞬间，迈克尔变得真实了，好像黑白银幕上突然有了色彩。我的天啊，丽莎，我心里想，我的天啊，那个人是杀人犯。迈克尔个子不高，但丽莎比他更矮一些。迈克尔没带着武器，但我仍旧这样想：他是杀人凶手。你是世界上最勇敢的女人。

我们的厨房是L型的，分成两个小区域：长方形区域有餐桌，还有一面被外开门撞过的墙；狭窄的过道区左右两边都是橱柜。迈克尔说自己的血滴在洗手池旁边厨房右侧的区域，不是因为他要拿纸巾，而是他“醒来”以后拉开抽屉找武器——随便什么能和“真正的凶手”对抗的武器，也就是他袖子里藏的那把刀。他肯定是想说明为什么我在卧室里听到了翻抽屉的声音。丽莎听他解释完，慢慢地点了下头。之后，丽莎给迈克尔看了一张右侧餐台的照片：包括纸巾架、洗手池和下面的橱柜。丽莎让迈克尔仔细看看。“哈钦森先生，这里根本就没有抽屉。”

丽莎说得没错，那一侧根本就没有抽屉。装着餐具和所有刀具的抽屉都在厨房的左侧，但那边没有血迹——餐台上没有、抽屉把手上没有、所有地方都没有——这说明迈克尔说辞中的这一方面也站不住脚。唯一说明抽屉在右手边的就是我之前跟警方做的笔录。庭审之前，丽莎问我放有刀具的抽屉在哪一侧。“右侧。”这是我的回答，丝毫没有意识到自己错了。“挨着洗手池。”丽莎点点头，继续问下一个问题，没有更正我，真的非常明智。如果安德鲁斯庭审时问我抽屉的位置，那我的回答一定会和他与迈克尔之前一起看过的笔录一致。我记错了的细节，让丽莎引着哈钦森走进了一个陷阱。真开心我记错了这一点，我差点儿就笑出声来。

丽莎继续问，用细节戳破哈钦森一个又一个谎言，就像在画像，画像上的是一个凶手，就站在旁边，想欺骗身边所有的人。

“你划到手的说法是在骗人，对吗？”

“是的。”哈钦森回答。

“你跟别人说的当晚的去向也是假的，对吗？”

“是的。”

“你自己说，你是罪案的受害者，但从没有站出来。你知道警方极力寻找杀死克丽丝特尔·佩里的凶手，不是吗？你看到了告示。你住在布里奇顿。布里奇顿到处都贴满了告示。你看见过吗？”

“我觉得我看见过一张，没错。”

“你看到一万美元赏金这条信息了吗？”

“看到了。”

丽莎乘胜追击，有条不紊地瓦解了哈钦森说的所有内容。这个过程中，我想的全是谋杀案结束的几个月里，哈钦森开车从镇上走过，经过一个个电话亭，眼前浮现的都是妈妈的脸。

只有一瞬间，我觉得丽莎没有照顾我和家人的情绪。她肯定知道那样说会伤害我们，但也认为那样做很值得。她带着迈克尔梳理到跑出我家的时候。迈克尔称，他最后看到的就是妈妈瞪大眼睛看着自己，浑身是血。丽莎反问道：“哈钦森先生，您确定用刀刺入她头面部的时候不记得她的眼睛了吗？”我一阵反胃，深感心碎，但也很激动。那一刻，我知道，我们赢了。

第六天，陪审团讨论了这个案件。不到两个小时后，他们得出了裁决：有罪。三个月后，迈克尔·哈钦森被判终身监禁，不得假释。那是 2007 年 8 月 2 日：距离我妈妈克丽丝特尔·佩里被杀已经过去了十三年两个月零二十二天。

44

庭审结束后，我和家人们都回到了各自的家里。我飞回了南方，他们回到了已经住了几十年的房子里，都再次回到了工作岗位。没有参加庭审和审判的朋友们和邻居们都如常生活。布里奇顿还是那个只发生过一次恶性事件的美丽小镇。我在北卡罗来纳州的朋友们让我画上一个句号，放松一下，但我既没有结束的感觉，也没有轻松的感觉。我甚至都没有觉得安全一些。

当然，看到迈克尔·哈钦森终于被关进了监狱，我确实有一丝轻松。我很开心他受到了惩罚，更开心他无法再伤害更多女性了。但每次我听到强奸案、谋杀案的发生，每次看到另一篇关于此类犯罪“令人震惊”的新闻报道，我都觉得自己四肢麻木，心寒意冷。世界上暴力的人千千万，把其中一个关进监狱似乎只是杯水车薪。很久之前，我就不再担心杀害妈妈的人不会放过我，但地球上其他危险的人太多了。

二十岁的最后几年过去了。我搬进了一间不错的公寓，上班只需要步行二十分钟。我逐一购置真正的家具——床架、新沙发——也学会了做些简单的餐点。没几个月，我收到受害人证人律师苏茜的情况跟踪：哈钦森一直在对定罪和刑期提起上诉。他还会再上诉几年，苏茜说，直到无计可施的时候。标准程序：没必要担心。

我并不担心，部分原因在于苏茜发来的情况跟踪有一种不真实的感觉。那些文件仿佛来自很遥远的地方，我现在有几个朋友，有时会很晚回家，工作表现良好，那些文件仿佛与我的生活没什么联系。每次收到苏茜的消息，我都会想起妈妈于我而言已非常抽象。有时候，我还会动笔想写一些关于妈妈的事，想清晰地回忆她的样子，但一两个小时后，那种让我拿起笔的冲动就会完全消退。似乎我永远都无法完美地描述她。自她离开，我从未写过关于她的任何事。

有时，我会粗略研究一下庭审期间学到的新知识。可每次读了几分钟或者研究了几分钟之后，我就会叹口气，一下把笔记本电脑合上。之后，我会简单记下几个字——“给沃尔特打电话”“问苏茜”——但我还没想让更多人参与到研究中来。我害怕别人会问我为什么还想了解更多，毕竟我自己也没有明确的答案。

庭审结束后的几年里，法庭电视台播出了两个关于这个案件的纪录片——一部收录在《郊区秘密》中，另一部收录在《法医档案》中。我拒绝参与《郊区秘密》的录制，不过播放的时候，我确实看了。节目以让人呼吸加重的兴奋感为基调，主要表达的是，在一个拥有美丽湖泊和夏日露营地的小镇，这起案件的发生多么令人震惊。这个故事的目的就是把暴力控制在有限范围内，让读者安慰自己，类似的骇人事件永远不会发生在自己身上——但这种方式真的非常空洞。

我庆幸自己拒绝了《郊区秘密》的制片人。但几个月后，《法医档案》的工作人员打来电话时，我有了不同的感觉。对方坚持说自己的节目并非是哗众取宠、耸人听闻的，重点是关注 DNA 证据及其他科技手段的发展，而非罪案本身令人不寒而栗的细节。他们还说，对多年来为这一案件辛苦付出的所有人来说，这一集将是“军功章”。几经犹豫，我同意接受访谈。我想，到了这个地步，我还觉得故事没有结束。对于庭审，我还觉得有些不足，我还想说更多。但到了给我寄大纲的时候，制作人问我是想要电视上会播放的版本，还是“家人剪辑版”——即更柔和、尸体镜头更少的版本。我一个都没选，感觉自己像个叛徒。

—

几年之后，我搬得靠北了一些，离最初的地方更近了一些。我逐渐在纽约安家落户，就在冬季区带附近。那些电视剧让我很生气。虽然我还没有勇气，但有的陌生人给沃尔特打了电话，有的跟苏茜谈过。他们拍到了我之前待过的小镇，还跟我姨妈聊过了。一叠报纸新闻文章和六点新闻更新队列后还排着两个新故事。这两个故事没有太多谈到克丽丝特尔·佩里，只是一次又一次地重复谋杀案中可怕的细节。我想做得更好。就算庭审已经结束，我还有很多都不知道。后来，我到了三十岁，一个神奇的里程碑：似乎我真的会比妈妈活得更久。

让我感慨良多的生日过后不久，我拿起电话打给了苏茜，感觉自己像个中学生，请求别人允许自己做些奇怪又越轨的事。我想，如果我读完了警方的笔录，可能就更能明白其中的含义了。距离庭审结束已经过去了五年，但我发现，警察局还是同意我随时过去，想查阅什么都可以。电话那头的苏茜也非常自然，毫不惊讶。她好像就在等着我有一天打电话过去，她知道庭审对我来说根本不够。

“你准备好的时候就来，我们在警察局给你准备好东西，”苏茜说，“你到家之后告诉我们就好。”

第一次去收集记录的路上，苏茜提醒我，卷宗中除了照片还有别的东西。“我知道你能挺得住，”她说，“但你会更了解你妈妈。有些事情你之前不知道。是人都有秘密，每个人的秘密也很多，多到让你吃惊。里面还有些内容跟你妈妈的朋友琳达有关……好了，我就是说一下。不要因此就判定你妈妈是什么样的人。你心里明白，她是个好人。”

那时，我想到了庭审中发生的一些事，那一刻让我质疑妈妈与琳达之间友谊的本质。丽莎和沃尔特告诉我，他们可能会让琳达作为证人，证明妈妈的人品——也就是说，妈妈对我的爱——证明我们确实经常经过她的家和哈钦森爸爸的家。可是，他们后来把琳达请到总检察长办公室进行常规提问的时候，他们说琳达完全崩溃了。琳达非常难过，浑身颤抖，哭个不停，一直大喊大叫。她刚到的时候根本都不清醒。

我听完之后，脑子里突然有了一种奇怪但很清晰的想法。我想，她们是情人。就是这样。当然是这样。

可我马上就排除了这个想法。我没理由继续想下去——没有证据表明我妈妈和任何女性有亲密的身体接触。还有，无论如何，这种突如其来、不合逻辑的想法根本就是杞人忧天，跟更重要的事实相比根本就是多余的。琳达最好的朋友被暴力杀害。她和杀手在同一个社区生活了很多年。所以难怪琳达会失去理智，难怪压力和恐惧会让她更沮丧。我为什么还要火上浇油？为什么自私自利呢？为什么任凭这种想法突然冒出来？

那天，在法庭上，我告诉沃尔特，我之前想过去看看琳达，但后来没去。

“嗯，这样可能会好一些，”沃尔特说，“她最近……她最近不太好。说实话吧，她好像有点儿迷失了自我。”

“‘迷失’是什么意思？”我心里想，琳达肯定是悲伤过度。她肯定是喝了太多酒或者是由于别的什么原因。我能理解，可能对她来说，庭审太过沉重了。

“就像……”沃尔特有些说不出口，“行为有些不太正常。很奇怪。比如说……举个例子吧：有人给布里奇顿警方打电话，让警察去她家看看，因为她光着身子在自家前院草坪上晒太阳。就在那里，离马路也就十到十五英尺。呃，仰面朝天。你也明白。她精神就是不太好。我是说，她一会儿很正常，一会儿又突然会做些奇怪的事情。”

“哦，”我说，“我明白了。”好像我说的是：哦，是这种事啊，我现在明白了。其实我并不明白，但我不想继续问更多问题让沃尔特更尴尬。而且，我想到琳达日渐衰老的身体一丝不挂地躺在地上，躺在自家高街旁的草坪上暴露自己的样子，想到那样多么吓人的时候，不想让自己的声音颤抖。

庭审的时候，苏茜也提到了琳达。“自从你妈妈去世之后，她就一直那样，”苏茜摇了摇头，“谋杀案真的让很多人害怕……但更可怕的是，琳达失去了自己最好的朋友，自此开始独居。之后她和哈钦森最好的朋友约会，大概不到一年。看，就是雷·金。之后没几年，那个人举枪自杀了。大家都知道那个人知道些内情。后来，琳达的另一个男朋友麦克·道格拉斯竟是哈钦森的表亲，我很确定。但谁知道琳达知道些什么呢？现在又有谁能说得出？”

自从那天起，雷·金就总在我脑海里低声说话。我能想象这样的场景：夏日里，琳达和一个瘦高结实、长满胡子的人坐在松木长凳上喝啤酒，轻轻挽着手，从草坪上一个塑料椅子挪到另一个上。哈钦森站在他们背后，靠着扶手栏杆，旁边是一个身形模糊、难以辨认的女人——某种相机镜头对着她。我不想细想那个女人，不想思考她身上会发生什么。迈克尔正在讲一件有趣的事，面色激动，厚实的手掌一直在比划，琳达大声笑起来，眼睛盯着迈克尔，嘴里抿着清凉潮湿的饮料瓶。她什么都不知道。想象中的情景越和谐，我就越觉得恐惧。

但我后来又想：可能琳达刚遇见迈克尔·哈钦森的时候，并没有对他很友好——似乎琳达肯定会遇到哈钦森，可能是在我想象中的门廊上，可能是在铺着地毯的下沉客厅，可能是在酒吧，也有可能是在湖边。或许琳达之所以会恐惧、沉默，是已经知道哈钦森是杀害自己最好朋友的杀手——可能是雷·金说的，也有可能是整件事中只有她自己知道的其他什么事。或许，伤心难过并不是让她精神失常的唯一原因。

到了格雷警察局还没几个小时，我就发现一条暗示，表明至少有一个晚上，妈妈和琳达的关系不只是柏拉图式的那么简单。皮克特访问了一位叫唐纳德的男人，他说自己跟琳达和克丽丝特尔在汤米家喝完酒之后，把她们带回了自己家。后来，唐纳德说，自己从浴室出来之后，看到两个女人在床上，于是就加入了她们。从皮克特的记录中就能看出来唐纳德想说出所有细节的心有多迫切，他之后还说，就因为自己没管住嘴，到处说三道四，所以克丽丝特尔没少找他麻烦。唐纳德告诉皮克特，“三分之一的人可能见过她们做那样的事，三分之一的人知道她们做过，剩下三分之一的人对此并不相信”。我不知道该相信什么。从某种程度上看，唐纳德显然是个到处胡说八道的人。但我还是会想到琳达，想到她站在葬礼的后排，难过之情溢于言表。

过了好几个月，我才回到缅因州，给琳达打了电话。卡萝尔的电话簿都快被翻破了，松散的黄页软软地铺在我腿上，我找到了琳达的电话。琳达的号码没有换，我很快拨了号，呼吸很轻、很快。答录机里传来琳达的声音，如之前一样友好，但她没打给我。我很失望，主要是因为我知道，关于妈妈的事，有些只有她才知道。但我仍觉得很受伤，有一种被抛弃的奇怪感觉。如果她不想说话是因为她认为我知道她和妈妈的亲密关系，所以怕我戴着有色眼镜看她呢？如果我联系不到琳达，就永远都无法解释她们之间可能存在的亲密，我不仅不会因此难过，反而会高兴。我很高兴，她们能自由自在地在自己认为恰当的时候表达自己，哪怕只有片刻时间，哪怕只在那个晚上。但我也觉得，琳达和妈妈之间的关系使琳达成了我了解妈妈另一面的最好机会——不过，我想我没机会跟琳达解释这个了。我自己也不想面对那种渴望。

45

我挣扎着撑过了之后的五月，承受着妈妈去世十二年忌日的沉重。那天晚上，我点了一根白色的蜡烛，喝了一杯妈妈最喜欢的草莓酒，觉得我应该开始做更多事情了。六月的时候，我恢复了一些精神，利用阳光明媚的几个月在警察局案卷箱子中梳理故事。我看了妈妈朋友的笔录、家人们的笔录和镇上熟人们的笔录。还有一些跟妈妈完全不认识的人、前男友和其他嫌犯做的笔录。我再一次看到了那种理论，是一两个镇上的人说的：是我杀了妈妈。是要跟妈妈竞争一个男人。很多人在提供关于我和妈妈的信息时，不知不觉说了很多关于自己的事情。

我看到的不只是这个案件，也看到了妈妈，看到了曾经真实的妈妈。慢慢地，我列出了一大堆问题。我非常想了解妈妈：她为什么跟汤姆去了加利福尼亚？她和哪个家人最亲近？她难过的时候会给谁打电话？但这些问题的背后还藏着别的问题，我觉得这些问题根本没有答案：她去世的那天晚上到底发生了什么？沃尔特的理论正确吗？还是另有一个故事等着被人挖掘？

夏天结束的时候，我带着一大堆问题回到了缅因州，同时，我还想到了可能给我答案的人。如果关于妈妈去世那晚还有更多消息，那我一丝一毫都不想错过。但更重要的是，我想带走每个认识妈妈的人对她的共同记忆，收集我能得到的所有物件，把它们放在祭坛上，说一个咒语，把妈妈带回我身边，完好无损，如我记忆中的一样。我自己对妈妈的记忆随着时间渐渐淡去，也因为谋杀案而歪曲暗淡。我会想起，阳光灿烂的午后，我们跟猫一起玩儿，看着它追着我们丢到后院草坪上的玩具。之后，我马上又会想到，马克斯的猫抓板在妈妈与袭击者抗争的时候如何断成了两截。我想重新了解妈妈，尽量不牵扯发生在她身上的事。

我从妈妈的朋友们开始入手，最先是我认识但不太熟悉的。跟这些人聊天的风险比较低，我也不会觉得太过紧张。理查德——"毛球"——很高兴我给他打电话，对待我很热情，像我的亲叔叔一样。我们坐在他家树下宽大的平台上，他一直都在说，基本不用我问。他记得妈妈跳舞的样子——记得她当时非常开心，舞步精妙，是全场最棒的。他记得所有事，真的。理查德的冰箱上还有一张妈妈的照片。妈妈去世后几个月，理查德就不得不离开了鞋厂，因为他无法忍受再也看不到妈妈出现在工位上。他的妻子一直不得不和他对克丽丝特尔的记忆竞争，最后终于因为各种问题，两个人离婚了。

第二个是妈妈的另一位同事达利尔。达利尔谈到了自己曾经在鞋厂参加过的一次缝纫测试：他之前总是磨洋工，所以老板就想看看他实际能生产多少，看看他到底虚度了多少时间。尽管手工缝纫工是按件计酬，但管理人员也要确保每个人值得得到这份工作。达利尔那天像吃了"加速片"一样，妈妈不得不总踢他凳子，半开玩笑半是提醒地小声说："慢一点儿！慢一点儿！"，这样他才不会比平常生产的多出太多，不至于显得太不好。鞋厂留下了达利尔，但给他设定了每日工作指标。达利尔也有一个比不上妈妈的前妻。我想起了布里奇顿孤独的口袋，独处是一种传染病。

我和仍在某种程度上爱着妈妈的男人待在一起——有些人确实是这样——但有时仍会觉得看不透他们。他们中的大部分都很友好、善良，一直说还记得我十二岁时的模样。我看得出，他们确实都很努力对我坦诚，告诉我一些女儿长大之后才能说的事情。他们思念朋友，记得妈妈的美，我不想对此妄加评论。但有些人对妈妈的痴迷让我很不舒服，主要是因为他们会把对妈妈的迷恋毫不犹豫地告诉我。

—

一年之后，再次回到缅因州的我又联系了琳达。转接到答录机之后，我说我只想通过某种方式知道她是否愿意聊聊。我说不知道她有没有收到我之前的留言，但我很想再和她见一面。“我手机里有你的号码，”我说，“看到你打来的话，我不会接起来。这样你就可以给我留言，这样我就知道你听到了我打来的电话。”我留下了自己的电话号码，一字一顿，还重复了一遍。而且，我的声音里也透着愉悦轻松。

这一次，琳达打给我了。当时，我正跟卡萝尔和卡罗尔在一起看电视，手机静音。屏幕上出现琳达的名字时，我一直盯着，希望她留言说自己愿意。

看到她留了一条语音消息，我马上就上楼了。我就站在卧室门里面，俯身往手机那边凑，耸着肩，好像守护着一个秘密。

“萨拉，你好……我是琳达。我给你回电话……我……我现在不能跟你聊。呃，可能吧？之后什么时间？我可以。但现在不行，萨拉。呃，还有一件事，我可以完全肯定地告诉你……你妈妈最爱的人是你。你就是她的全世界。这一点毋庸置疑。呃，祝你好运。我们再联系。萨拉，多保重。”

把手机扣着放在梳妆台上，我在床上坐下，突然间觉得非常沉重。我没想过自己会这么难过。

我很想和琳达见一面，但我又不能跟她聊一聊，这让我倍感困扰。联系她的时候我也很不忍，但我知道，即使我很害怕琳达可能知道的事情，我还是得再试试。不过，跟家人聊这件事最让我紧张。我很害怕打破关于妈妈和她去世这件事的沉默圈。他们之前说过，我不想谈起妈妈，也不想谈“发生了什么”，但我也不记得他们真的尝试过要和我说一说。他们还说，一提到谋杀案，我就会非常生气。我当然会。我是很愤怒。我们之前都很愤怒。

格温和妈妈关系很好，所以我首先就选了格温姨妈。我开车到了她位于新罕布什尔州的家，而且特意经过了布里奇顿。这样做似乎非常重要，就像是某种仪式，本能让我选择了这条路。

格温和戴夫准备了午餐等我，等了一个小时左右。我们都假装这就是一次普通的见面而已。大家都坐下来，我就开始问问题，大部分都是问格温的，不过戴夫也在旁边，偶尔会大声回答一两句。我在桌子上放了一个录音笔，毕竟这种对话可能不会再有了，我不想错过任何一个细节。

我们从格温还有妈妈的童年开始说起，我很高兴自己能给她一个机会，回忆她们曾经努力拥有的快乐。格温还提到了雷——他的脾气，他和妈妈之间的“摩擦”最终导致妈妈离开了家，骑车走了。大概聊了一个小时左右，我们聊到了汤姆。

“我之前听说，汤姆和妈妈在一起的时候，有一次跟他们的高中同学出轨了，”我说，“跟我说这件事的人——我记不清是谁了——还说妈妈当时很伤心，说从那时起，妈妈和汤姆之间就经常有矛盾。”

“是吗？”格温反问了一下，“这我倒不知道。不过，我也没觉得太意外。”

“所以你知道那个人是谁吗？”

“有可能是琳达吗？这是我最大的怀疑对象，”格温说完这句，语气突然冷下来，“不过跟她谈就不那么容易了。”

我不觉得汤姆会跟琳达在一起，也不相信汤姆这样做之后，妈妈和琳达还能保持友谊。但我还想跟格温继续聊。我告诉格温，琳达是目前唯一一个拒绝和我交流的人。我没说自己担心琳达知道一些她不想告诉别人的事，也没说如果有一天琳达愿意跟我聊，我也会非常害怕。

格温的声音稍微提高了一些。“琳达让我很难过。她让我难过死了。因为她和你妈妈非常亲密，经常一起去酒吧。她们……一起……做过很多事。”

一直在客厅时不时听两句的戴夫开口了：“你真这么想？”

格温继续说：“还有，琳达可能知道的比谁都多。”

我坐在那里，脸颊越来越烫，很想弄明白格温说的“非常亲密”是什么意思，也想知道戴夫说的是什么意思。但我知道格温不想再说这件事了，所以我就听任她转换到自己想说的话题上去。

格温继续说：“琳达一直表现出自己很激动的样子，我很难过……有时候我自己回想，就觉得琳达认为自己有责任一样。琳达认识这个哈钦森，知道他是什么样的人，还把他介绍给克丽丝特尔认识……”

“等等，”我说，“你觉得是琳达把他介绍给妈妈认识的？”

“没错，很有可能，”格温抿着嘴唇想了一下，“因为琳达的男朋友迈克·道格拉斯和哈钦森是表亲，不对吗？所以哈钦森和你妈妈可能就是通过琳达认识的。”

我慢慢吸了口气，尽力不去乱想她刚才说的话。我想知道她是怎么想的，想知道她为什么会有这种想法。“所以你觉得妈妈和哈钦森之前见过？或者约会过？因为没证据……”

“是啊，我是说，”格温犹豫了一下，“我觉得，我觉得他们……据说哈钦森确实认识你妈妈。”我能看得出来，格温在努力回忆。

我插了一句：“他这样说过。”

“没错。”格温确定了。

“那都是他的说辞。”我有些不高兴，想让格温跟我说些别的，说一说她认为妈妈和哈钦森见过面或相互认识的其他原因。然而，有一点很清楚：尽管哈钦森的辩词没有说服别人他是无辜的，但他确实挤进了妈妈的生活里。

“那是他的一面之词——是他为自己狡辩。”我这样说。直到今天，也还是没有证据表明妈妈和哈钦森相互认识。但这件事根本没有证据能确定，而我还想让格温继续说。我承认有一系列宽泛的可能性，或许就能知道更多，于是，我强让自己加了一句：“但其实我也不确定他们之间是不是认识……”

格温往后靠了一下。“好吧，你也知道，我这么想有道理。我不得不想这种可能。因为我也不确定。”

有一会儿，我们都没说话。山雀的叫声回响在沉默中。格温稍稍低下头，定定地看着我。“我……我有个问题想问你，但我怕你承受不住。”她清了清嗓子，双手叠在一起。

戴夫一直在客厅走来走去，想把事情理顺，也没太认真看电视。这时，他转过来看着我们。“嗬。”他低沉地笑了一下，带着紧张，也有些期待。

“好吧……”我说着也勉强笑了一下。我们之间突然的尴尬气氛让我充满了恐惧。我的汗毛一下就立起来了，浑身冒冷汗。

“有件事我一直都想问你。你想关了录音笔也行。”

戴夫大步走过来，胳膊搭在我肩膀上，好像怕我突然攻击谁一样。“说吧！”他对格温说。我们一下都大声笑出来。哈，哈，哈。我一下明白了，我落进了他们俩早就想象过很多次的场景里。我当然不想关掉录音笔，也很开心他们同意我开着。

“我不知道你还记不记得，”格温开口了，“有那么一天，我们根本不知道你记不记得，如果你记得的话可以跟我们说说。”

那一刻，我告诉自己的所有事——我要跟别人聊聊，收集证据，多了解妈妈一些，还有我是在自己的秘密中扮演侦探的角色——都一下消失了。突然之间，我发现自己正在查看的是未知领域的黑暗之心，我现在只想要格温三缄其口的问题能带领我们找到所有答案，解开所有古老的谜团。

格温讲述了四月里的一个周日，大约是在妈妈去世前一个月左右。当时，格温和戴夫跟外婆待了几个小时，喝咖啡，聊天，听外婆讲些有的没的。过了一会儿，他们收拾好东西，走到了后面门廊的台阶上。“再见，再见，”他们这么说，“我们下周再来，记得打电话。”

格温上了车，戴夫把车门关好，发动了引擎。要是不打断外婆的话，那等他们能离开的时候肯定已经天黑了。他们在外婆家待了三个小时，觉得很累。而且，他们也很不喜欢在夜里开车回家——

道路很窄，也很曲折，从布里奇顿到他们家有几条穿越茂密丛林的小路，大概三十五分钟。撞上小鹿的危险确实存在。况且，他们也不希望在开始下一周工作之前的周日太晚回家。然而，那天离开得非常早，真的——大概下午四点左右——他们开车上路之后，格温说："戴夫，我们回家路上顺便去看看克丽丝特尔吧。"格温总会这样说。

"算了吧，太晚了。我们走的时候……"

"不要，戴夫，我们去吧。我们就待一小会儿。"

他们穿城而过，在Y字路口处开上了93号公路，沿着公路从威尼斯开一公里就能到我们的房子。他们把车停在车道上，就在妈妈那辆黑色的车后面，车道上的小石子还弹起来几个。他们走上侧面的门廊，站在一块水泥板上。他们一边敲门，一遍从门旁边的大玻璃窗往里看，正好看见我一个人坐在沙发上看书。听到敲门声，我一下从沙发上跳起来，过来开了门。

"你们好！"我说，拖着奇怪的长音，比平时的声音也大了些。

"你——好！！"格温故意跟着我的音调，有点儿逗我的意思，"你在做——什么？"

我慢慢打开门。回头看了一眼，目光穿过客厅，朝卧室望去。房子里非常安静。"妈妈！"我大声喊，"呃，妈妈？"

格温察觉到有些不对劲，便问道："你妈妈在干什么？"

我赶紧穿过客厅，过去敲妈妈卧室的门。"妈妈，呃，格温和戴夫来了。"

妈妈的回答隔着门有些听不清。"好的。"

我和格温还有戴夫坐在沙发上。我们打开电视，声音很小，一边看一边聊了几分钟。我和之前一样，一会儿陪他们说话，一会儿看看书。那本书很厚。他们问我问题，我就回答，回答完就看一两句。偶尔，我也会问他们一些事。我是有些奇怪，但我总是这样。几分钟过去了，也就不到五分钟吧，但这五分钟简直像五个世纪。格温和戴夫问我克丽丝特尔是不是在睡午觉？是不是正换衣服，顺便整理下头发？

这时，妈妈从房间里走出来了，后面还跟着一个他们都没见过的年轻男人。

不是丹尼斯。不是蒂姆。

坐在沙发上的格温和戴夫愣住了。他们真心希望自己提前打过电话才来，或者在妈妈出来之前，跟我随便说一声时间太晚或者别的什么，直接匆忙走掉。尴尬的紧张感挤走了房间里的空气。大家都咬紧牙关极力表现出一切正常的样子。

“你们好啊！”妈妈显然很尴尬。她身后的那个人身材健壮，一张娃娃脸。看起来还不到二十岁。他慢慢跟在妈妈身后走出来。妈妈转头，看着格温和戴夫，把他们介绍给那个男人。“这是……”妈妈说。那个人小声嘟囔了句什么。格温和戴夫点点头打招呼。之后，那个男人就穿过厨房，从侧门消失了。

那个年轻男人离开之后，每个人都装作刚才什么都没发生。

“我们不认识那个人，”戴夫开口了，“我们真的不知道。没记住他的名字。”

格温接着说：“他的名字是单音节的，我发誓，我越想这件事，越梦到这件事，一遍一遍又一遍，我差不多可以保证，她说的是

‘迈克’。这个想法都快吓死我了，竟然在那儿的人有可能就是他。我见过一张他大概十八岁的照片，照片上就是一张娃娃脸。问题是，我们没办法过去跟警察说‘那就是他’。我们不能那样做。”

“我们不能那样，毕竟都忘了当时看到的那张脸。”戴夫摇了摇头。

“但有那么一瞬间，”格温继续说，“我们一直都记得，当时真的很尴尬。那时她就要跟丹尼斯订婚了。”

“所以庭审之后，我们就在想，‘萨拉还记得那天吗？’”戴夫看着我问。

“不记得了，”我说，“我什么都不记得了。”我摇了摇头，“根本没印象。”

格温叹了口气。“我不是想让你难受，是我自己真的想不明白。所以我就想着，如果你记得的话，哪怕你朝我发火，或者特别不好意思，只要你能想起来那天发生的事也好。我就想的是‘天啊，我们终于可以弄清楚了’。”

我坐在那儿，想象着，要是自己突然记起有一刻，迈克尔·哈钦森就出现在我家里，会是怎样的感觉。当然，这肯定能说明什么。但会带来满足感吗？最终，一切都无法改变——不能让妈妈复活，也不能说明迈克尔无辜。

但我也想过这一点：如果格温的说法确实让我想到了什么，如果不是格温担心，妈妈与一个人订婚之后还与另一个人欢好的事会让我难堪，或许我们好多年前就能“弄清楚”一切，或许都不用等DNA匹配结果。不过，我还是认为，与妈妈随便寻欢作乐相比，对自己控制欲强且疑心重的未婚夫的忠诚更重要。

没能回忆起那天下午的事情让我很懊恼，我也有点儿生格温和戴夫的气，他们没有早点儿问我。我一直和警察在一起，大事小情，事无巨细地被盘问了很久，而他们竟没有向任何人提起这件事。也许，如果他们 1994 年的时候说了什么，就能想起来那个人的名字。但他们不想让别人难为情，可见羞愧多么危险。

但我知道，他们比我更失望，毕竟这件事在他们心里已经装了那么多年。

此外，我确实也意识到，和格温还有戴夫在一起，如果还有更多我不知道的——无论最终多么让人不满——我还是想知道。我试着低声对封存着古老记忆的大脑说，请让那个久远的下午出现在意识的光亮下吧。今天晚些时候。这周晚些时候。今年晚些时候。都可以，我可以等。

然而，什么都没有出现。跟哈钦森聊聊的想法紧压着我的神经。无论在法庭上，他看我的眼神到底是什么意思，或许他能告诉我一些事。试试又何妨。

我认识的每一个善良的人都不容易，不同意我冒着心碎和精神受刺激的风险和哈钦森谈话。那样不值得。但我真觉得自己和他有什么关联。我仍觉得只有一些东西是我们两个才知道的——虽然我并不记得是什么。

46

我时常回布里奇顿，跟越来越多的人聊天，撒下一张越来越大的网，我甚至害怕自己已无法脱身。当然，我不断收集事实，还有有关“真实情况”的理论：有些和沃尔特的专业意见以及丽莎·马切赛的法庭逻辑论证不同，有些则是补充。我更多地了解到了人们对妈妈去世一事的感受，了解到了她的离去对每个人来说意味着什么，了解到再没有她的世界是怎样的。但我也有自己的私心：我想找到存在感，真实完满的存在感。我想留在当下，而不只是一个抽象的概念——那个离开的女孩儿，那个去了南方的女孩儿。我身体里还有一小部分怀念我最初的家，不想离开布里奇顿。但我永远不会再住在这里了。纽约足够近，也足够远。

我总能收集到新的信息，有些信息带来的问题比答案还多。举例来说，告诉警察我父亲在雷·佩里的聚会上大闹一场的米兰达·怀特在卷宗中出现过好几次。第一次出现的时候是 1994 年 5 月 14 日，谋杀案发生两天之后，那时聚会还没举办。

米兰达第一次接受警察询问，是她主动打的电话，警察并没有想找她。她对皮克特讲述了妈妈被害那晚发生的事。那天晚上，她在赛百味做三明治，工作到很晚才回家，凌晨一点左右才关店。把垃圾丢出去之后，她和同事在停车场一起抽了支烟，看到一辆救护车离开了街对面的县车库。她说自己的第一反应是男朋友出事了。她男朋友总是四处找麻烦，可能这次真的遇到麻烦了。于是，她马上开车跟上救护车。但后来，她在威尼斯附近转弯了，没有一直跟到我们家。她从没说过为什么要转弯，为什么没有一直跟着救护车走到底，但她当时确实已经开过了男朋友的家。等开到 93 号公路尽头后，米兰达调头开回镇上，这时一辆车跟上来，车速很快，灯光把她晃得什么都看不清。米兰达说由于大灯太亮，自己没看清那辆车，她对此深表歉意。之后，她开到高街，开车回镇上的时候又经过了男朋友的家，发现一切正常，就直接回了父母的房子。她说，那辆跟着她的车开上了一条岔路。等都到了家，她才听到警方扫描仪里说救护车是去威尼斯的。米兰达的父亲把米兰达的说法告诉了警方，所以既然她去过那个区域，就得跟警察说明情况。

在那次谈话中，米兰达没说自己的男朋友是谁，或者是她说了，但皮克特没有写下来。一年之后，皮克特跟米兰达了解多尼·马丁和雷·佩里的聚会时提到，米拉达又“基本上”重复了一遍谋杀案当晚的情况。皮克特得出了自己的结论：“当时，她正在和住在 302 号公路上的迈克尔·哈钦森约会。”

十年之后，终于找到哈钦森时，警方把米兰达带到了格雷警察局。警察问那天晚上是否还能在她的车里看到其他人，她回答说：“我不知道——可能吧。”我们自始至终都不确定她的回答是什么意思。我们永远无法得知，那天晚上是否真的有一辆车跟在她后面，是否真的晃得她什么都看不清，还是她编造了车灯的事情，扰乱警方的视线。经米兰达同意，警方对她进行了测谎，她当时有些不自然，扯开仪器就走了。

1994 年的时候，没有人继续跟进米兰达第一次接受访问时说的内容。如果当时他们去了迈克尔的家，跟他随意聊两句，或许再问问他是否留意到周围有什么不同寻常的事情，或许再问问迈克尔家的邻居，警方就能发现他手上的伤了。警察本来可以像对待其他手部受伤的人一样对待迈克尔。他们本来可以当时就要一份 DNA 样本。

我在思考为何皮克特和其他人未能跟踪这条线索时，能想到的就是，警方肯定认为米兰达是个情绪化的年轻女人，所以就没在意。在其他线索上，警方就算再不得章法，但称得上勤勉。有一个疯子打来电话，称自己掌握了关于凶手身份的重要细节，于是，皮克特联系了房子的新主人，还安排了重返现场。

我读完米兰达的第一份笔录后不久，就找到了一份说明迈克尔遭遇车祸的报告。我猜这就是他跟沃尔特解释手上的伤疤时提到的意外事故。在那个夏日的夜里，迈克尔沿着那不勒斯的堤道开着黑色的皮卡，飞速往布里奇顿附近的小镇开。那是 1994 年 6 月 26 日：凶杀案发生已有四十五天。我明白了：漆黑的夜里，黑色的卡车，在路灯下开过时就像闪光灯一样刺眼。路的一侧是安静的护墙板住宅和商店，寂静的时刻；路的另一侧是深沉的湖水，反射着岸上的光芒，灿如星光。

迈克尔开着车，一个人，喝了酒，甚至是醉酒，但我看不到他。就在狭窄的吊桥前，他向右开上了一条小路。几分钟之后，他猛打方向盘向左，猛地调头，最后撞在了一棵树上。

我根本无法得知是谁打的 911 报警，但警察和救护车不到凌晨两点就到现场了。开始，他们没找到司机。卡车被拖走了，警察打给了登记注册的车主布拉德——迈克尔的父亲。布拉德和妻子很快赶到，开始在树林里找人。三个半小时之后，他们找到了躺在树下的迈克尔。迈克尔醉醺醺的，踉踉跄跄地走着，或者说是逃离了现场。大家又把救护人员叫了回来，当时已经五点半了。在医院时，迈克尔的主诉：股骨疼痛、胸痛、头部受伤。完全没有提到手部有个大切口。

迈克尔开得那么快，直接撞到了树上，给那辆刚开了两年的车造成了近两万美元的损失。方向盘被撞得变了形，挡风玻璃全碎了。这种事故很容易造成人员伤亡。这种事故很可能完全就不是事故。如果迈克尔那天晚上死掉了，我们可能永远都无法得知是谁杀害了克丽丝特尔·佩里。我们可能会一直等着答案，却永远都不知道答案早已被埋葬。此外，迈克尔不可能结婚，也不可能吓坏自己的第一任妻子，他不可能有自己的孩子，不可能在享受那么多天本不属于他的幸福和自由的时光。

迈克尔当时开的车是黑色的 1992 年 F-150 款的皮卡。新罕布什尔州的牌照，BBX-639 是牌照号码。等看完这份报告，我的眉头已经皱在一起，头慢慢地动来动去，非常机械，耳朵耷拉着，好像刚听到了什么难以理解的事。我的手指紧攥着纸，仿佛攥得紧一些就能把字里行间的意思挤出来一样。这一串数字很熟悉。一辆黑色皮卡，牌照号 BBX-639，新罕布什尔州。

我回过头又翻了翻其他文件，看了看之前读过的报告。我找到了一份 1994 年 5 月 20 日的报告，那天是谋杀案之后的第八天。下午，皮克特接到了琳达打来的电话，他记下了概要内容："她注意到一辆新型福特皮卡车，新罕布什尔州的牌照，就在她家前面。BPX-638 是那辆车的牌照号。克丽丝特尔和萨拉跟琳达一起散步，或者去看望琳达的时候，偶尔会经过那辆车停放的房子。"

只有一个数字和一个字母对不上。就停在那条街上。八天之后。按照我的理解，皮克特没有跟踪这条线索。

我不想联系皮克特。我们之间根本不可能存在真正的交流和沟通。我可能会变成一个愤怒刁蛮的少年，一边生气，一边讨厌自己生气；而他则会为我这个事后诸葛当作绝对可以避免的错误摆出一大堆理由。此外，由于庭审的时候，皮克特还认为丹尼斯和妈妈的谋杀案有联系，我真的不觉得他能说出来什么有用的东西。

不过，跟其他警察的对话意外地有治愈效果。我调查时的两条线索——个人及法医——并不像其他人认为的那样分隔开来。我跟布里奇顿警察局的皮特·马杜拉警官谈了谈，他是5月12日早上第一批出现在犯罪现场的警官之一。他说如果我愿意，可以把他当成祖父，他的家随时欢迎我。我之前从没见过的新任警察局长轻声打断了我们，坚持要跟我见面。一个九十年代时都不在布里奇顿警察局的人竟然知道我，这种感觉有些奇怪。

但我最想见的警官是凯特·伦纳德，因为是她到威尼斯接的我，是她陪我坐在救护车后面。然而，我害怕打电话给她。我害怕我们都再次回到那天晚上。我自己可以沉浸在过去，但我觉得其他人应该不想。我害怕，我的电话会把另一个人再次拉进恐惧和难过的深渊。

我终于和凯特见面后，发现自己很好奇这么多年未见，她的生活如何。谋杀案几个月之后，她就离开了警察局，开始做社会工作，帮助高危儿童和精神受过刺激的儿童。凯特说，和我重温当晚的事情，然后再也见不到我，对她来说很难接受。她能做的并不多。凯特是单身，有一个女儿。女儿前几年十二岁的时候，她总会想起我和妈妈。她最好的朋友是劳里·哈吉拉，也就是我在威尼斯报警时911的接线员。

凯特现在跟妈妈当时的年纪差不多。她出生在一个较为富裕的海滨城市，谋杀案发生前不久，她就来到了布里奇顿生活。作为警官和普通人，她可以从内部和外部两方面看待这个小镇，她的见解也因自己的经验而深化。我们见面的那个下午，她说："那天看见迈克尔·哈钦森的父亲布拉德和一群消防队员还有几个布里奇顿的当地人一起在当地唐恩都乐店待着，我心里很惊讶，觉得'这件事很有意思'。"凯特说，庭审之后，好像镇上所有的人都躲着布拉德，尤其是他公开支持儿子的时候。你能看得出来，人们故意躲着他，回避他们的眼神。现在，似乎布拉德又被人们接受了。

凯特描述了哈钦森的另一面。她说到了哈钦森的成长过程。她说布拉德在教育儿子对待女士这一方面做到了言传身教，完全就是反面例子。"迈克尔是杀害你妈妈的凶手，这件事一公布，我就想到了自己之前和他的接触。有的人可能会认为，谋杀案是会造成巨大精神创伤的事件，对凶手来说也是如此。但你也知道，这种说法显然不正确。小时候亲眼目睹过暴力行为的迈克尔，显然可以轻而易举忘掉自己看到的事，第二天还可以像什么事都没发生一样，该做什么做什么。"

经过暴力和恐惧之后还能若无其事地继续生活，这让我想到了妈妈跟丹尼斯吵架时的样子。那时的她会哭泣、尖叫、愤怒不已，可是两天之后，她就可以带着我去波特兰的天文馆，温柔地牵着我的手，朝人造星星微笑。我还想到，有时候能听到妈妈哭着入睡，可第二天早上她来到我的房间，会亲亲我的额头，从上到下挠我痒痒，一边挠一边大笑，直到我终于肯起床，带着一身怨气还要勉强挤出一个微笑。小时候，妈妈就已经懂得怎样从危险和恐惧中迅速恢复。年纪渐长后，她勇敢地一直抱有希望，她坚信尽管困难重重，但自己可以让一切变得更美好。

相较而言，迈克尔是个把危险和恐惧加诸他人的懦夫。我想象过一个小男孩儿极力想在令人恐惧的父亲面前保护自己母亲的场景。我想过，一次次失败之后，这个小男孩儿的感受如何——太渺小，心有余而力不足，根本不会改变任何事。最终，他会得出结论，就像父亲说的那样，母亲就活该被这样对待，所以也不再因此而痛苦。等那个小男孩儿长大之后，他也会认识其他女性，决定这些女性会有怎样的下场。这是多么强大的感觉。

凯特说，布里奇顿的人得知凶手竟在自己身边时都很震惊："我们以为凶手早就走了。"当然，无论迈克尔在哪儿，他都会在某个地方的某个社区。可怕的是，他留在了自己长大的小镇，留在了我们的小镇。他每天见到的人中，有很多都认识我和妈妈。琳达会在聚会上遇见他，而且他最好的朋友雷·金还曾是琳达的男朋友。迈克尔会从妈妈另一个童年好友的亚当蛋糕店买饼干，也曾在爸爸所在的施工队和爸爸一起建造房子。

我六年级时的老师沙恩小姐也认识哈钦森一家。我约沙恩小姐在镇上的新建筑伦伊思百货店后面的小公园见面。等待的时候，我很紧张，害怕自己认不出她。当然，我认出了她。她基本没有变，现在三十岁的她仍在布里奇顿当老师。她刚当老师的时候，迈克尔·哈钦森是她的学生。放学后的家长会上，哈钦森的父亲对她很凶，极不尊重，而迈克尔根本就是"孺子不可教也"。"他还那么小的时候，”沙恩小姐说，“就已经很让人头疼了。根本没法让他守纪律。他根本不知道尊重是什么。”我想了一下，想从中看出点儿什么。于是，我问：“或许他在家里受了不少委屈，所以就在学校发泄一下？”“不是，”沙恩小姐说，“他当时就已经有了反社会者具有的特征。”

但我不觉得他是反社会人士。我不觉得反社会人士伤害别人的时候会感觉到同情或后悔。我希望哈钦森在证人席上指着我，告诉法官他没想救我时的情绪，可以证明他每天都生活在痛苦之中。

我也不觉得迈克尔是个疯子，也没有任何理由认为他那天是突然精神失常。我认为，他之所以强奸并杀害我的妈妈，是因为他觉得自己可以做到，他有权利这样做。此外，我还认为，他这个想法是如何得来的颇值得研究。

没有什么可以减轻迈克尔·哈钦森的罪孽和责任：那是他的选择，毫无意义，极为恶毒。在谋杀这件事上，他真是算数一数二的：沃伦法官说，他对我妈妈所做的一切可以用“屠杀”来形容。此外，量刑审判时他引用的先例更是残忍，我根本看不下去。把他当作怪物或者变态更贴切，现在他已经被关起来了，我们大家都感觉安全了一些。但我仍旧觉得，迈克尔天生就有暴力倾向，在有暴力行为的家里长大更激化了他的天性，而且在男人认为自己优于女人的社会里，他很容易找到目标。惩罚他并不能阻止我们理解他变成这样的过程。我很高兴看到迈克尔·哈钦森已经被关进了监狱。但如果世界上再也没有迈克尔·哈钦森这种人，我可能会更高兴。

47

妈妈离开后的几年里，很多事情都会让我不由自主地想到她。世界上的每一个细节似乎都与她有关。让我痛苦的事情太多。有的时候，世界上的颜色、声音和纹理似乎都在合谋将她带回我的身边，但现在她依旧存在的感觉让我更多感觉到的是感恩。这些都是深埋于心的回忆，是警察不知道的，是组成一个人生活的日常细节。我会像其他人可能也会做的那样，抓住一切机会，在细节消失前小心收集。

妈妈喜欢夏日的雷声。打雷的时候，她会关掉电视机，调暗灯光，打开窗户和门，让凉爽的微风和薄雾进入家里。我们两个会坐下来看闪电，脸和小腿被闪电的光照亮，鼻子里满是天幕中的金属味道。

开车穿过森林时，她会靠边停车，从草地里摘一些虎皮百合。和戴尔一起在破屋的时候，我们干燥的绿色深瓶里总会有小杨柳的树枝。

她喜欢姐姐格兰妮丝定居的波士顿。虽然其他家人都认为波士顿太大，挤满了人，太冷或者太热，但她喜欢那里的博物馆和各种美食，喜欢斯托罗大道上查尔斯的景色，喜欢搭乘公共交通工具冒险。

她不太会吹口哨。她惯用右手。她在辍学之前还是高中里的鼓手队长。我八岁的时候，她给了我一根银色的指挥棒，那时她的技艺还相当娴熟。她想教我，但我的手速太慢了。

她吃到很不好处理的食物，一定会把每个手指都舔得干干净净。

她喜欢迪克西的小杯子，我们的浴室和厨房里总有很多装着它们的抽拉式小盒子。有了这些小杯子，小口喝水、晚上漱口还有涮画笔的时候都很方便。

有一次，在家庭年度泳池聚会上，我的姨妈和姨夫都在互相比较，看谁在跳水板上做出的后空翻最漂亮。我想试试，但又很害怕。站在跳水板尽头犹豫不决的时候，妈妈过来一下把我推进了水里，觉得这样对我有好处。可我的大腿在粗糙的跳水板上蹭了一下，血滴进有氯气的水里，我号啕大哭。

她自己的游泳技术一般。

有时，我晚上洗完澡之后，会和她坐在电视前的地板上。她把我的长头发编成很多大概小手指宽的小辫子，然后用固定玛丽牙套的小皮筋绑住。第二天早上，解开这些小辫子之后，我的头发会变得柔软，有无数个小卷，成千上万个小波浪沿着我的背散下来。

在外面的时候，妈妈会喝伏特加。她不喜欢抱怨。有一次她以为自己听到我说脏话而大发雷霆，根本不相信我说的是“小猫气”而不是“小猫屁”。丹尼斯大笑不已，但根本没帮我说话，结果，妈妈就马上让我回房间了。

没洗完水池里的碗，她肯定不会睡觉。

她既喜欢可靠的安排，也喜欢意外的惊喜。

走过夏日里热浪滚滚的停车场，她有时会弯腰捡起小垃圾——口香糖纸、购物小票——都不是她丢的。之后，她会一言不发，把垃圾丢到最近的垃圾桶里。

我上三年级时，有一天下雨，没什么特别的原因，妈妈让我不用上学留在家里。那个早上很温馨，天灰蒙蒙的，妈妈难得不上班。我们穿着睡衣看了会儿电视，之后就开车去了伦伊思百货店买了一盒冰棒棍和一些埃尔默胶水。回到家，妈妈教我把木棍在合适的角度叠在一起也可以做成盒子。我做的那个，她保留了很多年。

这些都是碎片，就像万花筒里的彩色玻璃。我转动万花筒，彩色碎片不断组合，变换出不同的闪光图片。但碎片的数量数不胜数。我不能像其他人了解自己的父母那样了解我的妈妈——我永远无法跟她有一次成年人的对话。然而，除了回忆，我还有其他大多数孩子们永远见不到的东西：她的治疗师留下来的笔记。第一篇记录是她去世九个月前留下的，她去世后两天，警方拿到了所有记录。已经去世的人无法授权，我本也拿不到这些记录的。但这些记录让我更清晰地看到当时的妈妈。这里面有她内心的精神状态，有她的想法和感受，于我而言，比任何官方证据都很重要。

这些笔记告诉我，她和丹尼斯之间真正可怕的争吵比我记忆中发生得更早。一开始就这样了，真的，那时的我还相信他们能在一起，还想忘掉他们关系之中所有不好的事情。我看得出来，妈妈极力掩饰她的痛苦，我们都在密谋一种傻乎乎的乐观主义。

妈妈的治疗师是安娜·帕克，那时的她刚出校门，还很年轻。

妈妈可能是她最早的病人之一。最开始我没注意到安娜，可能是因为她的名字太过普通，所以我找不到她，也没有办法跟她了解什么，只有这些笔记。妈妈最后一次治疗是在安娜为了另一份实习工作离开缅因州之前，妈妈预约的时间是 5 月 13 日，就在她去世后的第一天。

妈妈第一次见安娜时说："要不是为了我女儿，我可能早就自杀了。"我想过，那或许就是我跟着妈妈一起去的一次。当时我还带着家庭作业，在闷热的等候室里写拼写作业，待在木板房间里，无聊，焦躁。或许在门的另一边，妈妈正真诚地谈到，自己想结束生命。要是妈妈知道自己很快就会离开这个世界，她是否会有不同的想法？

笔记里满满都是失望、自我怀疑、焦虑和矛盾：我知道她当时有这种感受，但没想到如此深刻。她生命中的最后九个月里，一直在努力理解自己对丹尼斯和对蒂姆的感觉，想在愤怒、温存和爱意并存的混乱中找到通往幸福的道路。

开始，妈妈似乎已经要行动了：治疗开始的第二周，她就和丹尼斯分了手。那时，他们已经在一起六个月。妈妈意识到丹尼斯还太不成熟，太冲动——可能是因为丹尼斯之前过早求婚过多次，还都没成功。但妈妈很害怕，不知道如何填满周末的时光。安娜提出了不同的建议，让她忙碌起来，让她没时间体会孤独，让她免得崩溃又给丹尼斯打电话。安娜出的主意一个接一个：看电影、去新餐厅、开车去海边在沙滩上散步等。但妈妈不想一个人去陌生的地方，也不想开车走太远，免得偏头痛发作得厉害。她对什么都没兴趣，离开治疗室的时候仿佛已经做好了艰难挨过空白时光的准备。刚开始读到这些笔记，我正是妈妈当年看治疗师的年纪——前一个月才过了三十岁生日——可我心里充满了对这位年轻女性的同情。我没有限制自由的身体疾病，也从不怕独自去电影院或餐厅。突然之间，妈妈的形象变得如此脆弱，如此有女儿情怀，如此年轻，和我认识的那些朝气蓬勃的女性如此不同，只是披着甘为人母的勇敢外衣。

妈妈生命的最后九个月里，她对丹尼斯的感觉很难梳理得清。妈妈和丹尼斯和好，之后又分手，却又恳求丹尼斯回到自己身边，再也没离开过——一直以来，妈妈都跟安娜表达自己的矛盾和恐惧。她和丹尼斯分分合合，因为她真的很怕一个人待着。有的时候，蒂姆会出现，通过“施压”跟妈妈交欢，让妈妈觉得既困惑又恼怒。我不知道是谁先联系的谁，也不知道安娜诊疗笔记中的“施压”究竟是什么意思。很快，丹尼斯就上演了他纸袋求婚的好戏，妈妈接受了。

订婚两周后，妈妈告诉安娜，她正努力给丹尼斯定规矩：“他不能当着我的面说脏话，不能摔坏东西。”这本是起点。丹尼斯需要明白，虽然他没有动手，但那些仍是非常不好的行为。妈妈很害怕，但也很坚决。泪水不断掉落，妈妈告诉安娜，她不希望“自己的生命中出现任何暴力”。

第二天是我十二岁的生日——是妈妈最后一次陪我过生日。她送给我一个之前在凯马特见过的祖母绿宝石戒指，我对拥有自己的金指环和珠宝兴奋不已。我还记得，打开厨房餐桌上的灰色丝绒盒子时，我一下就跳起来过去拥抱妈妈，撞在了座位上，还把苏打水打翻，全洒在了蛋糕上，而妈妈和丹尼斯则笑得停不下来。妈妈肯定是努力了很久才为我打造了幸福的一天。大概一个月之后，那枚戒指被我弄丢了。我还记得妈妈当时的失望，她的难过也映照并增强了我的伤心——妈妈把我渴望已久的物件送给我时是那样高兴。妈妈去世后三周，我在学校找到了那枚戒指，可再也无法与她分享这个令人愉悦的时刻。之后，这种难以分享的时刻还有千千万万个。

接下来的几个月里，妈妈告诉安娜自己家里曾有过的忽视和暴力，甚至还说自己的父母从未拥抱和亲吻自己的孩子们。妈妈对一个治疗师的坦诚让我惊讶，但我很高兴有人能听她倾诉。

有一天，妈妈给我的房间买了张桌子，外婆坚持认为我们得让丹尼斯帮忙安装才行，即使当时丹尼斯和妈妈已经分手了。只是一个便宜的绘图桌——纤维板桌面，空心金属管是桌腿，桌腿上还有一个小塑料袋，里面装着固定用的螺丝和一个内六角扳手。最后还是我和妈妈组装的桌子，可面对自己母亲的批评，妈妈还是觉得无力对抗。于是，没几天妈妈就跟丹尼斯和好了。安娜帮妈妈逐渐看到自己的成长环境带来的影响：妈妈终于承认，自己并不知道健康的恋爱关系是什么样。格雷丝传输给自己女儿的理念是：她们没有男人活不了。所以怎么能主动离开男人呢？

那时，我正跟妈妈赌气，因为丹尼斯，也因为蒂姆。看到她在蒂姆不在的时候那样难过，那样心碎，我也很难过，丝毫不亚于坐在房间里听她和丹尼斯大吵时的程度。我想让她走出这种恶性循环，想摆脱捉摸不定的情绪，也不再想因不可靠的男人而异想天开。蒂姆来信的时候，我想过把信丢掉，但我没敢。我觉得，如果蒂姆不再打扰妈妈，那妈妈总有一天也会放下。

有一次，妈妈跟丹尼斯分手又复合后，安娜写道："她没有办法保持单身，她自己很难过，她女儿也是。"

我觉得自己可以介入，拯救妈妈，但安娜显然知道，能救她的只有她自己。安娜说妈妈比格雷丝更独立、更聪慧，还说她可以决定自己如何被人对待，可以决定自己不能忍受什么。她们一起聊过妈妈多年前戒烟和酒的事情。"但这件事最难。"妈妈坚持说。

在安娜的帮助下，妈妈一直努力降低她和丹尼斯吵架时的激烈程度，至少不让丹尼斯拳脚相向。但暴力事件还在继续。最后一年的冬天和初春，越来越多的夜晚被丹尼斯的愤怒带来的争吵所破坏。

谋杀案发生还不到一年，十三岁的我向一位缅因州警察这样描述了丹尼斯的行为：

"他会把各种难听的字眼安在妈妈身上。他脾气不好，你明白——如果他生气就一定会发泄出来，"我大笑着，"有一次他一拳打在纱门上，力气大到直接把门打掉了。"乍看上去，我好像觉得那件事很可笑，至少我是想要那么认为。之后我说，"丹尼斯从没做过什么暴力的事情。"

想到年轻的女孩儿竟然认为那样是正常的——大家竟然认为那样是正常的——我就不寒而栗。夫妻争吵而已。男人生气罢了。只有打在脸上才算真正的暴力。你不想声张，不想被贴上疯狂和偏执的标签。哪怕是在谋杀案之后，我还想对丹尼斯好斗恐吓的行为一笑而过。后来在同一次笔录中，我将妈妈和丹尼斯之间分分合合不受控制的浪漫描述成"典型成年人的恋爱"。两个头脑简单的人，见面就掐，见不到就想。

妈妈最后一次治疗是 1994 年 5 月 5 日，正好是她最开心的时候。妈妈戴着丹尼斯求婚的戒指，“但还会与他保持距离”。哪怕还沉浸在蒂姆刚打的电话中，妈妈依旧觉得平衡。她和安娜谈到“要跟两个人都保持距离，不掉入任何一个陷阱中——还要打开门，准备迎接可能会出现的 X 先生。”

安娜·帕克曾努力想拯救那个美丽的年轻女性，想让她的生活中不再有暴力的阴霾，可离开缅因州的时候，她根本无法得知杀害自己病人的凶手是谁。安娜不知道凶手是未婚夫还是前男友，亦或是突然出现敲门走进去的 X 先生。

我很希望妈妈能在世上多停留几年，看到自己身体中无限的能量。最后一年里，她一直在自我怀疑和恐惧中度过，我也因此黯然。不过，这其中也有快乐：它在我的记忆中闪闪发光，如她在我们日历表上写下的笔记一样。

我一遍一遍地读治疗记录，想更了解她一些。我总会翻到最初的记录，那份记录中，妈妈说，要不是为了我，她肯定会自杀。我明白，即使在最后那个漆黑的夜晚，我们无法为对方多做些什么，但至少有的时候，我们是对方撑下去的支柱。

48

故事永远不会结束。我可以一直打电话，一直约人见面，先联系一个人，之后又一个，接着还有一个，范围永远在扩大。每个人都建议我跟另一个人聊聊，最后整个镇上，整个缅因州，整个国家，整个世界。我们因暴力结识，我们因爱相联。

我永远无法真正知道我们如何失去了她，我们为何会失去她：这是我永远解不开的谜，甚至连哈钦森也不一定知道答案。我不得不主动画上一个句号，告诉自己是时候放手了。

放手之前，我必须完成最后一件事。距离上次大概两年之后，我决定跟琳达再谈一次。如果我还害怕我应该关爱的某个人，那我就无法继续自己的人生，无法平静自若地回到当前的生活。那时我住在波特兰。一天早上，我醒来，知道自己该上路了。上车出发，我告诉自己。开车去布里奇顿。把车停在她家门口，下车。看看会如何。

那天天气不错，温暖和煦的风吹着棉花糖一样的白云在蓝蓝的天空飘动。302 号公路可以直接从波特兰到布里奇顿。我一直关注沿途的小镇，努力不去想自己在做什么，在哪条公路上，最后会有怎样的结局。琳达可能会甩上门不理我，也可能痛哭流涕。她的精神可能还不太稳定，没什么理智。也可能她开始很正常，很友好，让我进门，之后就变得生气、害怕。我还想过，要是有机会，她会不会伤害我。

我不知道别人会不会支持我这样做。但我必须去。我提醒自己，我已经是个强大、懂事的成年人。当然，也有这种可能：琳达不在家。我知道，即使她就是离开家一小时去买东西，我也不会再来一次了。

开到布里奇顿，一切都回来了。我经过了奥特池塘路，看到一片空地，我们曾经和戴尔的第一个家就在那里——现在早已被拆了。所有熟悉的建筑都从眼前经过，一个接一个，坐落在高地上。我抬头看看镇中心当年舞蹈教室的窗户，嵌在建于十九世纪的大楼里，教室里的地板会随着每一次屈膝动作咯吱作响。我经过了一家咖啡馆，那里之前是理发店，再之前是酒品店。我在令我心跳加快的战争纪念碑右转，经过另外几栋房子，经过湖岸，之后就到了琳达的家。褐色的侧墙和棕色的边线跟以前毫无二致。我开过那栋房子，突然意识到自己可以调头直接回波特兰。我以一种抽离的心态在想自己是否真的会这样做。我朝 93 号公路开去，在威尼斯转弯，那是最近的调头的地方。开上高街，我转个弯，终于到了琳达家的车道。熄火。下车。我下定了决心，想做什么就做什么。

后院门廊边晾衣绳上的衣物随着微风轻轻翻动，一会儿凑在一起，一会儿被吹开，就像缓慢舞动的翅膀。透过衣物之间的缝隙，我看到了琳达，她上半身一丝不挂，趴着晒日光浴。我站在门廊上往那边看。“你好？”我大声说。她转过头看着我，动作缓慢、机械。她就只是看着我，丝毫没想坐起来。她一直盯着我。我走到角落，好让她看看是谁。琳达现在很可能已经近视了，可能需要回复一下，穿好比基尼。我站了一两分钟，又说了一句：“你好？”琳达还是一动不动。收音机开着，声音不大，播放着多年前的歌曲。我又回到房子边，她还是透过衣物之间的缝隙看着我。“是琳达吗？我是萨拉。”

这一刻，就好像谁对着暂停的电影按了播放键。琳达一下坐起来，裹上一条白色毛巾，泪水从她脸上滚落——突然的情绪释放。她的嘴抿着，露出一个大大的微笑，脸上的每一丝肌肉都在颤动。琳达走过来，紧紧拥抱了我，轻柔的卷发蹭过我的脸颊。我双手环着她瘦小的肩膀，能直接看到她的头顶。我拥抱着她，轻轻地把自己的第一感觉说出来：“小琳达啊！”

那天，我在琳达的家里待了十个小时。她总会落泪，有时会开心地笑。她还总是道歉：“我知道你现在已经长大了，但对我来说，总忍不住认为你还是个小女孩儿。”她提到妈妈的时候会用现在时。“无论是你妈妈还是我，我们心里有一部分都还会认为你是个小女孩儿。”

她气色不错。开始我还以为是自己之前差点而放弃，所以现在激动地看错了。但几个小时过去了，五十岁的她确实就是表情丰富。她整个人就像一幅工笔画，仿佛还是小女孩儿的情态，只是岁月在脸上这里或那里留下了一些痕迹。她的鼻子和嘴唇都很精致，顺滑棕金色卷发大概到脸颊的长度。她的双手小巧、柔软。开始，她的手就放在膝盖上，之后伸出去拿起一大罐自然冰啤酒，用吸管喝了几小口。后来，她终于伸手握住我的手，几个小时都再未松开。

其他时候，尤其是太阳落山前后，她看起来像个垂垂老矣的妇人，比实际年龄大二三十岁，如果妈妈到了这个年纪肯定会显得比她年轻。这么多年的日光浴并没有在她身上留下太多印记，也不是皱纹让她变老。真正的原因是某种紧张感，是她睁大的双眼，是她紧绷的嘴角。难过、恐惧、无奈，这种情绪有时会出现，停留一会儿，之后又消失。

偶尔，她脸上会露出夸张的表情，却转瞬即逝。怯生生的微笑，通常出现在自嘲之后；烦躁担心的表情后，她会低头看看自己的手，然后再抬头。有的时候，她表明自己的观点时，会低下头，紧盯着我，我都能看到她眼底的眼白。我一下明白了沃尔特为何会提醒我。我觉得头晕，仿佛在低头盯着低谷。那一刻，我看到的是一片荒野；那一刻，我害怕自己会突然长大，盖过她的存在。似乎这种情绪不受控制，好像她马上就能让人发疯。但很快琳达就能回过神，完全平静下来。她脸上的所有表情就像是夏日的天空，一会儿乌云密布，一会儿阳光灿烂。

琳达给我讲了妈妈去世后的时日，她说的话和跟警察录的笔录。时间一年年流逝，她仍没有关于凶手的半点儿消息，因而也愈发沮丧。我问她认不认识迈克尔·哈钦森，问她妈妈和和哈钦森有没有约会过。琳达说自己在谋杀案之后才通过哈钦森的朋友雷认识的哈钦森。她在一次聚会上见过迈克尔，迈克尔的脸色立刻就变了。现在回想起来，琳达觉得迈克尔当时的举止有些奇怪，可她不知道为什么。琳达坚信妈妈没和迈克尔见过面，他们俩也没有约会

过。“我们当时是很疯狂！”琳达说，“我们是最好的朋友，我们俩之间没有秘密。如果有情况，我肯定知道。”琳达说为了弄清楚是谁杀了妈妈，她都快把自己逼疯了。“我一直都觉得我应该知道凶手是谁。我应该能找到真相的！”

我相信琳达。完全相信。我问她之前为何不敢见我时，她小声说：“对不起。我只是不知道要对你说什么。我就是太紧张了。”我也相信。有的时候，真相比小说更简单，能让人轻松一些。

琳达跟我说了她和妈妈出去跳舞的时候，她们的友谊比什么都重要。“我们每次都和两个男人一起出去，你明白的。无论是和谁。我们俩会坐在后座，他们坐在前座，而且我们俩会一只手牵着！我们会牵着手，大笑，说悄悄话，不管他们。”之后，都没等我问，她就提到了她们两个和同一个男人出去的那天晚上。她说那个男人不在房间的一小会儿，她们俩只是在脖子上轻吻了一下而已，再无其他。她们当时还年轻啊。

到了晚上，琳达带我进房子里面的卧室，给我看了她和妈妈之前一起出去时穿的衣服。“你知道吗？我们俩总会穿最好看的。那可是八九十年代啊！”她打开衣橱，把裙子一条一条拿出来。“这条是我新年时候穿的，这条是我们出去庆祝三十岁生日穿的。我们俩的生日就差六天，所以一直都一起庆祝。”——你失去的再次回到你身边，完好无损，如你记忆中的那样，宛如梦一般。我站在那里，很惊讶她竟仍保留着这些裙子——大垫肩的美丽套装，衣服上还有很多珠宝和镂空图案；花边上坠着小花，还有些装点着白色镂空小花；配有翻领和短款紧身裙的铁蓝色套装。尽管琳达已不再穿这些裙子，尽管已经年华逝去，但她仍保留着这些。我能想象到妈妈站在那里，穿着相似的裙子，旁边站着琳达，也能想象到她更瘦、更年轻、更开心的样子。

琳达想让我那晚住在她家里，省得大晚上还要开车回波特兰。和琳达重聚，我感觉很好，很开心，但我自己的房子和她的小房子离得那么近，我不能留下来过夜。琳达最近刚洗了被单和床单，所以我不顾她的反对，帮她铺好床，在印有花朵图案的床单上铺平旧毯子。琳达一整天都在喝酒，一小口一小口地用吸管把大罐子里的酒喝完，但她并没有喝醉，我真想知道她的酒量如何。多少年了，我都想给她买一条更好的毯子，我想送她去戒酒协会。我想为她做很多我想做的事。她一直在说："好了，我知道我不是你的妈妈，但我对你仅次于你妈妈。"我知道，一切都太晚了。终于再次见到了她，我也终于面对自己的幻想，现在是该放下的时候了。我问她晚上会不会有事，她会不会觉得孤独。琳达说："我没事，你猜你走了之后我会做什么？我就坐在客厅里跟你妈妈聊天。"我笑了，拥抱了她，保证会保持联系。

十二点的钟声敲响后不久我就离开了，极力想在一点前——也就是谋杀发生的时间——离开那里。我开着车，听着录音机播放的怀旧歌曲，感觉幸福圆满。我觉得支离破碎的自己再次变得完整。同时我也松了一口气，回到当下。我知道那种相互联系的宁静感会渐渐逝去，就像闪烁的光一样，从里到外消失。

去年九月，我在缅因州待了几个月，逐渐把自己的调查收尾，也终于找了几天放松自己，看望朋友，在山上漫无边际的兜风。有个周末，我去布里奇顿找老朋友玛丽。她和丈夫办了一次烤肉聚

会，是这个季节最后一次了。我是第一个到的，于是就和他们坐下聊了一会儿。电视没关，正在播放为百万富翁定制的泳池如何精美，节目时间很长，镜头从完美的泳池边还有碧水上掠过，没什么稀奇。玛丽刚回到布里奇顿，之前七年都在城里。她很高兴，说自己的两个女儿还有肚子里尚未出生的儿子长大后就可以在真正的湖里游泳，还可以在岸边感受脚下的沙粒。玛丽的房子就在深林池塘旁边，小时候我们常去那边玩耍。

我们聊天的时候，玛丽很安静，不受干扰，总是看电视。仿佛我就是去杂货店的路上顺便来一下，要么就是刚从自己在附近的家溜达过来，仿佛我前一天才刚来过。这让我觉得我第二天或者下周还可以再来。这一刻真像我们本可以拥有的生活。

玛丽是发的线上请柬，所以我也不知道还有谁会来。除我之外，第一个来的是我们的老朋友肖娜，是大家庭里的一个姐姐。我并不是很了解她，上次见面还是妈妈去世之前。肖娜人很好，问了一些家常问题。后来得知玛丽偶尔会提起我，所以肖娜也知道我最近几年的情况，我感受到自己是被爱着的。不过，这种对话对我和肖娜来说都很沉重。她说看到我现在这样她也很开心，但我能明白她没说出来的“尽管……”那半句。

大部分人都凑到了篝火前。我手里的第二瓶啤酒已经见底，便开始思考自己想烤些什么。我认识了一些新人，其他人则在另一边。这种聚会每周都有，所以大家都很轻松自在。小孩子们跟着爸爸妈妈们来了，玛丽的两个女儿布里安娜和卡拉在飘忽的火光下围着大家一直跑。大家都很欢迎我，但我能感觉到那种不同，那种疏离。大家都聊天的时候，我根本插不上嘴，于是就和布里安娜玩儿足球。一会儿，我回到了成年人之中，玛丽给我介绍了一个刚来的红发男人。“这是罗伯。”玛丽说。

我知道这个罗伯。他是罗伯·德雅尔丹，是他丢了的大麻才导致迈克尔·哈钦森最终因绑架被捕。罗伯看上去有点儿严肃，可能是有点儿紧张。我们握了握手，我用了不小的力气，是大一那年共和党的朋友教我的。罗伯给我介绍了自己的女朋友阿莉莎，我也知道这个名字：当年绑架案的时候，她是作为受害者女朋友出现的。阿莉莎很瘦、很美，头发很漂亮，那种自然的感觉和精致的剪裁很少能在小镇上见到。

我们三个站在那里，在篝火旁围了半圈。我觉得我应该问罗伯几个问题，了解一下哈钦森，但我不忍心在邻居的烤肉聚会上提到这件事，好像是我陷害了罗伯一样，那样太不公平。我知道，罗伯心里清楚我是谁，我不知道的是，知道我的身份对罗伯意味着什么。

一两个小时之后，带着孩子的人陆陆续续离开了。那天是周日，第二天孩子还要上学。不久之后，我也走了，去了在卡斯科时几个朋友借给我的湖边小屋，离坦尼山路不到一英里。当时是淡季，春天之前，周围狭窄的土路都不会有人来。去那座小屋得先走一段陡峭的山路。聚会上有人问我住在哪里时，我都有意模糊过去。以防万一。

那天晚上，我坐在门廊上，看着天空从深蓝色变成墨蓝色，看着星星愈发明亮。我一盏灯都没开，伴着潜鸟在水面上传来的可怕叫声，我的目光从低矮的山丘经过高地湖直到之前的老房子。茫茫夜色中，我感到无限安宁。

终 章

很多次，无论我如何努力，都无法记起最后一晚我和妈妈睡觉之前做了些什么。那些回忆彻底变成一片空白，被之后发生的暴力事件磋磨殆尽。警察曾让我仔细回忆，可我真的想不起那天有什么不同寻常的事发生。我确定我们看了电视，之后就在和平时一样的时间去睡觉了——我九点睡，妈妈九点半之前睡。但我不记得——我和妈妈蜷在沙发上大笑。吃了冰淇淋？好像没有。电话响了？好像也没有。我不记得我们聊了什么，不记得晚餐是什么。我什么都不记得，那种虚无感让失去更显沉重。她就这样彻底消失不见。

我的记忆无法将那天晚上再带回我身边，一切只能靠想象填满。我闭上眼睛，平稳呼吸。她出现在我的门边，最后一次。我刷过牙，洗过脸，爬上高高的沙发床，周围是白色金属花，还有我最喜欢的毛绒玩具——白天它们就摆在床上，夜里陪我一起入睡。妈妈从门框那边微笑着探出头。“都准备好了？”妈妈还没卸掉眼线，但已经换上了湖蓝色的浴袍。“嗯！”我说完，她就走到我床边。妈妈低头亲吻我的额头时，我透过浴袍上的一条缝看到了她胸前的雀斑。她的头发蒙在我周围，成了一个透着光亮的洞穴。妈妈身上有香草的香水味儿。我们相互说了“我爱你”。谁都不知道那天还应该说“再见”。

作者后记

《日食之后》是一部以真人真事为基础的纪实作品。这本书既是回忆录，不仅是个人回忆，也是新闻作品，更有详实的调查研究。我进行了数十次谈话，收集了几百份文件，阅读了无数报纸文章，看了无数新闻报道。我翻看了自己的照片、家庭电影、日记、信件、笔记，还和妈妈慷慨的家人、朋友们共同探讨过。我还去缅因州重走了很多事情发生的地点，在六年的时间里，在不同的季节中都回去过。

本书第一部分将不同的时间交织在一起，而没有简单按时间顺序叙述。我已尽己所能考察本书所述时间的先后顺序，参考可用的数据，交叉引用我和他人的记忆，梳理了从妈妈出生到当下大小事件的主要时间线。警官的现场笔记非常宝贵，尤其是谋杀案新近发生后几天的记录。此外，被采访对象提到的当时的时间也很重要，比如日食和 1998 年的冰暴。但凡有机会，我必会将自己经历的记忆与第三方和自己之前对事件发生前后的（书面或语音）记录比对求证。如记录偏差太大，特别是重大事件的记录偏差较大时，我便会把偏差列在文本中，探讨偏差出现的原因。

法医细节均取自调查文档等各种文件，包括时间报告和庭审上各位专家的证词。为完成本书，我看了精选出来的现场照片，但并没有看最刺眼的。我还看了犯罪现场的录像带。在威尼斯帮我打911报警的人是帕斯夸里·奥兰德拉，他当时说的话是我从电话录音中转录的。该书其他内容均通过各种来源得以验证和构建，包括谷歌地图、在线历史天气数据以及波特兰公共图书馆微缩胶卷中储存的历史报纸。

几乎警官和警探的所有对话——除了隐私原因而改的假名——均为从录音中逐字记录，部分取自调查卷宗，部分取自我为完成本书而进行的采访。迪克·皮克特和戴尔·基根所说的所有内容都一字不差得以记录。我在得克萨斯州某间酒店与基根进行的未被打扰的对话，均由其陈述而来，顺序亦未做改动，但我的回复和他过长的语言被删减掉了。部分录音来自庭审前缅因州检察长办公室寄给我的系列录音带，我于2014年转录。

与嫌疑犯还有证人更早的谈话没有录音，而是由警官转写的报告。如果采访的个人与案件没有太大关系，或如果是刚开始调查之后还要进一步了解的案件重大关系人，那上述情况就更明显了。遇到这种情况，我尽力还原对话的语气和说话人的性格，并结合我之前的认识和报告的分析，留意任何与官方正式程序性文件的偏差之处。查尔斯·史蒂文斯警探在谋杀案第二天早上所说的都是根据其复述想象出的，琳达在当时所说的也是如此。沃尔特·格里布中尉在法庭上的证言均为逐字记录。不过，去布朗医生那里时、DNA结果匹配的电话中、谈到琳达拒绝的对话，以及本书开始时我去格雷警察局时，沃尔特所述均是以我的笔记和记忆为基础重新整理。和庭审中受害者证人律师苏茜·梅纳德（之前的米勒）的对话是重新整理的。庭审中的所有引用均直接取自官方法庭记录。

对来外婆家社工所述的直接引用，以及与谋杀案后我在波特兰见到的心理学家的对话，均取自当时缅因州警察局警探的现场记录。在汤姆·佩里与妈妈见面的部分、他们在加利福尼亚共度的时光以及他和朋友在布里奇顿街对面看到妈妈的场景中，他所说的话均来自于我 2012 年与他见面时的记录。汤姆在我叔叔雷的聚会上的所言，还有妈妈在闷吧与他的争吵，都是在其他目击者所述内容的基础上重新整理的。对丹尼斯的所有引用均为逐字记录，材料来自我们 2011 年的几次长谈，他在庭审中所说的大多都是重复了与我的对话。他与妈妈在药店亲吻，以及他离婚后的情况均以其记忆为基础。很多男人都被克丽丝特尔·佩里吸引一事来自警官在其报告中的记录。

格温姨妈和格兰妮丝姨妈的所有言语均逐字引用自记录。大多数其他家庭成员的对话均以记忆为基础——有些是我的记忆，有些则来自其他可靠的人。琳达在与我相隔很久之后再次团聚时所说的内容均为逐字记录，与凯特·伦纳德以及我之前的老师沙恩的对话亦是。出于个人和组织原因，我一直没能见到佩姬和杜丝。我已尽力通过我与两位姨妈的接触和其他人的记忆进行证实。我当时有关于此的日记也派上了用场。

对研究人员来说，家族史最是棘手，或许对涉身其中的家庭成员来说更为棘手。情绪和个人性格会创造或歪曲回忆，我已尽力查找并忽略这些被歪曲的内容，在重塑家族历史方面尤为如此。我尽可能收集了关于格雷丝、霍华德和雷的信息，也尽力收集了其子女的经历，不过，我在本书中所写的内容肯定存在分歧。我在奥古斯塔市缅因州档案馆确认了霍华德的强奸罪，并根据妈妈出生的日期和其他家庭成员的记忆推算出了他的出狱日期。案件的受害人无法与我谈话，我也希望她能够原谅我在本书中提到这件令人伤心的事。如果漏掉了霍华德的罪行、格雷丝的默许，以及给我当时年纪尚轻的妈妈和家里其他人发送的信息，那本书就不算完整。

有些人跟我说了一些自己的秘密，我希望书中提到这些秘密时是出于公义。我也通过多年前警方的笔录间接得知了其他人的秘密，我在本书中只提到了自己认为不可或缺的那些，也尽力独立证实了每一个说法。如未能证实，也已向读者表明该处为传言或尚有存疑。遇到令人尴尬或可使人获罪的信息时，我会使用假名。如果出于各种原因，我未能采访到当事人，那我更是会使用上述策略。不过，每个假名都代表一个或尚在人世或已故的真实的人——本书中没有任何虚构的人物。

个人探索与新闻项目之间的界限有时非常模糊。严谨起见，我做了很多调查，确保完全阅读了所有有用信息，但有些调查我并没有做。迈克尔·哈钦森不是假名，几年以来，我都想跟他接触一下。最终，我认定，无论他说什么，都不值得我冒着心理受刺激的风险。要想和某人谈话，无论多么简短，都要与对方合作，但我并不想和哈钦森合作。此外，我还决定不与哈钦森的朋友、同事或家人谈话。本书的重点不是他，是我的母亲。

致　谢

本书围绕的主题是难以弥补的损失，令人伤怀。但写书的过程让我体会到了超乎想象的爱与支持。我无法把所有做过贡献的人都列于此，写到这里的时候，我脑海中已经浮现出很多未能列名于此的人。

感谢我的老师们，他们在艺术方面、专业方面和性格方面给予了我极大的鼓励。艾伦·迈克尔·帕克，没有您就没有这本书，是您及时找到了我。马戈·杰弗逊，您温柔且精准的指导在最初的时日里极为重要。利斯·哈里斯、理查德·洛克、艾米·本森、米歇尔·奥林奇、本杰明·泰勒，你们的反馈和建议对本书大有助益。我尤其要感谢帕特里夏·奥图尔，您的善良和智慧让本书和其他无数本书得以面世。我很骄傲能与诸位共事。

感谢 Jin Auh 自始至终的耐心，感谢您在艰难时刻帮我坚定信念。杰茜卡·弗里德曼，您的温和与关注让人如沐春风。尤其感谢安德里亚·舒尔茨，感谢您给初出茅庐的我这个机会。更要感谢最聪慧、最机智、最关怀他人的编辑内奥米·吉布斯，如果没有您，我可能无法完成本书。

我在此向世界上最好的抄写员以及我的朋友威尔·帕尔默表

示无尽感激。

汉娜·哈洛、洛里·格莱泽、亚历山德拉·普里米安、萨凡纳·琼斯和雷切尔·菲尔诗莱瑟，大家对本书的热情和奉献是我前进的动力。感谢您们为本书寻找读者。

我在多个安身之所完成了本书。感谢东部边境教育基金会，感谢爱德华·F. 阿尔比基金会、PLAYA、乔安·雷泽和肯尼斯·斯皮尔、塞勒斯·瓦登、瓦尔和马克·雅各布，以及布里奇·波特为方便我写作提供了安静的空间。感谢安德里亚娜·尤迪切和杰西·克劳德将多个小时的录音带和视频进行数字化转换，方便我在旅程中工作。

玛丽娜·布里施特恩，我对您的感激之情溢于言表。从实际和个人层面，您对本书的贡献无可估量，感谢您对我的多次鼓舞。

感谢哥伦比亚大学诸位厉害的艺术创作专业的女士们，大概是2010—2013年：塔拉·菲茨杰拉德、蕾娜·利普希茨、瑞贝卡·沃尔比、阿什利·帕特里克、梅丽莎·罗兹、戴尔·梅根·希利、伊丽莎白·格林伍德、奥斯汀·罗森菲尔德、雅典娜·蒂森和梅根·马奎尔，我对各位心存无限尊重，也很荣幸能与大家结识。特别感谢瓦莱丽·赛林·雅各布的法律专业意见，也感谢她的直爽。感谢凯伦·德雷德·威廉姆斯的耐心聆听，感谢您多次帮我恢复理智。感谢于利·哈巴德萨尔科给予我们所有人空间。

深深感谢我在哥谭联盟红棍旱冰队以及赛布尔比亚旱冰队的朋友们和队友们，感谢大家让我保持头脑清醒，让我能偶尔离开书桌。也要感谢缅因旱冰队的诸位，感谢大家的热情让我突破万难，如同回到自己的家中。

感谢阿什利·威尔逊骗我说她在庭审那周不必去学校，让艰难到无以复加的一周变得不那么可怕。

伊万杰琳·怀特，您并非是第一个得知这个故事的人，但您是第一个真正把这个故事听进去的人。感谢您的聆听。与您为友，我永远不会抱怨这个世界。马林·萨迪，您的关心和在编辑方面的指导让我受益颇多。

对本书中所有未能给我的问题提供圆满答案，但允许我在书中尽可能真实地描写他们，包括人物的缺点等等的人，非常感谢。希望所有撰写回忆录的人都能遇到如此大度的人。

缅因州警察局和缅因州检察长办公室的配合让这个困难重重的任务简单了不少。尤其感谢副检察长丽莎·马切赛、前受害者证人律师苏茜·梅纳德，当然还有沃尔特·格里布中尉。感谢布里奇顿警察局，尤其感谢彼得·马杜拉中尉。

感谢丹尼斯·洛兰，感谢您的慷慨，也感谢您能理解本书不可能面面俱到。

感谢琳达·阿里斯让我进门的勇气，也感谢您让关于妈妈的记忆一直鲜活。

本书也为纪念格雷丝·巴特利特、格洛丽亚、莱布隆德和伊丽莎白·布林森。

最后，感谢我的家人，尤其是格兰妮丝·拉索、格温德林·方特阿尔特、卡萝尔·诺伊斯、韦伯斯特·法纳姆和温道尔·法纳姆，感谢诸位愿意为本书尽心，感谢大家讲述妈妈和各自经历时的诚实周到。希望我没有扭曲事实。

图书在版编目（CIP）数据

日食之后 / (美) 萨拉 · 佩里著 ; 熊依旆 , 韩阳译 . -- 北京 : 北京时代华文书局 , 2018.12
书名原文 : After the Eclipse

ISBN 978-7-5699-2813-6

Ⅰ . ①日… Ⅱ . ①萨… ②熊… ③韩… Ⅲ . ①回忆录－美国－现代 Ⅳ . ① I712.55

中国版本图书馆 CIP 数据核字（2018）第 267688 号

北京市版权著作权合同登记号 图字: 01-2018-2859

日食之后

RISHI ZHIHOU

作　　者 | [美] 萨拉 · 佩里
译　　者 | 熊依旆　韩　阳

出 版 人 | 陈　涛
策划编辑 | 韩　笑　黄思远
责任编辑 | 徐敏峰　韩　笑
营销编辑 | 陈　煜　呼秀雯
封面设计 | VIOLET
插画绘制 | 山与涧
责任印制 | 刘　银　范玉洁

出版发行 | 北京时代华文书局 http://www.bjsdsj.com.cn
北京市东城区安定门外大街 136 号皇城国际大厦 A 座 8 楼
邮编: 100011　电话: 010 - 64267120　64267397
印　　刷 | 三河市祥达印刷包装有限公司　电话: 0316 - 3656589
（如发现印装质量问题，请与印刷厂联系调换）
开　　本 | 880×1230mm　1/32
印　　张 | 12.5
字　　数 | 290 千字
版　　次 | 2020 年 2 月第 1 版　　2020 年 2 月第 1 次印刷
书　　号 | ISBN 978-7-5699-2813-6

定　　价 | 59.00 元